मेरी गीता

मेरी गीता

देवदत्त पट्टनायक

चित्रण, लेखक द्वारा

अनुवाद : सुमन परमार

रूपा

प्रकाशित
रूपा पब्लिकेशंस इंडिया प्राइवेट लिमिटेड 2017
7/16, अंसारी रोड, दरियागंज
नई दिल्ली 110002

सेल्स सेन्टर:
इलाहाबाद बेंगलुरू चेन्नई
हैदराबाद जयपुर काठमाण्डू
कोलकाता मुम्बई

ISBN: 978-81-291-4483-6

पंचम संस्करण 2019

10 9 8 7 6 5

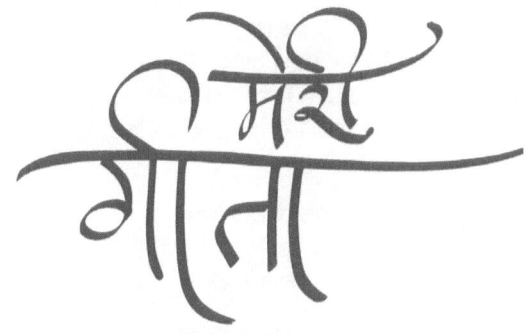

मेरी गीता

देवदत्त पट्टनायक

चित्रण, लेखक द्वारा

अनुवाद : सुमन परमार

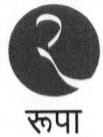

रूपा

प्रकाशित
रूपा पब्लिकेशंस इंडिया प्राइवेट लिमिटेड 2017
7/16, अंसारी रोड, दरियागंज
नई दिल्ली 110002

सेल्स सेन्टर:
इलाहाबाद बेंगलुरू चेन्नई
हैदराबाद जयपुर काठमाण्डू
कोलकाता मुम्बई

ISBN: 978-81-291-4483-6

पंचम संस्करण 2019

10 9 8 7 6 5

मेरे मित्रों के नाम
पार्थो, जो सुनता है
पारोमिता, जो देखती है

विषय सूची

अनुवादक की ओर से

यह किताब मौलिक रूप से एक अलग किताब है। इसका अनुवाद दो तरह की दुनिया को मिलाता है। अंग्रेज़ी और हिन्दी की दुनिया। देवदत्त पट्टनायक की भाषा सरल और सटीक है। उनके शब्द एक तस्वीर बनाते हैं। ऐसे में अंग्रेज़ी में सोचे गए शब्दों को हिन्दी की शक्ल देने में जो चुनौती आई है, आशा है पाठक उसे समझ पाएंगे।

मेरी गीता क्यों

भगवद् गीता या गीता, जैसी कि यह लोकप्रिय रूप से जानी जाती है, महाभारत ग्रंथ का ही एक भाग है।

भगवद् गीता

इस ग्रंथ में कुरुक्षेत्र के युद्ध के मैदान में पाण्डवों और कौरवों के बीच हुए युद्ध का वर्णन है। गीता में युद्ध आरम्भ होने से पहले कृष्ण द्वारा अर्जुन को दिए गए उपदेश हैं। कृष्ण की कल्पना भगवान के रूप में की गई है। उनके शब्दों में वैदिक ज्ञान का तत्व हैं जिसमें हिन्दू विचार के मूल सिद्धान्त मिलते हैं।

उन्नीसवीं शताब्दी के एक प्रसिद्ध बंगाली आध्यात्मिक गुरु रामकृष्ण परमहंस ने कहा है कि गीता जिन दो शब्दों से बनी है, उन्हें उलट दिया जाए तो उनसे गीता की व्याख्या सरलता से की जा सकती है। इस प्रकार गीता, या गी–ता को उलटा कर दिया जाए तो वह ता–गी अर्थात त्यागी हो जाता है, जिसका अर्थ है 'जो अपनी धन–दौलत का त्याग कर देता है।'

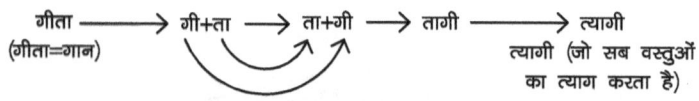

यह विडम्बना ही है कि मैं इस पुस्तक को '*मेरी गीता*' कह कर पुकारता हूँ। मैं इस पर अपने अधिकार के सर्वनाम का प्रयोग इन तीन कारणों से करता हूँ।

कारण 1: *मेरी गीता* विषयगत है

गीता संवाद की अनेक आधुनिक तकनीकों के विषय में बताती है। सबसे पहले अर्जुन की समस्या का अध्याय एक में वर्णन किया गया है और उसके बाद कृष्ण द्वारा किया गया उनका समाधान अध्याय 2 से 18 में बताया गया है। कृष्ण अर्जुन को यह बताते हुए आरम्भ करते हैं कि वे क्या रहस्य बताएंगे (अध्याय 2) और तब उन्होंने जो कुछ बताने का वचन दिया था उसे विस्तारपूर्वक बताते हैं (अध्याय 3 से 17) और अंत में अर्जुन ने जो पहले अध्याय में बताया था वे उसे दोहराते हैं (अध्याय 18)। कृष्ण के समाधान में विश्लेषण (सांख्य) और संश्लेषण (योग) भी सम्मिलित

हैं–सम्पूर्ण को अंश में विभाजित करना और अंश को सम्पूर्ण में बांधना। इसका समाधान स्वयं ही व्यापक है, जिसमें व्यावहारिकता (कर्मयोग), भावुकता (भक्तियोग) तथा बुद्धिमत्ता (ज्ञानयोग) सम्मिलित है। कोई भी गीता को एक पुस्तक के रूप में नहीं पढ़ता या फिर एक बार में ही हर एक श्लोक को नहीं सुनता है।

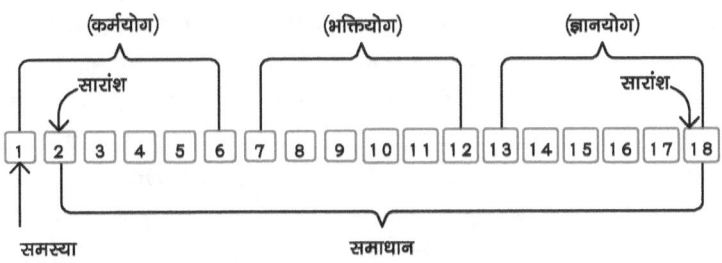

गीता में अध्यायों का संरचना

परम्परागत रूप से, कोई भी गुरु गीता के किसी एक श्लोक का या श्लोकों के एक समूह का या फिर गीता के किसी एक अध्याय का विस्तारपूर्वक वर्णन करेगा। हालांकि ऐसा आधुनिक समय में ही हो सकता है जब पुस्तक हमारे हाथ में होती है और उस गीता को हम आरम्भ से अंत तक, एक अध्याय से दूसरे अध्याय तक, एक श्लोक से दूसरे श्लोक तक पढ़ना चाहते हैं तथा एक बार में अपने उद्देश्यों की प्राप्ति की अपेक्षा करना चाहते हैं। जैसे ही हम ऐसा करने का प्रयास करते हैं, हम निराश हो जाते हैं। आधुनिक लेखन के विपरीत गीता रैखिक यानी एक सीधी लाइन में नहीं चलती। कुछ विचार अनेक अध्यायों तक फैले हुए हैं, कई विचार बार–बार दोहराए जाते हैं और कुछ विचार तो प्राचीन वैदिक तथा उपनिषदों में मिलने वाले ज्ञान का अनुमान लगा लेते हैं। वस्तुतः गीता विशेष रूप से ब्रह्मसूत्र (अध्याय 13, श्लोक 5) के विषय में बताती है, जिसे वेदांत सूत्र के रूप में भी जाना जाता है और जिनके विषय में कहा जाता है कि इनकी रचना बादरायण द्वारा की गई थी, जिन्हें किसी

समय पर वेद व्यास के रूप में भी जाना जाता था। इसके अलावा, अनेक ऐसे श्लोक हैं जहां पर शब्दों का प्रयोग कुछ और समझाने के लिए किया गया है और फिर वही शब्द किसी और श्लोक में समान विचार व्यक्त करते हैं। उदाहरण के लिए, किसी समय पर 'आत्मा' शब्द का अर्थ मन होता है और कभी इसका अर्थ 'प्राण' होता है। किसी और समय पर प्राण के लिए आत्मा के बजाए देहि, ब्राह्मण तथा पुरुष जैसे दूसरे शब्दों का प्रयोग किया जाता है। यह एक लापरवाह पाठक को गुमराह करने वाला हो सकता है और कई तरह की विवेचनाओं के लिए खुला हो सकता है।

इस प्रकार *मेरी गीता*, गीता के पारम्परिक प्रस्तुतीकरण से अलग हो जाती है–जिसमें श्लोक-दर-श्लोक के क्रमिक अनुवाद के बाद टिप्पणी होती है। इसके इतर, *मेरी गीता* विषयगत रूप यानी थीम के हिसाब से तैयार की गई है। इसमें विषयों का क्रम मुख्य रूप से गीता के क्रम के अनुसार ही है। प्रत्येक हर एक विषय को विभिन्न अध्यायों में अनेक श्लोकों के माध्यम से समझाया गया है। इनमें श्लोकों की संक्षिप्त व्याख्या की गई है, ये अनुवादित अथवा शब्दानुवादित नहीं हैं। ये संक्षिप्त व्याख्या वाले श्लोक जब वेदों, उपनिषदों तथा बौद्ध धर्म विद्या, जो कि गीता तथा महाभारत, रामायण और पुराणों की कहानियों, के पहले आए थे मिला कर रखे जाते जाते है तब उनका अर्थ अधिक समझ में आता है। इस संबंध में जानकारी आगे और गहरी होती गई जब हिन्दू दर्शन अन्य धर्मों के दर्शनों के विपरीत होने लगा तथा उसे ऐतिहासिक संदर्भ में देखा जाने लगा।

जो शाब्दिक, मानक तथा रैखिक दृष्टिकोण प्राप्त करना चाहते हैं, उनके लिए इस पुस्तक के अंत में पढ़ी जाने वाली पाठ्य-सामग्री की सूची दी गई है।

कारण 2: *मेरी गीता* में आत्मीयता है

हमने वास्तव में यह नहीं सुना कि कृष्ण ने अर्जुन को क्या बताया था। हमने केवल यह सुना कि संजय ने अपने दृष्टिहीन राजा धृतराष्ट्र को

अपनी दूरदृष्टि से दूर युद्धभूमि में हो रही सारी घटनाओं का सजीव चित्रण करते हुए सच्चाई से सारा हाल सुनाया था। जो गीता हमने किसी से सुनी वह आवश्यक रूप से वही है जो किसी ऐसे व्यक्ति, जो अधिकृत नहीं है परन्तु जिसके पास दूरदृष्टि है (संजय) द्वारा उस व्यक्ति को बताई गई है जो दृष्टिहीन है परन्तु वह पूर्णतः अधिकृत है (धृतराष्ट्र)। हमारा ध्यान आकर्षित होता है कथन की इस अजीब संरचना से जिसमें जो कहा गया है (ज्ञान) और जो सुना गया है (विज्ञान) उसके बीच विशाल अंतर है।

कृष्ण और संजय बिलकुल एक जैसे शब्द बोल सकते हैं। अंतर बस इतना है कि कृष्ण यह जानते थे कि वे किस विषय में बात कर रहे हैं, परन्तु संजय को यह नहीं मालूम था। कृष्ण उस घटना के स्रोत हैं जब कि संजय केवल उस घटना को आगे बढ़ा रहे हैं। इसी प्रकार, संजय ने जो कुछ भी सुना है वह अर्जुन द्वारा सुनी गई तथा धृतराष्ट्र द्वारा सुनी गई बातों से अलग है। अर्जुन जिज्ञासु है, इसलिए वह अपनी समस्याओं का हल ढूँढ़ने के लिए जो कुछ भी सुनते है उसे समझने की कोशिश करते हैं। धृतराष्ट्र यह जानने के लिए उत्सुक नहीं है कि कृष्ण को क्या कहना है। अर्जुन यह सुनिश्चित करते हुए कि 'वार्तालाप' उनके लिए 'उपदेश' के रूप में हैं, कृष्ण से अनेक प्रश्न पूछते है और उनके विषय में स्पष्टीकरण माँगतें है, जबकि धृतराष्ट्र पूरे समय चुप रहते हैं। वस्तुतः धृतराष्ट्र कृष्ण से डरते हैं, जो उनके पुत्र, कौरवों के विरुद्ध लड़ रहे हैं। इसलिए वे कृष्ण के उन शब्दों को स्वीकार करते हैं, जो उनके हित के लिए हैं और उन शब्दों को अस्वीकार करते हैं जो उनके हितों के विरुद्ध हैं।

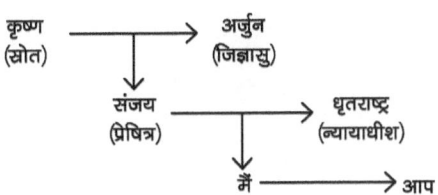

गीता अचानक सुनना

मैं *गीता* का स्रोत नहीं हूँ। परन्तु मैं संजय की तरह सिर्फ इसका प्रेषित्र ही नहीं रहना चाहता हूँ। मैं अर्जुन की तरह समझना चाहता हूँ। यद्यपि मेरी कोई समस्या नहीं जिसका मैं हल जानना चाहता हूँ और न ही मैं किसी युद्ध के कगार पर खड़ा हूँ। परन्तु यह कहा गया है कि कृष्ण द्वारा प्रस्तुत वैदिक धर्म न केवल अर्जुन के बल्कि सभी के संदर्भ में लागू होता है। महीनों गीता को संस्कृत में पढ़ने के बाद मैं गीता के संगीतमय लय को समझ पाया हूँ। मैने गीता के कई अनुवादों, अनेक विवरणों और टिप्पिणयों को पढ़ा है और उसकी संरचना को हिंदु पुराणों मे पायी गई संरचना में ढूंढ़ा है। साथ ही इसकी तुलना बौद्ध, ग्रीक और अब्राहमिक पौराणिक कथाओं मे उभरती संरचना से की है। इस पुस्तक में गीता के विषय में मेरी जानकारी, मेरी आत्मीयता, मेरी सच्चाई, यानी *मेरी गीता* में निहित है। आप अर्जुन के रूप में इस पुस्तक को उत्सुकतावश पढ़ सकते हैं, या फिर धृतराष्ट्र के रूप में संदिग्ध एवं आलोचनात्मक हो कर पढ़ सकते हैं। आप हमेशा इससे जो कुछ भी प्राप्त करेंगे वह आपकी आत्मीय सच्चाई, आपकी गीता होगी।

उद्देश्यों की सच्चाई (कृष्ण ने वास्तव में क्या कहा था?) की खोज के परिणामस्वरूप अनिवार्यतः विवाद, तर्क पैदा होता है, जहाँ आप यह साबित करने की कोशिश करते हैं कि आपका सत्य ही सत्य है और मैंने भी यह साबित करने की कोशिश की है कि मेरा सत्य ही सत्य है। आत्मीय सत्य की खोज (गीता का मेरे लिए क्या अर्थ है?) से संवाद पैदा होता है, जहाँ पर आप और मैं एक–दूसरे के दृष्टिकोणों की प्रशंसा करना चाहते हैं तथा

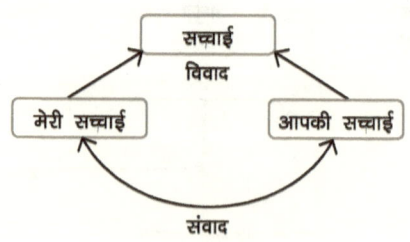

तर्क एवं विचार–विमर्श

अपने संबंधित सत्य को फैलाना चाहते हैं। इससे सभी व्यक्ति अपने चारों ओर की गीताओं को सुनते हुए अपनी सीमा के अन्दर रह कर अथवा अपनी शर्तों पर गीता को खोज सकते हैं।

निष्पक्षता में सटीकपन का जुनून होता है और वह बिलकुल एकेश्वरवादी पौराणिक कथाओं के ईर्ष्यालु भगवान की तरह लीक से हटने या फिर विचलन के प्रति असहिष्णु होता है। असहिष्णुता की ओर प्रवृत्त होता है। परन्तु पाठक के व्यक्तित्व तथा संदर्भ के अनुसार समय के साथ इसका अर्थ बदल जाता है। आत्मीयता इस मान्यता को चुनौती देती है कि विचार स्थाई होते हैं और इन्हें नियंत्रित किया जा सकता है, दरअसल ये अस्थिरता का उत्सव मनाते हैं। आधुनिक वैश्विक वार्तालाप गुणात्मक रूप से सच्चाई की ओर उन्मुख होता है, यह एक सत्य है या असत्य। कि इसमें जो भी निष्पक्ष है वह पूर्णतः वैज्ञानिक एवं सत्य है, कि इसमें जो भी आत्मीयता है वह पौराणिक तथा असत्य है। यद्यपि, हिन्दू विचारधारा गुणात्मक रूप से सच्चाई को व्यक्त करती है, प्रत्येक व्यक्ति अपने हिस्से के भाग्य को प्राप्त कर सकता है। जो व्यक्ति सच्चाई के सभी भागों को देखता है, वह भाग्यवान होता है। सीमित सच्चाई मिथ्या होती है। असीमित सच्चाई सत्य होती है। सच्चाई में प्रत्येक चीज़ सम्मिलित होने तथा इसके सम्पूर्ण होने के विषय में है। असीमित सच्चाई की ओर जाने से हमारे मन को (ब्राह्मण) विस्तार मिलता है।

गीता में ही आत्मीयता के मूल्य विद्यमान हैं : अपने उपदेशों को समाप्त करते हुए कृष्ण अर्जुन से कहते हैं कि उन्होंने जो कुछ भी कहा है उस पर विचार करो और तब जैसा अनुभव करते हो वैसा ही करो (यथा इच्छसि तथा कुरु)। संजय ने भी कृष्ण के उपदेशों में जो कुछ सशक्त रूप से बताया है उस पर अपने विचार प्रकट करने के बाद इस प्रकार समाप्त किया—गीता मेरे विचार में (मति मम)।

कारण 3: *मेरी गीता* सिर्फ अपनी ही धुन में नहीं है

पारंपरिक रूप से गीता को एक पाठ के रूप में प्रस्तुत किया गया है

जो आत्मानुभूति (आत्म–ज्ञान) पर ध्यान केंद्रित करती है। यह उस संत के लिए सही है जो स्वयं को समाज से विरक्त कर देता है। यह आश्चर्यजनक नहीं है, क्योंकि गीता के पूर्वकालीन उपदेशक–प्रचारक, जैसे शंकराचार्य, रामानुजम, मध्व तथा ध्यानेश्वर ने स्वयं को गृहस्थाश्रम से दूर रखा। बौद्ध धर्म के आश्रम संबंधी आदेश भारत में अस्तित्व में नहीं आते परन्तु उन्होंने हिन्दू धर्म के आश्रम संबंधी आदेशों को बढ़ाने एवं उनके प्रभुत्व को बनाए रखने में महत्त्वपूर्ण भूमिका अदा की। आश्रम संबंधी पद्धति उस आधुनिक व्यक्तिवादी को सशक्त रूप से आकर्षित करती है, जो आत्म अन्वेषण, आत्म–परीक्षण, आत्म वास्तविकीकरण तथा आत्मचित्रण को निःसंदेह प्राप्त करना चाहता है।

आदि शंकराचार्य

परन्तु महाभारत में गृहस्थाश्रम के बारे में, संबंधों के बारे में और अन्य के बारे में बताया गया है। यह मुख्यतः धन–सम्पदा के विवाद के बारे में है। अर्जुन की दुविधा तब शुरू होती है जब उसे यह अनुभव होता है कि उसका परिवार उसका शत्रु है और उसे समाज पर परिवार की हत्या का दुष्प्रभाव पड़ने का भय होता है। कृष्ण के उपदेशों में यज्ञ, जो कि एक वैदिक क्रिया है, और जो किसी व्यक्ति को समाज से बाँधे रखता है, उसकी चर्चा लगातार होती है। वह उस व्यक्ति के संबंधो को विस्तार देता है जिसे वह एक जीवात्मा के रूप में, एक परमात्मा के रूप में तथा एक अन्य के रूप में जानता है। महात्मा बुद्ध ने निर्वाण के विषय में कहा है, जिसका अर्थ है व्यक्तिगत पहचान का विस्मरण, परन्तु कृष्ण मन (ब्राह्मण) के उस विस्तार के रूप में ब्रह्म–निर्वाण के विषय में कहते हैं जो मुक्ति (मोक्ष) की ओर ले जाता है, जबकि विडंबना यह है कि इससे योग संभव होता है और आश्रम संबंधी अलगाववाद से दूर जाने का संकेत मिलता है। इसीलिए हिन्दू मंदिरों में देवता को हमेशा देवी के साथ एक गृहस्थ के रूप में दिखाया जाता है, किसी युगल के आधे भाग के रूप में। भक्तगण देवता को एक टक निहारते हैं और देवता उन्हें भी वैसे ही निहारते हैं। यह उनके बीच एक दोहरा संबंध है, न कि एकल संबंध।

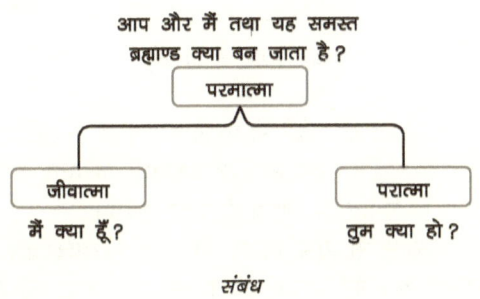

संबंध

गीता के अध्याय–5 के श्लोक–13 में कृष्ण ने मानव शरीर का वर्णन एक भवन के रूप में किया है जिसमें नौ द्वार हैं–दो आँख, दो कान, दो

नासिका, एक मुँह, एक गुदा तथा एक लिंग। संबंध स्थापित करने के लिए दो शरीर, दो व्यक्ति, स्वयं तथा दूसरा, तुम और मैं, दो नगर—कुल 18 द्वार शामिल होते हैं। गीता में अठारह अध्याय हैं, जो उस महाभारत की अठारह पुस्तकों के अर्थ को स्पष्ट करते हैं—जो संबंधियों एवं मित्रों के बीच युद्ध की कहानी सुनाती है, वह युद्ध अठारह दिनों तक लड़ा गया, जिसमें अठारह सेनाएँ शामिल थीं—इससे यह संकेत मिलता है कि गीता से हमें यह शिक्षा प्राप्त होती है कि संबंधों को कैसे स्थापित किया जाता है। यह एक साधु के बजाए एक गृहस्थ की आवश्यकताओं की पूर्ति करती है।

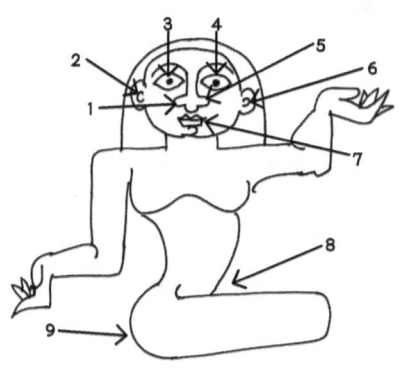

मानव शरीर के नौ द्वार

इन अठारह अध्यायों को पढ़ने से पहले हम गीता के इतिहास के विषय में संक्षेप में बताना चाहेंगे। इन अठारह अध्यायों के बाद, हम अर्जुन पर पड़ने वाले गीता के प्रभाव के विषय में चर्चा करेंगे।

मेरी गीता लिखने से मुझे अपने मन का विस्तार करने में काफी सहायता प्राप्त हुई है। मैंने अनेक संरचनाओं की खोज की है जिनसे मैं वास्तविकता की बेहतर भावना को स्थापित करने में सफल हो सका। मैं आशा करता हूँ कि इस पुस्तक को पढ़ने से आपको गीता के बारे में जानकारी प्राप्त होगी और इससे आपको अपने मन का विस्तार करने

में सहायता प्राप्त होगी। मेरे इस अनुरोध का एकमात्र उद्देश्य है आपको सच्चाई से अवगत कराना, आपको स्वयं आपके विषय में स्मरण कराना।

अनंत पुराणों में छिपा है सनातन सत्य
इसे पूर्णतः किसने देखा है?
वरुण के हैं नयन हज़ार,
इंद्र के सौ,
आपके मेरे केवल दो।

मेरी गीता से पूर्व: गीता का संक्षिप्त इतिहास

भगवद् गीता अथवा ईश्वर के गान से पूर्व, व्याध गीता अथवा कसाई के गान का प्रचलन था।

व्याध गीता

व्याध गीता महाभारत के शुरुआती तीसरे अध्याय, वन पर्व में हमें मिलती है, जब पाण्डव कौरवों से जुए में अपना सारा साम्राज्य हारकर अभी जंगल में निर्वासित थे। भगवद् गीता महाभारत के छठे अध्याय, भीष्म पर्व में मिलती है, जो कौरवों और पांडवों के बीच युद्ध शुरू होने से ठीक पहले है।

जंगल में पाण्डवों का सामना ऋषि मार्कण्डेय से होता है, जो उन्हें उस संन्यासी की कहानी सुनाते हैं जो अपनी दहकती नज़रों से किसी भी ज़िन्दा पक्षी को भस्म कर देते थे, जो ग़लती से तपस्यारत संन्यासी के ऊपर मलमूत्र (बीट) कर देते थे। जब उस संन्यासी ने एक गृहिणी को इसलिए श्राप दिया क्योंकि उसने संन्यासी को भिक्षा के लिए काफी देर तक प्रतीक्षा करवाई, क्योंकि वह अपने गृहस्थी के कामकाज में व्यस्त थी तो महिला ने संन्यासी को उनकी अधीरता के लिए फटकार लगाई और उन्हें सलाह दी कि वे एक कसाई से वेदों का रहस्य सीखने के लिए मिथिला जाएं। उस कसाई के धर्म, कर्म एवं आत्मा पर व्याध गीता के लम्बे उपदेशों का उस संन्यासी पर इतना गहरा प्रभाव पड़ा कि वे घर वापस लौटकर अपने बूढ़े माता–पिता की सेवा करने लगे, जिन्हें उन्होंने काफी पहले अकेला छोड़ दिया था।

व्याध गीता और भगवद् गीता, दोनों में उपदेश एक हिंसात्मक स्थान, क्रमशः एक कसाई की दुकान पर तथा युद्ध के मैदान में दिए गए हैं। दोनों में भौतिक (प्रकृति) तथा मानसिक (पुरुष) का एक अलगाव है, जो वैदिक ज्ञान की विशेषता है। दोनों ही जगह गृहस्थ जीवन की व्यस्तता को संन्यासी के वापसी के मार्ग के ऊपर वरीयता दी गई है।

भगवद् गीता इस मामले में अलग है कि यह ईश्वर तथा भक्ति के विषय में स्पष्ट रूप से चर्चा करती है। यह पुराने कर्मकांड आधारित वैदिक हिन्दू धर्म के नए श्रुति आधारित पौराणिक हिन्दू धर्म में रूपांतर को चिन्हित करती है।

हिन्दू इतिहास को समझने के नज़रिए

हिन्दू धर्म का इतिहास लगभग 5000 वर्ष तक फैला हुआ है और इसे

8 चरणों में देखा जा सकता है जो एक दूसरे के भीतर घुसे हुए हैं, पहला है सिंधु चरण, फिर वैदिक चरण आता है, फिर उपनिषद चरण, बौद्ध चरण, पौराणिक चरण, भक्ति चरण, प्राच्य चरण तथा अंत में आधुनिक चरण। सिंधु–सरस्वती सभ्यता के ज़रिए प्राचीन मूर्ति–विज्ञान के विषय में पता चलता है जिसे हिन्दू धर्म में आज भी पवित्र माना जाता है। लेकिन इस कालखंड के बारे में ज़्यादातर जानकारी अभी भी ऐसी बनी हुई है जिस पर और ज़्यादा विचार करने की ज़रूरत है। इसके बाद आने वाले तीन चरणों में वैदिक हिन्दू धर्म स्थापित हुआ, उस समय कोई भी मन्दिर नहीं था और ईश्वर के होने का विचार अभी निराकार ही था। अंतिम चार चरणों में पौराणिक हिन्दू धर्म की स्थापना हुई, जिसकी विशेषता यह थी कि उस दौरान मन्दिरों का निर्माण हुआ तथा व्यक्तिगत देवता, या तो शिव या उनके पुत्रों में से एक विष्णु अथवा उनके अवतारों में से एक अथवा स्थानीय प्रकार की अनेक देवियों में विश्वास करना शुरू हुआ। हिन्दू धर्म के इतिहास में गीता की मुख्य भूमिका को दर्शाने के लिए हम वैदिक हिन्दू धर्म को गीता पूर्व हिन्दू धर्म तथा पौराणिक हिन्दू धर्म को गीता उपरान्त भी कह सकते हैं।

वैदिक चरण 4000 वर्ष पूर्व आरम्भ हुआ, उपनिषद चरण 3000 वर्ष पूर्व, बौद्ध धर्म चरण 2500 वर्ष पूर्व, पौराणिक चरण 2000 वर्ष पूर्व, भक्ति चरण 1000 वर्ष पूर्व और प्राच्य चरण केवल 200 वर्ष पूर्व आरम्भ हुआ था। आधुनिक चरण तो अभी शुरू हुआ है तथा उस हिन्दू धर्म, जो अब तक पश्चिमी सभ्यता के ढांचे पर आधारित रहा है, को जानने के लिए हम भारतीय अनेक प्रश्न पूछते हैं।

हिन्दू धर्म के इतिहास का तिथि निर्धारण हमेशा अनुमानित और काल्पनिक तथा प्रायः एक श्रृंखला में होता हैं, क्योंकि अनेक शताब्दियों से किए जा रहे लिखित कार्यों से पूर्व मौखिक रूप से प्रेषित हस्तलिपियाँ तैयार की गई थीं और विभिन्न धर्मशास्त्रियों द्वारा विभिन्न भौगोलिक परिस्थितियों में लेखन कार्य अनेक पीढ़ियों द्वारा किया गया था। यहाँ हर चीज़ इसलिए बहुत जटिल है क्योंकि भारत में लेखन 2300 साल पहले मौर्य शासक अशोक द्वारा शिला लेखों के ज़रिए ब्राह्मी लिपि को प्रचारित

करने के बाद ही प्रचलन में आया।

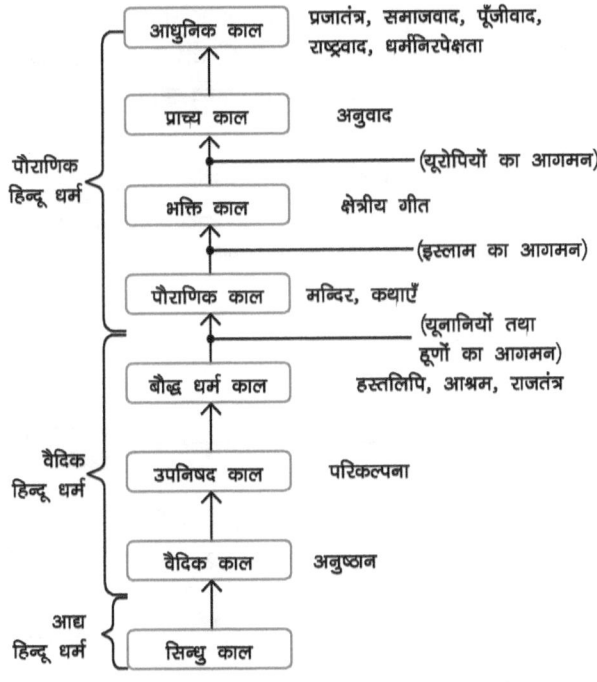

हिन्दू धर्म का इतिहास

आगे बढ़ने से पहले हमें यह ध्यान में रखना होगा कि हिन्दू धर्म का ऐतिहासिक दृष्टिकोण सभी हिन्दुओं को स्वीकार्य नहीं है। अनैतिहासिक विचार पद्धति सभी हिन्दू विचारों को असामयिक समझती है। और राष्ट्रवादी आद्य ऐतिहासिक विचार पद्धति सभी हिन्दू अनुष्ठानों, कथाओं, प्रतीकों, वेदों या पुराणों को एक ही साथ 5000 साल पहले निर्मित हो रही समझती है। ये राजनीतिक मुद्दे बन जाते हैं जो विधा को प्रभावित करते हैं।

इतिहास हर किसी के लिए सच्चाई सामने लाने का प्रयास करता है

लेकिन तथ्यों की उपलब्धता के कारण इसकी सीमाएं हैं। अधिकांशतः जो कुछ इतिहास में बीत चुका वह मिथक शास्त्र है। सत्य को लेकर किसी की समझदारी उसकी स्मृति, इच्छा और आकांक्षा से निर्मित होती है। हालांकि भले ही उसके लिए प्रमाण मौजूद हों, यह कभी किसी की कपोल कल्पना नहीं, या न ही यह किसी एक का सत्य है।

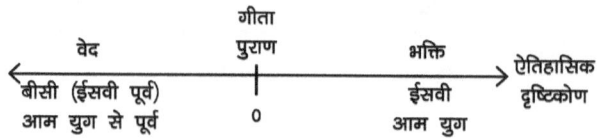

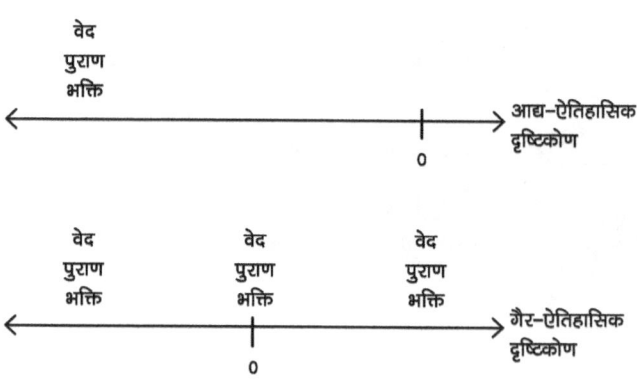

ऐतिहासिक, आद्य-ऐतिहासिक तथा गैर-ऐतिहासिक सोच

हमें इतिहास को देखने के उस मर्दवादी नज़रिए के खिलाफ भी सतर्क रहना चाहिए जो सिर्फ संघर्ष और विजय पर आधारित है, जैसे मूलनिवासी बनाम उपनिवेशवादी, बहुईश्वरवादी बनाम एकेश्वरवादी, हिन्दू बनाम बौद्ध, ईसाई बनाम मुस्लिम, शिया बनाम सुन्नी, शैव बनाम वैष्णव, प्रोटेस्टेंट बनाम कैथोलिक, मुगल बनाम मराठा, लोकतंत्र बनाम राजतंत्र, आस्तिक बनाम नास्तिक, पूंजीवादियों बनाम समाजवादियों, उदारवादियों बनाम संकीर्णतावादियों के बीच संघर्ष और विजय। इसे पश्चिमी विद्वानों

द्वारा हेगेल के द्वंद्ववाद से प्रेम के चलते प्रचारित किया जाता रहा है, जहाँ कोई सिद्धांत तब तक अपने प्रतिपक्ष का निर्माण करता है जब तक कोई समाधान और नया सिद्धांत न निकल जाए। यह दृष्टिकोण मानता है कि इतिहास की एक प्राकृतिक दिशा और उद्देश्य होता है।

इसके विकल्प में इतिहास को देखने का स्त्रियोचित नज़रिया भी है जो हर घटना को अपने अतीत (कर्म–फल) के परिणाम के रूप में देखता है और साथ ही बिना किसी राय की ज़रूरत के उसी में भविष्य के परिवर्तनों (कर्म–बीज) को देखता है। इस तरह हम देख सकते हैं कि गीता का लेखन बौद्ध मठवाद पर प्रतिक्रिया स्वरूप है। उस पर आक्रमण की तरह नहीं और बौद्ध धर्म का स्तरीकरण हिन्दू पुराणों में पाए जाने वाले दैवी विचार की प्रतिक्रिया स्वरूप है न कि उस विचार को समायोजित करने के अर्थ में। शून्य में कोई विचार पैदा नहीं होता। समय–समय पर कई तरह के विचार आगे बढ़े। पुराने विचार नए विचारों के साथ–साथ मौजूद रहे। विरोधाभासी विचार एक–दूसरे को प्रभावित करते हैं। यहाँ दुनिया का न कोई आदि है न अंत, न मूल्य है न उद्देश्य। सभी अर्थों को मनुष्य ने ही सामूहिक या फिर व्यक्तिगत रूप से अर्थ दिया। हम ही ने सरहदें बनाईं और हम ही उनके लिए लड़ते हैं।

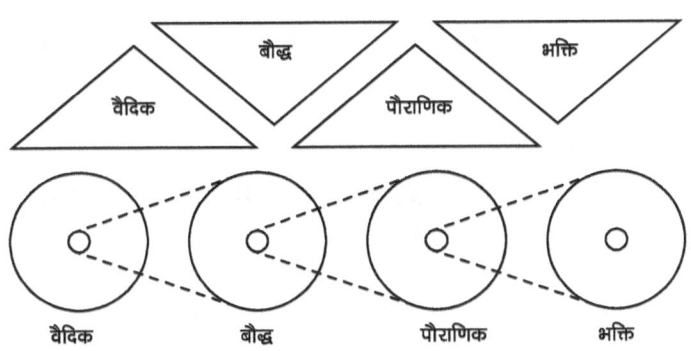

इतिहास के संबंध में मर्दवादी एवं स्त्रियोचित दृष्टिकोण

दुनिया के अधिकांश भागों में नया विचार पुराने विचार के लिए रुकावट बनता है और उसे मिटा देता है। लेकिन भारत में नयी विश्व दृष्टियों ने वैदिक नज़रिए को विभिन्न नज़रियों में पुष्ट करने में सहायता की, चाहे फिर वे स्वदेशी बौद्ध हों या भक्ति हो या विदेशी इस्लाम हो या ईसाई हो, यह वैदिक विचार की अमूर्त प्रकृति के कारण ही संभव है, जिसके लिए उसका शुक्रगुज़ार होना चाहिए। यही विचार 4000 वर्ष पुराने वैदिक अनुष्ठानों, 2000 वर्ष पुरानी कथाओं, 1000 वर्ष पुराने मन्दिरों की कला एवं वास्तुशिल्प तथा 500 वर्ष पुरानी भक्ति कविताओं से स्पष्ट रूप से प्रकट होते हैं।

वैदिक नज़रिए के इस लचीलेपन ने ही बाद के ग्रंथों में वेदों के वर्णन को आसान बनाया जैसे ब्रह्म—सूत्र में है जिसकी रचना किसी मनुष्य ने नहीं की है यानी यह अपौरुषेय है, इसका अर्थ हुआ कि वैदिक विचार कृत्रिम नहीं हैं, वे प्रकृति का हू—ब—हू प्रतिबिम्बन हैं, हालांकि यह दावा कर वेदों का महिमामंडन करना आम बात है कि वेद मनुष्य की शक्तियों से उपर या अलौकिक हैं।

वेदों के बारे में मूलतः यही समझा जाता है कि लगभग 4000 साल पहले प्रार्थनाओं, रागों और अनुष्ठानों को एक साथ मिला दिया गया जो सांकेतिक और लाक्षणिक रूप से विद्या का संचार करता है, यह उन सिद्ध पुरुषों (ऋषियों) का अवलोकन है जिसे उन्होंने देखा और जिसे किसी दूसरे ने नहीं देखा, न ही देख पाया और न ही देख सकता है। उपनिषदों में इन विचारों पर सोचा गया जबकि बौद्ध धर्म तथा अन्य मठ संबंधी धर्मों ने इन विचारों से प्रभावित अनुष्ठानों को चुनौती दी। गीता यही बताती है। गीता में दिए गए विचारों का चित्रण तथा अकसर ही उनका सविस्तार वर्णन पुराणों सहित रामायण तथा महाभारत जैसे महाकाव्यों में भी किया गया है। भक्ति काल के दौरान इन्हें सरलीकृत करके क्षेत्रीय भाषाओं में प्रसारित किया गया। अठारहवीं शताब्दी के बाद इन्हें अंग्रेज़ी में भी व्यक्त किया गया। यही कारण है कि गीता के विषय में किसी प्रकार के अध्ययन करने के लिए वैदिक, उपनिषदिक, बौद्ध, पौराणिक, भक्ति तथा प्राच्य विचारों को ध्यान में रखना होगा।

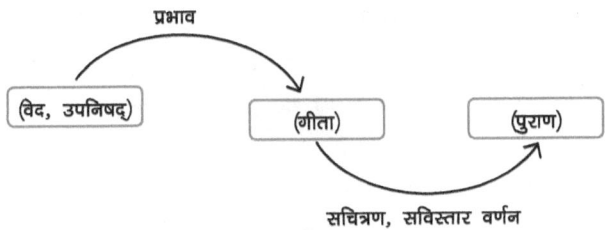

प्रभाव, सचित्रण, सविस्तार वर्णन

गीता एवं हिन्दू धर्म का पुनर्निर्माण

दो हज़ार वर्ष पूर्व दक्षिण एशिया को दो छोरों में बाँट दिया गया था। एक तरफ वे सम्राट थे जिन्होंने महान साम्राज्यों की स्थापना की, जैसे नन्द, मौर्य, शुंग, कण्व, सातवाहन, कुषाण तथा गुप्त, जो महान सम्पन्नता के अग्रदूत थे, परन्तु भारी हिंसा में भी शामिल थे। दूसरी ओर जैन, अजीविक तथा बौद्ध जैसे संन्यासी (श्रमण) लोग थे जो गृहस्थी को ऐसी जगह के रूप में देखते थे जहाँ इंसान कष्ट भोगता है तथा मठ (विहार) द्वारा दिए गए एकांत में सांत्वना की तलाश करता है। अधिक से अधिक लोग जिनमें राजा भी शामिल थे, वैवाहिक जीवन, पारिवारिक परम्पराओं तथा पारिवारिक ज़िम्मेदारियों की तुलना में साधुओं की जीवन शैली को अपना रहे थे, जो कि एक गहरे संकेत का सूचक था। चन्द्रगुप्त मौर्य ने जैन धर्म को अपनाया। उसके पौत्र अशोक ने बौद्ध धर्म अपनाया।

इससे 2000 वर्ष पहले समाज में वैदिक ज्ञान का वर्चस्व था। वेदों के मूल में जो अनुष्ठान था उसे यज्ञ कहा जाता है, जिसमें अदला—बदली भी शामिल थी यानी कुछ पाने के लिए कुछ देना, इस तरह यजमान, जो कि अनुष्ठानों को शुरू करता तथा अन्य जैसे परिवार, मित्र, अजनबी, पूर्वज, भगवानों, प्रकृति और ब्रह्माण्ड के बीच सम्बन्ध बनाते। यह सब कुछ गृहस्थी के लिए ही होता था।

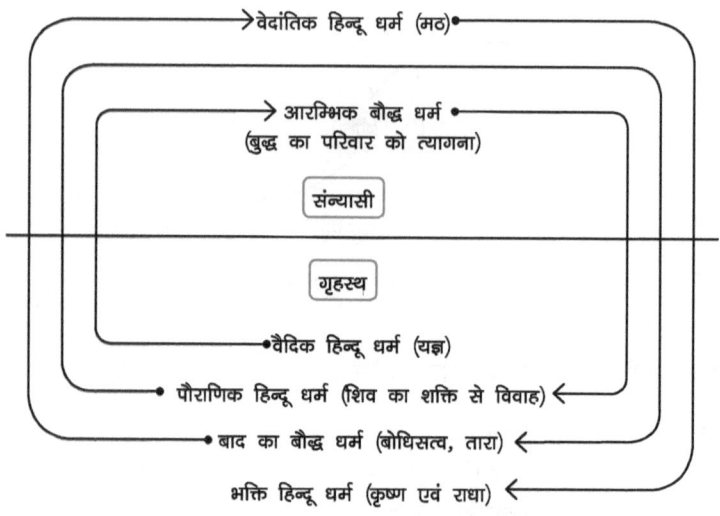

संन्यासियों एवं गृहस्थों के बीच तनाव

वैदिक काल में भी ऐसे संन्यासी यानी ऋषि हुआ करते थे जो विवाहित थे। लेकिन जिन्होंने वैवाहिक आकांक्षाओं के ऊपर दार्शनिक अन्वेषणों को महत्त्व दिया। ऐसे संन्यासी थे जिन्होंने गृहस्थ के रूप में अपने सभी दायित्वों को पूरा करने के बाद गृहस्थी त्याग दी तथा ऐसे तपस्वी थे जिन्होंने सिद्धि की शक्ति की खोज में ब्रह्मचारी बनना स्वीकार किया। वेदों ने एक ऐसी दुनिया प्रस्तुत की जिसमें गृहस्थ मार्ग तथा संन्यासी मार्ग के बीच कोई टकराव नहीं था। जैसा कि राजा जनक की सुप्रसिद्ध राजधानी मिथिला में था।

वैदिक विचार ऋग्वेद की ऋचाओं, सामवेद के मधुर संगीत, यजुर्वेद के अनुष्ठानों और यहाँ तक कि अथर्ववेद के मंत्रों से होते हुए प्रेषित हुए। वेदों की सूची में अथर्ववेद को शामिल करने का विचार काफी बाद की परिघटना है। अभी बाद में ही महाकाव्य महाभारत और यहाँ तक कि नाट्यशास्त्र को भी, जो कला और सौन्दर्य के विषय में जानकारी देता है, इन्हें पाँचवें वेद के रूप में देखा जाता है।

वैदिक विचारधारा का प्रचार अत्यधिक प्रतीकात्मक है। इसमें विचारों को प्रचारित करने का दायित्व ब्राह्मण पर होता है जबकि उनकी व्याख्या करने की ज़िम्मेदारी यजमानों पर होती है। जैसे–जैसे शताब्दियाँ बीतीं, समाज का आकार और जटिलताएं बढ़ीं, आर्थिक एवं राजनीतिक वास्तविकताएँ बदलीं, जनजातियों और गोत्रों ने विभिन्न समुदायों वाले गाँवों को जगह दी, जिनसे राज्यों तथा बाद में साम्राज्यों का उदय हुआ वैसे ही वेदों का प्रचार कार्य समाप्त होने लगा। वैदिक ज्ञान के प्रचारक ब्राह्मण ने व्याख्यावाचक की भूमिका ग्रहण की। दूसरे शब्दों में कहें तो एक लाइब्रेरियन प्रोफ़ेसर बन गया। इसके परिणामस्वरूप प्रार्थना तथा अनुष्ठान को प्रतीकात्मक पहेलियों के रूप में देखा जाना बंद हो गया, जिन्हें दुनिया के रहस्यों को जानने के लिए पढ़ा जाता था। इसके बजाए ये सौभाग्य को पाने और दुर्भाग्य को दूर करने के जादुई उपकरण बन गए।

आत्म–निरीक्षण के ऊपर भौतिकवाद के इस रुझान ने भी उन श्रमणों के उदय में संभवतः योगदान दिया, जो ब्राह्मणों और ब्राह्मणवादी अनुष्ठानों के प्रति अपनी घृणा के लिए जाने जाते थे। वैदिक धर्मसंघ के भीतर भी वैदिक विचारों की पुनर्व्याख्या की आवश्यकता होने लगी।

हिन्दू धर्म की पुनर्व्याख्या 1000 वर्षों की दूसरी अवधि में निश्चय ही अत्यन्त संघटित रूप से हुई। किसी विशेषज्ञ ने इसकी अगुआई नहीं की। ऋषियों ने पारम्परिक अनुष्ठानों और प्रार्थनाओं के बजाए उनकी कहानियों को अपना माध्यम बनाते हुए वैदिक विचारों का प्रचार करना आरम्भ किया। ये कहानियाँ अनुभवजन्म और काल्पनिक दोनों ही तरह की पारंपरिक घटनाओं के संदर्भ पर आधारित होती। ये कथावाचन (आख्यान) के खुले स्रोत थे, जिनमें एक कथानक और एक प्रतिकथानक होता है तथा क्रमशः जो जटिलतम पहेली के हिस्से बनते चले गए। हर किसी ने गुमनाम रूप से काम किया और अपने कामों को किसी व्यास पर मढ़ दिया, जो कि एक मछुआरे के बेटे थे। उन्हें विलुप्त वेदों को पुनर्संयोजित करने का श्रेय जाता है। व्यास शब्द का अर्थ है रचयिता : वैदिक ज्ञान और साथ ही पौराणिक कथाओं के रचयिता।

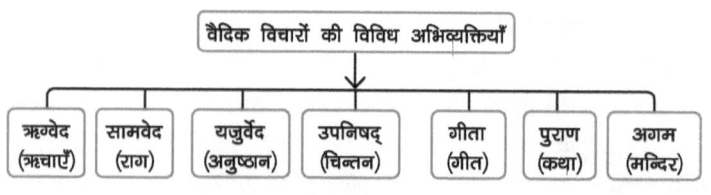

वेदों का संचारण

'व्यास द्वारा किए गए आख्यानों को पुराण अथवा इतिवृत्त कहा जाता है जिनमें रामायण तथा महाभारत जैसे महाकाव्य शामिल हैं जो सम्पत्ति के लिए परिवारों के बीच हुए युद्धों के विषय में बताते हैं। उन्हें इतिहास भी कहा जाता है। इतिहास का शाब्दिक अर्थ है कि पूर्वकाल से ली गई कहानियाँ। प्रतीकात्मक रूप से लिया गया इतिहास यानी वे कहानियाँ जो हमेशा सच होंगी—भूत, भविष्य, वर्तमान हर वक़्त सच। उन्होंने सेक्स और हिंसा, संबंधों में आकांक्षा और विवाद, गृहस्थ और जीवन की सच्चाई को स्वीकार करते हुए, ''इति'' की अवधारणा को दोहराया, जिसका अर्थ होता है ''चीज़ें जैसी हैं वैसी ही।''

जो इति का दावा करते थे वे आस्तिक थे। जो इसे अस्वीकार करते थे वे नास्तिक थे। बाद में जब हिन्दू धर्म और अधिक ईश्वरवादी होता चला गया इति का अर्थ ईश्वर में विश्वास में परिवर्तित हो गया, तथा इस प्रकार आस्तिक एवं नास्तिक, विश्वासी एवं अविश्वासी का द्योतक होने लगा।

बौद्ध धर्म की मठवादी व्यवस्था से भिन्न जो कि वापसी और त्याग के बारे में कहती है, ये आख्यान समाज के साथ आकर्षण तथा ज़िम्मेदारियां उठाते हुए भी मुक्ति की बात कहते हैं। गृहस्थी के झगड़े तथा सम्पत्ति संबंधी विवाद वार्तालाप के रूप में प्रस्तुत किए गए वैदिक ज्ञान के प्रयोग से हल किए जाते थे। प्रायः ये वार्तालाप गीता के रूप में परिवर्तित हुए, जो अनुष्टुप छन्दों का प्रयोग करके गीतात्मक बनाए गए, जहाँ प्रत्येक छन्द में चार पद होते हैं तथा प्रत्येक पद में आठ शब्दांश होते हैं।

कसाई के गीत और ईश्वर के गीत के अतिरिक्त स्वयं महाभारत में ही कई गीताएँ हैं। महाभारत के शांति पर्व के अध्याय 12 में भीष्म पाण्डवों

को नौ गीताओं के बारे में बताते हैं, जो इस प्रकार से हैं–वेश्या के गीत (पिंगला गीता), पुरोहित के गीत (सम्पाक गीता), कृषक के गीत (मनकी गीता), योगी के गीत (बोध्य गीता), राजा के गीत (विचक्ष्णु गीता), संन्यासी के गीत (हरित गीता), राक्षस के गीत (वृत्र गीता), दार्शनिक के भजन (पाराशर गीता) तथा हंस के गीत (हंस गीता)। महाभारत के अलावा अष्टावक्र गीता, वशिष्ठ गीता, राम गीता, शिव गीता, देवी गीता, गणेश गीता तथा अनेक अन्य हैं।

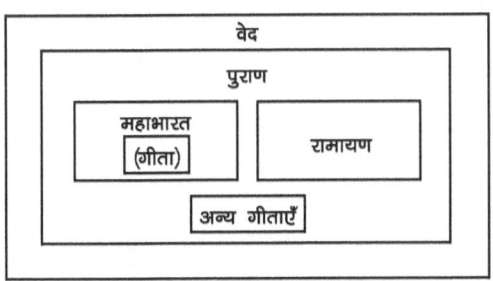

धर्मग्रंथों के समुद्र में गीता को ढूँढ़ना

भगवद् गीता, निश्चय ही सभी गीताओं में सबसे अधिक पढ़ी जाने वाली गीता है। ये कृष्ण नामक एक रथ–सारथी द्वारा अर्जुन नामक एक रथ सवार एवं धनुर्धर को कुरुक्षेत्र के मैदान में पाँच पाण्डवों एवं उनके सौ कौरव चचेरे भाइयों के बीच युद्ध आरम्भ होने से थोड़ा पहले दिए गए उपदेश हैं। ये आज भी इतने लोकप्रिय हैं कि जब हम गीता के विषय में बात करते हैं तो उसका आशय भगवद् गीता ही होता है।

इसके अंतिम रूप में भगवद् गीता में 700 श्लोक थे, जो 18 अध्यायों में बंटे हुए थे, जिनमें से 574 श्लोक कृष्ण द्वारा, 84 श्लोक अर्जुन द्वारा, 41 श्लोक संजय द्वारा तथा एक श्लोक धृतराष्ट्र द्वारा बोला गया था। ऐसा कहा जाता है कि मूल भगवद् गीता में 745 श्लोक थे। यह एक वार्तालाप है, हालांकि यह उपदेश जैसा लगता है, जिसमें 90 मिनट से ज़्यादा का समय लगता है, जबकि दोनों तरफ के पूर्णतः सशस्त्र सैनिक

अधीरतापूर्वक युद्ध की प्रतीक्षा करते हैं या तो यह घटना समयबद्ध भौतिक वस्तुगत सच्चाई (इतिहास) है अथवा एक मनोगत मनोवैज्ञानिक सच्चाई (धर्म) है, यह विचार का विषय बना हुआ है।

व्याख्या, पुनर्वर्णन, अनुवाद

गीता की व्याख्या का कार्य उसके अंतिम संयोजन के लगभग पाँच शताब्दियों के बाद आरम्भ होना प्रतीत होता है। इस अंतराल का क्या कारण रहा यह रहस्य बना हुआ है। वैदिक विचार काफी दूर–दूर तक प्रचलित थे, परन्तु महाभारत में कृष्ण और अर्जुन के बीच हुए इस विशेष संवाद को कोई विशेष महत्त्व नहीं दिया गया।

गीता की व्याख्या का कार्य लगभग तभी से दिखाई देना शुरू होता है जब भारत में इस्लाम का प्रवेश हुआ। विश्व की प्राचीनतम मस्जिदों में से एक मालाबार तट पर सातवीं शताब्दी में बनी थी और आदि शंकराचार्य, जिन्होंने गीता पर सर्वप्रथम विस्तारपूर्वक व्याख्या करके उसे वैदिक धर्म का एक महत्त्वपूर्ण अभिलेख बनाया था, वे भी आठवीं शताब्दी में मालाबार तटीय क्षेत्र में पैदा हुए थे। इसके परस्पर संबंधों को नकारा नहीं जा सकता। ऐसा पूर्णतः संयोगवश हुआ अथवा गीता के पुनरुत्थान के कारण हुआ यह समकालीन राजनीति के दलदल में फंसकर चिंतन का विषय बना हुआ है।

इस्लाम के साथ ही भारत में अब्राहमिक मिथक शास्त्र का चलन आरम्भ हो गया, यानी निराकार ईश्वर, एक पवित्र पुस्तक, एक ही प्रकार के नियम तथा एक समान चिंतन पद्धति जिसमें पदानुक्रम तथा मूर्तिपूजा का तीव्र विरोध शामिल था। ईसाई और यहूदी व्यापारी इनमें से कई विचारों से पहले से ही परिचित थे लेकिन उस स्तर तक नहीं जितना कि मुस्लिम व्यापारी। जितने ज़्यादा मुसलमान भारत में बसते गए, मुस्लिमों द्वारा जितनी ज़्यादा राजधानियों पर राज्य स्थापित होता गया और जितने ज़्यादा भारतीय समुदाय इस्लाम में परिवर्तित होने लगे लेकिन फिर भी वे हिन्दू विचारों से प्रभावित होने को बाध्य थे। हालांकि इस्लाम के बढ़ते

प्रभाव ने उग्र बहसों को भी प्रेरित किया।

गीता पठन कार्य में लगभग 1200 वर्षों के पाँच चरण लग गए।

पहले चरण में वेदांती विद्वानों द्वारा किया गया संस्कृत भाष्य सम्मिलित है, जिनमें आठवीं शताब्दी में केरल के आदि शंकराचार्य, इसके बाद ग्यारहवीं शताब्दी में तमिलनाडु के रामानुजम तथा तेरहवीं शताब्दी में कर्नाटक के मध्वाचार्य सबसे ज़्यादा प्रतिष्ठित हुए। वे ईश्वर की प्रकृति तथा दैवत्व और मानवता के संबंधों के विषय में रुचि लेते थे। क्या ईश्वर हम सभी के भीतर समाहित है अथवा बाहर? क्या ईश्वर सगुण है अथवा निर्गुण? उनकी भाषा अत्यन्त बौद्धिक थी। सबसे महत्त्वपूर्ण बात थी कि ये तीनों भाष्यकार ब्रह्मचारी संत थे जिन्होंने या तो विवाह नहीं किया था अथवा विवाह त्याग दिया था और उन्होंने हिन्दू मठवादी व्यवस्था की स्थापना की। वे लोगों को स्पष्ट रूप से यह बताते थे कि हिन्दू धर्म ने, जो एक समय पर गृहस्थ मार्ग का प्रबल समर्थक था, बौद्ध धर्म के संतों के उस मार्ग का अनुकरण करना छोड़ दिया जिसका वे पूर्व में सदैव उपहास किया करते थे। इसने अत्यधिक बौद्धिक वेदांत को ग्रहणशील तंत्र से क्रमशः अलग करने में सहायता की, जिसमें ग्रहणशील तंत्र और अधिक मुख्यधारा में शामिल होता गया और बौद्धिक वेदांत को और भी ज़्यादा एक रहस्य के रूप में देखा जाने लगा।

दूसरे चरण के अंतर्गत कथाओं का क्षेत्रीय भाषाओं में किया गया "पुनर्वर्णन" कार्य आता है, जिनमें सबसे पहला कार्य तेरहवीं शताब्दी में ज्ञानेश्वर द्वारा मराठी में किया गया जिसका अनुसरण चौदहवीं शताब्दी में निरानाम माधव पणिक्कर ने मलयालम में, पन्द्रहवीं शताब्दी में पेद्दा तिरुमलाचार्य ने तेलुगु में, पन्द्रहवीं शताब्दी में ही बलरामदास ने उड़िया में, सोलहवीं शताब्दी में गोविंद मिश्र ने असमिया में, सत्रहवीं शताब्दी में दासोपंत दिगम्बर तथा तुकाराम ने मराठी में तथा अन्य बहुत से लोगों ने किया। क्षेत्रीय भाषाओं में किए गए इन कार्यों का स्वर अत्यन्त भावपूर्ण था, जिसमें कवि ईश्वर के विषय में बेहद निजी और अनुरागी भाव से बात करते हैं। ज्ञानेश्वर ने तो कृष्ण को माँ का रूप माना है तथा उन्हें ऐसी गाय की तरह कल्पित किया है जो अर्जुन रूपी अपने भयभीत बछड़े को

अपना दूध पिलाकर सांत्वना देते हैं, यह दूध गीता है। इस तरह के कार्य प्रायः गीतों के माध्यम से प्रस्तुत किए गए ताकि गीता का ज्ञान जनमानस तक पहुँच सके। इसी चरण में भागवत् पुराण या सामान्यतः भागवत्, जो ग्वाले के रूप में कृष्ण के आरम्भिक जीवन के विषय में बताता है, हिन्दू धर्म का एक प्रमुख ग्रंथ बन गया। यह भी इसी चरण में हुआ कि गीता का देवी के समान मूर्तिकरण करना शुरू हुआ तथा उस पर ध्यान लगाने (गीता ध्यान) और उसकी महिमा (गीता महात्म्य) को उत्सव के रूप में मनाने के लिए प्रार्थनाओं की रचना की जाने लगी। मार्गशीर्ष माह (दिसम्बर) में शुक्ल पक्ष के ग्यारहवें दिन को गीता जयंती के रूप में जाना गया क्योंकि इसी दिन कृष्ण ने अर्जुन और सकल विश्व के सामने इस ज्ञान को उद्घाटित किया था।

ज्ञानेश्वर

तीसरे चरण में यूरोपियों द्वारा किया गया गीता का ''अनुवाद'' कार्य शामिल है—जैसे अठारहवीं शताब्दी के यूरोपीय प्राच्यवादी चार्ल्स विल्किंस जिन्हें ईस्ट इंडिया कम्पनी द्वारा भेजा गया था तथा एडविन अर्नाल्ड जैसे उन्नीसवीं शताब्दी के कवि, जिन्होंने बुद्ध एवं पूरब की कई अन्य चीज़ों से यूरोप का परिचय करवाया। उन्हें एक उद्देश्य मिल गया था, इस प्रकार, गीता के सही पठन द्वारा अप्रत्यक्ष रूप से इस सुझाव को लागू किया गया कि भाष्यकार्य एवं पुनर्वर्णन तथा काव्यात्मक अनुवाद

केवल व्याख्यात्मक, व्यक्तिपरक, कलात्मक स्वातंत्र्य द्वारा सम्मिश्रित होता है, इसलिए यह निम्न कोटि का होता है। अनुवादक ईसाई थे और वे मुसलमानों की तरह अब्राहमिक एकेश्वरवाद मिथकशास्त्र में तल्लीन थे। जो ईश्वर को ज्ञान के मूल स्रोत के रूप में तथा मनुष्य को ऐसे पापी के रूप में देखते थे, जिसे ईश्वर के मार्ग पर चलने की आवश्यकता थी। उन्होंने गीता के ईश्वर को स्वाभाविक रूप से एक न्यायाधीश के रूप में देखा, इसके बावजूद कि यह अवधारणा हिन्दू धर्म के प्रतिकूल थी। गीता स्वाभाविक रूप से ईश्वर के निर्देश के रूप में हिन्दुओं की बाइबल बन गई। प्राच्यवादियों द्वारा इन अनुवादों एवं संस्कृत शब्दों को कल्पना के साथ दिए गए अर्थ, जिनकी जड़ें अब्राहमिक मिथकशास्त्र में ही थीं, की स्वीकृति जारी रही, आधुनिक समय में गीता की समझदारी पर इसका काफी गहरा प्रभाव है।

चौथे चरण में भारतीय राष्ट्रवादियों द्वारा किया गया "पुनरानुवाद" शामिल है। बीसवीं शताब्दी के आरम्भ में भारतीय राष्ट्रीय आन्दोलन ने गति पकड़ी और भारतीय उपमहाद्वीप के विविध लोगों को एक सूत्र में बाँधने की अति आवश्यकता बढ़ती गई। तब गीता ही इसके लिए एकमात्र अच्छी पुस्तक लगी। लेकिन भिन्न–भिन्न नेता इसे भिन्न–भिन्न तरीकों से ही देखते थे। श्री अरविंद को गीता में एक प्राचीन सभ्यता के रहस्यमयी विचार दिखाई दिए तो बी.आर. अम्बेडकर ने यह चिन्हित किया कि गीता क्रूर जाति प्रथा को सही ठहराती प्रतीत होती है। बाल गंगाधर तिलक ने इसमें न्यायपूर्ण हिंसा को तर्कसंगत पाया, जबकि महात्मा गांधी को इसमें अहिंसा के मार्ग पर चलने की प्रेरणा प्राप्त हुई। यह वह समय था जब दुनिया बुद्ध के विचारों से परिचित हुई जिनकी तुलना कृष्ण के विचारों से की गई थी। अंततः अर्जुन की इस दुविधा को आवश्यक रूप से पुनः स्पष्ट किया गया–"मैं अपने परिवार की हत्या कैसे कर सकता हूँ?" यह दुविधा कम होती चली गई और इसकी जगह "मैं कैसे किसी की हत्या कर सकता हूँ?" का विचार बढ़ता गया।

पांचवा चरण दो विश्व युद्धों की समाप्ति के बाद "पुनर्निर्माण" का आता है, जिसने औपनिवेशिक साम्राज्यों को गणतांत्रिक एवं प्रजातांत्रिक

राष्ट्रों में बदल कर रख दिया। हिंसा का ज़ख्म झेल रहा विश्व उलझन में था कि गीता की व्याख्या किस तरह की जाए। जे रॉबर्ट ओपेनहामर ने परमाणु बम की तुलना कुख्यात रूप से कृष्ण के लौकिक स्वरूप के साथ की। एल्डस हक्सले ने गीता को चिरस्थाई दर्शन के रूप में देखा जो समस्त मानवता को बाँधता है। यह हिन्दुओं की निर्णायक पवित्र पुस्तक बन गई है जो शांति का संदेश देती है। आध्यात्मिक गुरुओं ने गीता को मुक्ति (मोक्ष) प्राप्ति के सुस्पष्ट निर्धारित लक्ष्य के लिए ईश्वर के निर्देशों के रूप में प्रस्तुत करना शुरू किया और हिन्दू विचार पद्धति को एक "धर्म" के रूप में परिवर्तित कर दिया। प्रबंध गुरुओं ने नेतृत्व, आचारसंहिता, संचालन तथा विजेता बनने की कला को स्पष्ट करने के लिए गीता का प्रयोग किया। इंटरनेट के विस्फोट से पूर्व, 1980 तक गीता के 50 भाषाओं में लगभग 3000 अनुवाद उपलब्ध थे और अंग्रेज़ी में लगभग 1000 अनुवाद थे।

हाल ही में, कुछ अमेरिकी विद्वानों ने इस कथन को चुनौती दी कि गीता में शांति के विषय में कुछ भी कहा गया है। वे हिन्दू धर्म को इस तरह से प्रस्तुत करने लगे कि हिन्दू धर्म एक दमनकारी हिंसक बल का परिणाम है जिसे ब्राह्मणवाद कहा जाता है जो बौद्ध धर्म के शांतिवाद को मिटा देने की इच्छा रखता है और एक ऐसे पदानुक्रम की व्यवस्था का प्रचार करता है जो पितृसत्ता एवं छुआछूत को बढ़ावा देता है। इस प्रकार गीता हिंसा का जटिल स्पष्टीकरण बन गई। इस दृष्टिकोण को चुनौती देने के किसी भी प्रयास को धार्मिक कट्टरवाद या हिन्दू राष्ट्रवाद के रूप में अस्वीकार कर दिया गया। इस प्रकार के निष्कपट या संभवतः जानबूझकर हिन्दू धर्म को संघर्ष आधारित मर्दवादी ऐतिहासिक सांचे में बलपूर्वक ढाले जाने का पश्चिम में काफी लम्बे समय से समर्थन हो रहा था। विशेषरूप से हिन्दू प्रवासियों द्वारा हिन्दू भय दिखा कर इस बात की भर्त्सना करने के मामले बढ़ने लगे। इतिहासकार तेज़ी से कई दक्षिण एशियाई विद्वानों के घोर पूर्वाग्रहों और सांस्कृतिक सम्बन्धों की ओर ध्यान दे रहे हैं। इसके साथ ही उन राष्ट्रवादियों पर भी उनकी नज़र है जो तथ्यों को समझने की राह को प्रभावित करते हैं।

आँखें ऐसी हों जो देख सकें। ये प्रत्येक चरण एक ऐतिहासिक सन्दर्भ की प्रतिक्रिया है चाहे वह बौद्ध एवं इस्लाम धर्म के काल में हिन्दू आस्तिकवाद का विस्तारण हो अथवा भारत का ब्रिटिश उपनिवेश में परिवर्तन होने का काल हो अथवा राष्ट्रीय आन्दोलन के उदय का काल हो या साम्राज्यों के अंत का काल या फिर, आस्तिक विचारधाराओं के साथ धर्मनिरपेक्ष लोकतंत्रों का काल, या फिर से डिजिटल होते हुए वैश्विक ग्राम का काल जिसमें पहचान का संकट हो तथा जहां हर कोई हिंसा से ऊब चुका हो लेकिन कोई भी इसे छोड़ पाने में खुद को समर्थ न पाता हो।

आप और मैं एक अनूठे समय में जी रहे हैं। हमारे पास गीता के इतिहास, उसके निर्माण तथा समय–समय पर उसमें हुए बदलाव को जानने की सुविधा उपलब्ध है। हमारे पास भूगोल, इतिहास दुनियाभर के विभिन्न मिथक शास्त्रों और दर्शनों की बेहतर समझदारी है जिससे हम गीता के विचारों की तुलना और उनमें भेद कर सकते हैं। हमारे पास पशु, मनुष्य और विकासवादी मनोविज्ञान पर शोध करने की सुविधा है। हम यह भी भलीभांति जानते हैं कि गीता के संबंध में किसी प्रकार का अध्ययन अंततः इसी बात का अध्ययन होगा कि हम मनुष्य संसार को किस दृष्टि से देखते हैं, भारतीयों ने संसार को किस दृष्टि से देखा, पश्चिम के लोग भारत को किस दृष्टि से देखना चाहते हैं, भारतवासी भारत को किस दृष्टि से देखना चाहते हैं तथा हम गीता को किस दृष्टि से देखना चाहते हैं।

एक प्रामाणिक संदेश का पता लगाने से ज़्यादा आपको और मुझे उन विचारों की बहुलता की प्रशंसा करनी चाहिए जो शताब्दियों में पैदा हुए और यह पता लगाना चाहिए कि क्या चीज़ है जो उन विचारों को बाँधती है और उन्हें पृथक करती है। विभिन्न अनुवादों, टिप्पणियों तथा पुनर्वर्णनों में हम स्वयं (अर्जुन) के तथा अन्य, जो हमारे पक्ष में खड़े हैं (पाण्डव) और जो दूसरी ओर खड़े हैं (कौरव), जो सभी के पक्ष में खड़े हैं (कृष्ण) तथा निश्चय ही वह सम्पत्ति (कुरुक्षेत्र) के बीच संबंधों की प्रशंसा करने की सामान्य प्रवृत्ति पाते हैं। दूसरों के साथ हमारे संबंध, भले ही वह कोई वस्तु अथवा जीव हो तथा अन्य लोगों के हमारे साथ संबंध ही वह चीज़ हैं

जो हमारी मानवता को निर्धारित करते हैं और यही एक सनातन सत्य है, जिसकी हमारे पूर्वजों द्वारा खोज की गई, और जिसकी हम 'मेरी गीता' में जांच–पड़ताल करेंगे।

मेरी गीता

विश्व रूप

आगे आने वाले अध्यायों में आप और मैं गीता की अठारह विषय-वस्तुओं की छान-बीन करेंगे। हम संबंधों के बाहरी संसार और विचारों तथा भावनाओं के आंतरिक संसार के बीच यात्रा करते रहेंगे। हम इस बात की प्रशंसा से आरम्भ करेंगे कि हम संसार को एवं स्वयं को किस दृष्टि से देखते हैं। तब हम जिस संसार में रहते हैं और जो हमारे भीतर एवं बाहर मूर्त व अमूर्त (आत्मा, देह, देहि, कर्म) दोनों का मिश्रण है उसकी संरचना को समझ पाएंगे। उसके पश्चात हम देखेंगे कि मनुष्य सामाजिक रूप से (धर्म, यज्ञ, योग) किस प्रकार जुड़ सकता है। तब हम अपने सभी के अन्दर स्थित ईश्वर के उन विचारों (देव, भगवान, ब्राह्मण, अवतार) का महत्त्व समझेंगे जो हमारे उस भय को दूर करने में सहायक होगा जो हमें समाज से अलग करता है। हमारे अन्दर ईश्वर में विश्वास की कमी होने से हम धन-दौलत में बाहरी सांत्वना (क्षेत्र, माया) प्राप्त करते हैं। इसके कारण हमारे अन्दर और बाहर के बीच परिणामस्वरूप जंग होती रहती है। जब तक हमें मोह रहता है, हम उसमें फंसे रहते हैं। जैसे ही हम उससे बाहर निकलते हैं, हम स्वतंत्र (मोक्ष) हो जाते हैं और हम स्वतंत्र होकर उदार एवं दूसरे पर निर्भर (ब्रह्म-निर्वाण) होते हुए भी अपनी संगति (आत्म-रति) से ही संतुष्ट रहते हैं।

'मेरी गीता' की विषय-वस्तुओं का क्रम गीता की विषय-वस्तुओं के क्रम से थोड़ा भिन्न है क्योंकि इसमें कुछ अवधारणाओं को समझने के लिए विस्तार दिया गया है।

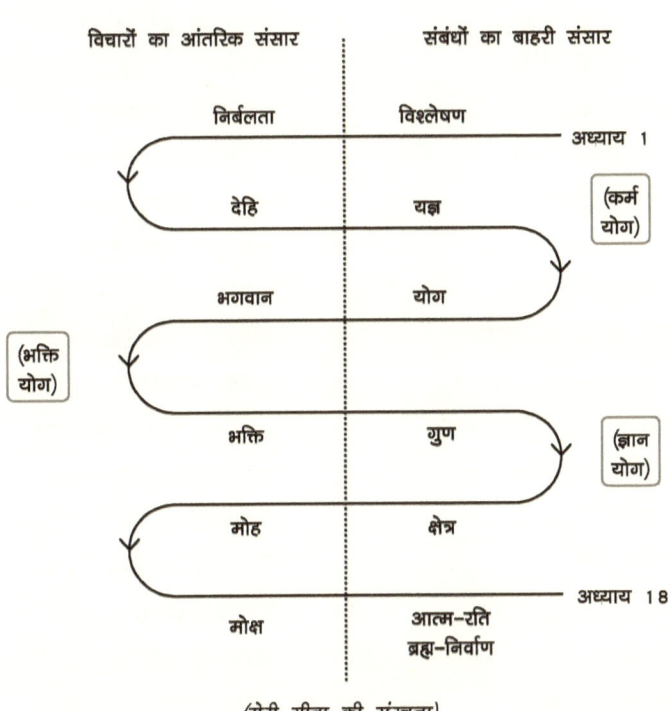

विचारों का आंतरिक संसार   संबंधों का बाहरी संसार

निर्बलता   विश्लेषण   अध्याय 1

देहि   यज्ञ   (कर्म योग)

भगवान   योग

(भक्ति योग)

भक्ति   गुण   (ज्ञान योग)

मोह   क्षेत्र

मोक्ष   आत्म-रति   अध्याय 18
              ब्रह्म-निर्वाण

(मेरी गीता की संरचना)

गीता की विषय–वस्तु	अध्याय	मेरी गीता की विषय–वस्तु
अर्जुन की निराशा	1	अवलोकन (दर्शन)
विश्लेषण का सारांश (सांख्य)	2	पुनर्जन्म (आत्मा)
कर्मों की जानकारी देना	3	नश्वर शरीर (देह)
ज्ञान के महत्त्व का आदान–प्रदान करना	4	शरीर के अमरत्व निवासी (देहि)
अनासक्त कर्म (संन्यास)	5	कारण एवं परिणाम (कर्म)
अंतर्यात्रा (ध्यान)	6	उपयुक्त आचरण (धर्म)
अंतर्शक्ति (विज्ञान)	7	आदान–प्रदान (यज्ञ)
पुनर्जन्म अथवा मुक्ति (अस्खारा)	8	आत्मविश्लेषण (योग)
विशेष रहस्य (राजगुह्य)	9	विश्वास (देवासुर)
देवत्व का विवरण (विभूति)	10	शक्ति (भगवान)
देवत्व के दर्शन (विश्वरूप)	11	मन का विस्तार (ब्राह्मण)
साकार अथवा निराकार (भक्ति)	12	मन को संकुचित करना (अवतार)
स्वामित्व (क्षेत्र)	13	तत्व की प्रवृत्तियाँ (गुण)
तत्व की प्रवृत्तियाँ (गुण)	14	स्वामित्व (क्षेत्र)
शक्ति (पुरुषोत्तम)	15	मापन (माया)
आस्तिक (देवासुर)	16	लगाव (मोह)
भक्ति की विविधता (श्रद्धा)	17	मुक्ति (मोक्ष)
समाधान का सार (मोक्ष)	18	संयोजन (ब्रह्म–निर्वाण)

1

आपको और मुझे निर्णय नहीं करना है

हिन्दू मिथक शास्त्र में न्याय का दिन (अरबी में क़यामत) जैसी कोई अवधारणा नहीं है। हिन्दुओं का ईश्वर कोई निर्णायक नहीं है। इसीलिए गीता में कृष्ण कोई ईश्वरीय आदेश नहीं देते हैं। वह केवल इस संसार की संरचना को ही बताते हैं। जब तक हम कोई निर्णय नहीं करेंगे तब तक हम इस संसार को उस दृष्टि से नहीं देख पाएंगे जैसा कि यह है। हम केवल उन सीमाओं में बंध गए हैं जो हमने स्वयं बनाई हैं। और जिसे हम अपना शत्रु समझते हैं, उसे उस परिवार से, जिसे हम अपना समझते हैं, ये सीमाएं अलग करती हैं। जैसाकि गीता के प्रथम अध्याय में अनुभव होता है। यह अध्याय दर्शन एवं अवलोकन की अवधारणा को लागू करता है जो वेदों में, गीता में तथा महाभारत में अस्पष्ट है परन्तु हिन्दुओं के मन्दिरों के अनुष्ठानों में सुस्पष्ट हो जाती है जहाँ भक्त प्रतिष्ठापित देवताओं को टकटकी लगाकर देखने के लिए आमंत्रित किए जाते हैं और भगवान भी अपने भक्तों को उसी प्रकार से टकटकी लगाकर अपलक निहारते हैं।

धृतराष्ट्र, दुर्योधन और अर्जुन युद्ध भूमि को किस तरह से देखते हैं, गीता की शुरुआत यहीं से होती है। गीता के सबसे शुरुआती श्लोक में धृतराष्ट्र क्या कहते हैं इसे नीचे दिया गया है। यही वह एकमात्र श्लोक है जो उनके द्वारा बोला गया है:

संजय मुझे बताओ कि मेरे पुत्रों एवं पाण्डु के पुत्रों के बीच क्या चल रहा है जैसा कि वे कुरुक्षेत्र के मैदान में इकट्ठा हो गए हैं, क्या वे वही कर रहे हैं जो उन्हें करना चाहिए?—*भगवद् गीता, अध्याय—1, श्लोक—1 (भावानुवाद)*

धृतराष्ट्र कुरु परिवार के मुखिया हैं जिनकी दो शाखाएं युद्ध के मैदान में आपस में भिड़ने वाली हैं। स्वाभाविक रूप से वे यह जानने के लिए उत्सुक हैं कि युद्ध के मैदान में क्या चल रहा है। वे इस बात के लिए भी चिंतित हैं कि क्या वहाँ पर, जिसे वे कुरुक्षेत्र या धर्मक्षेत्र के रूप में पुकारते हैं, वहाँ सब कुछ ठीक चल रहा है। हालांकि वे केवल अपने पुत्रों कौरवों को ही मेरे (मम) कह कर बुलाते हैं, और अपने भतीजों को पाण्डु के पुत्र, पाण्डव कह कर पुकारते हैं न कि 'मेरे भाई के पुत्र।' इस प्रकार वे अपने दिल से पाण्डवों को निकाल देने की अपनी भावना व्यक्त करते हैं। वे उन्हें एक परिवार के रूप में न देखते हुए उन्हें एक बाहरी, घुसपैठिए और यहाँ तक कि शत्रु के रूप में भी देखते हैं। वे यह नहीं समझते कि यह बहिष्करण ही अधर्म की जड़ है जो कुरु वंश का सर्वनाश कर रही है। धृतराष्ट्र का अंधापन उनकी आँखों में रोशनी न होना नहीं बल्कि सहानुभूति के अभाव में है।

धृतराष्ट्र का अंधापन उनके बड़े पुत्र दुर्योधन के लिए और भी अधिक बढ़ जाता है, युद्ध भूमि में जिसके आचरण के बारे में शाही सारथी संजय ने तब इस प्रकार वर्णन किया:

महाराज, आपके पुत्र को इस बात का कोई आश्चर्य नहीं है कि शत्रु पूर्ण रूप से तैयार है, अंततः उनका सेनापति धृष्टद्युम्न भी तो उसके गुरु द्रोण का ही शिष्य है। वह घोषणा करता है कि

पाण्डवों के पास बलशाली भीम है जो एक छोटी—सी सेना का नेतृत्व कर रहा है, परन्तु उसके पास तो अनुभवी एवं अजेय भीष्म हैं जो एक विशाल सेना का नेतृत्व कर रहे हैं। ऐसा कहने के बाद वह अपने सैनिकों को आदेश देता है कि वे भीष्म की रक्षा किसी भी क़ीमत पर करें।—*भगवद् गीता, अध्याय—1, श्लोक—2 से 11 (भावानुवाद)*

दुर्योधन के इन शब्दों से जिनका वर्णन संजय ने किया है उसकी उत्तेजना, असुरक्षा तथा घबराहट का पता चलता है, इस तथ्य के बावजूद कि उसके पास ग्यारह प्रकार की सेनाएं हैं, जबकि पाण्डवों के पास केवल सात सेनाएं हैं।

संजय

इसके पश्चात संजय युद्धभूमि में अर्जुन के प्रवेश के बारे में आगे वर्णन करते हैं। अर्जुन आश्वस्त दिखाई देता है, उसके हाथ में धनुष है, उसके रथ को चार सफ़ेद घोड़े खींच रहे हैं, जिसके ऊपर अतुलित बलशाली वानर भगवान हनुमान के चित्र वाला ध्वज फहरा रहा है। वह अपने सारथी कृष्ण से बोलता है कि वह उसे युद्धभूमि में दोनों सेनाओं के मध्य ले कर चलें। वहाँ, राज्यरहित भूमि में उस पर इस महापाप की त्रासदी

की वास्तविकता प्रकट हुई : दोनों ओर उसके संबंधी और मित्र हैं, जिनमें अग्रज, गुरु, चाचा–ताऊ, भतीजे, साले व ससुर शामिल हैं। उनके सामने वे लोग हैं, जिनकी उसे रक्षा करनी चाहिए तथा जिन्हें उसकी रक्षा करनी चाहिए। इसके बावजूद वे उसे मारना चाहते हैं और वह उन्हें। क्यों? एक भूमि के टुकड़े मात्र के लिए! ऐसे कैसे ठीक या अच्छा हो सकता है? इसका सभ्यता पर क्या प्रभाव पड़ेगा?

> कृष्ण, धृतराष्ट्र के पुत्र एक ही परिवार हैं। हम उन्हें कैसे मार सकते हैं, जो लालच के मोहवश भयानक स्थिति तक अंधे हो चुके हैं? यदि हम राज्य के लिए परिवार की हत्या करते हैं तो महिलाएं भक्तिभाव से क्यों परेशान होंगी, समाज सीमाओं का सम्मान क्यों करेगा? सभी अनुष्ठान समाप्त हो जाएंगे तथा सभी पूर्वजों को भुला दिया जाएगा। जो परिवार के इस ताने–बाने को उलझाएगा वह निश्चित ही गहरे नरक में डूब जाएगा।
> *—भगवद् गीता, अध्याय–1, श्लोक–37 से 45 (भावानुवाद)*

यह प्रतिक्रिया, जो भय और भ्रम से भरी हुई है, धृतराष्ट्र और दुर्योधन के विचारों से बहुत भिन्न है। कौरव पिता और पुत्र उनके बीच में स्पष्ट विभाजन रेखा खींच चुके हैं जिन्हें वे अपना समझते हैं तथा जिन्हें वे बाहरी, घुसपैठिए और शत्रु भी समझते हैं। फिर भी अर्जुन की मर्यादाएं डाँवाँडोल हो रही हैं : एक परिवार कैसे शत्रु हो सकता है?

महाभारत में अर्जुन को एक उच्च कोटि के धनुर्धर के रूप में दर्शाया गया है, जो ऊपर बादलों से तथा नीचे वृक्षों से विचलित हुए बिना उड़ते पंछी की आँख में अपने तीर से निशाना लगा सकता है। इसके बावजूद, कुरुक्षेत्र के मैदान में अर्जुन अपने लक्ष्य से परे अपने परिवार एवं मित्रों को "देखता" है। वह उन्हें मारने की अपनी इच्छा की नैतिकता पर तथा समस्त समाज के लिए इस हिंसा के परिणामों पर प्रश्नचिन्ह लगाता है। यह हिंसा का प्रश्न नहीं है जो उसे परेशान करता है, क्योंकि वह ऐसा पहले भी कर चुका है। उसे जिस बात की चिन्ता है, वह है अपने उस परिवार के प्रति हिंसा जिसकी उसे रक्षा करनी चाहिए।

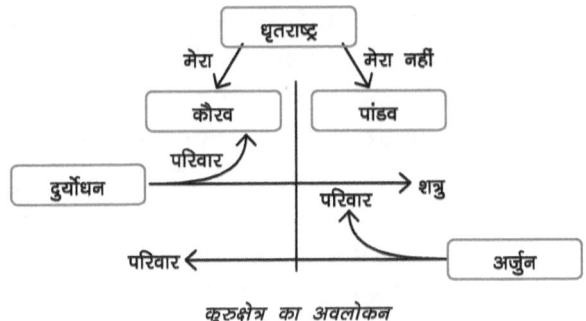

कुरुक्षेत्र का अवलोकन

धृतराष्ट्र और दुर्योधन द्वारा प्रदर्शित मनोवैज्ञानिक अन्धेपन से पूर्णतः विपरीत अर्जुन का दृष्टिकोण विस्तृत हो रहा है, परिदृश्य पर ध्यान संकेन्द्रित किया जा रहा है, धारणा पर ध्यान रखा जा रहा है, क्योंकि उनकी दृष्टि अंततः उन सीमाओं को स्वीकार नहीं करती है जो उन्हें दूसरों से तथा उनकी कार्रवाई को ज़िम्मेदारी से अलग करती है। यही दर्शन है।

संकेन्द्रण तथा परिदृश्य

दर्शन में कोई निर्णय नहीं होता है क्योंकि उसमें कोई बाध्यता, कोई नियम नहीं होता, सही–ग़लत और मेरा–तेरा के बीच कोई अलगाव नहीं होता।

धृतराष्ट्र स्मृति के कारण दर्शन नहीं कर पाते हैं, क्योंकि उनके मन में घोर दुर्भावना है। वे जन्म से अंधे हैं फिर भी यह वही चीज़ है जिसका कभी ध्यान नहीं रखा गया। उनके चाचा भीष्म द्वारा भी नहीं, जो यह

निर्णय करते हैं कि धृतराष्ट्र के छोटे भाई पाण्डु को उनकी जगह राजा बना दिया जाए। उनकी पत्नी गांधारी द्वारा भी नहीं जो उसके अंधेपन को बांटने के लिए अपनी आँखों पर भी काली पट्टी बाँधने का निर्णय लेती है, बावजूद इसके कि वह इसकी क्षतिपूर्ति करे। उनके प्रिय पुत्र दुर्योधन द्वारा भी नहीं जो उनकी सलाह को न मानते हुए अपने मामा शकुनि की सलाह मानता है। उनके सलाहकार विदुर द्वारा भी नहीं जो उनके सौ पुत्रों की तुलना में पाण्डु के पाँच पुत्रों की सदैव प्रशंसा करते हैं। सभी द्वारा इस बात का ध्यान न करने के कारण वह केवल अपने अंधेपन का ही लाभ उठाना चाहते हैं।

अर्जुन के भी दर्शन न करने के अनेक कारण हैं : जब वे छोटे थे तो कौरवों ने उन्हें और उनके भाइयों को मारने का हर सम्भव प्रयास किया। उन्होंने जुआघर में उन्हें और उनके भाइयों के साथ कई बार दुर्व्यवहार किया। उन्होंने पाण्डवों की संयुक्त पत्नी द्रौपदी के बाल पकड़ कर उसे बलपूर्वक खींचा तथा उसका सार्वजनिक रूप से चीरहरण करने का प्रयास किया। पाण्डवों द्वारा समझौते की निर्धारित शर्त का पालन करते हुए तेरह वर्ष का वनवास पूरा करने पर भी उन्होंने पाण्डवों की भूमि इन्द्रप्रस्थ को वापस लौटाने से मना कर दिया। कौरवों ने शांति स्थापित करने के उद्देश्य से पाण्डवों के समझौते के निमंत्रण को भी ठुकरा दिया। फिर भी अर्जुन के लिए कौरवों द्वारा बार–बार अंधेपन का लाभ उठाने पर प्रतिक्रिया व्यक्त करना अत्यन्त कठिन रहा।

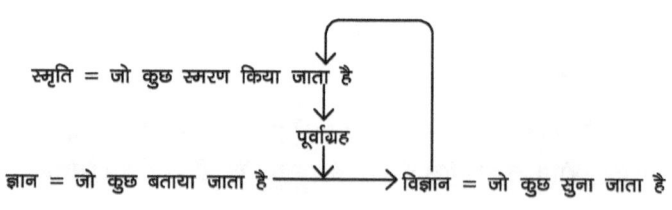

स्मृतियों के चिंतन को विरूपित करना

अर्जुन को प्रेरित करने के प्रयास में कृष्ण उन्हें उनके भाइयों एवं पत्नी के उत्पीड़न का तथा एक योद्धा, एक भाई तथा एक पति के रूप में उनके प्रति उनके कर्तव्यों का स्मरण कराते हैं। कृष्ण ने अर्जुन के पौरुष पर भी प्रश्नचिन्ह लगाया (अध्याय 2, श्लोक 3) वे उसके कार्य का अ–पुरुष (क्लीव) के कार्य के रूप में मज़ाक उड़ाते हैं। कृष्ण उन्हें मृत्यु होने पर इंतज़ार कर रही स्वर्ग की महिला और जीवित रहने पर विजय की संतुष्टि के बारे में कहते हैं। परन्तु इन सब बातों का अर्जुन पर कोई प्रभाव नहीं पड़ता है। वे अपनी स्मृति में बसी हमदर्दी की पट्टियों को हटा देने से मना करते हैं, वह दर्शन करते हैं, जो उन्हें गीता का एक योग्य प्राप्यकर्ता बनाती है।

युद्ध से काफी समय पूर्व, जब शांति वार्ता टूट गई थी, कृष्ण ने धृतराष्ट्र और दुर्योधन को अपना वही विराट स्वरूप दिखाया, जो उन्होंने अर्जुन को प्रवचन देते समय दिखाया था, ताकि पिता और पुत्र उससे प्रभावित होकर उनकी बातों को गंभीरता से ले सकें। परन्तु धृतराष्ट्र ने, जिन्हें क्षण भर के लिए दृष्टि प्रदान की गई थी, इस विस्मयकारी दृश्य के आगे अपनी असमर्थता व्यक्त कर दी थी तथा अपने अंधेपन में वापस चले गए। जबकि दुर्योधन को यह किसी जादूगर की कोई चालबाज़ी लगी। पिता और पुत्र दोनों ने उस चीज़ को नकार दिया जो उन्हें दिखाया गया था। वे इस विचार से चिपके रहे कि उन्हें शिकार बनाया गया था। इस प्रकार किसी चीज़ को दिखाया जाना इस बात की गारंटी नहीं की उसे देखा जाता है। इसी तरह से किसी बात को बताना इस बात की गारंटी नहीं देता कि उसे सुन लिया जाता है। ज्ञान विज्ञान नहीं है।

निर्णय के दिन संसार अच्छाई एवं बुराई, निर्दोष एवं दोषी, दूषित एवं शुद्ध, अत्याचारी एवं उत्पीड़ित, प्राधिकृत एवं अप्राधिकृत, शक्तिशाली एवं शक्तिहीन में विभाजित हो जाता है। जबकि दर्शन, कारण एवं परिणाम तरलता के उस संसार को देखता है जहाँ कोई विभाजन, सीमाएं, धर्मतंत्र अथवा नियम नहीं होते हैं।

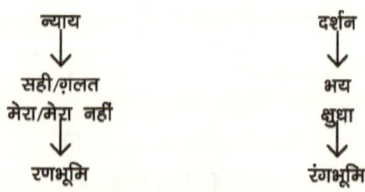

रणभूमि एवं रंगभूमि

निर्णय के आधार पर निर्मित संसार क्रोधोन्माद उत्पन्न करता है। जीवन कुरुक्षेत्र जैसी रणभूमि बन जाता है। जहाँ दोनों पक्ष पीड़ित जैसा अनुभव करते हैं, जहाँ सभी किसी भी क़ीमत पर विजय प्राप्त करना चाहते हैं, जहाँ कोई न कोई सदैव पराजित होगा। दर्शन के आधार पर निर्मित संसार अंतर्दृष्टि उत्पन्न करता है इसीलिए जिसे भी हम भूख एवं भय से पीड़ित देखते हैं उन सभी के लिए स्नेह होता है। जीवन रंगभूमि बन जाता है, जो स्वयं की ख़ुशियों से प्रोत्साहित एवं आनन्दित होकर दूसरों को प्रोत्साहित करने एवं आराम देने के विषय में सोचता है। कृष्ण की लीलाओं के कारण ही उन्हें रंगनाथ के रूप में पूजा जाता है। वह कभी–भी निर्णय नहीं करते हैं, इसलिए वे किसी को भी पीड़ित नहीं देखते हैं। इसी प्रकार से वे गीता आरम्भ करते हैं:

> अर्जुन तुम उन लोगों के लिए दुःखी होते हो जिनके लिए तुम्हें दुःख प्रकट नहीं करना चाहिए, और इस प्रकार से तर्क कर रहे हो जैसे कि तुम एक दार्शनिक हो। परन्तु दार्शनिक किसी के लिए भी दुःख प्रकट नहीं करता है, न जीवित के लिए और न मृत के लिए। *–भगवद् गीता, अध्याय–2, श्लोक–11 (भावानुवाद)*

क्या आप मुझे एक नायक, खलनायक अथवा पीड़ित की तरह देखते हो? यदि हाँ, तो आप दर्शन नहीं कर रहे हैं। यदि आप भय के साथ तदनुभूति रख सकते हैं, जिससे लोग नायक, खलनायक तथा पीड़ित बनते हैं, तो आप दर्शन करते हैं। तब इसके लिए आपको उन सीमाओं से आगे देखना होगा जो आपको बाक़ी लोगों से अलग करती हैं।

2

आप और मैं पहले भी यहाँ पर थे

हमारा शरीर नश्वर है इसलिए उसे सुरक्षा की आवश्यकता होती है इसलिए वह सीमाएं बनाता है। परन्तु इस शरीर के अन्दर अनश्वर आत्मा होती है जिसे सुरक्षा की आवश्यकता नहीं होती, इसीलिए उसे सीमाओं की आवश्यकता नहीं होती। नश्वर शरीर से लिपटे रहने के कारण इसे बार-बार जीवन एवं मृत्यु का अनुभव होता रहता है। गीता के द्वितीय अध्याय में अनश्वरता तथा पुनर्जन्म के बारे में विचार देकर कृष्ण बातचीत की सम्भावना बदलते हैं, कि मृत्यु को सीमा के रूप में माने बिना कोई भय नहीं, भोजन या अर्थ के लिए कोई तड़प नहीं, कहाँ से आए हैं, अथवा कहाँ जाना है, अब अन्त ही सभी कुछ का वह अंत नहीं रह गया है तथा आरम्भ ही सभी चीज़ों का वह आरम्भ नहीं रह गया है। बजाए इसके उस संसार को बदल डालो जो नियंत्रण को अस्वीकार करता है, बजाए इसके उन चीज़ों से मान्यता प्राप्त करो जिन्हें हम अस्थाई रूप से काम में लाते हैं, जिनका अनुपालन करते हैं, जिनका आविष्कार करते हैं तथा आनंद उठाते हैं।

बुद्धिमान अर्जुन यह जानते हैं कि आप और मैं तथा बाकी लोग इस घटना से पूर्व भी थे और इस घटना के बाद भी लगातार जीवित रहेंगे। इस शरीर का निवासी अपनी अगली अवस्था में पहुंचने से पहले बाल्यावस्था, युवावस्था और वृद्धावस्था का अनुभव करता है। यह शरीर अपने चारों ओर के संसार से जुड़ा रहता है इसलिए उसे मृत्यु से भय होता है। परन्तु बुद्धिमान लोग शरीर के अन्दर रहने वाली आत्मा की अनश्वरता के विषय में जानते हैं और वे यह भी जानते हैं कि यह शरीर जीवन एवं मृत्यु के इस चक्र से गुज़रता रहता है, इसलिए वे इस परिवर्तन अथवा मृत्यु से भयभीत नहीं होते। वे यह जानते हैं कि अनश्वरता महत्त्वपूर्ण है न कि नश्वरता। *—भगवद् गीता, अध्याय—2, श्लोक—12 से 16 (भावानुवाद)*

इन शब्दों से कृष्ण मृत्यु को असंगत मात्र व्यक्त करते हैं। वे रणभूमि को अनश्वर निवासी (देहि) के नश्वर शरीर (देह) के असंख्य अनुभवों में से एक में परिवर्तित करते हैं। बाद में वे देहि को आत्मा, पुरुष, ब्राह्मण तथा क्षेत्रज्ञ के रूप में व्यक्त करते हैं। यह विभिन्न प्रकार के शरीरों में पुनः-पुनः एक जीवन से दूसरे जीवन में निवास करती है। इसका यह अर्थ है कि ऐसा प्रथम बार नहीं है जिसमें हमने इस संसार का अनुभव किया हो और यह अंतिम भी नहीं होगा। हम यहाँ पर पहले भी आए थे और पुनः वापस आएंगे। हमारा जन्म, पुनर्जन्म है। हमारी मृत्यु, पुनर्मृत्यु है।

हे अर्जुन तुम जन्म के समय नए वस्त्र धारण करते हो तथा मृत्यु के समय उनका त्याग कर देते हो। तुम वह वस्त्र नहीं हो। *—भगवद् गीता, अध्याय—2, श्लोक—22 (भावानुवाद)*

अध्याय 4 में कृष्ण यह घोषणा करते हैं कि उन्होंने इस ज्ञान के विषय में सबसे पहले सूर्य अथवा विवस्वत (प्रथम खगोलीय होने के कारण) को बताया था, उसके बाद मनु को (प्रथम मानव) और तत्पश्चात इक्ष्वाकु (प्रथम) राजा को और यह ज्ञान प्रायः विस्मृत कर दिया जाता है।

> हे कृष्ण विवस्वत काफी समय पूर्व रहते थे, जबकि आप अब रहते हो। तो आप उन्हें कैसे शिक्षा दे सकते हैं?–*भगवद् गीता, अध्याय–4, श्लोक–4 (भावानुवाद)*

अर्जुन स्वाभाविक रूप से चौंक जाता है। कृष्ण उसे यह रहस्य बताते हैं कि वे इससे पूर्व भी रहते थे जैसे कि अर्जुन भी रहता था। उन्हें यह सब स्मरण है, परन्तु अर्जुन को यह स्मरण नहीं है, क्योंकि अर्जुन बाहरी संसार की मूर्त वस्तुओं में फंसा हुआ है तथा उसके पास आंतरिक संसार के अमूर्त विचारों को देखने की अंतर्दृष्टि नहीं है।

> अर्जुन, ब्रह्मा के एक दिन प्रातःकाल में सभी आकृतियाँ नष्ट हो गईं। अंधेरे के समय वे निराकार के रूप में प्रत्याहार करने लगीं। ब्रह्मा की संतानें पुनर्जन्म के दुष्चक्र में फंसी रहीं, क्योंकि उनका मन उनकी भावनाओं के वशीभूत हो चुका था। परन्तु जो लोग अपने मन को मुझमें लगाए रखते हैं वे पुनर्जन्म के इस दुष्चक्र तथा साकार और निराकार के बीच डोलते रहने से बच जाते हैं।–*भगवद् गीता, अध्याय–8, श्लोक–16 से 26 (भावानुवाद)*

पुनर्जन्म का विचार हिन्दू विचारधारा की आधारशिला बन गया है। यह बौद्ध धर्म और जैन धर्म की विचारधाराओं का भी मुख्याधार है। परन्तु इनमें मतभेद हैं: बौद्ध धर्म के अनुयायी अनश्वर निवासी (आत्मा) के अस्तित्व पर विश्वास नहीं करते हैं और जैन धर्म को मानने वाले ईश्वर (परम–आत्मा) की अवधारणा को नहीं मानते हैं, परन्तु ये दोनों धर्म पुनर्जन्म की अवधारणा से सहमत हैं। जैन धर्म और बौद्ध धर्म में पुनर्जन्म को संसार कहा जाता है, जो कर्मों तथा पूर्व–जन्म के कार्य (संस्कार) की स्मृतियों से आगे बढ़ते हैं। कभी–कभी इनको धार्मिक पुराण के रूप में बताया जाता है, जो इन्हें अब्राहमिक, गैर–धार्मिक पुराण जैसे यहूदी, ईसाई तथा इस्लाम से अलग करता है, जो केवल एक जीवन में तथा उसके बाद स्वर्ग या नरक में विश्वास करते हैं। विज्ञान भी एक जीवन का ही समर्थन करता है, जैसा कि जन्म के बाद

या पुनर्जन्म वैज्ञानिक मानकों को खारिज कर देता है।

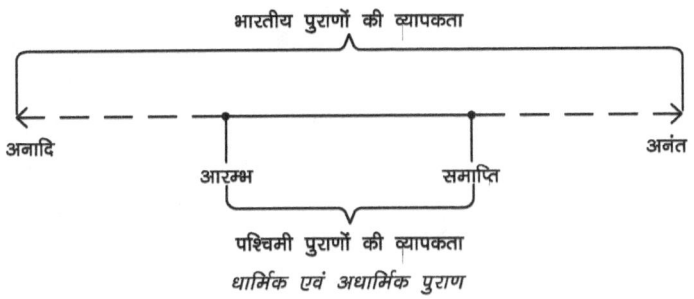

धार्मिक एवं अधार्मिक पुराण

पुनर्जन्म का विचार आध्यात्मिक, सामाजिक एवं मनोवैज्ञानिक स्तरों पर देखा जा सकता है। एक साथ मिलकर ये ज़िन्दगी को देखने के हमारे नज़रिए को बदल देते हैं।

आध्यात्मिक स्तर पर पुनर्जन्म अकथनीय को स्पष्ट करने में तथा इस संबंध में विवाद को सहमति एवं शांति में बदलने में हमारी सहायता करता है। कुछ लोग क्यों धनी परिवार में जन्म लेते हैं और कुछ लोग क्यों निर्धन परिवार में जन्म लेते हैं, कुछ प्रेम करने वाले माता–पिता के यहाँ और कुछ लोग क्रूर माता–पिता के परिवार में जन्म लेते हैं, कुछ लोग योग्य तथा कुछ लोग अयोग्य क्यों जन्म लेते हैं? इसके लिए किसे दोष दिया जाए?

अब्राहमिक धर्मग्रंथों में इन सभी प्रश्नों का स्पष्टीकरण ईश्वर की इच्छा के रूप में दिया गया है। हमें प्राप्त होने वाले दुःख ईश्वर की इच्छा एवं नियमों का पालन न करने, शैतान के जादू में फंस जाने के कारण होता है। यदि हम अपने पापों का प्रायश्चित कर लेते हैं, ईश्वर के प्रति प्रेम को स्वीकार करते हैं तथा उसके नियमों का पालन करते हुए उनका प्रदर्शन करते हैं तो सभी कुछ ठीक हो जाता है। यह मान्यता अपराधबोध को बढ़ावा देती है।

यूनानी धर्मग्रंथों में ऐसा देखा गया है कि सम्पत्ति एवं अधिकार का नियंत्रण कुछ ही सुविधा सम्पन्न लोगों के पास होता है और नायकों को शांति स्थापित करने और सभी को समान अवसर प्रदान करने के उद्देश्य

से इन उत्पीड़कों के साथ युद्ध करना पड़ता है। यह मान्यता क्रोध को बढ़ावा देती है।

विज्ञान में इन सब बातों का कोई स्पष्टीकरण नहीं है, क्योंकि विज्ञान में 'क्यों' के विषय में नहीं बताया जाता, परन्तु 'कैसे' के विषय में बताया जाता है। 'क्यों' के विषय में सामाजिक विज्ञान हमें यूनानी धर्मग्रंथों की ओर आवश्यक रूप से ले जाता है जिसमें उत्पीड़क–उत्पीड़ित की ऐसी संरचना होती है जो 600 वर्ष पूर्व यूरोपीय पुनर्जागरण के पश्चात पुनर्जीवित हुई अथवा इसने नए ईश्वर, नए लोगों का सृजन किया।

हिन्दू धर्मग्रंथों में हमारी समस्याओं के लिए किसी दूसरे को नहीं, न तो ईश्वर और न ही किसी उत्पीड़क को दोष दिया जा सकता है, बल्कि ख़ुद को ही इसके लिए दोषी ठहराया जाता है। पुनर्जन्म के विचार का उद्देश्य वर्तमान की स्वीकार्यता तथा भविष्य के लिए उत्तरदायित्व का आह्वान करने के लिए होता है। हमारी अनश्वर आत्मा एक जीवन से दूसरे जीवन में तब तक भटकती रहती है जब हमारा मन दर्शन करने से अस्वीकार करता है। यह महाभारत में कर्ण की कहानी में अत्यधिक रूप से सुस्पष्ट किया गया है।

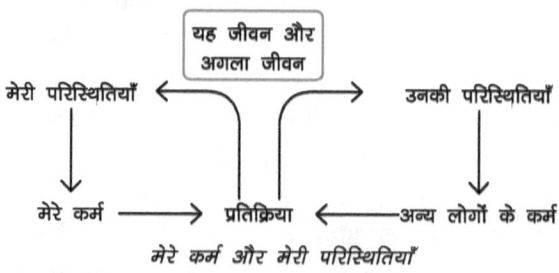

मेरे कर्म और मेरी परिस्थितियाँ

कर्ण एक परित्यक्त है जिसका पालन–पोषण एक सारथी द्वारा किया गया, जो मात्र अपनी योग्यता एवं प्रयासों से प्रगति करता हुआ एक राजा बन जाता है तथा उसे अपने जीवन में काफी बाद में यह पता चलता है कि उसके भीतर भी शाही खून है, जिसे उसके जन्म के समय उसकी माता कुंती ने त्याग दिया गया था जो राजा पाण्डु से विवाह कर लेती

है। कुंती के पुत्र पाण्डवों के अलावा और कोई नहीं थे और वे कर्ण का उसकी छोटी जाति के कारण सदैव उपहास करते हैं तथा वे उसके आश्रयदाता एवं प्रिय मित्र दुर्योधन के शत्रु हैं। युद्ध से पहले उसके पास एक विकल्प आता है कि वह विरोधी दल में पाण्डवों के सबसे बड़े पुत्र के रूप में शामिल हो जाए जिससे वह पाण्डु का आधिकारिक उत्तराधिकारी तथा द्रौपदी का पति बन जाएगा। परन्तु कर्ण कौरवों के प्रति निष्ठावान बने रहना स्वीकार करता है। कुरुक्षेत्र में युद्ध के दौरान प्रत्येक व्यक्ति और हर चीज़ उसके विरुद्ध हो जाती है। पहले भीष्म अपने जीते जी उसे युद्ध नहीं करने देते हैं। फिर द्रोण उसे उसके सर्वश्रेष्ठ अस्त्र का समय पूर्व उपयोग करने पर मजबूर करते हैं। अर्जुन के दिव्य पिता इन्द्र, वर्षा के ईश्वर, चतुराई से उसकी दानवीरता का लाभ उठा कर उससे अभेद्य अस्त्रों को माँग लेते हैं। पाण्डवों का उपहास उड़ाने के लिए दुर्योधन उनके मामा शल्य को कर्ण के सारथी के रूप में रखता है। परन्तु उसका यह निर्णय भयानक सिद्ध होता है, क्योंकि शल्य सदैव अर्जुन की प्रशंसा में ही लगे रहते थे और कर्ण को हतोत्साहित करते रहते थे। जब कर्ण के रथ का पहिया धरती में धंस गया था तो शल्य ने यह कहते हुए कि वह एक राजा है न कि सारथी, उसे बाहर निकालने से मना कर दिया। और तब उसके गुरु परशुराम द्वारा सिखाया धरती में धंसे पहिए को बाहर निकालने का मंत्र भी काम नहीं आया। इस प्रकार कर्ण अपने धनुष बाण को नीचे रखते हुए स्वयं ही रथ के पहिए को बाहर निकालने का प्रयास करता है और तब उसकी निहत्थी व असहाय परिस्थिति में कृष्ण के उकसाने पर अर्जुन उस पर वार करके उसे मार डालता है। कर्ण, जो जीवन भर एक धनुर्धर तथा राजा बनना चाहता था, एक सारथी के रूप में मारा गया, अपने पालक पिता के उस व्यवसाय में जिसे वह त्याग चुका था।

कर्ण की कथा दुःख भरी है। तकनीकी रूप से एक भीतरी व्यक्ति होते हुए भी परिस्थितियाँ उसे बाहरी बना देती हैं जिसे परिवार में कभी भी शामिल नहीं होने दिया जाता। सभी ने उसका इस्तेमाल और शोषण किया। न केवल कौरव अपितु उसे जन्म देने वाली माता कुंती भी, जो केवल युद्ध के कगार पर उसके पास आती है और उसके दानवीर

स्वभाव का लाभ उठाने की कोशिश करती है। यहाँ तक कि कृष्ण भी उसे उसके मित्र और हितैषी दुर्योधन से दूर रहने का प्रलोभन देते हैं। उसकी दानवीरता, उसकी निष्ठा एवं समर्पण के बावजूद वह जीवन भर दुःख उठाता रहा। हम उसे एक पीड़ित के रूप में देखते हैं, परन्तु कृष्ण को ऐसा नहीं लगता, क्योंकि वे उसके पूर्व जन्म के विषय में जानते थे।

एक अन्य कहानी में कर्ण एक असुर था, जिसे हज़ारों कवचों का वरदान सहस्त्रकवच प्राप्त था। प्रत्येक कवच को नष्ट करने के लिए किसी योद्धा को विशेष शक्तियां प्राप्त करने के लिए हज़ारों वर्षों तक तपस्या करनी होती थी। इन शक्तियों से भी कवच को नष्ट करने के लिए हज़ारों वर्ष लग जाते थे। इसलिए नर एवं नारायण जो दो जुड़वां साधुओं के रूप में विष्णु के अवतार थे उन्होंने इस असुर पर एक साथ आक्रमण किया। उनमें से एक तपस्या करता था तो दूसरा युद्ध करता था और उस कवच को नष्ट करने के लिए बारी–बारी से तपस्या करते हुए शक्ति प्राप्त करते थे। वे हज़ारों कवचों को नष्ट कर चुके थे और जब तक अंतिम कवच को नष्ट करते तब तक संसार का अंत हो गया। परन्तु संसार का पुनर्जन्म हुआ। उस असुर का कर्ण के रूप में, नर का अर्जुन के रूप में तथा नारायण का कृष्ण के रूप में पुनर्जन्म हुआ। हमें यह बताया गया कि इस पूरी कहानी के विषय में केवल कृष्ण ही जानते हैं और इस प्रकार यदि हम उसकी वर्तमान कहानी के विषय में जानेंगे तो हमें कर्ण ही एकमात्र पीड़ित लगेगा और यदि हम उसके पिछले इतिहास को जानना चाहेंगे तो वह खलनायक बन जाता है।

एक दूसरी कहानी में जब विष्णु इस धरती पर राम के रूप में अवतरित हुए थे, उन्होंने इन्द्र के पुत्र बाली का वध किया तथा सुग्रीव का पक्ष लिया, जो कि सूर्य का पुत्र था। इस प्रकार विष्णु ने कृष्ण के रूप में अवतार लिया तो उसने सूर्य पुत्र कर्ण का वध करके तथा इन्द्र के पुत्र अर्जुन का पक्ष लेकर ब्रह्माण्ड में संतुलन बनाए रखते हुए उसे उपकृत किया। यहाँ पर पहली कहानी दूसरी कहानी का अधूरा भाग है तथा कर्ण का दुर्भाग्य दूसरी कहानी में उसके सौभाग्य को बेअसर कर देता है। वह किसी प्रकार के उपकार एवं अपेक्षाओं से मुक्त होते हुए पुर्नजन्म के चक्र से मुक्त हो

जाता है। इस प्रकार उसकी मृत्यु, जो हमें एक दुःखद घटना के रूप में लगती है, एक सुखद घटना बन जाती है।

एक तीसरी कहानी में जब विष्णु ने परशुराम के रूप में अवतार लिया था तो उन्होंने भीष्म, द्रोण तथा कर्ण को शिक्षा दी थी, जिन्होंने कौरवों एवं अधर्म का पक्ष लेते हुए मृत्यु प्राप्त की। चूँकि वह अपने शिष्यों का वध नहीं कर सकता था तो विष्णु ने पुनः कृष्ण के रूप में अवतार लिया और पाण्डवों का पक्ष लिया जिन्होंने कौरवों के साथ युद्ध करके उनका तथा उनके सेनापतियों का वध किया। यहाँ पर कृष्ण अपने पिछले जन्म की त्रुटियों का सुधार करने के लिए पुनर्जन्म लेते हैं, जिनमें एक कर्ण का वध भी शामिल है।

पुराणों में पिछले जन्म की कहानियों का उपयोग दूसरी कहानियों की विरोधी धारणाओं का खण्डन करने के लिए लगातार होता रहा। यह हमें स्मरण कराता है कि हमारी कहानी एक बड़ी पहेली का एक भाग है। हम एक बड़ी कहानी के एक भाग हैं। पिछली कहानियाँ हमारी वर्तमान कहानियों को प्रभावित करती हैं जो हमारी भविष्य की कहानियों को प्रभावित करती हैं। हम इन कहानियों के बारे में नहीं जानते होंगे परन्तु हमने उनमें अवश्य भाग लिया है। हमें यह नहीं मान लेना चाहिए कि जिस कहानी का हम सामना, अनुभव अथवा स्मरण करते हैं, वह संसार में एक ही कहानी है। हमारा जीवन अन्य कहानियों में हमारे द्वारा अदा की गई भूमिकाओं का ही परिणाम है। यदि हम उन कहानियों अथवा उन भूमिकाओं का स्मरण भी नहीं करते हैं तो हम उनके निष्कर्षों से बच नहीं सकते हैं।

> हे अर्जुन, जब मैं आकार लेता हूँ तो मेरे सभी अंश इस संसार में विभिन्न वस्तुओं का आकार ले लेते हैं तथा मैं मस्तिष्क एवं भावनाओं को अपने प्रति आकर्षित कर लेता हूँ। वह मैं ही हूँ जो भावनाओं के माध्यम से इस संसार का अनुभव कराता हूँ। जब मैं आकार को नष्ट कर देता हूँ तो मैं इन अनुभवों की स्मृतियों को अगले आकार में ले जाता हूँ जैसे कि वायु सुगन्ध को ले जाती है। विवेकी मनुष्य मुझे इस प्रकार आनन्दित एवं स्थानान्तरित

होते हुए देखते हैं। अविवेकी मनुष्य ऐसा नहीं कर पाते हैं।'
—भगवद् गीता, अध्याय— 15, श्लोक—7 से 10 (भावानुवाद)

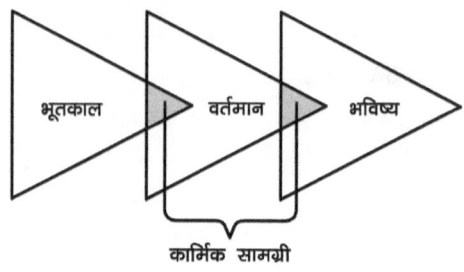

कार्मिक सामग्री

भूतकाल का वर्तमान पर तथा वर्तमान का भविष्य पर प्रभाव

सामाजिक स्तर पर पुनर्जन्म का विचार हमारे जीवन के फलक को विस्तार देता है और एक परिप्रेक्ष्य लाता है। यह हमें याद दिलाता है कि संसार का अस्तित्व हमसे पहले भी था और हमारे बाद भी इसका अस्तित्व क़ायम रहेगा। हमारे जैसे अनेक लोगों ने इस संसार में परिवर्तन लाने एवं इसे अच्छा बनाने यहाँ तक कि सर्वोत्तम बनाने की इच्छा की होगी, परन्तु जब इसमें तकनीकी रूप से परिवर्तन होते हैं तो इसमें मनोवैज्ञानिक रूप से कोई वास्तविक परिवर्तन नहीं होता है, क्योंकि लोग अभी भी ईर्ष्यालु एवं क्रोधी तथा महत्त्वाकांक्षी एवं लालची और दूसरों का दिल दुखाने वाले हैं। पश्चिम में जबकि सामाजिक परिवर्तन का मूल्यवर्धन हो रहा है, गीता व्यक्तिगत मनोवैज्ञानिक विस्तार को महत्त्व देती है।

जिस संसार में हमारा जन्म हुआ है उसकी कल्पना एक ऐसे रंगमंच के समान की जाती है जो पात्रों से भरा हुआ है लेकिन उसमें न कोई पटकथा है और न ही कोई निर्देशक। सभी को यह लगता है कि वह नायक है परन्तु खोजबीन करने पर उन्हें यह पता चलता है कि वे इस चल रहे नाटक के मुख्य पात्र नहीं हैं। हम कुछ निश्चित भूमिका अदा करने तथा कुछ निश्चित संवाद बोलने के लिए विवश हैं। परन्तु हम इसका विरोध करते हैं। हम अपनी भूमिका अदा करने के लिए अपनी ख़ुद की पटकथा

चाहते हैं और अपने संवाद चाहते हैं जिन्हें सुना जाए। इसलिए हम अपने साथी पात्रों से समझौता करते हैं। कुछ लोग अपनी बात कुछ लोगों को सुनाने में सफल हो जाते हैं, जबकि दूसरे लोग अधिकांश लोगों को अपनी बात सुनाने में असफल होते हैं। कोई भी व्यक्ति सभी को संतुष्ट नहीं कर सकता। हम बड़े आख्यान से या कम से कम उप–कथानक से जुड़े रहने के लिए और संगत बने रहने के लिए अपनी पटकथा से चिपके रहते हैं, दूसरों की पटकथा को प्रस्तुत करते हैं तथा ऐसे संवाद बोलते हैं जिन्हें हम नहीं चाहते। नायकों का आगमन होता है। खलनायकों का भी आगमन होता है। एक कथानक का नायक दूसरे कथानकों के खलनायकों के रूप में बदल जाता है। अंततः सभी मंच से विदा हो जाते हैं, परन्तु नाटक जारी रहता है। कौन जानता है कि वास्तव में क्या हो रहा है? क्या विष्णु जानते हैं, जो रंगनाथ हैं? हम जिसका गूढ़ अर्थ जान सकते हैं वह है पैटर्न (सांचा), जैसा वे करते हैं।

पुराणों में विष्णु ने देवताओं और असुरों के बीच सनातन युद्ध को देखा है। देवता सोचते हैं कि वे सभी प्रकार के सुखों को भोगने के पात्र हैं, तथा असुर सोचते हैं कि उनके साथ चालाकी की गई है, देवता उनके साथ सुख नहीं बाँटना चाहते हैं, जबकि असुर सदैव उन्हें भयभीत करते हैं। देवताओं की शक्ति और असुरों की प्रतिरोधी शक्ति, उनकी परिवर्तनशील जय और पराजय इस संसार को चलायमान रखती है। विष्णु जब चाहें तब इस फ़िज़ूल की लड़ाई को किसी फलदायक मंथन में बदलने के लिए सोते–जागते और मुस्कराते हैं, जबकि ब्रह्मा और उनके पुत्र विष्णु के अनेक हस्तक्षेपों के बावजूद इसे स्वीकार करने और इसका आनंद उठाने के बजाए जीवन को नियंत्रित करने हेतु लगातार संघर्ष करते रहते हैं।

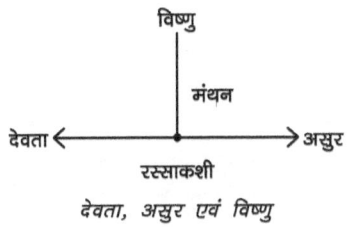

देवता, असुर एवं विष्णु

रामायण में विष्णु की भिड़न्त रावण से होती है जो सीता को वापस लौटाने से इनकार करता है, भले ही उसके पुत्र, उसके भाई मर जाएं और उसकी राजधानी जल कर भस्म हो जाए। महाभारत में विष्णु की भिड़न्त युधिष्ठिर से होती है जो केवल पराजय स्वीकार करने के बजाए जुए में अपनी राजधानी, अपने भाइयों, अपनी पत्नी, और यहाँ तक कि अपनी पहचान को भी दाँव पर लगा देता है। उनकी भिड़न्त दुर्योधन से होती है जो एक 'सुई की नोक के बराबर भूमि' देने के बजाए अपने परिवार को एक ऐसे युद्ध में झोंक देता है जिसमें लाखों लोग मारे जाते हैं। यहाँ पर गर्व, ईर्ष्या, द्वेष और अपनी सभी इच्छाओं का विवेकीकरण है। ये प्रतिमूर्तियाँ अनन्त हैं तथा इनका अनुभव हर समय हर समाज में किया जा सकता है।

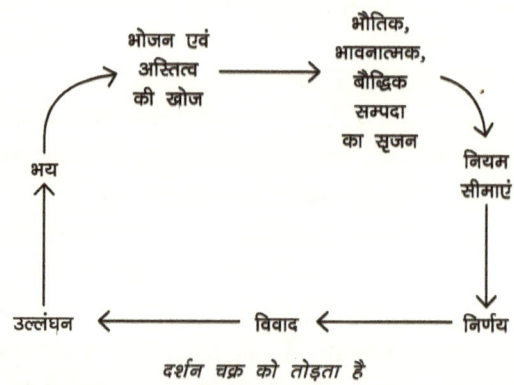

दर्शन चक्र को तोड़ता है

यह विचार कि जीवन का न कोई आरंभ (अनादि) है और न अंत (अनन्त) कि हमारे अस्तित्व की कोई सीमा नहीं है, न कोई आरंभिक और न समाप्ति रेखा है, यूनानी धर्मग्रंथों पर आधारित आधुनिक विचारों से प्रत्यक्ष रूप से विपरीत है, जहाँ पर जीवन एक ओलंपिक दौड़ के समान है जिसमें हमें केवल विजयी होना है। यूनानी धर्मग्रंथों के विजेता ज़िन्दगी के बाद अपने लिए जो जगह पाते हैं उसे स्वर्ग (एलीजियम) कहा जाता है, अब्राहमिक धर्मग्रंथों में जो लोग ईश्वर की इच्छा एवं वचन के साथ

खड़े रहते हैं वे स्वर्ग प्राप्त करते हैं, शेष सभी नरक में जाते हैं। पुनर्जन्म तात्कालिकता की भावना से तथा पूर्णता की खोज से दूर ले जाता है, जो पश्चिमी विचारधारा के चिन्ह हैं। गीता संसार को बदलने की बात नहीं करती है। यह संसार की प्रशंसा की बात है जो हमेशा ही बदल रही है। एक जीवन के प्रति यह विश्वास हमें संसार को बदलने, उसे नियंत्रित करने तथा चीज़ों को उसी तरह से स्वीकार करने का इच्छुक बना देता है। पुनर्जन्म में विश्वास होने से हम इन तीनों सम्भावनाओं का महत्त्व बिना किसी से चिपके हुए समझ सकते हैं।

मनोवैज्ञानिक रूप से लें तो पुनर्जन्म का विचार भय के चक्र को समाप्त करने तथा बिना किसी को 'नष्ट' किए अर्थ तलाशने के विभिन्न अवसरों होने के बारे में है।

जब आप केवल एक बार जीते हैं तो आपके जीवन का मूल्य आपकी कुल उपलब्धियों के बराबर हो जाता है। यहाँ पर श्रेणीबद्ध होना या उपलब्धि हासिल करने की आवश्यकता है जो कि पश्चिमी विचारधारा की प्रेरक शक्तियां हैं। ईसाई धर्म और इस्लाम धर्म में यह जीवन के सही मार्ग पर चलने हेतु रूपांतरण में शामिल है। यूनानी धर्मपुराणों में (अथवा धर्मनिरपेक्षता) या तो दौड़ में विजयी होने पर अथवा अत्याचारियों को उखाड़ फेंकना ही किसी का नायक बन जाना है। दोनों स्थितियों में हम दूसरे का उपभोग करते हुए नियंत्रण को हटाते हैं। यह किसी को फंसाने जैसा है।

परन्तु जब आप अनेक जीवन जी लेते हैं तो श्रेणीबद्धताएं और उपलब्धियां अर्थहीन हो जाती हैं। ज्ञान आखिर क्या है– यह जानना कि यह संसार अस्तित्व में क्यों है, हम क्यों अस्तित्व में हैं तथा हम चरखी के समान बार–बार जन्म क्यों लेते हैं! जब हम यह समझ जाते हैं तब हम दूसरे के नियंत्रण में नहीं रहना चाहते, हम स्वतंत्र हो जाते हैं। हम संसार में संलिप्त रहते हैं परन्तु उसमें फंसे नहीं रहते। हम किसी पर और निर्भर नहीं रहते, परन्तु हम निर्भर बने रहने योग्य बने रहते हैं।

अर्जुन इस तथ्य की ओर ध्यान आकर्षित करता है कि एक ही मार्ग में संलिप्त रहना कठिन है भले ही वह कितना भी श्रेष्ठ हो।

हे कृष्ण, उन लोगों का क्या होता है जो अंतर्दृष्टि के मार्ग से विचलित हो जाते हैं? क्या वे बुद्धिमत्ता द्वारा वचनबद्ध प्रसन्नता तथा आसक्ति द्वारा वचनबद्ध प्रसन्नता, दोनों को खो देते हैं? क्या वे फटे हुए बादल के समान नष्ट हो जाते हैं?
—भगवद् गीता, अध्याय—6, श्लोक—37 एवं 38 (भावानुवाद)

कृष्ण उत्तर देते हैं कि ब्रह्माण्ड में कुछ भी व्यर्थ या नष्ट नहीं होता है। मनुष्य के सभी कर्म लिख दिए जाते हैं और वे उसके भावी जीवन को प्रभावित करते हैं। पिछले जीवन में अर्जित ज्ञान भावी जीवन में बुद्धिमत्ता की भूमिका अदा करता है।

जो इस जीवन में उस ज्ञान को कार्यान्वित करने में असफल रह जाते हैं वे पुनर्जन्म को प्राप्त करते हैं। उनके प्रयास व्यर्थ नहीं जाते हैं। वे यह सुनिश्चित करते हैं कि उनका जन्म एक ऐसे गुणी परिवार में हो जहाँ वे पुनः प्रयास कर सकें। वे पिछले जीवन की स्मृतियों एवं प्रभावों के कारण बुद्धिमत्ता को प्राप्त करेंगे। अनेकों जीवन तक प्रयास करने के कारण वे स्वयं को देवत्व के साथ जोड़ने में सफल हो जाते हैं।*—भगवद् गीता, अध्याय—6, श्लोक—41 से 45 (भावानुवाद)*

पुराणों में कृष्ण मृत्यु के देवता यम को, जिसके पास एक लेखाकार चित्रगुप्त है, जो मनुष्य के सभी कर्मों का लेखा—जोखा रखता है, एक तरह से संकेत देते हैं। यह लेखा—जोखा हमारे भावी जीवन की परिस्थितियों को, माता—पिता कैसे होंगे, कौन—सा लिंग धारण करेंगे, हम सौभाग्य एवं दुर्भाग्य में से किसका अनुभव करेंगे आदि का निर्धारण करता है। हम अपने पिछले जीवन से आगे क्या ले कर जाएंगे यह इस बात पर निर्भर करता है कि हम अगले जीवन में क्या ले कर जाएंगे। यदि आगे ले जाने के लिए कुछ शेष नहीं तो इससे बचना सम्भव है।

हे अर्जुन दो मार्ग हैं, एक वापस आने का तथा दूसरा वापस न आने का। बुद्धिमान एवं सम्बद्ध लोग इसका अन्तर जानते हैं और वे वापस न लौटने का मार्ग चुनते हैं।—*भगवद् गीता, अध्याय—8, श्लोक—26 एवं 27 (भावानुवाद)*

इस प्रकार पुनर्जन्म आपको दूसरा अवसर प्रदान करता है। रामायण में राम के पूर्वज, राजा सगर के पुत्र कपिल मुनि की क्रूर दृष्टि से जलकर भस्म हो जाते हैं क्योंकि उन्होंने मुनि पर उनका घोड़ा चोरी करने का ग़लत आरोप लगा दिया। उनका पौत्र, जिसने सबसे पहले घोड़ा चोरी किया था, इन्द्र से क्षमा माँगता है तथा पवित्र नदी मंदाकिनी को स्वर्ग से पृथ्वी पर लेकर आता है जैसे गंगा को लाया गया था। इसके पवित्र जल से नहा कर सगर के पुत्र पुनः जीवित हो उठे। इस प्रकार पुनर्जन्म ही एक दूसरा अवसर है, या तो भय के इस चक्र में फंसकर रह जाएं अथवा सृष्टि के निर्माता की खोज करके निर्णय के बिना उसके आदेशों का पालन करें। यही कारण है कि हिन्दू धर्म में अंतिम यात्रा के समय शव को पहले जलाया जाता है और तब उसकी राख और हड्डियों को नदी में विसर्जित कर दिया जाता है। अग्नि और बहती नदी का जल वे दो मार्ग हैं, जिनका

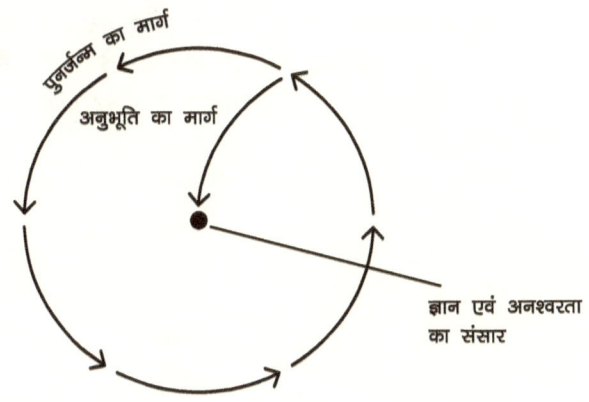

पुनर्जन्म एवं मुक्ति के दो मार्ग

वर्णन गीता के आठवें अध्याय में किया गया है, एक मुक्ति प्रदान करता है और दूसरा बंधन प्रदान करता है।

> हे अर्जुन, ये दो मार्ग जुड़वां के समान हैं, जैसे अग्नि और धुआँ, उगता चन्द्रमा और ढलता चन्द्रमा, वर्षा से पूर्व उत्तर दिशा की ओर से उगता सूर्य और उसके बाद दक्षिण की ओर जाने वाला सूर्य। *—भगवद् गीता, अध्याय–8, श्लोक–24 एवं 25 (भावानुवाद)*

यह जीवन पहला ऐसा जीवन नहीं है जिसमें तुमने और मैंने एक–दूसरे को जाना हो। हम यहाँ पर पहले भी थे, परन्तु हमने अपने पुराने अनुभवों से कुछ नहीं सीखा कि हमारा अधिकांश जीवन स्पष्टीकरण तथा नियंत्रण को स्वीकार नहीं करता है, कि जीवन हमेशा एक दूसरा अवसर प्रदान करता है तथा यह कि यह संसार का हम से पहले भी अस्तित्व था और हमारे बाद भी इसका अस्तित्व रहेगा। जब तक हम इस वास्तविकता से दूर भागते रहेंगे तब तक हम अमरत्व की खोज नहीं कर पाएंगे और इसके अर्थ और इसकी पुष्टि की खोज में एक जीवनचक्र से दूसरे जीवनचक्र में जाते रहेंगे।

3
जीवन के बारे में आपकी और मेरी भिन्न सोच

क्या अमरत्व तथा पुनर्जन्म के बारे में विचार वास्तविक हैं अथवा वैचारिक? वास्तविकता क्या है? क्या वैचारिक ही वास्तविक है? वास्तविकता के बारे में हमारी जानकारी होना हमारे शरीर अथवा देह (आत्मा का घर) की क्षमताओं का ही एक कार्य है। एक पौधे की जो वास्तविकता है वह एक पशु की वास्तविकता नहीं है। एक मनुष्य की जो वास्तविकता है वह दूसरे मनुष्य की वास्तविकता नहीं हो सकती। शरीर के बारे में यह जानकारी, जिसके माध्यम से हम वास्तविकता का अनुभव करते हैं तथा उसे व्यक्त करते हैं वह स्पष्टतः गीता का एक भाग नहीं है, परन्तु उपनिषदों में वर्णित वैदिक ज्ञान का एक भाग अवश्य है, जिसके विषय में कृष्ण की मान्यता है कि उससे अर्जुन को अवगत कराया जाए।

एक चट्टान की काया एक पौधे की काया से भिन्न होती है, जो एक पशु के शरीर से भिन्न होता है, जो एक मनुष्य के शरीर से भिन्न होता है और इस प्रकार जो एक चट्टान द्वारा अनुभव किया जाता है वह एक पौधे, पशु अथवा मनुष्य के अनुभव से भिन्न होता है। मनुष्य के अनुभव अभिव्यक्ति के विभिन्न माध्यमों द्वारा और अधिक जटिल बन जाते हैं। कुछ मनुष्य अच्छी तरह से व्यक्त कर सकते हैं। दूसरे कल्पनाशीलता से। कुछ अक्षरशः बात करते हैं तथा अन्य लोग लाक्षणिक शब्दों का प्रयोग करते हैं। इसके अतिरिक्त जो मनुष्य के लिए वास्तविकता हो सकती है, वह ईश्वर की वास्तविकता नहीं हो सकती। हिन्दू धर्म इस संसार को विभाजित करने वाले इन चार खण्डों के बारे में सदैव बताता है– भूत, पौधे, पशु तथा मनुष्यों का संसार। इन्हें स्वास्तिक के माध्यम से प्रतीक रूप से इस प्रकार दिखाया गया है–

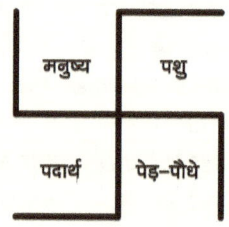

संसार का चतुष्पदीय विभाजन

इस संसार का निर्माण इन तत्वों (भूतों) – आकाश, धरती, वायु, जल तथा अग्नि से हुआ है। हालांकि ये संसार का अनुभव नहीं करते क्योंकि इनके पास भावनाएँ व्यक्त करने तथा अपने चारों ओर घटित होने वाली घटनाओं का उत्तर देने के लिए अंग (इन्द्रियाँ) नहीं होते हैं। तारे, चट्टानें तथा नदियां संवेदी नहीं होते हैं। वे गतिशील होते हैं पर क्रियाशील नहीं होते। वे अवसर नहीं ढूँढ़ते तथा खतरे को नहीं टालते हैं। वे कुछ भी अनुभव नहीं करते तथा न ही कुछ सोचते हैं। यदि वे ऐसा करते हैं तो हमें उसकी जानकारी नहीं होती, क्योंकि वे स्वयं कुछ भी व्यक्त नहीं कर सकते हैं अथवा उनकी प्रतिक्रियाओं का आभास हमें नहीं हो पाता है।

उन्हें मृत्यु का भी आभास नहीं होता है क्योंकि वे अपने जीवन के लिए संघर्ष करने के लिए तत्पर नहीं होते। यहाँ तक कि अग्नि को भी जलते रहने के लिए ईंधन की आवश्यकता होती है, परन्तु वह उसे स्वयं उपलब्ध नहीं हो पाता। जब ईंधन समाप्त हो जाता है तो अग्नि बुझ जाती है यानी मृत्यु को प्राप्त हो जाती है। इसलिए इन पाँच महाभूतों को अजीव (जीवनरहित) माना जाता है।

पौधे, पशु तथा मनुष्यों से जीवन (सजीव) बनता है। वे वायु (प्राण) पर निर्भर करते हैं इसलिए उन्हें श्वासी (प्राणी) कहते हैं। जीवित रहने के लिए उन्हें सांस लेने की तथा अपने शरीर की क्रियाओं को बनाए रखने के लिए भोजन की आवश्यकता होती है। भोजन की खोज के लिए पौधे उगते हैं, पशु दौड़ते हैं। दोनों को भूख और भय का अनुभव होता है। उन्हें खाने के लिए भोजन की आवश्यकता होती है, परन्तु वे नहीं चाहते कि कोई उनका भक्षण करे। वे जीवित रहना चाहते हैं, मरना नहीं। वे जीवित रहने के लिए संघर्ष करते हैं।

पौधों में बाहरी संसार का अनुभव करने तथा जल, सूर्य के प्रकाश और मौसम के परिवर्तन की प्रतिक्रिया व्यक्त करने के लिए संवेदनशील अंग (ज्ञानेन्द्रियां) होते हैं। परन्तु वे अचर होते हैं, पशुओं की तरह ख़तरों से दूर नहीं भाग सकते, जिनके पास स्पष्ट रूप से प्रतिक्रिया व्यक्त करने के लिए अंग (कर्मेन्द्रियां) होते हैं। उनके पास पांच संवेदनशील अंग आँख, कान, नाक, जीभ तथा चर्म होते हैं। अपनी प्रतिक्रिया व्यक्त करने के लिए पाँच अंग हाथ, पाँव, मुख, गुदा तथा लिंग होते हैं।

पशुओं में, विशेष रूप से ऐसे जिनके पास बड़ा मस्तिष्क होता है, एक बड़ी सीमा तक अपने मनोविकार (चित्त) तथा कुछ सीमा तक अपनी समझदारी (बुद्धि) व्यक्त करते हैं। वे चीज़ें याद रखते हैं। वे चुनाव कर सकते हैं। वे साधारण समस्याओं का समाधान कर सकते हैं। वे भोजन की खोज के लिए बोझा उठा सकते हैं, भोजन जमा सकते हैं तथा स्वयं को सुरक्षित रखने के लिए झुंड बना सकते हैं। भोजन और सहवास का ज़्यादा हिस्सा पाने के लिए वे पदक्रम बनाते हैं। वे अपने शिशुओं की देखभाल करते हैं। कुछ तो अपना रौब भी प्रदर्शित करते हैं।

मनुष्य नाटकीय रूप से भिन्न होते हैं। हम में संवेदनाएं, भावनाएँ, बुद्धिमानी का विकास उच्च स्तर का होता है। परन्तु जो बात हमें विशिष्ट बनाती है वह है हमारी कल्पनाशीलता (मानस)। पौधे तथा पशुओं को भूख, भय तथा मृत्यु का अनुभव होता है, जबकि मनुष्य असीम भूख, असीम भय तथा असीम मृत्यु की कल्पना कर सकता है। मनुष्य भूख, भय अथवा मृत्यु विहीन एक संसार की कल्पना भी कर सकता है। इस प्रकार अमरत्व का विचार, एक काल्पनिक वास्तविकता को ओढ़ लेने की क्षमता (संसार को कैसा होना चाहिए) भावनात्मक अनुभव (संसार कैसा अनुभव करता है) से अलग है अथवा संवेदनात्मक अनुभव (वास्तविक रूप में क्या अनुभव किया जाता है) मनुष्यों के लिए तथा प्रत्येक मनुष्य के लिए अनूठा है। आपकी वास्तविकता मेरी वास्तविकता से भिन्न हो सकती है, क्योंकि आपका शरीर भिन्न है, आपका देखने का नज़रिया भिन्न है, आपका अनुभव भिन्न है तथा आपका ज्ञान भिन्न है।

कृष्ण तत्वों, पौधों, पशुओं के साथ–साथ मनुष्यों की वास्तविकता के प्रत्येक भाग का अनुभव करते हैं। इसलिए गीता में उन्हें ईश्वर (भगवान) कहा गया है।

हे अर्जुन, तुम यह जान लो कि मैं सूर्य, चन्द्रमा तथा अग्नि हूँ। मैं वह रस हूँ जिससे पौधे खिलते हैं। मैं पशुओं की पाचक अग्नि और उनकी श्वास हूँ। मैं भक्षण करता हूँ, मैं सोचता हूँ, मैं स्मरण करता हूँ, मैं जानता हूँ तथा मनुष्यों की भाँति मैं विस्मरण करता हूँ। मैं एक प्रसारक, एक अध्यापक, एक विद्वान तथा बुद्धिमान हूँ। मैं नाशवान तथा अविनाशी हूँ तथा वह हूँ जो इन

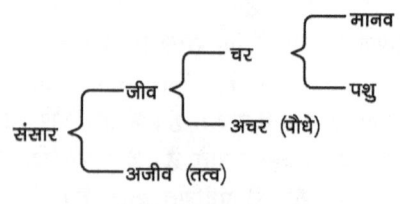

प्रकृति के अनेक प्राणी समूह

दोनों का सहायक है। *–भगवद् गीता, अध्याय–15, श्लोक–12 से 18 (भावानुवाद)*

वेदांत में शरीर की कल्पना बरतनों की एक शृंखला के रूप में की गई है। इसका सबसे बाहरी पात्र मांस है जो संवेदनाओं से बना है। इसकी रचना अन्न से हुई है तथा अन्न के रूप में कार्य करता है इसलिए इसे अन्न का पात्र (अन्न–कोश) कहा जाता है। यह सांस के पात्र (प्राण–कोश) द्वारा सजीव होता है। विचारों के पात्र (मन–कोश) के अन्दर विश्वास का पात्र (विज्ञान–कोश अथवा बुद्धि–कोश) होता है और अंत में भावनाओं का पात्र (चित्त–कोश) होता है। पौधों में केवल मांस और सांस के पात्र ही होते हैं। पशुओं में मांस, सांस और भावनाओं के पात्र होते हैं। कुछ पशुओं में विचारों का पात्र भी होता है जो भावनाओं को प्रभावित करता है। केवल मनुष्यों में ही विश्वास का पात्र होता है, वे विचार जिनका उपयोग मनुष्य अपने चारों ओर के संसार का अनुभव करने के लिए करता है। हमारे

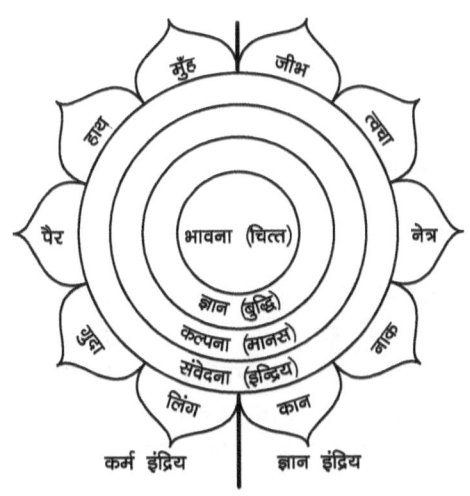

शरीर के पाँच पात्र

जीवन के बारे में आपकी और मेरी भिन्न सोच 63

विचार तथा विश्वास हमारी भावनाओं को स्वरूप प्रदान करते हैं, हमारी भावनाएँ हमारे विचारों एवं विश्वास का निर्धारण भी करती हैं।

ये पाँच पात्र इन तीन वास्तविकताओं का निर्माण करते हैं—संवेदनात्मक वास्तविकता जो मांस (इन्द्रियों) पर निर्भर करती है, भावनात्मक वास्तविकता जो हृदय (चित्त) पर निर्भर करती है तथा विचारात्मक वास्तविकता जो कल्पनाओं (मन) और बुद्धिमत्ता (बुद्धि) पर निर्भर करती है। तत्व (भूत) इन किसी भी वास्तविकताओं में निवास नहीं करते हैं। पौधे (अचर) संवेदी वास्तविकता में निवास करते हैं। उच्च पशु (चर) भावनात्मक वास्तविकता में भी निवास करते हैं। परन्तु केवल मनुष्य (मानव) इन तीनों वास्तविकताओं में निवास करते हैं।

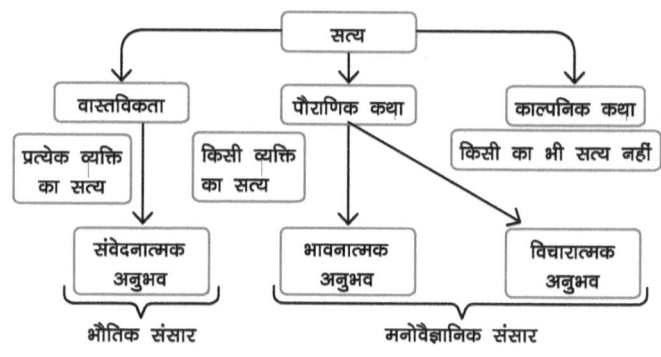

तीन वास्तविकताएं

वह बात जो मनुष्यों को शेष प्रकृति से भिन्न करती है, वास्तविकता की कल्पना करने की हमारी क्षमता है। हम जो कुछ भी अनुभव करते हैं, उसके विपरीत कर सकते हैं। जब हमारी इन्द्रियाँ पीड़ा का अनुभव करती हैं, हमारा मन प्रसन्नता की कल्पना कर सकता है। जब हमारी इन्द्रियाँ आनंद का अनुभव करती हैं तो हमारा मन विषाद की कल्पना कर सकता है। जब हमारी इन्द्रियाँ साकार का अनुभव करती हैं तो हमारा मन निराकार की कल्पना कर सकता है। जब हमारी इन्द्रियाँ सीमाबद्धता का

अनुभव करती हैं तो हमारा मन अनन्तता की कल्पना कर सकता है। जब हमारी इन्द्रियाँ नश्वरता की कल्पना करती हैं तो हमारा मन अनश्वरता की कल्पना कर सकता है।

कल्पना ऐसी अवधारणा बनाने में हमारी सहायता करती है जो हमारी इन्द्रियों के अन्दर आने वाली संवेदनात्मक चीज़ों को छानती है और अंततः हमारे भावनात्मक अनुभव को प्रभावित करती है। इस प्रकार हम एक पत्थर अथवा नदी के देवता होने की कल्पना कर सकते हैं। हमारे लिए ऐसी परिस्थितियाँ बन जाती हैं कि जब हमारे सम्मुख कोई ऐसा पत्थर अथवा नदी आ जाती है तो हम आनन्दित हो उठते हैं। हमारे भावनात्मक अनुभव हमारी अवधारणा को साकार बनाते हैं। इस प्रकार, जब कोई पत्थर या नदी हमें किसी भी रूप में आनंद प्रदान करती है तो हम यह घोषणा कर देते हैं कि यह अवश्य ही देवता है। इसलिए अवधारणाएँ हमारी कल्पनाओं को युक्तिसंगत बनाने में सहायता करती हैं, भावनाएँ अवधारणाओं को युक्तिसंगत बनाने में हमारी सहायता करती हैं—यह एक दोहरी प्रक्रिया है।

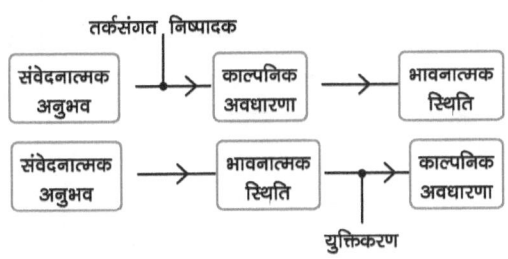

मानसिक प्रक्रियाएं

जब समान जाति के सभी पौधे और पशुओं को समान प्रेरणा के साथ प्रस्तुत किया जाए तो वे प्रायः समान रूप से प्रतिक्रिया व्यक्त करते हैं। विभिन्नताएं बहुत कम हैं तथा अधिकांशतः बड़े पशुओं में होती हैं। फिर भी विभिन्न मानवों द्वारा समान प्रेरणा को अलग—अलग तरीक़े से पढ़ा जाता है जो अपने मन में विभिन्न अवधारणा रखते हैं। इसीलिए धृतराष्ट्र, द्रोणाचार्य तथा अर्जुन कुरुक्षेत्र की रणभूमि में भिन्न—भिन्न प्रतिक्रियाएँ व्यक्त करते

हैं। मानव से दिव्यता तक की यात्रा ने वैचारिक स्पष्टता हासिल की और दुनिया जैसी है उसकी उसी तरह प्रशंसा की, जबकि इस बात पर बल दिया कि ऐसे लोग इसे कैसे ग्रहण करते हैं।

परन्तु क्या अवधारणाएं वास्तविक हैं? क्या वे कल्पनाओं से उत्पन्न नहीं हुई हैं? हम कल्पनाओं का मूल्यांकन किस प्रकार से कर सकते हैं?

वास्तविकता से कल्पनाशीलता में अंतर करने से इस तथ्य की उपेक्षा हो जाती है कि मानव इसीलिए ही मानव हैं क्योंकि उनमें कल्पना करने की शक्ति है। वे सब चीज़ें जिनका हम मूल्यांकन करते हैं, जैसे न्याय, समानता, बोलने की स्वतंत्रता, मानवाधिकार, वे वास्तव में कल्पनाशीलता का मंथन करने पर प्राप्त बिलकुल वैसी अवधारणाएं हैं जैसे कि ईश्वर, स्वर्ग, नरक, पुनर्जन्म तथा अनश्वरता के विषय में विचार। हम इन विचारों को धर्मनिरपेक्ष या धार्मिक, तर्कसंगत या अलौकिक के रूप में वर्गीकृत कर सकते हैं तथा एक के ऊपर दूसरे को मूल्य दे सकते हैं, परन्तु इन्हें अनिवार्यतः मनुष्यों द्वारा मनुष्यों के लिए ही बनाया गया है। ये कृत्रिम निर्माण हैं न कि प्राकृतिक घटना। इनका मनुष्यों के बाहर कोई स्वतंत्र अस्तित्व नहीं है।

यहाँ तक कि पहचान (अहं) भी इसलिए आवश्यक है कि हम स्वयं के विषय में कल्पना तथा विचार किस प्रकार करें। प्रकृति हमारे आदिवासी मूल, हमारे सामाजिक ढांचे अथवा हमारे सांस्कृतिक पदानुक्रमों का ध्यान नहीं करती है। वह इस बात का ध्यान भी नहीं करती है कि हम एक–दूसरे के प्रति अपने कार्यों अथवा निर्णयों को किस प्रकार सही मानते हैं। इसके बावजूद हमारी पहचान हमारे लिए उसी प्रकार अत्यन्त

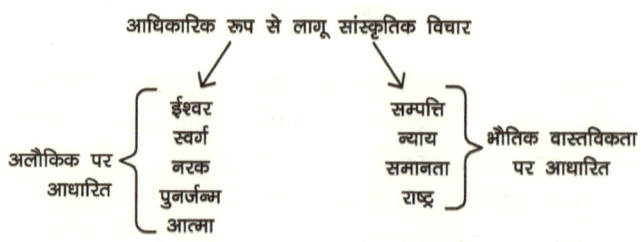

काल्पनिक अवधारणाएं

महत्त्व रखती है जैसे कि हमारी अवधारणा, क्योंकि हम मानव हैं। हमारी अवधारणाएँ हमारी मानवता का निर्माण करती हैं तथा प्राकृतिक एवं जैविक भय से सुरक्षित रखने में हमारी सहायता करती हैं।

अर्जुन स्वयं को एक पहचान (पाण्डव, कौंतेय, कुरु) प्रदान करता है, अपने चारों ओर के लोगों (मित्रों एवं परिजनों) को पहचान देता है और अपने कार्यों (अच्छे या बुरे) को श्रेय देता है कल्पना, निर्माण या पहले की सीमाओं तथा पहले के अवधारणात्मक ज्ञान की अपनी क्षमता के आधार पर प्रतिक्रिया (समाज का विध्वंस) की भविष्यवाणी करता है।

> हे अर्जुन, विवेक शारीरिक क्षमताओं से परे अस्तित्वमान है, मन विवेक की क्षमताओं के आगे तथा बुद्धि मन की क्षमताओं के आगे अस्तित्वमान है। बुद्धि तुम्हारे अपने विवेक के आगे विद्यमान होती है। यह जानते हुए कि तुम वास्तव में कौन हो, तुम सभी इच्छाओं पर विजय प्राप्त कर लोगे।
> —भगवद् गीता, अध्याय—3, श्लोक—42 व 43 (भावानुवाद)

कृष्ण की वैचारिक वास्तविकता—जहाँ नश्वरता एक तथ्य है, उन्हें निर्भीक हो कर कार्य करने देती है तथा वैचारिक विरोध को लागू किए बिना जीवन के विषय में अन्तर्दृष्टि प्रदान करती है। धृतराष्ट्र और दुर्योधन की वैचारिक वास्तविकता, जहाँ उत्पीड़न एक तथ्य है, उन्हें क्रोध, उत्पीड़न की कल्पना तथा संसार में परिवर्तन लाने की तीव्र इच्छा मन में रख कर कार्य करने देती है। कौन सी कल्पना सबसे उपयुक्त है?

विज्ञान, कल्पना के विषय में गीता के उत्साह से सहमत नहीं है। विज्ञान परिमित, औसत दर्जे की इकाई को महत्त्व देता है। जबकि गीता अनन्त एवं अनश्वर (नित्य) को महत्त्व प्रदान करती है, जो अपरिमापी अवधारणाएँ हैं।

विज्ञान द्वारा निर्मित वास्तविकता मापक उपकरणों पर निर्भर करती है। फिर भी, चीज़ों को मापना कल्पना करने की तुलना में सरल है। इसीलिए भौतिकी, रसायन तथा जीवविज्ञान को 'शुद्ध' विज्ञान माना जाता

है, जबकि मनोविज्ञान को 'आभासी' या 'अपूर्ण' विज्ञान माना जाता है। मन की कार्यप्रणाली को समझने के लिए हम भावनाओं पर शरीर की प्रतिक्रिया का सबसे बढ़िया प्रयोग कर सकते हैं, जैसा कि तंत्रिका मनोविज्ञान और व्यवहार विज्ञान करते हैं।

समाजशास्त्र, इतिहास, अर्थशास्त्र, प्रबंध तथा राजनीतिशास्त्र जैसे मानविकी विषयों को अब 'सामाजिक विज्ञान' नहीं कहा जाता क्योंकि अब इनमें आंकड़ों की वैज्ञानिक रूप से गणना की जा सकती है, विश्लेषण निरपवाद रूप से विश्लेषक के पूर्वाग्रह से प्रभावित होते हैं, वह जिस दर्शन को स्वीकार करता है तथा जिस अवधारणा को वह मानता है वह सत्य होगा।

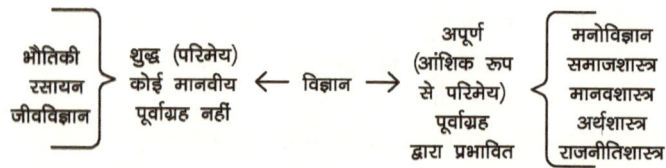

विज्ञान का वर्गीकरण

ऐसा कहे जाने के बाद, अवधारणा विज्ञान में, विशेष रूप से गणित में, एक महत्त्वपूर्ण भूमिका अदा करती है। ज़ीरो (शून्य) तथा असंख्य (अनन्त) को काल्पनिक संख्याएं कहा जाता है, क्योंकि उनके अस्तित्व को वास्तविकता में सिद्ध नहीं किया जा सकता। मैं आपको एक वृक्ष, दो वृक्ष, तीन वृक्ष तो दिखा सकता हूँ, परन्तु 'शून्य वृक्ष' अथवा 'असंख्य वृक्ष' नहीं दिखा सकता। उनकी कल्पना ही की जा सकती है।

इन अवधारणाओं के ज्ञान के बिना भी सभ्यताओं का अस्तित्व सदियों से रहा है और वे विकसित होती रही हैं। भारत के बौद्ध धर्म, जैन धर्म तथा हिन्दू धर्म ने मनोवैज्ञानिक एवं भौतिक संसार दोनों को जानने के अपने प्रयास में लगभग दो हज़ार वर्ष पूर्व 'असंख्य' एवं 'शून्य' दोनों की कल्पना की थी। संन्यासी गुमनामी की अपेक्षा वापसी की अवधारणा को

पंसद करते थे यानी शून्य, जबकि गृहस्थ सभी को साथ ले कर चलने की अवधारणा को ज़्यादा पसंद करते हैं यानी अनन्त। आज 'शून्य' एवं 'अनन्त' कलन (कैलकुलस) तथा सारी दुनिया में वैज्ञानिकों को वास्तविक संसार के तकनीकी संबंधी समस्याओं को हल करने में सहायता प्रदान करते हैं।

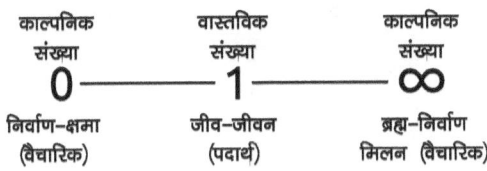

दर्शनशास्त्र एवं गणित की अवधारणा

अनन्त एवं शून्य के समान अनश्वरता भी एक अवधारणा है। इसका परिचय कराते हुए कृष्ण अर्जुन के अनुभवों के चित्रफलक को बढ़ाते हैं तथा उसके अस्तित्व के विभाजक को विस्तार प्रदान करते हैं। इससे वे जीवन को एक भिन्न रूप में देख पाते हैं – यह कोई एकमात्र जीवन नहीं है जिसमें हम रहते हैं, बल्कि यह हमारे अनेक जीवनों में से एक है, हमारे कर्मों के अनन्त परिणाम होते हैं, हमारे पास असीमित इच्छाएं होती हैं, यदि हम उनके विषय में मन में ध्यान रखें। इस प्रकार, कल्पनाओं में परिवर्तन आने से पहचान में भी नाटकीय परिवर्तन होता है, जिसका अर्थ है, मूल्य, मान्यताएँ एवं आकांक्षाएँ।

> अर्जुन, लोग सीमित देवी–देवताओं की पूजा करते हैं। सीमित इसलिए क्योंकि ऐसा वे अपनी प्रकृति एवं इच्छा से करते हैं। मुझसे उनमें विश्वास उत्पन्न होता है। मुझसे उनके विश्वास की पूर्ति होती है। वे प्रतिबंधित रहकर प्रतिबंधित होते हैं। जो इन बंधनों को तोड़ देता है वह मुझे पा लेता है, मुझे यानी असीम को।
> *–भगवद् गीता, अध्याय–7, श्लोक–20 से 23 (भावानुवाद)*

जीवन के बारे में आपकी और मेरी भिन्न सोच 69

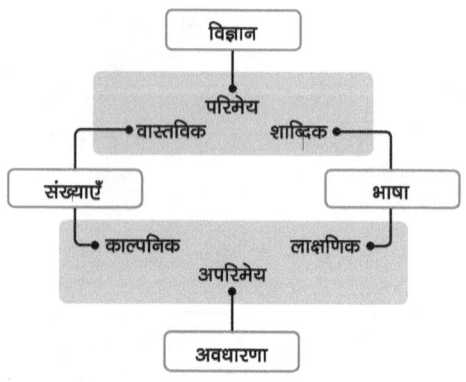

शाब्दिक एवं प्रतीकात्मक

जो लोग कल्पनाओं के साथ सुखी रहते हैं, वे रूपकों एवं चिन्हों की सराहना करते हैं। जो ऐसा नहीं करते हैं वे शाब्दिक को प्राथमिकता देते हैं। रूपकों एवं चिन्हों के माध्यम से ही कोई भी अपने विचारों को अभिव्यक्ति प्रदान कर सकता है। कविता के बिना आप ऐसे विचारों को सम्प्रेषित नहीं कर सकते हैं, जो पदार्थ एवं परिमेय नहीं होते हैं, जैसे प्रेम या न्याय अथवा विशिष्टताएँ। परन्तु गीता यह संदेश देती है कि यह संसार उन भिन्न—भिन्न लोगों से बना है, जो केवल मृत्यु की वास्तविकता में विश्वास रखते हैं तथा जो अनश्वरता की अमूर्तता में तथा पुनर्जन्म में विश्वास रखते हैं। कृष्ण लोगों से यह अपेक्षा नहीं करते हैं कि वे संसार के बारे में वैसा ही अनुभव करें जैसा वह करते हैं अथवा संसार को ठीक उसी प्रकार से उत्तर दें जिस प्रकार से वह देते हैं। इसीलिए कृष्ण के पास सभी समस्याओं के समाधान का एक स्पष्ट दृष्टिकोण है जो विभिन्न क्षमताओं एवं सामर्थ्यों के लिए उपयुक्त है।

अर्जुन, अपने मन को मुझ में तल्लीन करो और मैं तुम्हें पुनर्जन्म के इस भवसागर से ऊपर उठा लूँगा। यदि तुम ऐसा नहीं कर सकते हो तो तुम योगाभ्यास करो तथा अपने मन को नियंत्रित

करो। यदि तुम ऐसा भी नहीं कर सकते हो तो तुम ऐसा समझ कर कार्य करो कि जैसे वह मेरा कार्य हो। यदि तुम ऐसा नहीं कर सकते हो तो तुम स्वयं को मेरा साधन बना दो तथा जैसा मैं कहूँ वैसा करो। यदि तुम ऐसा भी नहीं कर सकते हो तो तुम बस अपना कार्य करो और उसका फल मुझ पर छोड़ दो।

—भगवद् गीता, अध्याय—12, श्लोक—6 से 11 (भावानुवाद)

मेरी देह तुम्हारी देह से भिन्न है। मेरी क्षुधा तुम्हारी क्षुधा से भिन्न है। मेरी धारणा तुम्हारी धारणा से भिन्न है। मेरी क्षमताएं तुम्हारी क्षमताओं से भिन्न हैं। मेरा अनुभव तुम्हारे अनुभव से भिन्न है। मेरी अभिव्यक्तियाँ तुम्हारी अभिव्यक्तियों से भिन्न हैं।

4

आप और मैं अर्थ जानना चाहते हैं

हमारे शरीर में निवास करने वाली अनश्वर आत्मा (देहि) यह देखती है कि शरीर समस्त संसार का अनुभव किस प्रकार से करता है। परन्तु यह देहि वास्तव में क्या है? क्या यह वह चेतना है जो शरीर को बाहरी उद्दीपन के कारण उत्तरदायी बनाती है? क्या यह शरीर के अन्दर का मन अथवा मन के अन्दर आने वाले विचार एवं कल्पनाएं हैं? या ये वे अवधारणाएँ हैं जो समस्त अनुभूतियों का निस्पंदन करती हैं तथा संवेदनाओं को प्रभावित करती हैं? क्या यह कुछ-कुछ चेतना जैसा है जिसे मापा नही जा सकता और जो रहस्यपूर्ण एवं विवादास्पद विषय है? अथवा क्या यह वैचारिक स्पष्टता है जो शांति प्रदान करती है? क्या वह वैचारिक स्पष्टता स्वयं हमें तथा समस्त संसार को अर्थ प्रदान करने वाले विशेष मानवीय गुणों की प्रशंसा करती रहती है? इस अध्याय में हम उन विचारों का अन्वेषण करेंगे।

गीता के ठीक आरम्भ में कृष्ण देहि के विषय में बताते हैं कि वह अनश्वर है तथा शरीर में निवास करती है।

अर्जुन, इसे शस्त्र नहीं काट सकते हैं, इसे अग्नि नहीं जला सकती है, जल इसे गीला नहीं कर सकता है, वायु इसे सुखा नहीं सकती है। यह सर्वव्यापक, सदैव स्थिर, अचल है।
—भगवद् गीता, अध्याय–2, श्लोक–23 व 24 (भावानुवाद)

बाद में वह देहि को आत्मा के रूप में बताते हैं, जो अनश्वर है तथा शरीर में निवास करती है, परन्तु सभी चेतनाओं एवं मन की पहुँच से दूर है।

अर्जुन, यह अनासक्त, शांत, आश्वस्त, पालक है जो नौ द्वारों वाले नगर में निवास करती है।
—भगवद् गीता, अध्याय–5, श्लोक–13 (भावानुवाद)

फल खाते हुए पक्षी को देखता हुआ पक्षी

ऋग्वेद एक पक्षी के विषय में बताता है जो एक अन्य पक्षी को फल खाते हुए देख रहा है। यह संसार (फल) का रूपक है, शरीर (फल खा रहा पक्षी) तथा देहि (फल खाते हुए फल खाते पक्षी को देख रहा पक्षी)। हम दूसरे को तथा स्वयं को फल खाते हुए देख सकते हैं।

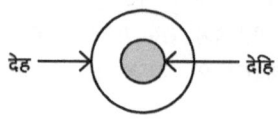

देह एवं देहि

कृष्ण देहि के विषय में बताते हैं कि वह शरीर के अन्दर स्थित होती है, ठीक उसी प्रकार से जैसे वह पुरुष के विषय में बताते हैं कि वह प्रकृति में सभी के अन्दर स्थित होता है, जो शरीर से चारों ओर से घिरा रहता है। यदि देहि स्वयं के अन्दर होती है तो पुरुष दूसरों के अन्दर होता है।

अर्जुन! तुम्हारे चारों ओर होने वाली सभी घटनाओं के लिए प्रकृति उत्तरदायी है। प्रकृति के अन्दर निवास करने वाला पुरुष इन सभी घटनाओं की दुःखदायी एवं आनन्दमय परिस्थितियों का अनुभव करता है। —*भगवद् गीता, अध्याय—13, श्लोक—20 एवं 21 (भावानुवाद)*

वह शरीर, जिसमें हम निवास करते हैं तथा प्रकृति, जो हम सभी के चारों ओर है, मूर्त (सगुण) है। हमारे शरीर एवं प्रकृति में जो निवास करता है वह अमूर्त (निर्गुण) नहीं है। देह एवं प्रकृति चेतना की सीमाओं की पहुँच में होती है, जो स्थान एवं समय द्वारा नियंत्रित होती है, जिसका अर्थ यह है कि उन्हें मापा जा सकता है तथा वे अस्थाई होती हैं। लेकिन, देहि और पुरुष चेतना की पहुँच से बाहर होते हैं तथा स्थान एवं समय के नियमों द्वारा नियंत्रित नहीं होते हैं। इसका अर्थ यह है कि उन्हें मापा नहीं जा सकता तथा वे स्थाई हैं।

देह प्रकृति का भाग होता है। परन्तु क्या देहि पुरुष का एक भाग है? क्योंकि दोनों अनश्वर एवं अनन्त हैं, उन्हें न तो स्थान के द्वारा बाँधा जा सकता है और न ही उन्हें पृथक किया जा सकता है। दूसरे शब्दों में देहि ही पुरुष है।

> अर्जुन, वह अन्दर व बाहर दोनों में है, सजीव व निर्जीव के अन्दर है, दूर एवं निकट है, अपरिमेय है क्योंकि वह अतिसूक्ष्म है। विभाज्य न होते हुए भी वह भिन्न—भिन्न भागों में विभाजित प्रतीत होता है। यह वही है जो सब को साथ लेकर चलता है और नए का निर्माण करता है। —*भगवद् गीता, अध्याय—13, श्लोक— 15 व 16 (भावानुवाद)*

देह वह होती है जो हमें अन्य अस्तित्वों से अलग करती है। देहि वह होती है जो हमें दूसरों की तुलना में संगठित होकर रखती है। देह वैयक्तित्व स्थापित करती है। देहि सर्वव्यापकता स्थापित करती है। संसार से जो चीज़ हमें पृथक करती है, हम उसका पता लगाते हुए विश्लेषण (सांख्य) द्वारा देह को जान सकते हैं। हम इस बात का पता लगा कर कि हमें संसार के साथ कौन—सी बात जोड़े रखती है, विश्लेषण (योग) के माध्यम से देहि की खोज कर सकते हैं। अर्जुन की देह दुर्योधन की देह के समान नहीं है। अर्जुन की देह उन घोड़ों के समान भी नहीं है जो उसके रथ को खींचते हैं। परन्तु अर्जुन की देह उसे प्रत्येक जीवधारियों में भय और भूख का तथा निर्जीवधारियों में इसके न होने का अनुभव करने योग्य बनाती है।

देहि एवं पुरुष एक समान होते हैं, लेकिन फिर भी उनमें अन्तर होता है। देहि को जीवात्मा और पुरुष को परमात्मा कहा जाता है क्योंकि देहि का अनुभव उस देह की तुलना में सीमित होता है, जिसमें वह निवास करती है, जबकि पुरुष का अनुभव असीमित होता है, क्योंकि वह असीमित प्रकृति के अन्दर निवास करता है। देहि अथवा जीवात्मा वास्तविकता के एक भाग का अनुभव करती है। भगवान जो वास्तविकता है हर भाग का

शरीर	देह	देहि
बाह्य शरीर	प्रकृति	पुरुष
	दृश्य परिमेय सगुण	अदृश्य अपरिमेय निर्गुण

देह एवं प्रकृति

अनुभव करता है तब परम–आत्मा है। जीव–आत्मा जो पूर्ति और पूर्णता की तलाश करती है, वह भगत या भक्त कहलाती है। प्रत्येक जीवित प्राणी जीवात्मा है। प्रत्येक जीवात्मा के लिए अन्य जीवित प्राणी परमात्मा (अन्य व्यक्ति) हैं। सभी जीवित प्राणियों के समूह से परमात्मा (अन्य प्राणियों के समूह) बनता है।

देह, प्रकृति और आत्मा का यह संबंध कला में सबसे अच्छी तरह से प्रदर्शित होता है जैसे छड़ों वाला चक्र, जहाँ पर केन्द्र मेरे शरीर (देह) का प्रतिनिधित्व करता है और रिम मेरे चारों ओर के संसार (प्रकृति) के शरीर को दर्शाता है। हमारे अन्दर की आत्मा (जीवात्मा) पहिए की छड़ों के समान प्रसारित होती है तथा उसे हमारे चारों ओर के अन्य सभी प्राणियों की आत्मा (परात्मा) से जोड़ती है। ये सब साथ मिलकर परमात्मा, ऐसी शक्ति बन जाते हैं जिसका हम सभी अनुभव कर सकते हैं। इसी प्रकार का छड़ों वाला एक चक्र कृष्ण की अँगुली में घूमता है जो इस बात का सूचक है कि परमात्मा सभी प्राणियों की जीवात्माओं के कुल योग से भी अधिक है। जीवात्मा परमात्मा पर निर्भर करती है, परन्तु परमात्मा जीवात्मा पर निर्भर नहीं करती।

> अर्जुन, वह चेतनारहित होकर भी सभी प्राणियों की चेतना का अनुभव करते हैं। वह स्वतंत्र हो कर भी सभी का निर्वाहक है।

वह सभी प्रवृत्तियों से रहित होकर भी सभी भौतिक प्रवृत्तियों का आनंद लेता है। *–भगवद् गीता, अध्याय–13, श्लोक–14 (भावानुवाद)*

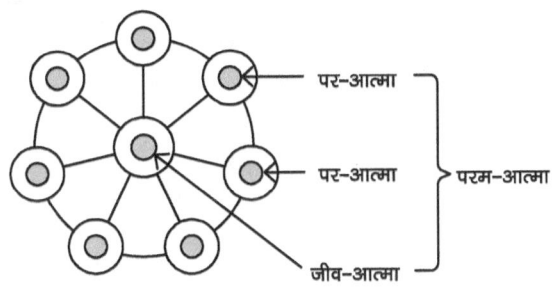

चक्र

जीवात्मा और परमात्मा, देहि और देह, पुरुष एवं प्रकृति, भगवान एवं भक्त के बीच संबंधों के अन्वेषण ने वेदांत के कई विचारों, यानी वे विचार जो वेदों के सार की तलाश करते हैं, को आगे बढ़ाने में मदद की। अद्वैत, देवत्व एवं मानवता के बीच कोई अन्तर नहीं मानता है। द्वैत इसमें एक पूर्ण अलगाव को देखता है, भेद–अभेद मानवता को देवत्व के भाग के रूप में देखता है।

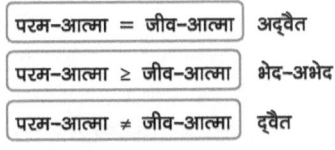

परम-आत्मा = जीव-आत्मा	**अद्वैत**
परम-आत्मा ≥ जीव-आत्मा	**भेद-अभेद**
परम-आत्मा ≠ जीव-आत्मा	**द्वैत**

वेदांत के विभिन्न विचार

अनेक लोग देहि को पुरुष–वृक्ष के बीज के रूप में देखते हैं। प्रत्येक बीज वृक्ष से भिन्न होता है, जो वृक्ष पर निर्भर होते हुए भी उसमें निहित होता

है। पूर्णता के विषय में इस मत का ईशा उपनिषद् में एक श्लोक के द्वारा सुन्दर वर्णन किया गया है। "यह पूर्ण है, वह पूर्ण है, पूर्णता से ही पूर्णता प्राप्त होती है। जब पूर्णता को जोड़ा या घटाया जाता है, तब भी वह पूर्ण ही रहता है"। यह स्तोत्र अनन्त की अवधारणा तथा मनुष्य की कल्पना क्षमता के विषय में बताता है। आप स्वयं में पूर्ण हो, मैं स्वयं में पूर्ण हूँ फिर भी हम वृहद मानवीय वृतांत के एक भाग हैं। एक वृक्ष के बीज के समान हम पूर्णता के एक भाग हैं, इसके साथ–साथ हम स्वयं भी पूर्ण हैं।

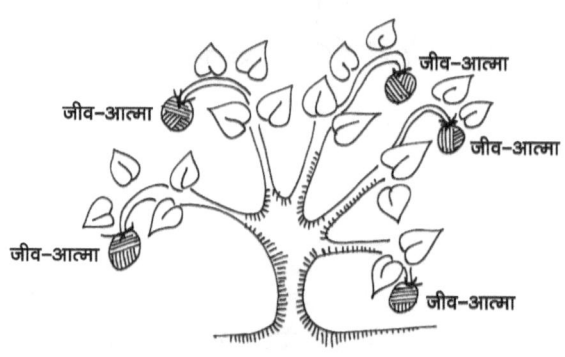

परम–आत्मा रूपी वृक्ष के फल

इस प्रकार देहि/आत्मा/पुरुष वास्तव में क्या हैं? गीता में इसे स्पष्ट करने के लिए अनेक रूपकों का प्रयोग किया गया है : वह सागर है जिसमें नदियों का जल समा जाता है, परन्तु वह कभी भरता नहीं है (अध्याय 2, श्लोक 70); वह आसमान है जो हर समय मौजूद रहता है, परन्तु सदैव असम्बद्ध रहता है (अध्याय 13, श्लोक 33)। वह सूर्य है जो सभी चीज़ों को प्रकाशमान करता है (अध्याय 13, श्लोक 34)। अध्याय 7 से आगे कृष्ण इन विचारों का वैयक्तिकरण करके प्रथम पुरुष का प्रयोग करते हुए स्वयं को देहि एवं पुरुष के समतुल्य बताते हैं। हालांकि कृष्ण पुरुष रूप को साकार करते हैं, फिर भी वह रूपक अलंकारयुक्त भाषा का प्रयोग करते हुए स्वयं के अन्दर अपने 'गर्भ' होने की बात करते हैं।

अर्जुन, साकार एवं निराकार मेरे दो गर्भ हैं। मैं ही आरम्भ और मैं ही अंत हूँ, मैं वह धागा हूँ जिसमें सारा संसार मोतियों के समान गुँथा हुआ है। यह सब कुछ और नहीं मैं ही हूँ।
—भगवद् गीता, अध्याय—7, श्लोक—6 व 7 (भावानुवाद)

कुछ लोग देहि/पुरुष/आत्मा को रूह के रूप में पहचानते हैं। परन्तु रूह ईसाई धर्म की एक अवधारणा है। विशेष रूप से ऐसी रूह के विषय में बात की जाती है जो भ्रष्ट हो जाती है तथा रूह के बिना शरीर रह जाता है। गीता की देहि/पुरुष/आत्मा सदैव विशुद्ध है तथा चारों ओर व्याप्त है, यहाँ तक कि पापी और बेईमान सभी प्राणियों के भीतर।

कुछ लोगों का कहना है कि देहि सांसारिक नहीं है, इसलिए इसे कुछ आध्यात्मिक होना चाहिए। हमें इस आध्यात्मिक शब्द से सतर्क रहना चाहिए। यह अठारहवीं शताब्दी का एक यूरोपीय शब्द है जिसका मनोविज्ञान से लेकर असामान्य और अदृश्य तक सभी में एक बार वर्णन किया गया है, नवयुग की धार्मिक व्यवस्था में इसका यही अर्थ अभी भी लोकप्रिय है। पश्चिमी देशों ने सिगमंड फ्रायड और कॉर्ल युंग के कार्यों के बाद बीसवीं सदी में ही औपचारिक रूप से मनोविज्ञान को असामान्य से पृथक कर दिया था, हालांकि धार्मिक लोग इस बात पर लगातार बल देते रहे कि असामान्य ही वास्तविक है।

यदि भौतिक नहीं तो देहि/पुरुष/आत्मा मानसिक हो सकती है। परन्तु यह उन सभी चीज़ों से भिन्न भी हो सकती है जो मन यानी चेतना (इन्द्रियाँ), संवेदनाओं (चित्त), कल्पनाओं (मानस) तथा बुद्धि को गठित करती है। इसलिए कुछ लोग इसे चेतना यानी स्वयं को जानने की क्षमता के रूप में जानते हैं। परन्तु वैज्ञानिक तथा गुरुजन इस बात से सहमत नहीं हैं कि चेतना वास्तव में क्या है। वैज्ञानिक चेतना को कोई जीवित चीज़ मानते हैं विशेषकर बहुत बड़ी चीज़, जबकि गुरुजन चेतना को सारी प्रकृति मानते हैं और यहाँ तक कि अचेतन को भी।

कुछ लोग आत्मा/जीवात्मा/चेतना को अंतःकरण (विवेक) के रूप में जानते हैं। परन्तु अंतःकरण कल्पना एवं निर्णय का ही परिणाम है—हम

स्वयं की कल्पना किस प्रकार से करते हैं तथा हम स्वयं का दूसरों द्वारा मूल्यांकन किस प्रकार से चाहते हैं। पशुओं में कोई चेतना नहीं होती, लेकिन हिन्दू धर्म का यह मानना है कि सभी प्राणियों में आत्मा होती है।

अंततः देहि/पुरुष/आत्मा की वास्तविक पहचान सदैव रहस्यमयी रहेगी, ऐसा इसलिए नहीं कि यह वस्तुगत माप का विरोध करती है, परन्तु इसलिए भी क्योंकि आप और मैं वास्तविकता का भिन्न—भिन्न प्रकार से अनुभव करते हैं और अपने अनुभव को शब्दों में व्यक्त करने के लिए अलग—अलग शब्दों का प्रयोग करते हैं। आपके लिए देहि का जो अर्थ हो सकता है वह अर्थ मेरे लिए नहीं हो सकता है। इसके अतिरिक्त, आज देहि के विषय में मैं जो सोचता हूँ वह देहि के विषय में मेरी कल की सोच नहीं हो सकती। आरम्भ में देहि मन हो सकता है, तभी वह बुद्धि बन जाता है, इसके बाद चेतना, कल्पना, अवधारणा, अर्थ बन जाने के बाद कुछ ऐसा बन जाती है जो भाषा का विरोध करती है। परन्तु वह अस्तित्व में रहती है, यही विशेष बात है।

अर्जुन, यह सभी प्राणियों के हृदय में रहती है, जो जानने योग्य है स्वयं ज्ञान है तथा जिसे ज्ञान के द्वारा प्राप्त किया जा सकता है। यह वह प्रकाश है जो जीवन में अंधकार को दूर करते हुए उसे प्रकाशमान कर देता है। *—भगवद् गीता, अध्याय—13, श्लोक—17 (भावानुवाद)*

जिसके विषय में हम पूरी तरह से आश्वस्त हो सकते हैं वह यह है कि देहि कोई तत्व नहीं हो सकती है, क्योंकि परिभाषा द्वारा इसे मापा नहीं जा सकता। यह अवधारणा हो सकती है। सबसे अच्छी बात यह है कि इसे अनुभव किया जा सकता है, इसलिए यह एक आत्मगत सच्चाई है, जो विज्ञान के नियमों से भिन्न है।

'अर्जुन, इसका कोई आरम्भ नहीं है और न ही इसकी कोई विशेषता है इसलिए यह अपरिवर्तनीय है। यह शरीर के अन्दर रहती है, परन्तु यह कुछ नहीं करती है और यह किसी चीज़

का लोभ नहीं करती है' । *–भगवद् गीता, अध्याय–13, श्लोक–
31 एवं 32 (भावानुवाद)*

उपनिषदों में वर्णित शरीर के पाँच–कोटरों वाली संरचना के अनुसार
हमारी सांस हमारी त्वचा के अन्दर निवास करती है, हमारा मन हमारी
सांस के अन्दर निवास करता है, हमारे विचार हमारे मन के अन्दर निवास
करते हैं तथा हमारे मनोभाव हमारे विचारों के अन्दर निवास करते हैं।
हम केवल अपनी त्वचा तथा सांस को ही देख सकते हैं। हम अपने
मनोभावों को शरीर तथा सांस के द्वारा व्यक्त करने के तरीके से अनुभव
कर सकते हैं। मन के द्वारा प्राप्त होने वाली अनुभूतियों को मनोभाव
बनाने के लिए उन्हें विचारों द्वारा छाना जाता है। मनोभाव हमारे मन को
प्रभावित करते हैं और हमारे विचारों को मूर्तरूप प्रदान करते हैं। जब
कोई वैचारिक स्पष्टता होती है तो हमें आनंद की अनुभूति होती है, भले
ही संवेदनात्मक अनुभव कैसा भी हो। तब आत्मा एक ऐसा विचार बन
जाती है जो वैचारिक स्पष्टता प्रदान करती है। वह संसार के साथ एक
ऐसा संबंध स्थापित करती है जो वास्तविक होता है, वैसा नहीं जैसी हम
उसकी कल्पना करते हैं।

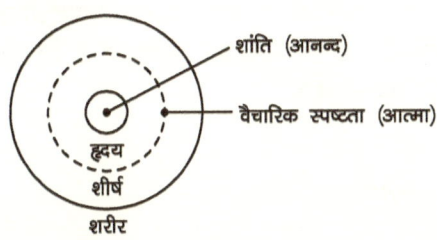

वैचारिक स्पष्टता के रूप में आत्मा

वैचारिक स्पष्टता न होने पर भय एक अत्यन्त प्रबल मनोभाव होता
है, जिसमें अवसरों के चूकने का भय, धमकी का भय, उपलब्धि का भय,
विनाश का भय, अमान्यता का भय होता है। भय के मनोभाव उस रूप में

प्रभाव डालते हैं जैसा हम सोचते हैं और हम क्या विश्वास करते हैं। यह संवेदना और प्रतिक्रिया करने के विकल्प को परखने वाली छन्नी को दूषित करता है। यह वहाँ पर दुष्चक्र बनाता है जहाँ हमारी आत्मा को अहंकार एवं स्वाभिमान द्वारा ग्रस्त कर लिया जाता है।

वैचारिक स्पष्टता भाषा के प्रति ध्यान देती है, जो वेदों का प्रमुख विषय है। अनेक पशु अपने विचार सम्प्रेषित करने के लिए भाषा का प्रयोग करते हैं। उनकी भाषा विवरणात्मक होती है। मनुष्यों की भाषा का प्रयोग विश्लेषण करने, निर्माण करने तथा जटिल अर्थों की जानकारी देने के लिए होता है। ध्वनि, चित्र अथवा संकेत के द्वारा अर्थ सूचित किए जाते हैं। जो बात शब्दों के माध्यम से व्यक्त की जाती है, उससे कई प्रकार के अर्थ (शब्द–ब्राह्मण) निकलते हैं, कुछ शाब्दिक तथा कुछ रूपक अलंकार से युक्त। ये विविध मनोभाव (रस) तथा अनुभव (भाव) उत्पन्न करते हैं। शब्द साकार (सगुण) हैं तथा शब्द–ब्राह्मण निराकार (निर्गुण) है। शब्द–ब्राह्मण को केवल शब्द के द्वारा ही व्यक्त एवं अनुभव किया जा सकता है। यदि हम अपने शरीर की कल्पना शब्द के रूप में करें तो हम अर्थों के पात्र बन जाएंगे। हमारे शरीर के द्वारा ही शब्दों का अर्थ व्यक्त एवं अनुभव किया जा सकता है। हिन्दू लोग कहते हैं कि हमारे चारों ओर की प्रत्येक वस्तु में आत्मा है और वह पत्थरों एवं नदियों, पेड़–पौधों, पशुओं तथा मनुष्यों के आगे शीश झुकाते हैं, यह इस बात का परिचायक है कि संसार में प्रत्येक वस्तु अर्थपूर्ण एवं तर्कसंगत है।

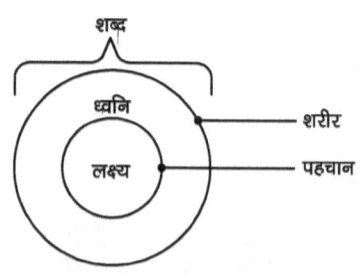

आत्मा लक्ष्य के रूप में

उन पशुओं के समान जिन्हें जीवित रहने के लिए भोजन की आवश्यकता होती है, मनुष्य अपने विवेक को अर्थ देने के लिए लालायित रहते हैं कि इस संसार में हमारा क्या मूल्य है, हमारा उद्देश्य क्या है तथा हमारी पहचान क्या है? जब तक हम अपने चारों ओर के संसार में अपनी मान्यता ढूँढ़ते रहेंगे तब तक हम अपने अहं में फँसे रहेंगे। जैसे ही हमें यह लगेगा कि संसार की सभी चीज़ों का अर्थ हमारे अन्दर ही है और इस संसार को अर्थपूर्ण हम ही बनाते हैं, तब हम आत्मा द्वारा मुक्त हो जाएंगे।

अर्जुन, सभी को घेरकर रखने वाली आश्चर्यजनक वस्तु जो तुम्हारे अन्दर निवास करती है, जो कि वास्तव में मैं हूँ और तुम हो, वह अन्ततः सभी को देखती है, स्वीकार करती है, समर्थ बनाती है और आनंद लेती है। —*भगवद् गीता, अध्याय—13, श्लोक—22 (भावानुवाद)*

जब हम यह कहते हैं कि हमारे चारों ओर प्रत्येक वस्तु में आत्मा है और हम पत्थरों, नदियों, पेड़—पौधे एवं पशु तथा अपने आस—पास के जीवित एवं मृत लोगों के आगे शीश झुकाते हैं तो हमारा अनिवार्यतः यह आशय होता है कि हमारे चारों ओर प्रत्येक वस्तु अर्थपूर्ण एवं तर्कसंगत है। इसका निर्णय कौन करता है? हमारे अन्दर रहने वाली देहि के साथ—साथ हमारे बाहर रहने वाला पुरुष। हम दूसरों को अर्थ प्रदान करते हैं। हम दूसरों से अर्थ लेते हैं। हम एक—दूसरे को अर्थ देते हैं। हम मृत्यु को प्राप्त

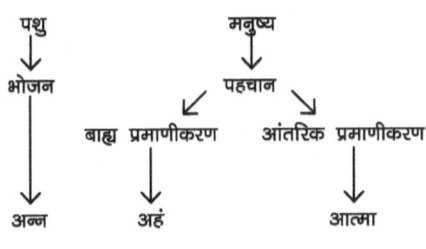

भोजन एवं लक्ष्य

हो सकते हैं परन्तु वस्तुएं अर्थपूर्ण जारी रहेंगी, क्योंकि आत्मा नहीं मरती है। इसे अर्थ देने वाला सदैव कोई दूसरा होता है।

पेड़-पौधे एवं पशुओं को जिसमें मनुष्य भी शामिल है, भोजन की आवश्यकता होती है। इसके अतिरिक्त मनुष्यों को इनके अर्थों की भी आवश्यकता होती है, जैसे देह के भीतर देहि, संसार के अन्दर इसका सम्पूर्ण अर्थ, शरीर के अन्दर आत्मा, शाब्दिक अर्थ के अन्दर रूपक आदि।

मेरी गीता

5

आपको और मुझे परिणाम भुगतने होंगे

भोजन, सुरक्षा एवं अर्थ की खोज प्राणियों को कार्य करने की प्रेरणा देती है। प्रत्येक क्रिया की प्रतिक्रिया होती है। प्रतिक्रियाएं उन परिस्थितियों का निर्माण करती हैं जिनका हम सतत रूप से अनुभव करते हैं। क्या हम अपने कर्मों को एवं दूसरे के कर्मों को विनियमित करते हुए अपनी परिस्थितियों का एवं अपने भविष्य का निर्माण कर सकते हैं और अपने दुर्भाग्य से बच सकते हैं? अथवा क्या हम अपनी गतिविधियों को बंद करके ही अपने सभी संवेदी प्रलोभनों से बचते हुए स्वयं को निराशा से तथा हार्दिक दुःख से बचा सकते हैं? और इस प्रकार शांति की खोज कर सकते हैं? क्या अच्छे कर्म और बुरे कर्म जैसी कोई चीज है? क्या अच्छे कर्मों की खराब प्रतिक्रिया होती है और बुरे कर्मों की अच्छी प्रतिक्रिया होती है? इन सभी प्रश्नों के उत्तर से ही कर्मों के सिद्धान्त बनते हैं, इसका आशय यह है कि दोनों प्रकार के कर्मों के साथ-साथ उनकी प्रतिक्रियाओं के विषय में कृष्ण भगवद् गीता के तृतीय अध्याय में विस्तार से प्रकाश डालते हैं।

प्रकृति में सभी चीज़ों में गुरुत्वाकर्षण शक्ति की गतिविधि निर्जीव हो जाती है। पेड़–पौधे गुरुत्वाकर्षण को चुनौती देते हुए आकाश की ओर उगते हैं तथा सूर्य का प्रकाश लेने तथा उसे भोजन की तरह ग्रहण करने के साथ ही अपनी जड़ों द्वारा सोखे गए खाद–पानी प्राप्त करने के लिए मृत्यु के भय को दूर करते हैं। पशु घास चरते हैं तथा शिकार करते हैं और भोजन के लिए एक स्थान से दूसरे स्थान पर चले जाते हैं। उनमें भोजन करने की क्रिया हिंसक होती है, क्योंकि मूलतत्व, पेड़–पौधे तथा पशु भूख से ग्रस्त हो जाते हैं। जहाँ पर जीवन होगा वहाँ भूख होगी। जहाँ पर भूख होगी वहाँ भोजन भी होगा। जहाँ पर भोजन होगा वहाँ हिंसा भी होगी। जहाँ पर हिंसा होगी वहाँ उसके परिणाम भी होंगे। प्रकृति हिंसक होती है क्योंकि भूखे को भोजन की आवश्यकता होती है। यही जीवन की मूलभूत सच्चाई है।

मानव समाज में हिंसा को नियंत्रित किया जा सकता है। खेत बनाने के लिए जंगलों को नष्ट किया जाता है। डैम और नहरें बनाने के लिए नदियों के तटों को नष्ट किया जाता है। मानवीय समझौतों के लिए प्राकृतिक पारिस्थितिकी तंत्र को नष्ट किया जाता है। महाभारत में पाण्डवों ने अपने इन्द्रप्रस्थ नगर का निर्माण करने के लिए खाण्डवप्रस्थ के जंगल को जला दिया था। उन्हें इसका भारी मूल्य चुकाना पड़ा। उसमें निवास करने वाले सर्प या नाग जाति के लोगों ने उन्हें या उनके वंशजों को इसके लिए कभी क्षमा नहीं किया।

मानव समाज का हिंसा के रूप में परिवर्तन हो गया है। यह केवल शारीरिक न होकर मनोवैज्ञानिक भी हो गई है क्योंकि इसमें लोगों की स्वतंत्रता का हनन किया जाता है, उन्हें धर्मतंत्र के नियमों एवं सीमाओं से बाँध दिया जाता है। पालतू बनाकर संस्कृति का निर्माण किया जाता है : भूमि पर बलपूर्वक नियंत्रण करके और मनुष्यों को मानसिक रूप से बलपूर्वक नियंत्रित किया जाता है।

इस प्रकार से जब अर्जुन हैरान होकर यह सोचता है कि रणभूमि को छोड़ने में ही उसकी भलाई है तो कृष्ण उसके इस निर्णय का स्पष्ट रूप से समर्थन नहीं करते हैं। अहिंसा तभी संभव होती है जब कोई क्षुधा का त्याग

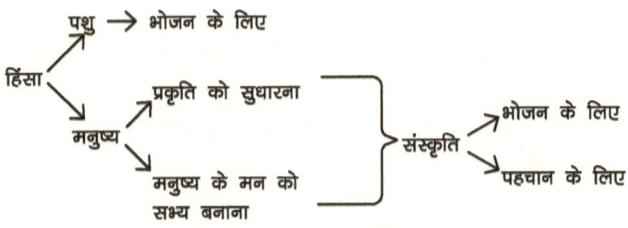

हिंसा के विभिन्न रूप

कर देता है। ऐसा कोई नहीं कर सकता। साधु–महात्मा भी किसी भी प्रकार की क्षुधा का त्याग नहीं कर सकते। उनके शरीर के लिए पोषक तत्वों की इच्छा होती है जिसके लिए उन्हें भोजन की आवश्यकता होती है। भोजन के लिए कृषि कार्य करना हिंसा के समान होता है क्योंकि इस क्रिया में हम उन चीज़ों को दूर भगाते हैं जो हमारे अन्न को चुराना चाहते हैं। केवल निर्जीव प्राणी ही अहिंसक होते हैं क्योंकि वे भूखे नहीं होते हैं। सजीव प्राणी खाते हैं, क्योंकि उनके भोजन की क्रिया में हिंसा सम्मिलित होती है।

> अर्जुन, जब तुम कुछ नहीं कर रहे होते हो, तो तब भी तुम कुछ कार्य करते हो। समाज से विरक्त हो जाने से ही तुम मुक्ति नहीं पा सकते हो। इस धरती पर जो भी पैदा हुआ है, जीवित है, दूसरे पर निर्भर है, कार्यशील है, स्वयं प्रकृति द्वारा उसे ऐसा करने को बाध्य किया जाता है। वह जो अपनी चेतना पर नियंत्रण करता है परन्तु उसके पास लालसा से भरपूर मन है, वह कपटी है जो स्वयं को धोखा देता है। तुम्हें जो करना है वह करो, बजाए इसके कि बिलकुल कुछ भी न करो। यदि तुम अपने शरीर को क्रियाशील रखना चाहते हो तो तुम्हें कार्य करते रहना होगा।
> *–भगवद् गीता, अध्याय–3, श्लोक–4 से 8 (भावानुवाद)*

शरीर की निवासी आत्मा कभी भूखी नहीं होती और उसे भोजन की लालसा नहीं होती, इसलिए वह हिंसक नहीं होती। वह इस क्षुधायुक्त हिंसा को बिना किसी निर्णय के देखती रहती है।

आपको और मुझे परिणाम भुगतने होंगे 87

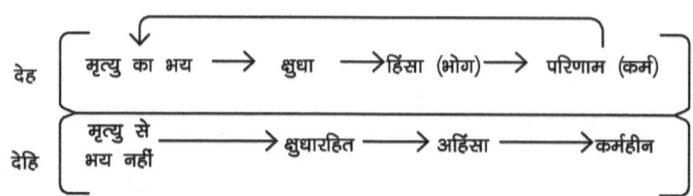

क्षुधा एवं क्षुधारहित

मृत्यु के भय से ही क्षुधा आती है, इसलिए भोजन की खोज होती है, जिससे हिंसा का जन्म होता है। हिंसा द्वारा मृत्यु के भय से पशु कामुक हो जाते हैं ताकि वे बच्चे पैदा कर सकें तथा यह सुनिश्चित कर सकें कि उनकी मृत्यु के बाद भी उनके परिवार का कोई सदस्य जीवित रह सके। और जब वह बच्चे पैदा करता है तो वह ऐसा मृत्यु के भय से ही करता है, इसलिए उसे क्षुधा होती है, इसीलिए वह हिंसक हो जाता है और उसमें कामवासना जागृत हो जाती है। इस प्रकार, कारण ही कर्म है और परिणाम भी कर्म है। कर्म ही क्रिया एवं प्रतिक्रिया, दोनों है। प्रत्येक पल पिछले कर्मों के कर्मफल हैं तथा भविष्य के कर्मबीज हैं। बिलकुल वैसे ही जैसे प्रत्येक बीज को उगने की आवश्यकता नहीं होती, जैसे फल की गुणवत्ता सूर्य के प्रकाश तथा मिट्टी की क़िस्म और जल की उपलब्धता जैसे विभिन्न बाहरी कारणों पर निर्भर करती है, प्रत्येक क्रिया की प्रतिक्रिया अप्रत्याशित होती है। अप्रत्याशितता से अनिश्चितता पैदा होती है, जो भय को बढ़ाती है।

अर्जुन, भय या अभय, जो किसी क्रिया के परिणाम हैं, पाँच बातों पर निर्भर करते हैं : शरीर, मन, उपकरण, विधि तथा भाग्य। अज्ञानी लोग ही सोचते हैं कि किसी भी परिणाम के लिए वे स्वयं उत्तरदायी हैं। —*भगवद् गीता, अध्याय—18, श्लोक—13 से 16 (भावानुवाद)*

अनिश्चितता की यह स्वीकार्यता उन धर्म—पुराणों के प्रमाण हैं जो पुनर्जन्म में विश्वास करते हैं। संसार सदैव परिवर्तनशील रहा है और

इसलिए मुख्य बात यह है कि उसका आकलन अथवा नियंत्रण करने के बजाए उसका अवलोकन करें। पश्चिमी धर्म–पुराण, इसके विपरीत ऐसे संसार की बात करते हैं जो या तो अपूर्ण (अब्राहमिक धर्म) अथवा अव्यवस्थित और अनुचित (यूनानी धर्म) होता है। संसार को एक उत्तम स्थान बनाने के लिए इसे परिवर्तित करने, सुधार लाने, विद्रोह करने की लालसा होनी चाहिए। इसके लिए सदैव एक लक्ष्य निर्धारित करना चाहिए। इस संबंध में की जाने वाली कार्रवाई को अच्छे या बुरे, सही या ग़लत, नैतिक या अनैतिक, तर्कसंगत या तर्कहीन के रूप में वर्गीकृत किया जाता है, जो लक्ष्यों पर निर्भर करती है।

अर्जुन, चूँकि मेरे कर्मफल मुझे बाध्य नहीं कर सकते हैं, इसलिए मेरे कर्म भी मुझे फँसा नहीं सकते। –*भगवद् गीता, अध्याय–4, श्लोक–14 (भावानुवाद)*

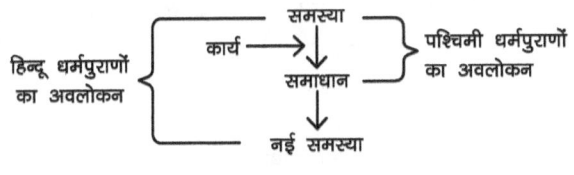

अंत की अनिवार्यता

चरमोत्कर्ष अथवा लक्ष्य का यह महत्त्व वैदिक विचारधारा के प्रतिकूल है।

अर्जुन जिन व्यक्तियों में आनंद, शक्ति, धनोपार्जन की लालसा होती है उनकी दृष्टि अपने जन्म फल, कर्मफल, अपने अधिकारों एवं परम्पराओं पर होती है। वे वेदों पर एक प्रसाधन के रूप में दृष्टि रखते हैं। उन्हें इसके अन्दर कोई अर्थ नहीं दिखाई देता। उन्हें ज्ञान की प्राप्ति कभी नहीं होती। –*भगवद् गीता, अध्याय–2, श्लोक–42 से 44 (भावानुवाद)*

हिन्दू धर्म में उद्देश्यों को एक कृत्रिम मील का पत्थर के रूप में माना जाता है। वास्तविक क्या है, तथापि वह हैं कर्म। प्रत्येक क्रिया की प्रतिक्रिया, तुरंत परिणाम एवं दीर्घावधि के प्रतिघात होते हैं। कर्म क्रिया एवं प्रतिक्रिया, दोनों के विषय में बताते हैं। ये कारण के साथ–साथ परिणाम भी हैं। यह प्रेरणा के साथ–साथ प्रतिक्रिया भी है।

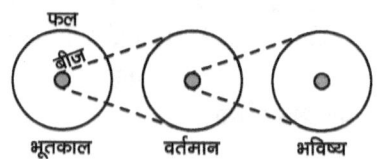

कर्मबीज एवं कर्मफल

प्रकृति में निरन्तर परिवर्तन होता रहता है–वसंत के बाद ग्रीष्म ऋतु आती है जो अपने साथ वर्षा लाती है तब शरद और उसके बाद शीत ऋतु आती है। सभी प्राणी जीवन की इन चार अवस्थाओं से गुज़रते हैं–बाल्यावस्था, युवावस्था, प्रौढ़ावस्था तथा वृद्धावस्था। सभ्यता को भी इन चार विविध अवस्थाओं (युगों) से होकर गुज़रना पड़ता है–कृत (सतयुग), त्रेता, द्वापर तथा कलि। राम एवं कृष्ण की उपस्थिति का घटनाओं के घटित होने पर कोई प्रभाव नहीं पड़ता है। प्रलय अथवा सभ्यता का विनाश उसी प्रकार निश्चित है जिस प्रकार से जीवधारियों की मृत्यु। और जिस प्रकार से प्रकृति प्रत्येक वर्ष बरसात के बाद स्वयं नवीनीकृत हो उठती है, उसी प्रकार सभ्यता भी अनेक जीवनकालों (कल्पों) से होकर गुज़रती है, प्रत्येक प्रलय के पश्चात स्वयं का नवीनीकरण करती है। ठीक उसी प्रकार से मनुष्य का मृत्यु के पश्चात पुनर्जन्म होता है।

> अर्जुन, जिसका जन्म हुआ है वह मृत्यु को प्राप्त होगा और जो मृत्यु को प्राप्त हुआ है उसका जन्म होगा। इसलिए इसमें लिपटे रहना एवं दुःख प्रकट करना निरर्थक है। *–भगवद् गीता, अध्याय–2, श्लोक–27 (भावानुवाद)*

यह विचार कथाओं के माध्यम से सुस्पष्ट है। रामायण का शुभारम्भ राम के जन्म से तथा अंत राम की मृत्यु से नहीं होता है। राम से पूर्व सतयुग (कृत) के अंत में वह परशुराम थे। राम के बाद वह द्वापर युग के अंत में कृष्ण होंगे। ये विष्णु के विभिन्न जन्मचक्र हैं, जो कि अन्यथा वैकुंठ में निवास करते हैं, जो क्षीरसागर के तटहीन क्षेत्र में स्थित है, तथा वह सागर की लहरों के समान संसार के उत्थान और पतन को निहारते रहते हैं।

परन्तु मनुष्य कल्पना कर सकता है–हम भी ऐसे संसार की कल्पना कर सकते हैं जो प्रकृति में तथा सभ्यता में होने वाले सभी साक्ष्यों के बावजूद भी स्थिर एवं नियंत्रित हो। हम सौभाग्य के प्रति आकर्षण एवं दुर्भाग्य को मिटाने की कल्पना कर सकते हैं। इस प्रकार, हम अपने कर्मों को अच्छे एवं बुरे के रूप में वर्गीकृत कर सकते हैं। वे कर्म जो दूसरों की एवं हमारी सहायता करते हैं, अच्छे हैं। वे कर्म जो दूसरों की एवं हमारी सहायता नहीं करते हैं, खराब हैं।

उदाहरण के लिए, अर्जुन उस भय की कल्पना करता है कि जो उसे अपने उन परिजनों की हत्या करने के पश्चात दिखाई देगा, जिनकी सुरक्षा उसे करनी चाहिए। इससे ऐसे संसार का निर्माण हो जाएगा जहाँ पर कोई विश्वसनीय नहीं होगा, ऐसा संसार जहाँ पर कोई भी सीमा वैध नहीं होगी, जहाँ कोई भी प्रतिबद्धता निवेदित नहीं होगी तथा किसी के प्रति निष्ठा का कोई मूल्य नहीं होगा। इसलिए वह अपने कर्मों को पाप की संज्ञा देता है–ऐसे कर्म जिनसे दुर्भाग्य प्राप्त होगा। वह अपने परिजनों के साथ युद्ध न करने को पुण्य समझता है–ऐसे कर्म जिनसे उसे सौभाग्य प्राप्त होगा। परन्तु कृष्ण उसे बताते हैं कि कर्मों के बीच भेद करना कि कौन सा कर्म पुण्यवान है और कौन सा नहीं, अत्यन्त कठिन है।

अर्जुन, कर्म उपयुक्त, अनुचित एवं निष्क्रिय होते हैं। इनमें भेद करना कठिन है। बुद्धिमान व्यक्ति निष्क्रियता में कर्म को तथा निष्क्रियता को कर्म में ढूँढ़ लेता है। बुद्धिमान व्यक्ति कर्मों के फल की चिन्ता किए बिना ही कार्य करता है, उसका जो भी परिणाम हो वह उससे सन्तुष्ट रहता है तथा उसे लाभ–हानि की

भी चिन्ता नहीं रहती। *—भगवद् गीता, अध्याय—4, श्लोक—17 से 22 (भावानुवाद)*

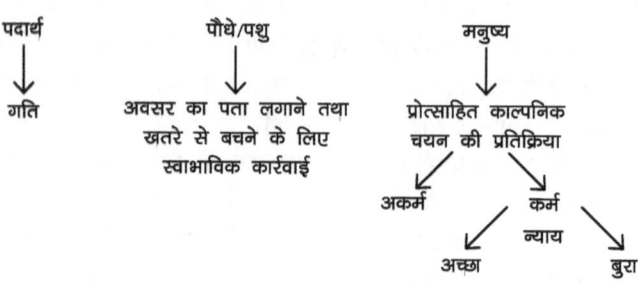

विभिन्न अस्तित्वों की कार्रवाई

उदाहरण के लिए रामायण में राजा दशरथ अपने वचनों को रखते हुए रानी कैकेयी को वे दो वरदान देना स्वीकार करते हैं, जिनकी वह पात्र थी। अखंडता ठीक होती है। परन्तु इसका परिणाम राम के वनवास के रूप में होता है। यह ठीक नहीं है। तुरन्त प्रतिक्रिया अल्पकाल के लिए तो ठीक हो सकती है परन्तु दीर्घकाल के लिए नहीं। भागवत् पुराण में कृष्ण मथुरा के तानाशाह कंस का वध करते हैं। यह ठीक है। परन्तु कंस का क्रोधी ससुर जरासंध मथुरा को जलाकर राख कर देता है। यह ठीक नहीं है। एक अच्छे कार्य की प्रतिक्रिया स्पष्ट रूप से खराब हो सकती है। रामायण में सीता एक साधु को भिक्षा देने के लिए बाहर निकलती है और उसका अपहरण हो जाता है। उसी प्रकार एक स्पष्ट रूप से खराब कार्य के भी अच्छे परिणाम हो सकते हैं। महाभारत में खाण्डवप्रस्थ वन के

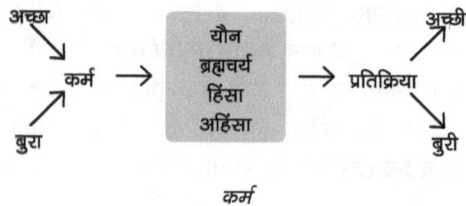

कर्म

मेरी गीता

जलने पर, जिसमें अनेक जंगली जानवर मर गए थे, पाण्डवों की राजधानी इन्द्रप्रस्थ का निर्माण हो पाया।

महाभारत पर आधारित निम्नलिखित तेलुगु लोककथा में कर्मों की जटिलता दर्शाई गई है। एक छोटी लड़की एक बरतन से दूध पी रही थी तभी कर्ण का रथ उधर से गुज़रता है। वह चौंककर अपना बरतन गिरा देती है। उसका बरतन टूट जाता है और सारा दूध भूमि में समा जाता है। लड़की रोने लगती है। कर्ण उसे देखकर अपना रथ रोकता है और उस छोटी लड़की का दूध वापस लेने का निर्णय करता है। वह गीली मिट्टी को अपने हाथ में लेता है दूध को निचोड़ कर बरतन में भर लेता है। इसे देखकर लड़की अत्यन्त आश्चर्यचकित व आनन्दित हो जाती है। सभी उस महान योद्धा की प्रशंसा करते हैं। इस प्रकार, कर्ण के इस कार्य से अपेक्षित फल की प्राप्ति होती है। परन्तु यह अप्रत्याशित परिणाम था। भूमि क्रोधित हो उठती है कि कर्ण ने उसके अन्दर से दूध निकाल लिया है। वह प्रण करती है कि वह एक दिन उससे बदला लेकर ही रहेगी। इस प्रकार वह कुरुक्षेत्र की रणभूमि में कर्ण के रथ के पहिए को कीचड़ में वैसे ही ऐंठ कर जकड़ लेती है जिस प्रकार से कर्ण ने उसे निचोड़ा था। उसने कर्ण को रथ से उतरने पर विवश कर दिया और उसके रथ के पहिए को निकाल दिया। इस प्रकार जब वह घबरा जाता है और अपने शत्रुओं की ओर पीठ कर लेता है तो उसे मार दिया जाता है। इस प्रकार, कर्ण के कर्मों की दो प्रतिक्रियाएँ हुईं, एक तुरंत वाली और दूसरी तदनन्तर वाली। तुरंत वाली समझ में आने योग्य है। परन्तु तदनन्तर वाली नहीं। बाद वाली प्रतिक्रिया से ही कर्ण की मृत्यु की परिस्थितियों का जन्म हुआ।

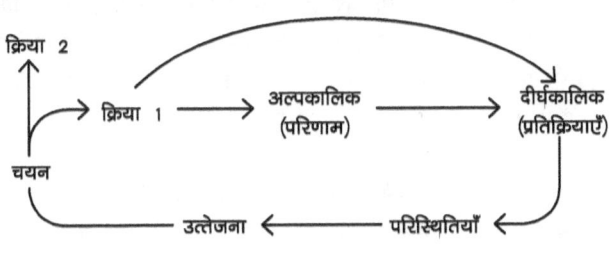

कारण एवं परिणाम का क्रम

हिन्दू धर्म में परिस्थितियाँ अचानक से अथवा दूसरों के द्वारा नहीं बनती हैं, अपितु हमारे पिछले कर्मों के माध्यम से बनती हैं। हम इसका मूल्यांकन रामायण का विश्लेषण करते हुए कर सकते हैं। रावण द्वारा सीता के अपहरण का उत्तरदायी कौन है? क्या हमें साधु को भिक्षा देने और जोखिम उठाने के लिए उसे दोषी मानना चाहिए? क्या हमें रावण की बहन शूर्पणखा की नाक काटने पर लक्ष्मण को दोषी मानना चाहिए? अथवा क्या हमें शूर्पणखा को सीता को मारने का प्रयास करने का दोषी मानना चाहिए ताकि उसका पति राम उसके साथ प्रेम कर सके? क्या हमें राम को इसका दोषी मानना चाहिए जिसने शूर्पणखा की इच्छा को मानने से मना कर दिया क्योंकि वह अपनी पत्नी के प्रति पूर्ण निष्ठावान रहना चाहते थे। अथवा क्या हमें इसके लिए सीता को दोष देना चाहिए जो अपने पति राम के साथ वनवास चली जाती है जहाँ पर विवाह के नियमों का कोई अर्थ नहीं रहता? क्या हमें इसके लिए राम की सौतेली माता कैकेयी को दोष देना चाहिए जिसने उनके लिए वनवास की माँग की थी? अथवा क्या हमें इसके लिए राम के पिता दशरथ को दोष देना चाहिए जिन्होंने कैकेयी को इसलिए वरदान दिए ताकि उनके राज परिवार में एकता बनी रहे? यदि हम इन सब बातों का कारण ढूँढ़ते हैं तो क्या हम उनके इन कर्मों को रोक सकते हैं तथा भावी परिणामों का निर्धारण कर सकते हैं? सम्भव है कि हम अपने कार्यों पर नियंत्रण रखने की कल्पना कर सकते हैं परन्तु हम दूसरों के कार्यों पर नियंत्रण नहीं रख सकते इसलिए उनका यही परिणाम हुआ।

अर्जुन, तुम्हें अपने कर्मों पर ही नियंत्रण रखना चाहिए न कि तुम्हारे कर्मफलों पर। इसलिए तुम्हें कर्मफल की प्रत्याशा अथवा अकर्मण्यता से प्रभावित नहीं होना चाहिए। —भगवद् गीता, अध्याय—2, श्लोक—47 (भावानुवाद)

जो कर्म करने पर विश्वास करते हैं उन्हें दोष नहीं देना चाहिए। वे स्वयं के कर्मों का मूल्यांकन नहीं कर सकते। वे यह मानते हैं कि मनुष्य परिणामों के सागर में रहता है जहाँ पर उसका नियंत्रण अत्यन्त सीमित

रहता है। इसलिए वे अपने जीवन के प्रत्येक क्षण का आनंद उठाते हैं जैसा कि होना चाहिए। वे बिना किसी प्रत्याशा के कर्म करते हैं। यही निष्काम कर्म है।

अर्जुन, तुम कर्मों का चयन कर सकते हो न कि उनकी प्रतिक्रियाओं का। प्रतिक्रियाओं के कारण कर्मों का चयन न करो और अकर्मों का भी चयन न करो। —*भगवद् गीता, अध्याय—2, श्लोक—27 (भावानुवाद)*

मैं तुम्हारी क्रियाओं एवं प्रतिक्रियाओं पर नियंत्रण रखना चाहता हूँ। तुम मेरी क्रियाओं एवं प्रतिक्रियाओं पर नियंत्रण रखना चाहते हो। हम अपने आस-पास के संसार पर नियंत्रण रखना चाहते हैं, उसे प्रत्याशित बनाना चाहते हैं। कर्म करना ही कर्मयोग है और ऐसा तब होता है जब हम परिणामों पर नियंत्रण रखने की अभिलाषा के बिना कर्म करते हैं।

6

आप और मैं सहानुभूति रख सकते हैं

यदि कर्मयोग बिना प्रत्याशा के कर्म हैं तो हमारे कार्यों की अभिप्रेरणा क्या होनी चाहिए? पेड़-पौधे कार्य इसलिए करते हैं ताकि वे स्वयं के लिए और अपने शिशुओं के लिए भोजन एवं सुरक्षा प्राप्त कर सकें। मनुष्य दूसरों के लिए तथा अपरिचितों के लिए भी भोजन एवं सुरक्षा प्राप्त करने के लिए कार्य कर सकते हैं। क्या यह मानवीय अभिप्रेरणा हो सकती है? इसके महत्त्व को समझना ही धर्म है। धर्म ही वह शब्द है जिसके विषय में गीता में सबसे पहले वर्णन किया गया है। प्रायः इससे धर्मपरायणता का भ्रम होता है। अध्याय-1 में अर्जुन ने धर्म एवं अधर्म के विषय में विभेद का विषय उठाया है। सहानुभूति वह नहीं है जिससे नियमों के द्वारा दूसरों पर नियंत्रण रखा जाए। इसीलिए कृष्ण स्व-धर्म एवं परा-धर्म, स्वयं के आचरण तथा दूसरों के आचरण के बीच अनेकों बार विभेद करते हैं।

धर्म का अनुवाद अनेक लोग 'नीतिपरायणता' के रूप में करते हैं जिसमें पुण्य का पालन करना तथा पाप से दूर रहना शामिल है। इसका आशय धर्म से ही होता है जिसके नियम अनिवार्य रूप से अलौकिक एवं दिव्य स्रोत से आते हैं। यहाँ तक कि निर्णय एवं उद्धारक का सामंजस्य स्थापित करने के लिए गीता के श्लोकों के अनुवाद का प्रयोग आज भी उसी प्रकार से होता है जिस प्रकार से पश्चिमी धर्मों में होता है। यह एक नायक से अनुरोध करने की हमारी लालसा है। इस तरह अध्याय–4 के श्लोक–7 एवं 8 का अनुवाद आमतौर पर इस प्रकार से किया जाता है–'अर्जुन, एक युग के बाद दूसरे युग में जब मानवता धर्मपरायणता के मार्ग को भूलकर अधार्मिक मार्ग पर चलने लगती है तब मैं अच्छे लोगों को बचाने और बुरे लोगों को दण्डित करने के लिए तथा संसार में व्यवस्था बनाए रखने के लिए प्रकट होता हूँ।' नैतिक आक्रोश से भरे इस अनुवाद में असीमितता के परिप्रेक्ष्य के साथ उस व्यक्ति के लिए कुछ भी नहीं जो कर्म के विचार को अपनाता है और परिणाम पर बिना आँख दिए कार्य करता है। इसलिए हमें धर्म के पारम्परिक अर्थ को ही समझने की आवश्यकता है।

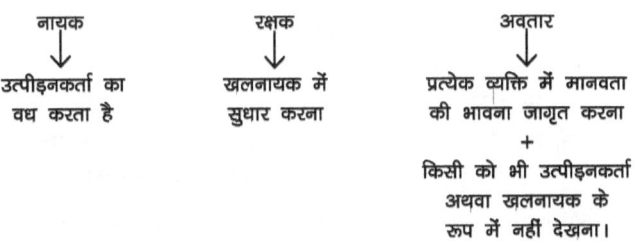

नायक	रक्षक	अवतार
↓	↓	↓
उत्पीड़नकर्ता का वध करता है	खलनायक में सुधार करना	प्रत्येक व्यक्ति में मानवता की भावना जागृत करना + किसी को भी उत्पीड़नकर्ता अथवा खलनायक के रूप में नहीं देखना।

नायक, रक्षक एवं अवतार

जैन धर्म में धर्म एक ऐसे प्राकृतिक आन्दोलन को संदर्भित करता है जो प्रकृति को स्थिर रखता है, अधर्म अप्राकृतिक बीमारी है जो प्रकृति को अस्थिर करता है। बौद्ध धर्म में धर्म वह मार्ग है जो अपने सहित, सभी चीज़ों की अस्थाई प्रकृति को स्वीकार करने में हमारी सहायता करता है।

हिन्दू धर्म में धर्म का अर्थ अपनी क्षमता का अनुभव करना है, सैद्धान्तिक रूप से हम जो कर सकते हैं उसमें खुद को सर्वोत्तम रूप से बदलना। यह आखिर क्या है?

मनुष्य ही केवल ऐसा प्राणी है जो अपने मन का विस्तार कर सकता है और संसार को दूसरे के दृष्टिकोण से देख सकता है। यह योग्यता मनुष्य को दूसरों के प्रति सहानुभूति रखने उनकी चिन्ता करने में समर्थ बनाती है। दूसरों के प्रति सहानुभूति रखना ही धर्म है। सहानुभूति न रखना ही अधर्म है। धर्म की इस परिभाषा को ध्यान में रखते हुए उपर्युक्त पंक्तियों का अनुवाद अत्यन्त भिन्न रूप में किया जा सकता है:

> अर्जुन, समय–समय पर जब कभी मानवता अपनी क्षमता को भूलकर ऐसे कार्य करने लग जाएगी जो उसे नहीं करने चाहिए तब मैं उन मनुष्यों को, जिनका मुझ पर विश्वास है, प्रेरित करने तथा जिनका मुझ पर विश्वास नहीं है उन्हें झकझोरने के लिए प्रकट होता हूँ ताकि मानवता अपनी क्षमता को कभी भी न भूल सके। *–भगवद् गीता, अध्याय–4, श्लोक–7 एवं 8 (भावानुवाद)*

किसी भी स्थिति में पेड़–पौधे तथा पशु केवल अपने, अपनी भूख एवं भय के विषय में ही सोचते हैं। अधिक से अधिक वे बच्चों के विषय में, अथवा अपने समूह एवं झुंड के विषय में सोचते हैं। कुत्ते अपने स्वामी के विषय में सोचते हैं, परन्तु केवल अपने स्वामी के, उसके अलावा किसी दूसरे के लिए नहीं। वे आत्म–रक्षा तथा स्वप्रजनन की भावना से ही प्रेरित होते हैं। उन्हें किसी और रूप में कार्य करने का कोई साधन नहीं होता। फिर भी मनुष्य दूसरे लोगों की भावनाओं का, यहाँ तक कि अपरिचितों की भूख, भय का भी अनुभव कर सकते हैं और वे उन्हें देने के लिए उन संसाधनों की व्यवस्था कर सकते हैं तथा उन्हें संरक्षण भी दे सकते हैं। यही वह एक बात जो मनुष्य को विशिष्ट बनाती है।

पेड़–पौधे जान–बूझकर दूसरों की सहायता नहीं कर सकते। ऐसा इसलिए क्योंकि उनके पास ऐसा करने के लिए स्नायविक (न्यूरोलॉजिकल) साधन नहीं होते, जैसे केवल मनुष्यों के पास ही बहुत बड़ा नव–वल्कल

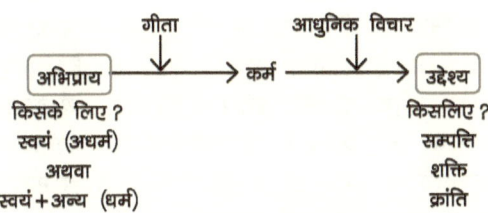

कार्य में सहानुभूति की भूमिका

(नियोकॉटेब्स) होता है (अन्यथा जिसके द्वारा हम कल्पना भी नहीं कर सकते, जैसा कि हम काल्पनिक कथाओं में अथवा उपाख्यानात्मक कथाओं में प्रायः करते हैं)। वे एक दूसरे से सहायता की अपेक्षा भी नहीं रखते हैं। मनुष्य एक–दूसरे की सहायता कर सकते हैं और दूसरों से भी इसकी अपेक्षा कर सकते हैं, यह भावना कल्पना करने तथा दूसरों के दुःखों पर प्रतिक्रिया व्यक्त करने की क्षमता से आती है। पशुओं के पास अपनी परिस्थितियों पर ही निर्भर रहने के अलावा अन्य कोई विकल्प नहीं होता है। जबकि मनुष्य के पास विकल्प होते हैं। जब हम अपने विकल्प का प्रयोग करते हैं तो हम धर्म का अनुसरण करते हैं। जब हम दूसरों की परिस्थितियों का लाभ उठाकर केवल अपनी आवश्यकताओं पर ही ध्यान देते हैं, तो हम अधर्म करते हैं।

सहानुभूति

प्रकृति में पेड़–पौधे तथा पशु जीवित रहने के लिए अपनी शक्ति, अपने आकार तथा अपनी चालाकी का प्रयोग करते हैं। इसे 'मत्स्य न्याय' कहते हैं, जिसका शाब्दिक अर्थ होता है 'मछली का न्याय।' उसका वही

आशय होता है जैसे अंग्रेजी में 'जंगल का कानून'–जिसकी लाठी उसकी भैंस, सबसे ताकतवर ही जीवित रहता है आदि का है। परन्तु न्याय एवं कानून जैसे शब्द मनुष्य के ऐसे विचार हैं जिनका अर्थ समझने के लिए हम इन्हें प्रकृति पर लागू करते हैं। अधिवक्ताओं और वकीलों की न्यायिक प्रणाली के अस्तित्व को न्याय एवं कानून में पहले से ही मान लिया जाता है, प्रकृति में इस प्रकार की कोई व्यवस्था नहीं है। प्रकृति के अन्दर की शक्तियाँ एवं विपरीत शक्तियाँ आत्म–नियमन को सुनिश्चित करती हैं। जीवित रहने के लिए कमज़ोर पर शासन करना और उसका भक्षण करना पशुओं की प्रवृत्ति है। उनके लिए यह सहज प्रवृत्ति है, अभिलाषा नहीं। जब मनुष्य पशुओं के समान इस प्रकार का वर्चस्व एवं क्षेत्रीयता का व्यवहार करते हैं, तो यह अधर्म है क्योंकि वे स्वयं में लिप्त होते हैं।

रामायण में जब हनुमान समुद्र पार करते हैं, तो सुरसा नामक एक समुद्रीय राक्षसी उनके मार्ग को रोकती है। हनुमान उससे प्रार्थना करते हैं कि वह उसे जाने दे, क्योंकि वह एक अभियान पर जा रहे हैं। परन्तु समुद्रीय राक्षसी इसे नहीं समझती है। ऐसा अनुभव करते हुए कि वह उसकी स्थिति को नहीं समझ पा रही है और भूख के वशीभूत अन्धी

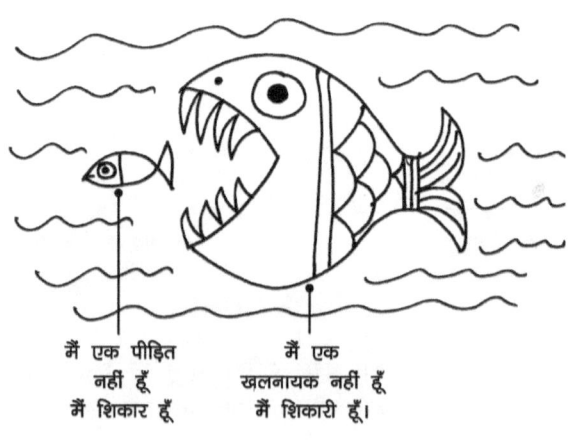

मैं एक पीड़ित
नहीं हूँ
मैं शिकार हूँ

मैं एक
खलनायक नहीं हूँ
मैं शिकारी हूँ।

बड़ी मछली और छोटी मछली

मेरी गीता

है, हनुमान अपना आकार बढ़ा देते हैं, ताकि सुरसा अपने मुँह को और बढ़ा कर खोल दे। तब हनुमान तुरन्त एक मक्खी के आकार में बदल जाते हैं और सुरसा के मुँह में घुस जाते हैं तथा सुरसा अपने विशाल खुले जबड़े को बंद कर ले इससे पूर्व ही खिसक कर बाहर आ जाते हैं। इस कथा में सुरसा हनुमान के मार्ग को अवरुद्ध करने पर कोई खलनायिका नहीं बन जाती और हनुमान उसे बेवकूफ बनाने पर कोई नायक नहीं बन जाते हैं। प्रकृति में केवल भूखे शिकारी और उनका भोजन बन जाने वाले शिकार हैं, नायक एवं खलनायक तो केवल मानवीय अनुभूति है।

प्रकृति में प्रत्येक प्राणी को स्वयं ही अपना पेट भरना होता है। जंगल में कोई कानून लागू नहीं होता है। कानून तो केवल मानव संस्कृति में मिलते हैं कि शक्तिशाली शासक रहे और कमज़ोर शासित रहे। राम इन सांस्कृतिक नियमों को स्वीकार करते हैं, परन्तु रावण उन्हें अस्वीकार करता है। फिर भी महाभारत में इन सांस्कृतिक नियमों के होते हुए भी जंगल के नियमों को खूब बढ़ावा दिया जाता है। वास्तव में नियमों का अनुचित लाभ उठाते हुए वर्चस्व एवं क्षेत्रीयता की भावना को और बढ़ावा दिया गया। कुरुक्षेत्र में कौरवों के सौ भाइयों ने अपनी विशाल ग्यारह सेनाओं का प्रयोग करते हुए सामाजिक नियमों का हनन किया तथा पाण्डव बंधुओं को, जिनके पास केवल सात सेनाएँ थीं, इन्द्रप्रस्थ तक नहीं जाने दिया, जो पाण्डवों की भूमि और जीविका थी। पाण्डव, कौरवों के लालच की पूर्ति के लिए और जंगलों तथा पारिस्थितिकी तंत्र को नष्ट करने के लिए एक दूसरा खाण्डवप्रस्थ नहीं जला सकते। इसके बावजूद कि इस बात का कोई आश्वासन नहीं है कि कौरव उस नए नगर की भी अभिलाषा न करें। वहाँ से पीछे हटने का अर्थ पाण्डवों के लिए भूख से त्रस्त होना होगा तथा कौरवों द्वारा दी जा रही धौंस–पट्टी को तर्कसंगत कहना होगा। पाण्डव धर्म के अनुसार आचरण करते हैं—उनके पास जीवित रहने के लिए युद्ध के सिवाय और कोई विकल्प नहीं है, क्योंकि कोई भी उनसे सहानुभूति नहीं रखता और न ही कोई उनके समझौते के प्रस्ताव को स्वीकारता है। कौरव अधर्म का आचरण करते हैं, क्योंकि वे पाण्डवों के साथ सहानुभूति रख सकते थे, बंटवारा कर सकते थे, समझौता कर

सकते थे तथा युद्ध को रोक सकते थे, परन्तु उन्होंने ऐसा करना स्वीकार नहीं किया।

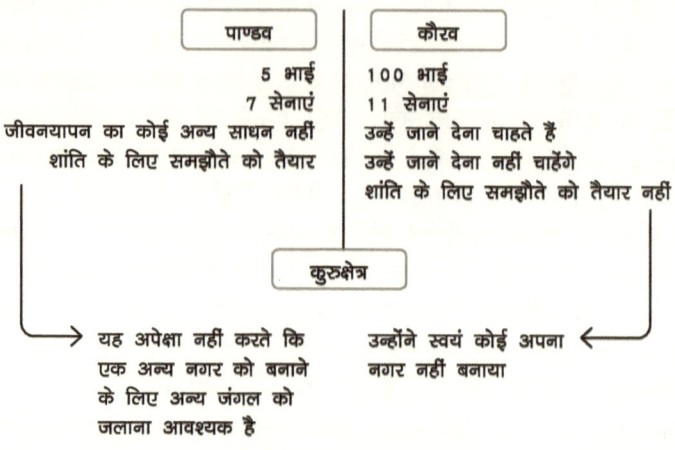

<table>
<tr><td>पाण्डव</td><td>कौरव</td></tr>
<tr><td>5 भाई</td><td>100 भाई</td></tr>
<tr><td>7 सेनाएं</td><td>11 सेनाएं</td></tr>
<tr><td>जीवनयापन का कोई अन्य साधन नहीं</td><td>उन्हें जाने देना चाहते हैं</td></tr>
<tr><td>शांति के लिए समझौते को तैयार</td><td>उन्हें जाने देना नहीं चाहेंगे</td></tr>
<tr><td></td><td>शांति के लिए समझौते को तैयार नहीं</td></tr>
</table>

कुरुक्षेत्र

यह अपेक्षा नहीं करते कि एक अन्य नगर को बनाने के लिए अन्य जंगल को जलाना आवश्यक है

उन्होंने स्वयं कोई अपना नगर नहीं बनाया

कुरुक्षेत्र में मत्स्य-न्याय

गीता संसार की विविधता एवं गतिशीलता को स्वीकार करती है। प्रत्येक व्यक्ति का जन्म भिन्न-भिन्न योग्यताओं (वर्ण) में हुआ है–कोई उपदेशक समाज (ब्राह्मण), कोई संरक्षक समाज (क्षत्रिय), कोई पालनकर्ता समाज (बनिया) तथा कोई सेवक समाज (शूद्र) में। प्रत्येक व्यक्ति को जीवन की इन चार अवस्थाओं (आश्रमों) से गुज़रना पड़ता है–विद्यार्थी (ब्रह्मचर्य), गृहस्वामी (गृहस्थ), सेवानिवृत्त व्यक्ति (वानप्रस्थ) तथा एक साधु (संन्यासी) के रूप में। पुराण हमें बताते हैं कि समाज निरन्तर परिवर्तनशील है। प्रत्येक सभ्यता चार चरणों (युगों) से हो कर गुज़रती है–अबोध (कृत) से हो कर परिपक्वता (त्रेता) तक, वहाँ से संघर्ष (द्वापर) तक और अंत में क्षरण (कलि) तक। कोई व्यक्ति विभिन्न संदर्भों में धर्म का पालन किस प्रकार से करता है?

लोग ऐसे नियमों के बारे में विशेष रूप से चर्चा करते हैं, जिनमें परम्पराएँ (रीति) एवं सिद्धांत (नीति) होते हैं और उन्हें धर्म के समकक्ष

मानते हैं। उनका अनुपालन धर्म कहलाता है और उनका पालन न करना अधर्म कहलाता है। परन्तु ये बातें इतनी सरल नहीं हैं। इसलिए कर्म से भी महत्त्वपूर्ण है इरादा, जो मूर्त नहीं है बल्कि अदृश्य भी है।

विभिन्नता और गतिशीलता

कानून भिन्न संदर्भों में बदल जाते हैं। रामायण में, जो त्रेता युग की है, विष्णु ही राम है; राज परिवार के सबसे बड़े पुत्र। महाभारत में, जो द्वापर युग में घटित हुआ, विष्णु ही एक कुलीन परिवार के छोटे पुत्र के रूप में कृष्ण बनकर पैदा हुए जिनका लालन–पालन एक ग्वाले द्वारा किया गया तथा बाद में उन्होंने सारथी के रूप में कार्य किया। उनसे कुछ विशेष प्रकार का व्यवहार करने की अपेक्षा की जाती थी। राम राजपरिवार के नियमों का पालन करते हुए परिवार की मर्यादा को बनाए रखने के लिए वचनबद्ध थे। जबकि कृष्ण के लिए ऐसी कोई वचनबद्धता नहीं थी। इसीलिए कृष्ण अर्जुन से कहते हैं कि वह धर्म का पालन करने के लिए परधर्म पर ध्यान देने के बजाए स्वधर्म पर ध्यान दे।

> अर्जुन, तुम्हारे लिए वह करना ही उपयुक्त होगा जो तुमसे अपूर्ण रूप से अपेक्षा की जाती है, बजाए इसके कि तुम पूर्ण रूप से वह कार्य करो जो दूसरों से अपेक्षा की जाती है। सभी कार्यों में अपर्याप्तता होती है, यहाँ तक कि अग्नि के साथ धुआँ भी उठता है। *–भगवद् गीता, अध्याय–18, श्लोक–47 एवं 48 (भावानुवाद)*

रामायण में राम नियमों की मर्यादा बनाए रखते हैं, जबकि रावण उन्हें तोड़ता है। महाभारत में दुर्योधन नियमों की मर्यादा बनाए रखता है, जबकि कृष्ण उन्हें तोड़ते हैं। अपने–अपने संबंधित कुलों का सबसे बड़ा पुत्र होने के कारण राम तथा दुर्योधन को नियमों की मर्यादा बनाए रखनी पड़ी। रावण, जो एक ब्राह्मण का पुत्र था और कृष्ण, जिनका पालन–पोषण एक ग्वाले द्वारा किया गया था, दोनों के लिए इसकी कोई बाध्यता नहीं थी। फिर भी धर्म की मर्यादा राम एवं कृष्ण द्वारा बनाए रखी गई, जबकि रावण और दुर्योधन द्वारा ऐसा नहीं किया गया। राम को अपनी अयोध्या नगरी के हित की सदैव चिंता रहती थी, जबकि रावण को अपनी लंका नगरी के आग से जल जाने पर भी कोई चिंता नहीं होती। कृष्ण को पाण्डवों की चिंता होती है, क्योंकि वे उनकी बुआ के बच्चे थे, जबकि कौरवों को पाण्डवों की कोई चिन्ता नहीं होती जो उनके चाचा के पुत्र थे। इस प्रकार, धर्म का नियमों एवं नैतिकता से कोई संबंध नहीं होता है। उसका संबंध इरादे तथा दूसरों के विषय में चिन्ता करने से होता है, भले ही वह आपका राज्य हो अथवा परिवार।

रावण अपने पक्ष को प्रबल रूप से रखता है, जैसा कि कौरवों के पक्ष से लड़ने वाले लोग, भीष्म से लेकर द्रोण, कर्ण और शल्य रखते हैं। वे न्याय, निर्भयता, तर्कसंगति पूर्वक, निष्ठापूर्वक, पूर्णविश्वासपूर्वक एवं प्रतिबद्धता के आधार पर अपने कार्यों का औचित्य सिद्ध करते हैं। इनमें से कोई भी दूसरों (परा) के विषय में नहीं सोचता, क्योंकि वे सब अपने अहं में अंधे हैं। तर्क एक वकील की तरह उनके उद्देश्य का बचाव करता है।

लेकिन रावण और दुर्योधन निर्णय करते हैं, परन्तु राम और कृष्ण ऐसा नहीं करते हैं। वे किसी प्रकार की शिकायत नहीं करते हैं या उसका औचित्य सिद्ध नहीं करते हैं। राम शूर्पणखा के अंग–भंग (कर्मबीज) का औचित्य सिद्ध नहीं करते हैं तथा उसके पश्चात अपनी ख़ुशी के अंत को (कर्मफल) चुपचाप स्वीकार कर लेते हैं। इस घटना के बाद सीता का अपहरण होता है और उसके सुरक्षित वापस लौटने के बाद भी नगर के लोगों में सीता के चरित्र के विषय में हो रही गप्पों के कारण लोक–लज्जा से राम सीता अलग हो जाते हैं। कौरवों के वध के पश्चात (कर्मबीज)

उनकी माता गांधारी द्वारा कृष्ण पर इसका आरोप लगाने तथा उसे और उसके परिवार को बुरा—भला कहने के (कर्मफल) बावजूद भी वे इसका विरोध नहीं करते हैं।

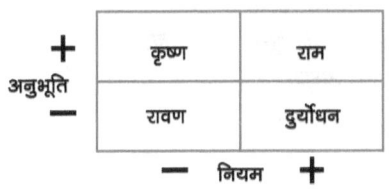

धर्म बनाम रीति एवं नीति

विष्णु रावण अथवा दुर्योधन अथवा दुर्योधन के सेनापतियों पर कुपित नहीं होते हैं जिन्हें वह उनकी सनक एवं मनोवैज्ञानिक अंधता का मूल मानते हैं। ये बातें अलगाव एवं परित्याग की भावना से आती हैं। वे यह सोचते हैं कि उन्हें ही उनकी देखभाल करनी है और उनकी सहायता के लिए दूसरा कोई नहीं है। इस प्रकार उन्हें अपनी मानवीय शक्तियों का बोध होने पर भी वे पशुता पर उतर आते हैं तथा काल्पनिक प्रतिद्वन्द्वियों को रोकने और काल्पनिक शिकार का भक्षण करने के लिए काल्पनिक शिकारियों को आगे बढ़ावा देने पर ध्यान केन्द्रित करते हैं। इसके बावजूद कि मनुष्य अपने मानवीय गुणों से अपने ऊपर पशुओं की प्रवृत्ति को बढ़ने से रोके, जब मनुष्य भी पशु के समान व्यवहार करने लग जाता है तो यह अधर्म है। यह विष्णु में करुणा की माँग करता है। उनके लिए रावण और दुर्योधन की खलनायकी विपरीत भक्ति, विपरीत प्रेम, भूख जनित भय तथा प्रेम की लालसा मात्र है।

अर्जुन, जब तुम मानवता के इस मार्ग पर चलते हो तो इससे किसी को कोई दुःख नहीं पहुँचेगा, किसी की मृत्यु नहीं होगी। यहाँ तक कि थोड़ा सा प्रयास ही तुम्हें भयमुक्त करने में मदद करेगा। —भगवद् गीता, अध्याय—2, श्लोक—40 (भावानुवाद)

धर्म में नैतिकता की तुलना में सहानुभूति के बारे में, परिणामों की तुलना में प्रयासों के बारे में बात की जाती है। जब मुझे आपकी भौतिक, भावनात्मक एवं बौद्धिक भूख के विषय में चिन्ता होती है तब मैं धर्म का पालन करता हूँ। जब मैं आपकी भूख के बजाए अपनी भूख पर ध्यान देता हूँ तब मैं अधर्म का पालन करता हूँ।

7

आप और मैं सुख–दुःख बाँट सकते हैं

सहानुभूति में सुख–दुःख बाँटा जाता है। मैं आपकी आवश्यकताओं की पूर्ति कर सकता हूँ और आप भी मेरी आवश्यकताओं की पूर्ति कर सकते हैं। यह न केवल भौतिक आवश्यकताओं के विषय में बताता है बल्कि मानसिक आवश्यकताओं की पूर्ति के विषय में भी बताता है। आवश्यकताओं की इस परस्पर पूर्ति के कार्य को यज्ञ कहा जाता है, जो एक प्राचीन वैदिक अनुष्ठान है, जो मानव पारिस्थितिकी तंत्र, पारस्परिकता, दायित्व और अपेक्षाओं को स्थापित करता है। हम इस अध्याय में उनका पता लगाएंगे। यज्ञ, गीता के अध्याय 3 एवं 4 में मुख्य विषय है। वैदिक परम्परा में तकनीकी रूप से 'कर्म' शब्द यज्ञ के विषय में बात करता है। कर्मयोग तब आरम्भ होता है जब हम यह स्वीकार करते हैं कि हम सभी इस विनिमय के ही अंग हैं।

कृष्ण स्पष्ट करते हैं कि किया जाने वाला कार्य ही यज्ञ है। यज्ञ 4 हज़ार वर्ष पुराने वैदिक अग्नि अनुष्ठान से सम्बन्धित है, जिसे आजकल हवन के रूप में जाना जाता है।

> अर्जुन, यज्ञ को छोड़कर अन्य सभी कार्य हमें फँसाते हैं। केवल यज्ञ ही हमें मुक्ति प्रदान करता है। *–भगवद् गीता, अध्याय–3, श्लोक–9 (भावानुवाद)*

यज्ञ का युद्ध से संबंध होना आश्चर्यजनक लगता है। फिर भी गीता में कृष्ण इसे एक रूपक के रूप में देखते हैं, जो संबंधों का सूचक है। इसका महत्त्व समझते हुए हमें यज्ञ के मूल तत्वों पर ध्यान देना होगा।

वह जो यज्ञ करवाता है उसे यजमान कहा जाता है। वह देवता का आह्वान करता है तथा उसे भोजन (भोग) अर्पित करते हुए ज़ोर से 'स्वाहा' बोलता है, जिसका अर्थ है– 'यह मेरा है जिसे मैं आपको अर्पित करता हूँ।' वह आशा करता है कि जिस देवता का आह्वान किया गया है वह उसे उसकी इच्छाओं की पूर्ति (प्रसाद) ज़ोर से 'तथास्तु', अर्थात 'ऐसा ही हो' बोलते हुए प्रदान करेगा। यह विनिमय का सूचक है।

देवता–प्राप्त करता है
तब देने का
अभिमंत्र करता है।
यजमान–देता है
तब पाने की
विनती करता है

यज्ञ

यज्ञ एक विशेष प्रकार के विनिमय का रूप है, जिसमें हम इस अपेक्षा से देते हैं कि इसके बदले में हमें कुछ मिलेगा। यह लेना–देना है न कि

आदान–प्रदान। जब हम बिना दिए कुछ प्राप्त करते हैं तो हम अत्याचारी हो जाते हैं। जब हम देते हैं और कुछ नहीं लेते हैं तो हम उत्पीड़ित बन जाते हैं। दूसरे को दान देना धर्म है। इसके बदले में किसी फल की अपेक्षा न करना निष्काम कर्म है।

> अर्जुन, विद्वान व्यक्ति कर्मों को छोड़ देने को त्याग के रूप में परिभाषित करते हैं तथा फल की इच्छा को त्याग देने को अनासक्ति कहते हैं।
> *–भगवद् गीता, अध्याय–18, श्लोक–2 (भावानुवाद)*

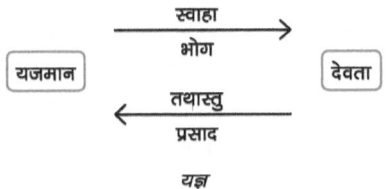

यज्ञ

जिस पहली पुस्तक (मण्डल) के संग्रह (संहिता) के प्रथम पद (सूक्त) के प्रथम श्लोक (ऋग) में यज्ञ का उल्लेख मिलता है उसे ऋग्वेद के रूप में जाना जाता है, क्योंकि यह हमारी मानवता का अनुस्मारक है। कोई भी पशु केवल अपनी संतान को छोड़कर दूसरे पशु को, यहाँ तक कि अपने झुंड को भी भोजन नहीं देता है। जबकि मनुष्य अपने आस–पास के लोगों को दान करता है। वे मनुष्य भी उसे बदले में कुछ दे सकते हैं। व्यापार करना एक अद्भुत मानवीय घटना है। व्यापार की प्रवृत्ति चिम्पैंज़ियों और पिशाच चमगादड़ों में भी दर्ज की जाती है, परन्तु यह मनुष्यों के बराबर स्तर की नहीं होती।

विनिमय से अपेक्षाओं एवं दायित्वों के संजाल का जन्म होता है। इस प्रकार यज्ञ संस्कृति की आधारशिला है। यह विचार आधुनिक अर्थशास्त्रियों के विचारों में प्रतिध्वन्नित होता है, जो बाज़ार को समाज की आधारशिला के रूप में देखते हैं।

जब मनुष्य ने विनिमय करना आरम्भ किया, तब हम पशुओं के संसार से निकलकर बाहर आ गए। विनिमय से ही पारस्परिकता, आदान–प्रदान,

उम्मीद, दायित्व, ऋण एवं लेखा—जोखा बराबर करने जैसे विचार उत्पन्न हुए, जिनसे सभ्यता का विकास हुआ। यज्ञ इस आवश्यक मानवीय गुण का आनुष्ठानिक स्मरण है।

अर्जुन, बहुत समय पहले ब्रह्मा ने यज्ञ के द्वारा मनुष्य का निर्माण किया और घोषणा की कि यज्ञ मनुष्य की सभी आवश्यकताओं की पूर्ति करेगा। दूसरों को सन्तुष्ट करने के लिए यज्ञ का प्रयोग करें और दूसरे भी तुम्हें सन्तुष्ट करेंगे। यदि तुम बिना दिए कुछ लेते हो, तो तुम एक चोर हो। जो दूसरों को भोजन कराता है और स्वयं बचा—खुचा खाता है वह सभी प्रकार के दुःखों से मुक्त हो जाता है। जो स्वयं के लिए ही पकाता है वह सदैव अप्रसन्न रहता है। मनुष्यों को भोजन की आवश्यकता होती है। अन्न को वर्षा की आवश्यकता होती है। वर्षा को विनिमय की आवश्यकता होती है। विनिमय को कर्म की आवश्यकता होती है। विनिमय उस देवत्व से आरम्भ होता है जो मानवता की आदिम चिंगारी है। जो स्वयं अपने में ही व्यस्त रहते हैं, जो उसे वापस नहीं लौटाते हैं तथा उसका आगे भुगतान नहीं करते हैं, वे इस कड़ी को तोड़ते हैं और वे दुःखी रहते हैं तथा चारों ओर दुःख फैलाते हैं। *—भगवद् गीता, अध्याय—3, श्लोक—10 से 16 तक (भावानुवाद)*

कल्प-सूत्र में, जो वैदिक गृहस्थ परम्पराओं को प्रतिपादित करता है, यजमान को पाँच प्रकार के यज्ञों को करने की सलाह दी जाती है—अपने आस—पास की इन सभी चीज़ों : स्वयं को, दूसरों को, परिवार को, पक्षियों को, पशुओं को तथा पूर्वजों को भोजन कराएं। जब हम ऐसा करते हैं तो अपने परिवार के लोगों एवं अपरिचितों के बीच भेदभाव समाप्त हो जाता है। जैसा कि उपनिषदों में कहा गया है कि सारा विश्व एक विशाल परिवार (वसुधैव कुटुम्बकम) बन जाता है।

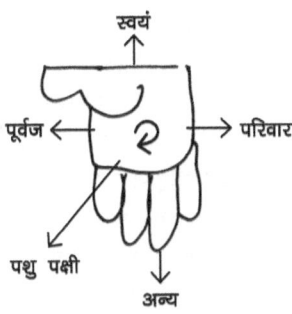

संबंधों के लिए यज्ञ

अधिकांश पुस्तकों में यज्ञ का अनुवाद 'त्याग' के रूप में किया गया है। यह अनुवाद अठारहवीं शताब्दी के यूरोपीय प्राच्यविदों द्वारा किया गया है, जिन्होंने कभी भी अनुष्ठान नहीं किया और न ही उन्हें देखा है। वे सम्भवतः यज्ञ को संसार भर में जंगली जनजातियों द्वारा भयानक आत्माओं को संतुष्ट करने के लिए किए जाने वाले रक्त बलिदान अथवा अब्राहम के ईश्वर द्वारा प्रेम एवं आज्ञापालन के रूप में माँगने पर अब्राहम के पुत्र के बलिदान के भी बराबर मानते हैं।

बाद में, विद्वानों ने यह अनुभव किया कि वैदिक ग्रंथों में बलिदान के लिए एक अन्य शब्द 'बलि' का प्रयोग किया गया है और यज्ञ स्पष्ट रूप से एक बड़ी अवधारणा है। इतिहासकारों ने भोजन, पुष्पों, सुगंध तथा दीपकों के साथ देवताओं का सम्मान करने की उस विधि की ओर ध्यान दिया है, जो पौराणिक काल में प्रचलित हुई। इसके मूल में घी को अग्नि में अर्पित करने की वैदिक प्रक्रिया थी। ये दोनों ही वंदना और अर्पण और मुक्ति के कार्य थे। यज्ञ को पूजा पद्धति के एक प्राचीन रूप में भी देखा गया है। इस प्रकार, तब यज्ञ का अनुवाद 'उपासना' के रूप में हुआ।

परन्तु पुराणों में यज्ञ को एक भिन्न आलोक में देखा गया है। रामायण और महाभारत में राजा पुत्र प्राप्ति के लिए यज्ञ करता है। मंत्रोचार किया जाता है ताकि उससे तुरन्त परिणाम प्राप्त हो सकें, स्त्री को पुत्र की प्राप्ति होने पर अथवा एक साधारण से तीर को एक घातक अस्त्र के रूप में

परिवर्तित करने के लिए ईश्वर को अनुगृहित किया जाता है। इस प्रकार यज्ञ करने से कुछ प्राप्ति के लिए दान करने की प्रत्याशा एवं आभार मान लिया जाता है। यज्ञ स्पष्ट रूप से एक विनिमय है।

यज्ञ को स्पष्ट करने के लिए 'विनिमय' शब्द का प्रयोग बहुत कम हुआ है। यह संदिग्ध है। इसमें महिमा का अभाव है। हमने बलिदान का मूल्यवर्धन करना सीख लिया है, जिसमें बिना लिए ही देना होता है। यहाँ तक कि हम पूजा का उत्सव भी मनाते हैं, जहाँ पर प्राप्ति एक आश्चर्य, एक अधिलाभ है न कि किसी प्रत्याशा का फल। इस तथ्य के बावजूद कि प्रत्येक यज्ञ और पूजा का अंतिम स्रोत सदैव मंत्रोचार का वांछित परिणाम (फल–स्तुति) होता है। सम्भवतः मानवीय इच्छाओं के कारण हम शर्मिन्दगी की हालत तक पहुँचते जा रहे हैं या फिर बौद्ध, जैन और हिन्दु व्यवस्था के याचकों द्वारा जिन्होंने दुनिया का परित्याग करने का मार्ग चुना। सम्भवतः स्वतंत्रता प्राप्ति के बाद के समय में समाजवाद की हमारी प्राथमिकताओं ने हमें विनिमय के विचार का विरोधी बनाया जैसे कि इस विचार से व्यापारिक मानसिकता की दुर्गंध आती हो। हम देवता के साथ व्यापार कैसे कर सकते हैं?

कुरुक्षेत्र के युद्ध को एक यज्ञ के रूप में पुकारते हुए कृष्ण बताते हैं कि अर्जुन विनिमय का एक भाग है। वह या तो एक यजमान है जो अपने भाइयों को प्रसन्न करता है, अथवा वह एक देवता है जिसे अपने भाइयों का ऋण चुकाना है। पाण्डव उस पर निर्भर रहते हैं और वह पाण्डवों का आभारी है। इन निर्भरताओं, प्रत्याशाओं एवं बाध्यताओं को अस्वीकार करना मानवता को अस्वीकार करना है।

मठ व्यवस्था यज्ञ को अस्वीकार करती है। संक्षेप में, वह दूसरों को अस्वीकार करती है। यज्ञ के विषय में यह कहा जाता है कि यह अन्य लोगों की भूख पर ध्यान देने के बारे में होता है। यह एक व्यक्ति (परा) हो सकता है अथवा व्यक्तियों का समूह (परम) हो सकता है। यज्ञ से एक व्यक्ति (अहं) तथा दूसरे व्यक्तियों (परा/परम) के बीच विनिमय के माध्यम से संबंध स्थापित होते हैं।

शिव पुराण में जब संन्यासी शिव दक्ष का सिर काटकर यज्ञ को भंग कर देता है तो सभी भगवान यजमान के प्राणों की भीख माँगते हैं और यज्ञ को पुनः स्थापित करने की प्रार्थना करते हैं क्योंकि वे इसके बिना जीवित नहीं रह सकते। इस प्रकार देवता भी यजमानों पर उतना ही निर्भर रहते हैं जितना कि यजमान देवताओं पर निर्भर रहते हैं।

अर्जुन, जो भगवानों को भोजन अर्पित करते हैं तथा बचे–खुचे से ही अपना पेट भरते हैं, उन्हें ब्राह्मण मिल जाते हैं, उन्हें ब्राह्मण नहीं मिलते जो ऐसा कुछ भी नहीं करते। ब्राह्मण के आगे विभिन्न प्रकार के यज्ञ किए जाते हैं। ऐसा कार्य का चुनाव करने पर ही आरम्भ होता है। बजाए इसके कि इस संसार के परित्याग का मार्ग चुनो, ब्राह्मण को समझने का मार्ग चुनो जो कर्म की माँग करता है जिसके लिए यज्ञ किया जाता है। और इस तरह जैसे बुद्धिमानों का कहना है कि तुम संसार की सभी चीज़ों को स्वयं के अन्दर देखोगे क्योंकि सभी चीज़ें मेरे ही अंश हैं। इसमें किसी प्रकार की कोई भ्रांति नहीं होनी चाहिए। *–भगवद् गीता, अध्याय–4, श्लोक–26 से 35 (भावानुवाद)*

पौराणिक जनश्रुतियों में यह कहा गया है कि जो लेना छोड़ देता है वह देवता होता है। जो उस चीज़ की पुनर्प्राप्ति चाहता है जिसके विषय में वह सोचता है कि वह चोरी हो गई है, वह असुर होता है। जो किसी को बिना कुछ दिए लेना चाहता है और किसी से छीनना चाहता है, वह राक्षस होता है। जो केवल चीज़ों को जमा करना जानता है वह यक्ष होता है। वह जो यज्ञ में भाग नहीं लेता है, वह न किसी को देता है और न ही लेना जानता है, वह श्रमण अथवा तपस्वी, संन्यासी होता है, क्योंकि वह सूखे और अंततः अकाल का कारण होता है इसलिए पुराणों में लोग उससे भयभीत रहते थे। हम सब के अन्दर ही यजमान, देवता, असुर, राक्षस, यक्ष तथा श्रमण होता है। ये परस्पर भिन्न–भिन्न क्रियाओं में व्यक्त होता है।

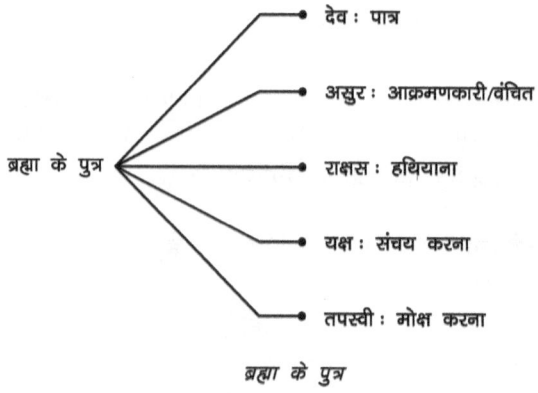

ब्रह्मा के पुत्र

एक बार जब शिव एक यज्ञशाला के पास से गुज़र रहे थे, जहाँ पर यज्ञ चल रहा था, यजमानों की पत्नियाँ उनके पीछे दौड़ने लगीं और उनसे सन्तुष्टि की अपेक्षा करने लगीं। यजमान इसे देखकर क्रोधित हो गए और वे यज्ञ से दैत्यों के झुंड निकालने लगे। शिव ने उन सभी दैत्यों का वध कर दिया और तब वे नृत्य करने लगे। वे यज्ञ के उस प्रज्ञान को बताने के लिए अपने हाथ और पैरों से विभिन्न संकेतों का प्रयोग करने लगे जिसे यजमानों ने भुला दिया था, कि यज्ञ इसलिए होता है कि उससे यज्ञ के चारों ओर उपस्थित यजमानों को संतुष्टि प्राप्त हो। इसलिए नहीं कि अपनी रक्षा के लिए वे उससे दैत्यों को पैदा करें।

भागवत् पुराण में भी इसी प्रकार की एक कथा आती है, जिसमें कृष्ण को अपनी गायों को चराते समय यह दिखाई देता है कुछ यजमान यज्ञ कर रहे हैं। वे उनसे भोजन माँगते हैं। वे कृष्ण की अवहेलना करते हैं। तब वे उनकी पत्नियों के पास जाते हैं जो उन्हें यज्ञ के लिए तैयार किया गया समस्त चढ़ावा प्रसाद में दे देती हैं। यजमान नाराज़ हो उठते हैं, परन्तु वे यह समझ जाते हैं कि उनकी पत्नियाँ इससे संतुष्ट दिखाई दे रही हैं, जबकि वे स्वयं क्रोधित एवं हताश होते हैं। यज्ञ से उनकी पत्नियों को अच्छे फल की प्राप्ति होती है, परन्तु उन्हें नहीं, क्योंकि यज्ञपत्नियों ने भूखे को भोजन कराया था और यज्ञ के सच्चे अर्थ को खोज निकाला था।

अर्जुन, पानी से भरे कुँए के समान, उस व्यक्ति के लिए इन स्रोतों और अनुष्ठानों का कोई मूल्य नहीं जो इनके अर्थों को समझ चुका हो। *–भगवद् गीता, अध्याय–2, श्लोक–46 (भावानुवाद)*

मनुष्य की भूख केवल भोजन के लिए ही नहीं होती है। हमें भावात्मक एवं बौद्धिक पोषण की भी आवश्यकता होती है। हमें आशय, मान्यता, महत्त्व, मूल्य, उद्देश्य, शक्ति तथा ज्ञान की आवश्यकता होती है। हम सम्पत्ति, शक्ति, सम्बन्ध तथा अस्तित्व की इच्छा करते हैं। हम मनोरंजन की इच्छा करते हैं। हमें लुटेरों के भय से मुक्ति के लिए भोजन की, शिकारियों के भय से सुरक्षित रहने के लिए सुरक्षा की तथा अशक्तता के भय से स्वयं को मुक्त करने के लिए उपाय की आवश्यकता है। इसने ही प्रत्येक मिलन को विनिमय के रूप में बदल दिया है। प्रणय क्रिया एक यज्ञ है। बच्चे पैदा करना भी यज्ञ है। बच्चे पालना भी यज्ञ है। भोजन करना यज्ञ है। अध्यापन भी यज्ञ है। सेवा करना यज्ञ है। युद्ध भी यज्ञ है। विनिमय का प्रयोग अपनी इच्छाओं की संतुष्टि के लिए अथवा अपने ऋण का भुगतान करने के लिए किया जा सकता है। यह हमें फँसा सकता है अथवा मुक्ति दिला सकता है। यह कर्म पर ही निर्भर नहीं करता, परन्तु यह उन विचारों पर निर्भर करता है जो कर्म को रेखांकित करते हैं।

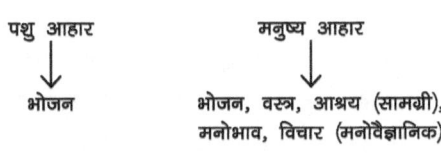

पशु आहार → **भोजन**

मनुष्य आहार → **भोजन, वस्त्र, आश्रय (सामग्री), मनोभाव, विचार (मनोवैज्ञानिक)**

विभिन्न प्रकार के यज्ञ भोज

इच्छा (संकल्प) सदैव यज्ञ से पहले आती है जो यह जानने के लिए होती है कि हम किसके लिए यह कार्य कर रहे हैं, अपने हित (अहं) के लिए? अथवा दूसरे के हित (परा) के लिए? लाभार्थी (आराध्य) कौन है?

तथा कौन साधन (निमित्त) मात्र है? निष्कामकर्म में देवता आराध्य होता है और यजमान निमित्त।

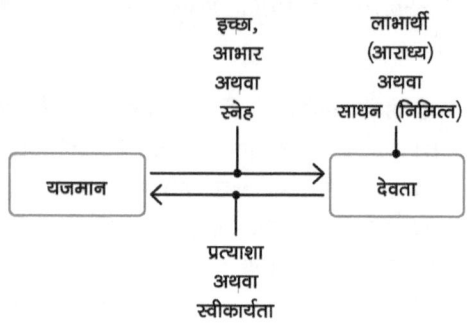

विनिमय पद्धति

रामायण में व्यवधान पैदा होते हैं, क्योंकि पात्र दूसरों की क़ीमत पर अपनी खुशी के लिए कार्य करते हैं और यह व्यवधान तब तक चलता रहता है जब विष्णु अपनी खुशी के लिए न करते हुए दूसरों के हित के लिए कार्य करते हैं। यह दशरथ की अपने पुत्रों के लिए इच्छा होती है, कैकेयी की अपने राज्य के लिए इच्छा होती है, शूर्पणखा को अपने आनंद की इच्छा होती है, रावण को अपने वर्चस्व के लिए इच्छा होती है, जिनसे व्यवधान पैदा होते हैं। राम अपनी व्यक्तिगत प्रसन्नता के लिए नहीं, बल्कि अयोध्या की खुशी के लिए कार्य करते हैं। महाभारत में शांतनु को युवा पत्नी की इच्छा होती है। धृतराष्ट्र को राजगद्दी की इच्छा होती है और युधिष्ठिर को यह इच्छा होती है कि वह जुए में कभी पराजित न हों। इन्हीं सब कारणों से व्यवधान पैदा होता है। कृष्ण अपनी व्यक्तिगत खुशी के लिए कार्य नहीं करते हैं, बल्कि वे कुरु के व्यक्तिगत हितों के लिए भी कार्य करते हैं।

कृष्ण अर्जुन से स्वयं अपने लिए नहीं बल्कि दूसरों के लिए युद्ध करने के लिए कहते हैं। उन्हें तो स्वयं को सहायक मात्र बनाना पड़ा क्योंकि युद्ध के कर्मबीज तो पहले से ही बोए जा चुके हैं तथा इस नरसंहार के

कर्मफल तो अवश्य भोगने पड़ेंगे।

> अर्जुन, मैं वह काल हूँ जो संसार का विनाश करता है। यहाँ तक कि तुम्हारे बिना भी ये सभी शूरवीर मरने के लिए उद्यत हैं। इसलिए, उठो और युद्ध करो, अपने विरोधियों को नष्ट करो तथा सफलता प्राप्त करो। वे मेरे द्वारा पहले ही मारे जा चुके हैं। तुम स्वयं को मेरा सहायक बनाओ। *–भगवद् गीता, अध्याय–11, श्लोक–32 एवं 33 (भावानुवाद)*

यज्ञ यह जानने के लिए किया जाता है कि हम पहले से ही स्वीकार की गई प्रत्याशाओं और दायित्वों के सागर में रहते हैं। आप और मैं प्राप्त करने के लिए संग्रह और लूट सकते हैं तथा बिना दिए ही प्राप्त कर सकते हैं अथवा विनिमय द्वारा आहरण कर सकते हैं। हम अपनी इच्छा, कर्तव्य अथवा सतर्कता से कार्य करते हैं। हम अपेक्षा करने अथवा परिणाम पर नियंत्रण रखने या नहीं रखने का निर्णय कर सकते हैं।

8

आप और मैं भय के कारण पीछे हट जाते हैं

क्या चीज़ है जो हमें दूसरों के प्रति सहानुभूति रखने और दूसरों की भलाई करने से रोकती है? क्या चीज़ है जो हमें दूसरों पर अधिकार जमाने अथवा उससे पीछे हटने तथा गुफा में एकांतवास में रह कर शांति खोजने देती है? इस असंगति को खोजने की प्रक्रिया को योग कहा जाता है, यद्यपि योग शब्द का अर्थ जोड़ना होता है। यह उन अनेक कोठरियों से होकर जुड़ता है जो देहि को खोजने के लिए देह का निर्माण करता है। कृष्ण गीता के अध्याय-5 में योग के विषय में बोलना आरम्भ करते हैं तथा उसे छठे अध्याय तक आगे ले जाते हैं। हम इस अध्याय में योग के विषय में खोज करेंगे। इसके साथ ही हम बाहरी सामाजिक संसार से आंतरिक मानसिक संसार की ओर जाएंगे यानी कर्म योग से भक्ति योग की ओर।

गीता के अठारह अध्यायों में प्रत्येक का शीर्षक 'योग' है। इन्हें एक साथ मिलाकर तीन प्रकार के योग प्रस्तुत किए गए हैं—व्यावहारिक (कर्म), भावात्मक (भक्ति) तथा बौद्धिक अथवा संज्ञानात्मक (ज्ञान)। इस प्रकार, 'योग' शब्द का सही अर्थ क्या है?

बोलचाल की भाषा में भारतीय 'योग' के लिए 'जोग' शब्द का प्रयोग करते हैं। ज्योतिषशास्त्र में जोग का अर्थ तारों के उस संबंध से है जो किसी कार्य की अनुकूल परिस्थितियों में परिणाम देते हैं। जोग से ही 'जुगाड़ू' शब्द आया है, जिसका अर्थ है संसाधन सम्पन्न व्यक्ति। इस विशेष प्रकार के शब्द का प्रयोग पूर्वी भारत में उस व्यक्ति के लिए किया जाता है जो बुरे गठबंधन एवं असंयोजन से युक्त संसार में किसी तरह से गठबंधन और संयोजन स्थापित करने में सफल होता है। उत्तर भारत में 'जुगाड़ू' शब्द से ही 'जुगाड़' शब्द पैदा हुआ है, जिसका अर्थ है कामचलाऊ व्यवस्था और व्यवस्था से हटकर कार्य करना। यह दुःख की बात है कि आजकल जुगाड़ शब्द का प्रयोग नकारात्मक अर्थ में किया जाता है, क्योंकि यह दूसरों की क़ीमत पर स्वयं के हित के लिए अधर्म की भावना से, न कि धर्म की भावना से किया जाता है।

'योग' शब्द का मूल 'युज' ध्वनि के अन्दर है, जिसका अर्थ है जुतने वाला जुआ—रथ में घोड़े जैसा। 'वियोग' शब्द का अर्थ होता है असंबद्ध अथवा पृथक होना। इस प्रकार 'योग' में चीज़ों को एक साथ बांधने अथवा चीज़ों को जोड़ने जैसा कुछ है।

पारंपरिक रूप से योग का प्रयोग सांख्य के पूरक के रूप में किया जाता है। सांख्य का अर्थ गणना से होता है और यह विश्लेषण के विषय में बताता है, जिसमें चीज़ों को उनके संघटक भागों में तोड़ने की प्रवृत्ति होती है। योग उसका पूरक होता है तथा यह संश्लेषण के विषय में बताता है, जिसमें एक समग्र यौगिक पूर्णता को स्थापित करने हेतु बांधने की प्रवृत्ति होती है। कला में सांख्य को एक कुल्हाड़ी के रूप में प्रतिबिम्बित किया गया है, जिससे चीज़ों को काटकर टुकड़े किए जाते हैं, जबकि योग को एक तार (पाँसा) के रूप में प्रतिबिम्बित किया जाता है। कृष्ण अर्जुन की समस्याओं का समाधान करने के लिए सांख्य तथा योग दोनों का प्रयोग

करते हैं। वे सांख्य का प्रयोग करते समय उसकी सीमाएं बांधते हैं और तब योग का प्रयोग करते हुए उन सभी को भंग करते हैं।

अर्जुन, दृढ़ विश्वास के साथ एवं बिना घबराहट के योग का अभ्यास करो तुम जिस चीज़ से अलग हो गए हो यह तुम्हें उससे जोड़कर रखेगा और तुम्हारा शोक मिटा देगा। —*भगवद् गीता, अध्याय—6, श्लोक—23 (भावानुवाद)*

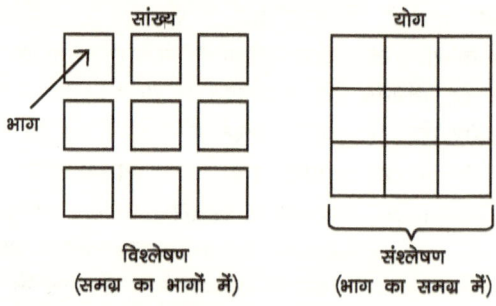

विश्लेषण एवं संश्लेषण

प्रकृति विभिन्न असतत इकाइयों—ग्रहों, तारों, चट्टानों, नदियों, पेड़—पौधों, पशुओं तथा मनुष्यों से भरी हुई है। इन इकाइयों को प्राकृतिक रूप से एक साथ लिया जाता है अथवा आकर्षण या घृणा की किन्हीं विपरीत शक्तियों द्वारा अलग खींचा जाता है। भौतिक संसार में इन शक्तियों को पारस्परिक ग्रहों के साथ—साथ उपपरमाणविक स्तर पर देखा गया है। जैविक संसार में इन्हें पशुओं के रूप में व्यक्त किया जाता है जो भोजन और अपने साथी खोजते हैं तथा अपने प्रतिद्वंद्वियों एवं परभक्षियों के भय से दूर रहते हैं। यह आकर्षण (राग) और घृणा (द्वेष) जीवन के अंग हैं।

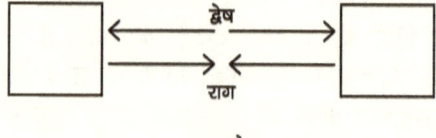

राग—द्वेष

योग हमें आकर्षण एवं घृणा की इन प्राकृतिक शक्तियों के विषय में जानकारी देता है न कि इनसे दूर चले जाने के बारे में बताता है। कृष्ण इन चेतनाओं को गायों (इन्द्रिय गोचर) के जैसा मानते हैं, जो विभिन्न प्रकार के उद्दीपनों से बने चरागाहों में घास चरती हैं। योग हमारे मन को उन गायों के झुंड की तरह बदल देता है, जो यह निर्धारित करता है कि चेतनाओं को कहाँ घास चरनी चाहिए और कहाँ नहीं। इस प्रकार योग को मन को नियंत्रित करने के लिए काफी परिश्रम करना पड़ता है और यह समाज की बड़ी सेवा करने वाले यज्ञ के सहायक के रूप में कार्य करता है। यज्ञ एक बाहरी क्रिया है, जबकि योग वह आंतरिक क्रिया है जिसे अर्जुन को आरम्भ करना है।

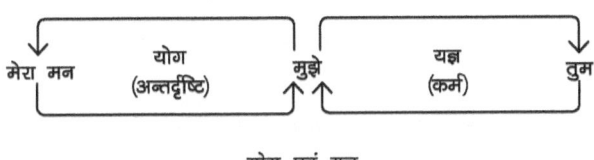

योग एवं यज्ञ

अर्जुन सोचता है कि यदि वह युद्ध छोड़कर भाग जाता है तो उसकी सारी समस्याएं हल हो जाएंगी तथा फिर शांति स्थापित हो जाएगी। युद्ध न करने से भूख एवं भय की मूलभूत समस्याओं का समाधान नहीं होता। यह केवल उन्हें नकारता है। यह भूख एवं भय का दमन करने तथा फलस्वरूप क्रोध पैदा करने जैसा होता है, जिससे धीरे–धीरे कटुता समाप्त हो जाती है क्योंकि लोग ढोंग करते हैं तथा बाद में किसी दिन पर अत्यधिक रूप से फूट पड़ने को तत्पर रहते हैं। बाह्य शांति आंतरिक शांति की गारंटी नहीं देती है। इसके अतिरिक्त, यह दूसरों के विचारों एवं भावनाओं को ध्यान में नहीं रखती है। अर्जुन की शांति की कामना, भले ही वह कितनी भी अच्छी है, उसे भीम या दुर्योधन द्वारा पूर्ण नहीं की जा सकती, जो युद्ध के लिए तत्पर रहते हैं। उनके ऊपर अपने अच्छे विचार थोपना निर्णायक होता, सहानुभूति से रहित होता, इसलिए यह अधर्म है। अर्जुन शायद यज्ञ नहीं करना चाहता है, परन्तु वह दूसरों को ऐसा करने से मना नहीं कर सकता। ऐसा करने या न करने का हमारा निर्णय

हमारे आस–पास के लोगों की भावनाओं के लिए असंवेदनशील नहीं हो सकता। इसलिए, यज्ञ पर किसी प्रकार की चर्चा योग पर चर्चा की पूरक होगी। यज्ञ में किसी वास्तविक चीज़ के लेने–देने पर ज़ोर दिया जाता है, जबकि योग में यजमान और देवता के अवास्तविक विचारों तथा भावनाओं का तथा उन सीमाओं का पता लगाया जाता है जिन्हें हम बनाते हैं तथा जिन्हें हम एक परिवार के रूप में शामिल करते हैं और एक शत्रु के रूप में अन्य को बाहर करते हैं।

अर्जुन, तुम्हारा मन ही तुम्हारा मित्र और शत्रु है। यदि तुम मन को नियंत्रित करते हो, तो यह तुम्हारा मित्र है। यदि तुम्हारा मन तुम्हें नियंत्रित करता है तो यह तुम्हारा शत्रु है। –*भगवद् गीता, अध्याय–6, श्लोक–5 एवं 6 (भावानुवाद)*

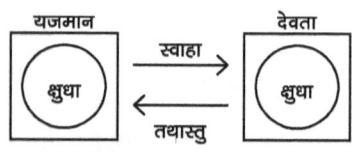

यजमान और देवता का मन

जैसे ही गीता आगे बढ़ती है मन का महत्त्व धीरे–धीरे बढ़ने लगता है। गीता के अध्याय–3 में अर्जुन कृष्ण से पूछता है कि क्या वह ज्ञान को कर्म से अधिक महत्त्व देते हैं? कृष्ण उत्तर देते हैं कि वह अनुप्राणित कर्मों को ही महत्त्व देते हैं। गीता के अध्याय–5 में अर्जुन कृष्ण से पूछता है कि क्या वह कर्म को परित्याग से अधिक महत्त्व देते हैं। कृष्ण उत्तर देते हैं कि वह अनासक्त कर्म को ही महत्त्व देते हैं। आदान–प्रदान के संबंध में मन को सूचित करना तथा परिणामों की प्रत्याशा से कर्मों को अलग करना ही वह माँग है जिसे अर्जुन आंतरिक शक्ति के रूप में मानता है।

अर्जुन ज्ञान का आदान–प्रदान वस्तुओं के आदान–प्रदान से ज़्यादा महत्त्वपूर्ण है अन्ततः सभी आदान–प्रदानों की परिणति मन में होती है। –*भगवद् गीता, अध्याय–4, श्लोक–33 (भावानुवाद)*

कृष्ण योग को एक आंतरिक यज्ञ के रूप में बताते हैं, जिसमें हमारे अपने यजमान और देवता, अपने लाभार्थी तथा माध्यम हैं। हम अपने जवाब का चयन करते हैं। हम अपनी प्रतिक्रियाओं का चयन करते हैं। यहाँ पर वेदी के बाहर अग्नि नहीं होती, परन्तु यह हमारे शरीर में, हमारी संवेदनाओं में, हमारे मन में, हमारे श्वास में तथा हमारी पाचन अग्नि में भी होती है।

> अर्जुन, यज्ञ हर जगह है, जिसमें विभिन्न प्रकार की अग्नियों में आहुतियाँ दी जाती हैं। सांसारिक संवेदनाओं की अग्नि में उद्दीपनों की आहुति दी जा सकती है। मानसिक अग्नि में संवेदनाओं के अनुभवों की आहुति दी जा सकती है। बौद्धिक अग्नि में मानसिक ज्ञान की आहुति दी जा सकती है। जीवन की अग्नि में श्वास की भोजन के रूप में आहुति दी जा सकती है। निग्रह की अग्नि में व्रतों की आहुति दी जा सकती है।*–भगवद् गीता, अध्याय–4, श्लोक–26 से 28 (भावानुवाद)*

पतंजलि ने अपने योगसूत्र में, जो गीता की समयावधि के आस–पास रचे गए थे, योग को उर्मिकाओं को रोकने तथा विभिन्न अनुभवों एवं स्मृतियों, जो असंगति में बदल जाती हैं, के कारण मन को घुमाने (चित्तवृतिनिरोध) वाला बताया है। उन्होंने उर्मिकाओं को रोकने तथा मन को घुमाने की आठ प्रकार की प्रक्रियाओं के विषय में बताया है ताकि संगति बनी रह सके। इन प्रत्येक प्रक्रियाओं से हम अपनी उन कोठरियों के, जो हमारे शरीर का गठन करती हैं, भीतर झांक सकते हैं।

यम के साथ ही हम कामवासना, हिंसा, असत्यता, चोरी एवं लालच में न फँसकर सामाजिक वचनबद्धताओं को सीमित करते हैं। इसके पश्चात नियम के साथ हम स्वच्छता, सन्तोष, सादगी, चिन्तन का अभ्यास करने तथा ईश्वर पर विश्वास करने से स्वयं को अनुशासित करते हैं। तीसरा, आता है आसन, जिसमें हम विभिन्न आसनों का प्रयोग करते हुए अपने शरीर को सक्रिय बनाते हैं। चौथा है प्राणायाम, जिसके माध्यम से हम स्वास्थ्य को नियंत्रित करते हैं। प्रत्याहार से हम अपने संवेदनात्मक विचारों से अपना ध्यान हटाते हैं। धारणा से हमें एक बड़ी संकल्पना की जानकारी

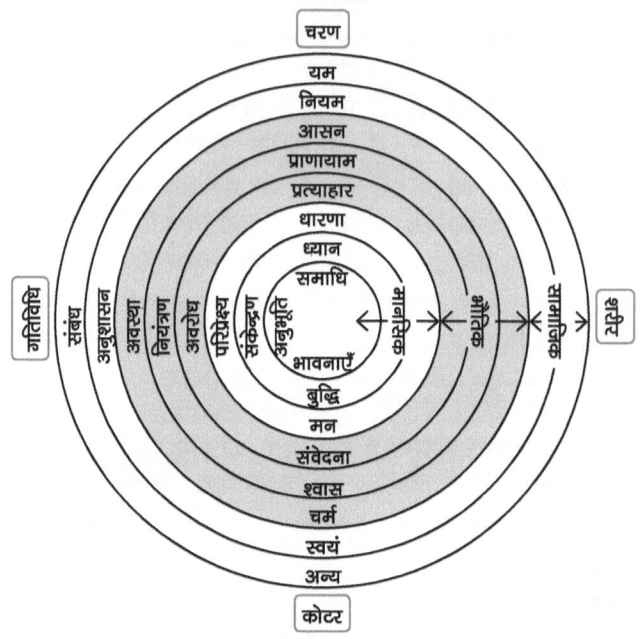

हो जाती है तथा एक परिदृश्य प्राप्त होता है। ध्यान से हम सतर्क और एकाग्र हो जाते हैं। समाधि से हम अपने अंदर और गहरे चले जाते हैं और अपनी भावनाओं का अनुभव करते हुए भय को खोजते हैं।

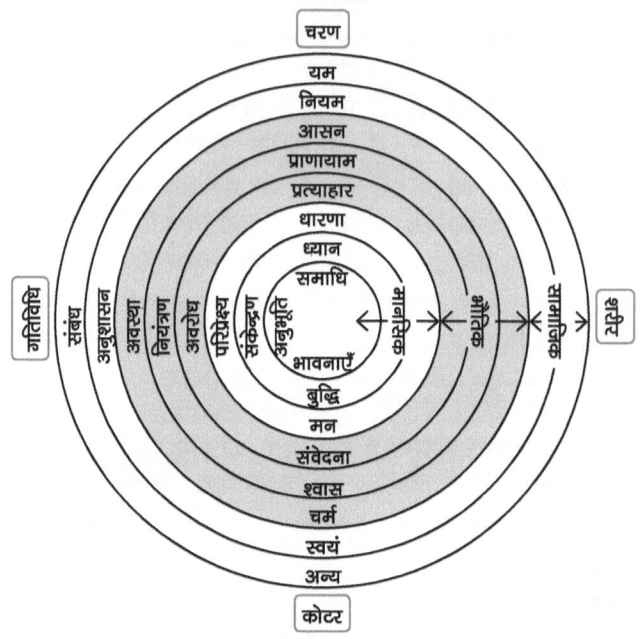

पतंजलि का योग

भय एक तंत्रिका–जैविक (न्यूरो–बायोलोजिकल) वास्तविकता है। यह वह पहली भावना होती है जो जीवन प्राप्त होते ही प्रकट होती है। यह एक अत्यन्त गंभीर भावना होती है तथा जीवन में संघर्ष करने के लिए आवश्यक होती है। इससे क्षुधा जागृत होती है और स्वयं को पुष्ट रखने हेतु यह भोजन की आवश्यकता को अंगीकार करती है। भूख द्वारा मृत्यु के भय से पेड़–पौधे उगते हैं, सूर्य के प्रकाश को खोजने के साथ–साथ मिट्टी से जल एवं पोषक तत्व ग्रहण करते हैं ताकि वे स्वयं को पोषित

कर सकें। इसी भय से पशु अपने चारे और जानवरों की अनवरत खोज करते रहते हैं तथा झुंड बनाकर रहते हैं जिससे कि वे भोजन की खोज के अवसर बढ़ाने के लिए परस्पर सहयोग कर सकें। संभावित मृत्यु के भय से पशु शिकारी को चकमा देते हैं तथा जीवित रहने के अवसर बढ़ाने के लिए झुंड बनाकर रहते हैं। इसके अलावा अपने प्रतिद्वंद्वी द्वारा भोजन छीन लिए जाने के भय से उनमें प्रतिद्वंद्विता की भावना पैदा हो जाती है। मृत्यु के भय से वे अपने साथी को खोजने में अनथक एवं अतिरिक्त प्रयास भी करते हैं ताकि मृत्यु के खतरे को देखते हुए वे अपने बच्चे पैदा कर सकें ताकि मृत्यु के बाद भी जीवन का कम से कम एक भाग जीवित रहे।

मनुष्यों में यह भय कल्पना शक्ति से बढ़ता है। हम भूख की कल्पना कर सकते हैं। हम अपनी, अपने आस-पास के लोगों की भूख की, वर्तमान एवं भविष्य की भूख की कल्पना कर सकते हैं। इसलिए भोजन की खोज से हम अधिक लालची बन जाते हैं। हम अपने शिकार होने की कल्पना कर सकते हैं और इसलिए हमारे अन्दर हर समय असुरक्षा की भावना बनी रहती है। यह बढ़ा हुआ भय मनुष्य में अतिरिक्त भोजन तैयार करने, उसे वितरित करने एवं अपने लिए संरक्षित करने के लिए विभिन्न भौतिक एवं सामाजिक उपायों का आविष्कार करने की मानवीय कल्पना पर अंकुश लगाता है।

मनुष्य का सबसे बड़ा भय प्रमाणीकरण है। हम प्रत्येक चीज़ का अर्थ खोजते हैं, हम कौन हैं? हमारी संसार में क्या भूमिका है? निश्चित ही हम केवल पशु नहीं हैं–हिंसक पशु, शिकार, प्रतिद्वंद्वी अथवा सहवास के साथी? यह भय सम्पत्ति की इच्छा को तथा समाज में उत्तराधिकार को बढ़ाता है। भय के कारण हम एक-दूसरे के सुख-दुःख में भागीदार नहीं बनते हैं। भय के कारण हम सम्पत्ति के लिए लड़ते हैं।

भय हमारे मन (चित्त) को जीर्ण-शीर्ण कर देता है, उसमें ग्रंथियाँ आ जाती हैं, उसे विकृत कर देता है तथा ऐसी उर्मिकाएँ और तरंगें पैदा कर देता है जिनसे अंततः हमारे मन में शिकन आ जाती है। मन में आने वाली इन शिकनों को प्रभाव (संस्कार) कहते हैं। ये संस्कार प्रथम बार जीवित रहने वाले प्राणियों में भय के प्रथम अनुभव के साथ प्रकट होते हैं।

सभी भोजन करने वालों एवं हर पेड़–पौधों एवं पशुओं का अनुभव लाखों सालों में इकट्ठा हुआ है। इसमें तोड़–मरोड़ कल्पना (मनस) के ज़रिए ही तीव्र हुई है। इससे असम्बद्धता पैदा होती है। भयभीत मन, जिस कारण तोड़–मरोड़ होता है, जिस कारण असम्बद्धता पैदा होती है, का उल्लेख अहं के रूप में होता है। वह मन जो तुड़ता–मुड़ता नहीं, जिस कारण वह जुड़ा हुआ है उसका उल्लेख आत्मा के रूप में होता है।

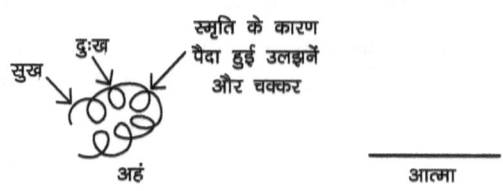

अहं से आत्मा तक

गीता योग सूत्र में उल्लिखित समस्त क्रियाओं के साथ घनिष्ठता स्थापित करती है। कृष्ण श्वास को बाहर से अन्दर ले जाने की क्रिया के विषय में बताते हैं।

> अर्जुन, बाहरी उद्दीपकों के आक्रमण की अवेहलना करो तथा अपनी भृकुटी पर ध्यान केन्द्रित करो, अपनी नासिकाओं से श्वास के अनुलोम एवं विलोम को नियंत्रित करो, स्वयं को भय, कामना तथा क्रोध से मुक्त करते हुए स्वयं के अन्दर मुझे खोजो। मैं वही हूँ जो तुम्हारे यज्ञ की प्रत्येक आहुति को प्राप्त करता है और उसका भक्षण करता है। *–भगवद् गीता, अध्याय–5, श्लोक–27 से 29 (भावानुवाद)*

गीता में ध्यानस्थ के विषय में इस प्रकार बताया गया है कि–स्थिर होकर बैठो और अपने मन को तब तक शांत करो जब तक कि प्रत्येक श्वास स्वाभाविक एवं लयबद्ध रूप से न हो जाए।

> अर्जुन, ऐसे आसन पर स्थिर होकर बैठो जो अधिक ऊँचा और अधिक नीचा न हो। अपना सिर, गर्दन तथा पीठ को एक सीध में रखो, अपनी भावनाओं को स्थिर रखो तथा अपनी नाक के अगले भाग पर ध्यान केन्द्रित करते हुए अपने मन को नियंत्रित करो। *–भगवद् गीता, अध्याय–6, श्लोक–11 से 13 (भावानुवाद)*

सारांश यह है कि अपने मन की अशांति के ज़रिए अपने लिए रास्ता बनाओ और उसके परे जाकर शांति की खोज करो।

> अर्जुन, संवदेनशील उद्दीपकों की अवहेलना करने के लिए अपने मन का प्रयोग करो, अपनी कामनाओं का परित्याग करो, बौद्धिक वाद–विवाद एवं विचारों से अपना ध्यान हटाओ, अपनी अशांत, इधर–उधर भटकने वाली भावनाओं पर नियंत्रण रखो, अपने मन को विस्तार दो तथा उसमें शांति की खोज करो। *–भगवद् गीता, अध्याय–6, श्लोक–24 से 27 (भावानुवाद)*

इसके अतिरिक्त, एक बार जब अपने अन्दर भय लगे तो योगी पुरुष अपने चारों ओर दूसरों में, जिनसे वह सम्बद्ध हो, भले ही वह व्यक्ति अकेला हो अथवा समूह में हो, भयरहित होकर देख सकता है।

> अर्जुन, जो एक–दूसरे से सम्बद्ध हैं वे सभी में समान दृष्टि से देखते हैं, क्योंकि वे प्रत्येक व्यक्ति एवं प्रत्येक वस्तु में मुझे खोज लेते हैं। वे सदैव मुझे ही देखते रहते हैं और मैं भी उन्हें देखता रहता हूँ। वे सदैव प्रत्येक जगह मुझे स्थापित करते हैं और मैं भी सदैव उनमें स्थापित हो जाता हूँ। *–भगवद् गीता, अध्याय–6, श्लोक–29 से 31 (भावानुवाद)*

यही वह बात है जिसमें गीता योगसूत्र से भिन्न है। योगसूत्र में कहा गया है कि भौतिक संसार से पूर्णतः विरक्त होना ही समाधि है। जबकि कृष्ण की गीता में समाधि को एक अत्यन्त भिन्न रूप में बताया गया है,

जिसमें बिना किसी सोच के पूर्णतः धैर्य के साथ संसार को देखना होता है।

अर्जुन, जिसने समाधि प्राप्त कर ली है वह अप्रसन्नता से विचलित नहीं होता और न ही प्रसन्नता की अभिलाषा करता है। वह अभिलाषा करते हुए भय एवं क्रोध से उद्विग्न नहीं होता है। वह सुख और दुःख में शांति से रहता है। वह बौद्धिक रूप से संतुष्ट रहता है। —*भगवद् गीता, अध्याय—2, श्लोक—55 से 56 (भावानुवाद)*

योगसूत्र से विचलन होना कोई आश्चर्यजनक बात नहीं है, क्योंकि धार्मिक ग्रंथों की कथाओं से हमें ज्ञात होता है कि पतंजलि एक नाग थे, जिन्होंने शिव द्वारा शक्ति को योगसूत्र के रहस्यों की जानकारी देते समय सुन लिया था। शिव एक संन्यासी थे। उनका मार्ग एक तपस्वी के लिए उपयुक्त था जो संसार से बंधा नहीं रहना चाहता है। कृष्ण यजमान के साथ बातचीत करते हैं, जो कि एक गृहस्थ है, तथा सबसे मुख्य बात यह है कि योग सांसारिक संबंधों को उपयुक्त बनाने में सहयोग करता है। यदि तपस्वी अपने आंतरिक संसार पर ध्यान केन्द्रित करता है तथा यदि यजमान बाहरी संसार पर अपना ध्यान केन्द्रित करता है तो योगी भी आंतरिक संसार पर इस उद्देश्य से ध्यान केन्द्रित करता है कि बाहरी संसार पर अपना ध्यान अच्छी प्रकार से केन्द्रित कर सके।

अर्जुन, एक योगी पुरुष उस संन्यासी से अधिक अच्छा होता है जो संसार से विरक्त होता है। वह एक विद्वान से भी उत्तम होता है, जो सब कुछ जानते हुए भी कुछ नहीं करता है तथा वह उस गृहस्थ से भी उत्तम होता है, जो बिना कुछ जानते हुए सब कुछ करता है। —*भगवद् गीता, अध्याय—6, श्लोक—46 (भावानुवाद)*

पतंजलि

योग हमें भय के विषय में जानकारी प्रदान करता है तथा इस विषय में हमारा ध्यानाकर्षित करता है। योगी स्वयं अपने भय की वास्तविकता का अनुभव करते हुए अपने आस—पास के लोगों के भय को समझने में सफल होता है। वह देखता है कि वह क्यों अलग हो जाता है तथा उसके आस—पास के लोग भी कैसे अलग हो जाते हैं। वह लोगों को नियंत्रित करने के प्रयास द्वारा उनके भय में वृद्धि नहीं करना चाहता है। वह उन्हें सांत्वना देने का कार्य करता है ताकि वे अपने भय को पीछे छोड़ने में सफल हो सकें। इस प्रकार उसमें समानुभूति की तथा उसका त्याग करने की क्षमता उत्पन्न होती है। यजमान निष्काम कर्म करने लगता है।

योगी, उस मन को जानने के लिए, जो उसके शरीर को नियंत्रित करता है, उन विचारों को जानने के लिए जो उसके मन में उत्पन्न होते हैं, उस भय को जानने के लिए जो उसके विचारों में उत्पन्न होता है और उन आशंकाओं को जानने के लिए, जो उसके भय को उत्पन्न करती हैं तथा दूसरों के उस भय को जानने के लिए, जो उन अवसरों को और उन आशंकाओं को जन्म देता है, अपने भीतर झाँकता है।

आप और मैं भय के कारण पीछे हट जाते हैं

129

9

आप और मैं विश्वास करने से घबराते हैं

एक दूसरे से जुड़ना सरल नहीं होता है विशेष रूप से जब हम एक दूसरे को शिकारी एवं शिकार के रूप में, शत्रु एवं मित्र के रूप में देखते हैं। ऐसी परिस्थिति में हम किसी दूसरे पर नहीं स्वयं अपने पर विश्वास करने लगते हैं, जैसे पशु करने लगते हैं। अथवा जब हम अत्यधिक रूप से असहाय हो जाते हैं, तभी हम किसी दूसरे पर विश्वास करते हैं, जैसे मनुष्य ही कर सकता है। इस प्रकार हम देव और दानव (असुर) बन जाते हैं। कृष्ण गीता के अध्याय-16 में इन दोनों के बीच के अन्तर को स्पष्ट करते हैं। परन्तु हम 'मेरी गीता' में इस पर काफी पहले चर्चा करेंगे, क्योंकि 'ईश्वर' के विषय में चर्चा पर कूद पड़ने से पूर्व हमें 'ईश्वर' को समझने की आवश्यकता है। ये चीज़ें संसार में बाह्य रूप से नहीं आती हैं, अपितु ये हमारे मन के अन्दर आंतरिक रूप से आती हैं।

वेदों में 'देव' और 'असुर' शब्द ईश्वरत्व से सम्बन्धित हैं तथा ईश्वर और दानव के रूप में उनका ग़लत अनुवाद किया गया है। परन्तु कृष्ण इनका प्रयोग भिन्न रूप में करते हैं। देव वह होता है जो आत्मा की वास्तविकता को स्वीकार करता है, जबकि एक असुर ऐसा नहीं करता है। इस प्रकार, कृष्ण देव और असुरों को अलौकिक अर्थ में या अंतर्निहित रूप में अथवा एक बुराई के रूप में नहीं देखते हैं, बल्कि उन्हें ऐसे लोगों के रूप में देखते हैं जो देहि का महत्त्व समझते हैं और जो ऐसा नहीं समझते हैं। असुर उस रूप में फंसे हैं जो शाब्दिक है एवं जिसे मापा जा सकता है, जबकि देव उसका मान करते हैं जो रूपक हो और जिसे मापा ना जा सके। कृष्ण कहते हैं कि जो लोग शरीर एवं भौतिक वास्तविकता से आगे नहीं देखते हैं, वे किन्हीं भौतिक उपलब्धियों के बावजूद मुक्ति की अपेक्षा नहीं कर सकते।

अर्जुन, जो लोग देवों के जैसे सोचते हैं वे अंततः मुक्ति प्राप्त कर लेते हैं तथा जो लोग असुरों की भांति सोचते हैं वे हमेशा के लिए फँस जाते हैं। इसलिए, तुम भयभीत न हो जाओ और देवों के जैसे सोचो। —*भगवद् गीता, अध्याय—16, श्लोक—5* *(भावानुवाद)*

असुरों को नास्तिकों के रूप में माना जाता है और देवों को आस्तिक के रूप में, यह भिन्नता इतनी आसान नहीं है। देव विश्वास (आस्तिक) करते हैं, परन्तु क्या वे इसका अनुभव करते हैं?

अविश्वास ⟶ विश्वास ⟶ अनुभव
(असुर)   (देव)   (भगवान)
अविश्वास, विश्वास, अनुभव

गीता आत्मा को एक यथार्थ के रूप में प्रस्तुत करती है, इसलिए अध्याय—17 के श्लोक—23 में 'ओम् तत् सत्' वाक्यांश का प्रयोग किया गया है जिसका सामान्य रूप में अनुवाद होता है कि 'जो चीज़ हमेशा रहती है वह सत्य है।' इसे हम संस्कृत में लिखे गए 'तत्' शीर्षक लेख के

काफी निकट पाते हैं। फिर भी इस वास्तविकता का मूल्यांकन कभी नहीं किया जा सकता, इसलिए वैज्ञानिक दृष्टिकोण से इसे सिद्ध नहीं किया जा सकता। इसका केवल अनुभव किया जा सकता है। विश्वास करना ही संज्ञानात्मक प्रक्रिया है, एक वैचारिक सच्चाई की स्वीकार्यता। अनुभव ही वह भावनात्मक प्रक्रिया है, जो मन से हृदय तक जाता है। अनुभव करने के लिए व्यक्ति को योग की आंतरिक यात्रा के साथ–साथ यज्ञ की बाहरी यात्रा भी पूरी करनी होती है।

अर्जुन, जिन्होंने चिंतन और ध्यान के द्वारा अपनी आत्मा की शुद्धि कर ली है, मुझे प्राप्त कर लेते हैं तथा मुझ में अन्तर्निहित हो जाते हैं। वे मुझ में आश्रय प्राप्त कर लेते हैं और वे लालच, भय और भूख से मुक्त हो जाते हैं। –भगवद् गीता, अध्याय–4, श्लोक–10 (भावानुवाद)

दो हज़ार वर्ष पूर्व तपस्वियों ने योगाभ्यास को लोकप्रिय बनाया था, परन्तु उन्होंने यज्ञ की बाहरी यात्रा पर इतना ध्यान नहीं दिया। उन्होंने मन की आंतरिक अग्नि (तप) को महत्त्व दिया न कि वेदी की बाहरी अग्नि को। हालांकि तपस्या शब्द का प्रयोग योग के साथ परिवर्तनीय रूप में किया जाता है, तपस्या आंतरिक यात्रा के विषय में बताती है, जबकि योग उस आंतरिक यात्रा के विषय में बताता है, जो हमें अंततः बाहरी यात्रा की ओर ले जाती है। संन्यासी तपस्वी होते थे जो ध्यान एवं चिंतन का महत्त्व जानते थे परन्तु उसका विनिमय नहीं करते थे। इस प्रकार उन्हें योगी से अलग माना जाता है क्योंकि योगी ध्यान एवं चिंतन के साथ–साथ विनिमय का महत्त्व भी जानते थे। संन्यासी आसक्ति के ऊपर अनासक्ति

आंतरिक एवं बाह्य यात्रा का अलगाव

को, विवाहित के ऊपर अविवाहित जीवन को, मिलन के ऊपर एकांत को तथा अनन्त के ऊपर शून्य को महत्त्व देते थे। दूसरे शब्दों में, संन्यासी आंतरिक एवं बाह्य यात्राओं के बीच अन्तर्विरोध का कारण बने।

पुराणों में इस अन्तर्विरोध को सुस्पष्ट किया गया है। देवता यज्ञ को महत्त्व देते थे, परन्तु तपस्या को नहीं। असुर तपस्या को महत्त्व देते थे, परन्तु यज्ञ को नहीं। ये दोनों ब्रह्मा के पुत्र थे। देवताओं का राजा इन्द्र, जो आन्तरिक यात्रा के लिए प्रतिबद्ध नहीं था, निरन्तर असुरक्षित रहता था। वह उन लोगों से भयभीत रहता था जो यज्ञ और तपस्या करते थे तथा उन्हें अपना प्रतिद्वंद्वी मानता था। इसलिए वह अन्य राजाओं के घोड़े चुराकर उनके यज्ञ में बाधा डालता था। वह उन ऋषियों को, जो तपस्या में लीन रहते थे, मोहित करने एवं उनकी तपस्या को भंग करने के लिए सुन्दर युवतियों को, जो अप्सराएं कहलाती थीं, भेजता था तथा उनकी उपेक्षित पत्नियों को आकर्षित कर उनके साथ संभोग करके ऋषियों को क्रोधित करता था। दूसरी ओर, असुरों को तपस्या करने और ब्रह्मा से शक्तियाँ प्राप्त करने वालों के रूप में माना जाता था और वे ब्रह्मा से अनेक शक्तियाँ प्राप्त करके इन्द्र से भी अधिक शक्तिशाली बन गए। इस प्रकार, देवताओं को असुरक्षित रहने वालों के रूप में जिसके वे हकदार थे, चित्रित किया जाता है, जबकि असुरों को वंचितों एवं गुस्सैल के रूप में चित्रित किया जाता है। हालांकि, ब्रह्मा के पुत्र होने के नाते ये आपस

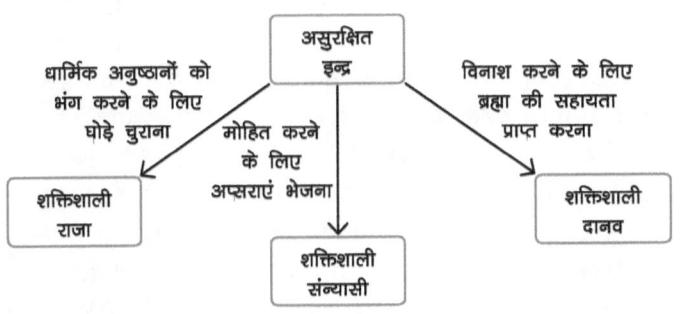

घोड़े चुराना, ब्रह्मा की सहायता प्राप्त करना तथा अप्सराएं भेजना

में भाई हैं, परन्तु वे एक–दूसरे को पसन्द नहीं करते हैं। देवता असुरों से डरते हैं और असुर देवताओं से घृणा करते हैं।

वेदों में देवता और असुर दिव्य प्राणी होते हैं। परन्तु पुराणों में वे स्पष्ट रूप से प्रतिद्वंद्वी होते हैं। यूरोप के निवासी यूनानी धार्मिक ग्रंथों के आधार पर असुरों को पहले टाइटन मानते थे, परन्तु बाद में वे अब्राहमिक ग्रंथों के आधार पर उन्हें दानव के रूप में मानने लगे। इससे बड़ा भ्रम पैदा हो गया क्योंकि असुर न तो प्राचीन ईश्वर थे और न ही 'बुरी शक्तियाँ।' प्राचीन ईश्वर तथा बुरी शक्तियाँ, दोनों अवांछित हैं तथा उन्हें छोड़ने की आवश्यकता है। जबकि पुराणों में क्षीरसागर में शक्तिमंथन करने और उससे बहुमूल्य रत्नों को निकालने के लिए दोनों की आवश्यकता होती है। चूँकि, देवताओं को सम्पन्नता से भरपूर तथा स्वर्ग में बहुसंख्यक के रूप में पाए जाने वाले लोगों के रूप में चित्रित किया जाता है, अतः उन्हें स्वाभाविक रूप से असुरों की तुलना में प्राथमिकता दी जाती थी। परन्तु देवताओं के पास बहुत कुछ होता था जिसे वे प्रसन्न होने पर दे देते थे जबकि असुरों के पास कुछ नहीं होता था।

असुरों का चित्रण या तो खलनायक, नायकविरोधी के रूप में अथवा अपकृत नायक के रूप में किया जाता है और आज भी धार्मिक ग्रंथों के उन लेखकों में यही भावना बनी हुई है जो असुरों को प्राचीन जनजातियों के समुदाय के रूप में देखते हैं जिन्हें यज्ञ करने वाले वैदिक लोगों द्वारा उजाड़ा गया तथा उन्हें दास एवं राक्षस बना दिया गया। असुरों को हमारी नकारात्मक प्रेरणाओं मूर्तरूप के समान देखा जाता है तथा देवताओं को सकारात्मक प्रेरणाओं के मूर्तरूप के समान देखा जाता है। हम इस तथ्य की अनदेखी करते हैं कि लोकप्रिय हिन्दू धर्मग्रंथों में न तो देवों को और न ही असुरों को वह स्थान प्राप्त है जो ईश्वर या भगवान को प्राप्त है। हमें देवों और असुरों को अपनी उन भावनाओं के रूप में देखने की आवश्यकता है जो हमें अपनी बाह्य एवं आन्तरिक यात्राओं को पूरा करने से रोकती है।

पौराणिक कथाएँ एक विशेष प्रकार से आरम्भ होती हैं जिनमें इन्द्र यज्ञ पर ध्यान नहीं देता है जबकि एक असुर तपस्या में लीन होता है। इस प्रकार, इन्द्र की शक्ति क्षीण होने लगती है, जबकि असुरों की शक्ति

बढ़ने लगती है। असुर ब्रह्मा को जगाने में सफल हो जाते हैं और उनसे वरदान प्राप्त करते हैं, जिसका प्रयोग वह देवताओं पर आक्रमण करने, उन्हें पराजित करने तथा उन्हें उनके आनन्दलोक (स्वर्ग) से बाहर करने में करते हैं। स्वर्ग से निष्कासित इन्द्र और देवता ब्रह्मा के पास जाते हैं, वरदान पाने के लिए नहीं, बल्कि उनसे सहायता के लिए। ब्रह्मा उन्हें शिव, विष्णु अथवा देवी के पास जाने को कहते हैं, जो हिन्दू धर्म के तीन बड़े आस्तिक विचारों के आधार हैं।

ये कथाएँ हिन्दू विचारधारा के इतिहास में अनेक प्रकार से सुनाई देती हैं, जैसे वैदिक काल की यज्ञ परम्पराओं का पतन होना, मठ व्यवस्था की लोकप्रियता बढ़ना, जो तपस्या का अभ्यास कराते हैं और आस्तिक रीति–रिवाज़ों की विजय होना। इनसे 'पूजा' के रूप में जाने जाने वाले रीति–रिवाज़ों में वृद्धि दिखाई देती है जिसमें भक्त को प्रतिमाओं के माध्यम से अपने बाहर देवत्व को देखने पर बल दिया जाता है। इस प्रकार, बाहरी संसार के साथ स्वयं का योग किया जा सकता है।

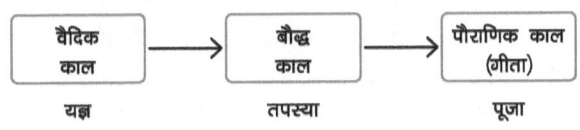

आत्मा की पुनः प्राप्ति

यह देखना महत्त्वपूर्ण है कि असुर ब्रह्मा से वरदान माँगते हैं और देवता ब्रह्मा से सहायता माँगते हैं। असुरों की ब्रह्मा में कोई रुचि नहीं है, उनकी रुचि केवल ब्रह्मा के अधिकारों में है। वे ऐसा ज्ञान प्राप्त करने के लिए तपस्या नहीं करते हैं जो उनमें असुरक्षा की भावना दूर कर दे, बल्कि वे ऐसी शक्ति प्राप्त करना चाहते हैं जिसे सिद्धि कहते हैं। देवताओं की रुचि ब्रह्मा में होती है, लेकिन उन्हें शिव, विष्णु और देवी के पास भेज दिया जाता है, जो कि ऐसी आंतरिक यात्रा के विषय में जानकारी देते हैं जो ज्ञान प्रदान करती है, इसलिए वह उनमें असुरक्षा की भावना दूर कर देती है। परन्तु देवता इस आंतरिक यात्रा को पूरी नहीं कर पाते हैं।

पूजा

पुराण हमें अनेकों बार स्मरण कराते हैं कि किसी ईश्वर अथवा देवी के पश्चात असुर समाप्त हो जाएंगे और इन्द्र को अपना राज्य वापस प्राप्त हो जाएगा। उसके पुराने दिन वापस लौट आएंगे जिसमें उसके सामर्थ्य की भावना होगी और भौतिक पदार्थों का आनंद दिखाई देगा। वे उन यजमानों से असुरक्षित हो जाएगा जो बहुत अधिक यज्ञ करते हैं और उन तपस्वियों से जो बहुत अधिक तपस्या करते हैं तथा जिससे वह राज्य का सुख नहीं भोग पाता है क्योंकि उसे लगता है कि उसकी सम्पत्ति को किसी ने घेर लिया है। यह वैसा ही है जैसे आजकल के संसार में सफल व्यक्ति बुरे समय में ही ईश्वर को याद करता है और अच्छे समय में उसे भुला देता है। उनके लिए ईश्वर स्वयं उनके भाग्य के लिए होता है न कि प्रतिदिन के भाग्य के लिए। वे सोचते हैं कि ईश्वर नाम की कोई चीज़ नहीं है जिसके बिना संसार का काम न चलता हो।

असुर केवल अपनी सफलता के विषय में ही सोचते हैं। परन्तु देव ही वे हैं जो सफल होते हैं या होते रहे हैं। सफलता प्राप्ति का दृढ़–निश्चय ही असुरों को तपस्या की ओर ले जाता है। उनके पास जो कुछ है उसे खोने के भय अथवा जो कुछ उन्होंने खो दिया है उसके पुनः प्राप्त न होने के भय के कारण ही देवता ब्रह्मा की शरण में जाते हैं। असुर ऐसा नहीं सोचते हैं कि कोई उनकी सहायता करेगा। परन्तु देवता सोचते हैं

कि ईश्वर उनकी सहायता करने के लिए ही होता है, न कि दूसरों की सहायता करने के लिए। अन्य शब्दों में असुर आत्मा में विश्वास नहीं करते हैं, जबकि देवता परमात्मा में विश्वास करते हैं। परन्तु उन्हें मनुष्यों की क्षमता पर अभी भी भरोसा नहीं है।

गीता में असुरों की स्थिति का वर्णन अत्यन्त मार्मिक है और बिलकुल उसी से मेल खाता है जो हम आजकल अपने आस–पास के संसार में देखते हैं, जहाँ पर आप क्या प्राप्त करते हैं तथा आपके पास कितनी सम्पत्ति है, का अत्यन्त महत्त्व होता है।

अर्जुन, असुर कहता है कि मैंने अपनी कामनाओं को प्राप्त कर लिया है तथा मैं सन्तुष्ट हो गया हूँ कि मैंने अपनी शक्ति से अपने सभी शत्रुओं का नाश कर दिया है। मैं अपना स्वामी हूँ, सुखों का भोग करने वाला, सफल, सर्वशक्तिमान तथा धनवान हूँ तथा मैं दान दूँगा, मेरे समान अन्य कोई नहीं है। इस प्रकार वह अपने ही मायाजाल में उलझा रहता है तथा उसमें अपनी अनन्त इच्छाओं की पूर्ति की आसक्ति बनी रहती है। वह अपने अहंकार, ईर्ष्या तथा क्रोध के कुँए में गिर जाता है तथा एक समान गर्भ में बार–बार जन्म लेता रहता है और एक जैसे कारकों में उलझा रहता है। अधिक प्राप्ति की लालसा तथा उसकी प्राप्ति न होने पर क्रोधित होना तथा जब वह प्राप्त हो जाए तो उसे और अधिक प्राप्ति की लालसा होती है। वह अंधकार से बच निकलने और खुशी के प्रकाश को तलाशने में असमर्थ होता है। —*भगवद् गीता, अध्याय–16, श्लोक–12 से 22 (भावानुवाद)*

उपर दिया गया विवरण एक निर्णय या एक इच्छा के रूप में दिखाई देता है लेकिन यह तथ्यों का अवलोकन है। जब हम यह विश्वास करने लगते हैं कि भौतिक वस्तुएं सन्तुष्टि का भाव लाएंगी, जब हम मानव को एक ऐसे शरीर के रूप में देखते हैं जो कार्य करता है और संचय करता है, जब हम दुनिया को तकनीकी अर्थों में देखते हैं यानी अर्थहीन और

बड़ी कथा के रूप में, तब जो होता है यह उसका अवश्यंभावी परिणाम है। हम ऐसी चीज़ों की कामना करते हैं जो हमें आनन्दित करे, परन्तु इसके बावजूद हमारी उसके प्रति लालसा बढ़ जाती है और हम उसके अभ्यस्त हो जाते हैं जिससे लालच बढ़ता है। हम अधिक से अधिक की कामना करते हैं तथा जब हमें वांछित चीज़ नहीं मिलती है तो हमारे अन्दर क्रोध पैदा हो जाता है।

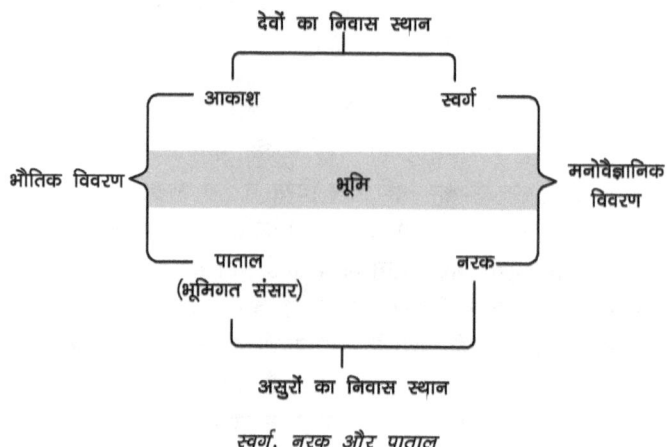

स्वर्ग, नरक और पाताल

पुराणों में असुरों के निवास को पाताल कहा जाता है, एक भूमिगत राज्य ही वह जगह है जहाँ वे रहते हैं, जैसे देवताओं का निवास स्वर्ग में है, ऊपर आकाश में। परन्तु गीता में असुरों के निवास स्थल को नरक कहा गया है। पाताल एक भौगोलिक वर्णन है, परन्तु नरक एक मानसिक वर्णन है, जो विश्वास में कमी होने पर निराशा एवं क्रोध में किया जाता है, इसलिए नरक का विचार उत्पन्न होता है।

देवताओं के ऊपर विजय प्राप्त करने से असुरों को संतुष्टि प्राप्त नहीं होती है। असुरों के ऊपर विजय प्राप्त करने से देवताओं को प्रबोधन प्राप्त नहीं होता है। दोनों एक चक्र के फंदे में फंसे हुए हैं तथा इससे मुक्त होने में असमर्थ हैं। विष्णु देवताओं को असुरों की तुलना में अधिक महत्त्व

देते हैं, क्योंकि देवता कम से कम कुछ समय के लिए भौतिक पदार्थों के सुख से आगे जाकर देखते हैं। पाण्डव और कौरव राज्य के लिए युद्ध करते हैं, परन्तु अर्जुन तो कम से कम इन सम्भावनाओं से भी आगे जाकर दृष्टि रखता है।

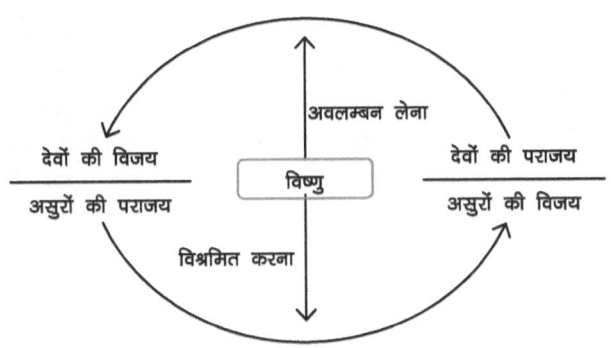

विजय एवं पराजय का चक्र

देवताओं का यज्ञ अच्छा है, क्योंकि यह हमें बाहर परमात्मा को बाध्य करता है। असुरों की तपस्या भी अच्छी है, क्योंकि यह हमारे भीतर की जीवात्मा को खोजता है।

लेकिन हमें एक दूसरे को बताने के लिए इन दोनों की आवश्यकता है। यज्ञ ही वह कर्म है जिसमें किसी ज्ञान की आवश्यकता नहीं होती। तपस्या ही वह ज्ञान है, जिसमें किसी कर्म की आवश्यकता नहीं होती। जब ज्ञान कर्म को प्रभावित करता है और जब कर्म ज्ञान को प्रभावित करता है तो वह योग बन जाता है।

अर्जुन, योग द्वारा तुम बिना किसी प्रत्याशा के कर्म कर सकते हो तथा सफलता एवं विफलता को समान दृष्टि से देख सकते हो। उद्देश्य पर कर्म का प्रभाव, परिणाम पर केन्द्रित कर्म की तुलना में श्रेष्ठ होता है। इस प्रकार के कर्म तुम्हें सभी दुविधाओं

से मुक्त कर देंगे, अतः तुम योग द्वारा अपनी कुशलता में वृद्धि करो। —भगवद् गीता, अध्याय—2, श्लोक—48 से 50 (भावानुवाद)

हम सभी सौभाग्य एवं दुर्भाग्य की लहरों पर सवार होते हैं। यदि आप और मैं सोचते हैं कि हम ही इन लहरों को नियंत्रित कर सकते हैं, तो हम असुर हैं। यदि आप और मैं स्वयं को सौभाग्य का पात्र समझते हैं तथा केवल दुर्भाग्य की स्थिति में ईश्वर को याद करते हैं तो हम देवता हैं। हम अपने अन्दर की आत्मा के साथ अथवा उसके बिना भी अभी तक जुड़ नहीं पाए हैं।

मेरी गीता

10

आप में और मुझ में क्षमता है

हम अपने साथी मनुष्यों के प्रति विश्वास नहीं रखते हैं और मानवता से आगे की चीज़ों की लालसा करते हैं, जैसे कोई ऐसा हो जो बिना किसी निर्णय को ध्यान में रखते हुए हमें आराम पहुँचाए, हमारी भूख-प्यास को मिटाए, हम में असुरक्षा की भावना को तथा हमारी कमियों को दूर करे। इस प्रकार, लगभग दो हज़ार वर्ष पूर्व गीता ने ईश्वर की अवधारणा के साथ हिन्दू धर्म की स्थापना की जो पूर्व में ब्राह्मण, पुरुष एवं आत्मा के जैसे अमूर्त विचारों के बजाए दृढ़ एवं मूर्त हो गए। इस विषय पर गीता के अध्याय 7 से 12 तक विस्तारपूर्वक चर्चा की गई है जिसने भगवद् गीता को उत्कृष्ट बना दिया है और यह वेदों की पारम्परिक प्रकृति को, उपनिषदों की बौद्धिक प्रकृति को चुनौती प्रदान करती है तथा हमारे जीवन में भावनाओं की भूमिका की पुष्टि करती है। हम ऐसे प्रबुद्ध प्राणी नहीं हैं जो सोचते हैं बल्कि हम भावनात्मक प्राणी हैं जो इसे युक्तियुक्त बनाते हैं।

गीता में ईश्वर का विचार अध्याय–2 में ही आता है, जहाँ कृष्ण स्वयं का परिचय भावनाओं को शांत कराने वाले साधन के रूप में कराते हैं।

> अर्जुन, संत लोग अपनी भावनाओं को शांत करने तथा ज्ञान की खोज के लिए मेरा ही ध्यान करते हैं। *–भगवद् गीता, अध्याय–2, श्लोक–60 (भावानुवाद)*

परन्तु ईश्वर के विषय में वास्तविक चर्चा तब आरम्भ होती है जब हम कृष्ण को यज्ञ एवं योग के विषय में चर्चा करते हुए सुनते हैं। अर्जुन अपनी अन्तर्दृष्टि एवं आन्तरिक ज्ञान के साथ असुविधा प्रकट करता है।

> हे कृष्ण, मैं समझता हूँ कि योग के द्वारा धैर्य बनाए रखने का वचन निभाना सरल नहीं है क्योंकि मन चंचल, अशांत एवं वायु जैसा अस्थिर होता है जबकि भावनाएँ स्थिर एवं भरोसेमन्द होती हैं। *–भगवद् गीता, अध्याय–6, श्लोक–33 एवं 34 (भावानुवाद)*

अर्जुन की ईमानदार स्वीकारोक्ति बताती है कि एक जिज्ञासु अथवा शिष्य के लिए सामान्य निर्देश किस तरह पर्याप्त नहीं होते। जब तक हृदय आश्वस्त नहीं हो जाता तब तक दिमाग कभी भी नए विचार ग्रहण नहीं करेगा। अर्जुन को एक ऐसे आश्रय एवं सहयोग की आवश्यकता होती है जिसका वह सहारा ले सके और वह है उसे सांत्वना देने वाला ईश्वर और इसीलिए कृष्ण स्वयं का परिचय एक ईश्वर के रूप में कराते हैं, जो दृष्टव्य के आगे अदृश्य है, मूर्त के आगे अमूर्त है, परिमित के आगे अपरिमित है, शाब्दिक के आगे रूपक है। ईश्वर के रूप में कृष्ण के विचार अध्याय–7 से लेकर अध्याय–8, 9 एवं 10 से होते हुए तब तक आगे बढ़ते हैं जब तक कि अध्याय–11 में वास्तविक विस्फोट नहीं होता जिससे अर्जुन के मन में इस बात का कोई संदेह नहीं रह जाता कि कृष्ण ही वास्तव में ईश्वर है।

गीता में ईश्वर के लिए भगवान शब्द का प्रयोग किया गया है जो वेदों में प्रयुक्त 'देव' शब्द से प्रस्थान है। 'भागवत्' शब्द का प्रयोग वेदों में अनेकों बार किया गया है जिसका अर्थ है 'संरक्षक' अथवा 'सौभाग्य

का वाहक' जो राजाओं एवं संतों को दी जाने वाली पदवी है। परन्तु गीता ने इसे रूपांतरित कर दिया है। इस प्रकार, 2000 वर्ष पूर्व ईश्वर शब्द को विशेष रूप से कृष्ण अथवा विष्णु के संदर्भ में प्रयोग किया जाता था जो हिन्दू धर्म के प्रमुख मूल तत्व में परिवर्तन का सूचक था। प्रत्येक प्राणी उस वास्तविकता का एक विभाजित भाग है जो उसके जीवन में अत्यधिक रूप से विद्यमान है, यानी वह ईश्वर है, जो प्रत्येक भाग का स्वामी है।

जब भारत में यूरोपियनों का आगमन हुआ तो उन्होंने यूनानी देवताओं के साथ वेदों के देवताओं को तथा अब्राहमिक देवता के साथ गीता एवं पुराणों के भगवान को समकक्ष मानने में लम्बे समय तक भारी प्रयास किया। वे यह तर्क देते हैं कि जिस प्रकार से ईसाई लोग बहुदेववाद से एकेश्वरवाद में परिवर्तित होने में ईसाई धर्म का धन्यवाद करते हैं, उसी प्रकार हिन्दू लोग भी गीता का धन्यवाद करते हैं। परन्तु, इस प्रकार की तुलना सफल नहीं हो पाई, क्योंकि हिन्दू धर्म में बहुदेववाद एवं एकेश्वरवाद के बीच अन्तर स्पष्ट नहीं है। अब्राहमिक देवता यूनानी देवताओं को स्पष्ट रूप से झूठा समझता है। पौराणिक भगवान देवताओं को अपने ही एक अंश के रूप में देखता है। यह एक विनियोग अथवा समावेशन नहीं है, यह एक क्रमिक विकास है, सीमित से असीमित तक की एक यात्रा है। यह भौतिक से मनोवैज्ञानिक तक की यात्रा भी है। भगवान कहीं बाहर नहीं है, वह हमारे तथा दूसरों के अन्दर भी है।

हिन्दू देवता इतिहास और भूगोल की उस परिमितता का प्रतिरोध करते हैं जिन्होंने पश्चिमी धर्मग्रंथों को आकर्षित किया था, परन्तु वे मनोविज्ञान, एक विषय जिसे यूरोप के निवासियों ने फ्रायड और युंग के कार्यों के बाद ही बीसवीं शताब्दी में गम्भीरता से लेना आरम्भ किया था, के द्वारा प्रस्तुत अपरिमितता को अंगीकार करते हैं।

अर्जुन, अनेकों जीवनचक्रों के अंत में ही बहुत कम लोग जो बुद्धिमान होते हैं, अंततः यह अनुभव करते हैं कि कृष्ण ही सब कुछ है। —भगवद् गीता, अध्याय–7, श्लोक–19 (भावानुवाद)

यूनानी धर्मग्रंथों में सर्वशक्तिमान एकेश्वर की कोई अवधारणा नहीं थी, क्योंकि उसमें अनेक भगवान होते थे। पहले टाइटन हुआ करते थे, जिन्होंने पृथ्वी देवी गाइया को आकाश देवता यूरेनस से बलपूर्वक अलग कर दिया था और संसार के शासक बन गए। उसके पश्चात टाइटन के के पुत्र ओलिम्पिय आए जिन्होंने उनका तख़्ता पलट दिया। ओलिम्पियनों को भय था कि मनुष्य उनका तख्ता पलट देंगे, इसलिए उन्हें भाग्य के माध्यम से उचित स्थान पर रखा गया था। परन्तु, कभी–कभी अनिच्छा से वे सही अर्थ में स्वतंत्र एवं निडर लोगों की प्रशंसा करते थे, जिन्हें नायक कहा जाता था जिसे उन्होंने जन्म पूर्व एक विशेष स्थान प्रदान किया। यहाँ पर प्रतिमान विजय प्राप्ति को जोरदार, अवशोषित और युक्तियुक्त करते हैं। इन पुराणों से रोमनों की सांसारिक दृष्टि साकार भी हुई, जिन्होंने 2000 वर्ष पूर्व भूमध्यसागर पर नियंत्रण कर रखा था।

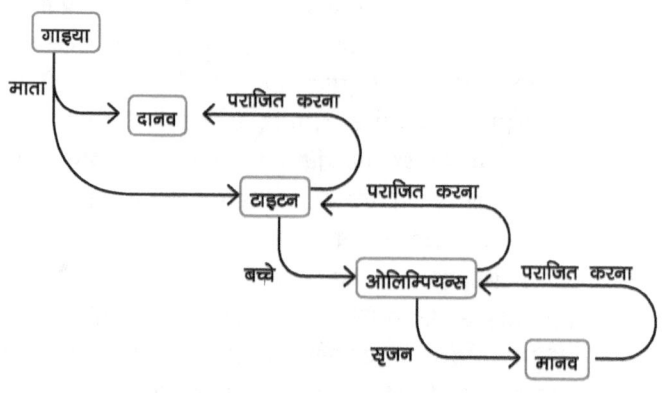

यूनानी देवता

परन्तु इसके पश्चात 1700 वर्ष पूर्व विभाजित साम्राज्य को बचाने के लिए संगठित रखने की दृष्टि से रोमन शासक कांस्टेन्टाइन ने ईसाई धर्म अपना लिया तथा उसने अब्राहम भगवान के पक्ष में अन्य सभी देवताओं को अस्वीकार कर दिया जो उसके सिवाय किसी अन्य देवता की उपासना

करने की अनुमति नहीं देता था। यह अब्राहम ईश्वर ही उस संसार का निर्माता था, जो उसके द्वारा निर्मित संसार से भिन्न था। उसने ऐसे नियम निर्धारित किए जिनका पालन करना उन लोगों के लिए आवश्यक था, जो स्वर्ग में वापस लौटने के इच्छुक हैं। यही विचार इस्लाम धर्म के भी आधार बने। परन्तु मुस्लिमों ने इस दावे को अस्वीकार कर दिया कि यीशु ईश्वर के पुत्र थे। उनका विचार था कि यीशु एक पैगम्बर थे जो वास्तव में मुहम्मद के समान महत्त्वपूर्ण थे। यह प्रश्न कि कौन असली पैगम्बर है, उन लोगों को विभाजित करता रहा जो अब्राहमिक धर्म में विश्वास रखते थे।

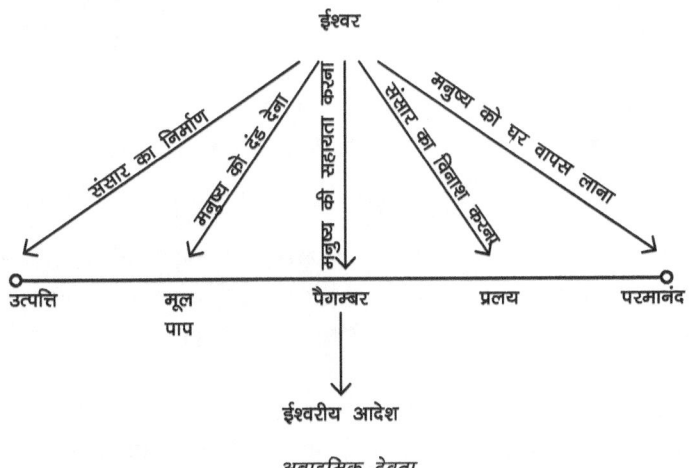

अब्राहमिक देवता

अब्राहमिक पुराणों के ईश्वर के विषय में हमेशा ईर्ष्यालु एवं स्वामीगत के रूप में वर्णन किया जाता था, जो झूठे देवताओं को कभी सहन नहीं करता था। हिन्दू धर्म पुराणों ने इस प्रकार का कोई विभाजन नहीं किया और यह वर्तमान में स्थानीय एवं लोक देवताओं में विविध प्रकार से देखा जाता है, जो एक बड़ा विलक्षण दिव्य इकाई के प्रवेशद्वार के रूप में कार्य करता है।

कोई भी यह कह सकता है कि ईश्वर के विषय में अब्राहमिक विचारों

आप में और मुझ में क्षमता है

में पवित्रता की अपेक्षा की जाती है, इसलिए उसमें झूठ से होने वाले दूषित प्रचार पर रोक लगाते हैं। जबकि ईश्वर के विषय में हिन्दू धर्म के विचार में पूर्णता की अपेक्षा की जाती है, इसलिए इसमें अनन्तता की ओर यात्रा में दिव्यता के अनेक अपूर्ण विचारों को भी सम्मिलित किया जाता है। यही कारण है कि ईसा–पूर्व के यूरोप, अमेरिका तथा अरब की विरासत पूर्णरूप से नष्ट अथवा समाप्त हो गई है, जबकि भारत में विभिन्न वैदिक, वैदिक–पूर्व, वैदिक–उपरांत वैदिक–इतर परम्पराएं अभी भी जीवित हैं तथा हिन्दू धर्म की छत्रछाया में एक–दूसरे को प्रभावित करती हैं।

> अर्जुन, जो लोग मेरी पूजा करने के उद्देश्य से ज्ञान का आदान–प्रदान करते हैं, वे विविध आकार में अथवा अनुपम सार्वभौमिक सम्पूर्णता के रूप में मुझे अपने अन्दर और बाहर ढूँढ़ लेते हैं। *–भगवद् गीता, अध्याय–9, श्लोक–15 (भावानुवाद)*

ऋग्वेद में ईश्वर के लिए पहले 'क' शब्द का प्रयोग किया जाता था, जो संस्कृत का प्रथम अक्षर है, जिससे क्या, कब, कहाँ, क्यों, कौन जैसे प्रश्नवाचक सर्वनाम शुरू होते हैं। इस प्रकार, देवत्व में जिज्ञासा का बहुत कुछ संबंध है। कवि 'क' के विषय में पूछता है। बाद में उसे ऋषि, पर्यवेक्षक के रूप में जाना गया।

ऋषि देवत्व के विषय में बताते समय 'ब्राह्मण' शब्द का प्रयोग किया करते थे। पहले ब्राह्मण शब्द का अर्थ 'भाषा' होता था–क्योंकि यह भाषा ही है जिससे मनुष्य अपने चारों ओर के संसार का अनुभव करता है। वास्तव में भाषा ही है जो मनुष्य को उसकी मानवता प्रदान करती है तथा उन्हें पशुओं से अलग करती है जिससे वे अपनी भावनाओं का सम्प्रेषण करते हैं। परन्तु अपनी भावनाओं का विश्लेषण करने एवं उसे व्यक्त करने के लिए पशुओं की कोई भाषा नहीं होती है। ब्राह्मण का अर्थ है मन को विस्तार देना और भाषा भी मन को विस्तार प्रदान करती है।

वैदिक परम्पराओं में किसी पुरुष का आह्वान किया जाता है, जो अनेक सिरों वाला तथा अनेक अंगों वाला प्राणी होता है जो ब्रह्माण्ड

की सभी आकृतियों में व्याप्त है तथा जिसके विभाजन से ही सृष्टि का निर्माण हुआ है। आरण्यक, प्राचीन काल्पनिक मूलग्रंथों में प्रजापति का उल्लेख किया गया है, जो मन–बीज है, जिसके पदार्थ रूपी गर्भ के साथ संयोजन से सृष्टि का निर्माण हुआ है। इस प्रकार देवत्व के विभाजन एवं संयोजन से निर्माण किया गया है। उपनिषदों, प्राचीन काल्पनिक मूलग्रंथों में ब्राह्मण, पुरुष तथा प्रजापति को आत्मा के समकक्ष रखा गया है, जो अमर है, जो सभी प्राणियों में जीवात्मा के रूप में तथा सभी पदार्थों के आस–पास परमात्मा के रूप में निवास करती है। यदि एक जीवात्मा है तथा दूसरा परमात्मा है, तो परमात्मा ही वह एक है जो अन्य सभी में रहता है। मानवता के साथ ईश्वर की पहचान उसके विषय में पूरी भावना के साथ चर्चा करने से आरम्भ होती है। एक सार और रहस्यमय अवधारणा से, ईश्वर के बारे में मनोवैज्ञानिक अवधारणा का विस्तार हो जाता है।

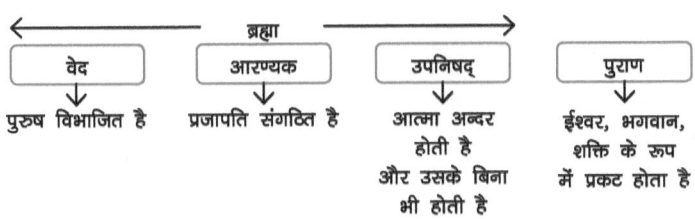

हिन्दू देवता का इतिहास

दो हज़ार वर्ष पूर्व, अंततः पुराणों में देवत्व को आदर्शरूप प्रदान किया गया और उसे वह स्वरूप दिया गया जिससे हम अब तक परिचित हैं। इस परिवर्तन में गीता ने एक महत्त्वपूर्ण भूमिका अदा की। गीता से पूर्व के समय में, ईश्वर एक अवधारणा थी। गीता के बाद के समय में मानवीय जीवन में गीता एक चरित्र बन गई।

पुरुष, ब्राह्मण, प्रजापति तथा आत्मा जैसे प्राचीन अदृश्य शब्दों को धीरे–धीरे ईश्वर तथा भगवान जैसे नए शब्दों द्वारा निष्प्रभावित कर दिया गया। ईश्वर को देवत्व का बीज कहा गया है तथा भगवान का उल्लेख एक पूर्णरूप से विकसित वृक्ष के रूप में किया जाता है, जो फूलों और

फलों से भरा होता है। ईश्वर का संबंध संन्यासी शिव से जोड़ा जाता है, जो शक्ति से विवाह कर संसार का निर्माण करता है। भगवान का संबंध गृहस्थ विष्णु से जोड़ा जाता है, जिसके जागने के कारण संसार का निर्माण होता है तथा सोने से अंत होता है। विष्णु के इस प्रकार से जागने और सोने के बीच वे इस धरती पर अनेक जन्म लेते हैं, जिनमें कृष्ण के रूप में भी उनका जन्म शामिल है। पुराणों में देवी के अस्तित्व को शिव और विष्णु के समान पहले से ही माना गया है। देवी प्रकृतिस्वरूप होने के कारण मानवता की जननी के साथ—साथ संस्कृति तथा मानवता की पुत्री भी है।

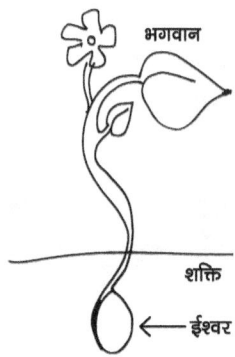

ईश्वर, भगवान तथा शक्ति

अब्राहमिक धर्मग्रंथों का ईश्वर साकार से संकोच करता है। हिन्दू धर्मग्रंथों का ईश्वर निराकार (निर्गुण ब्रह्म) तथा साकार (सगुण ब्रह्म) दोनों है, जैसा कि गीता के अध्याय—12 में वर्णन किया गया है। निराकार, अर्थात वह न तो नर है और न ही नारी। साकार, अर्थात वह न तो जन्मता है और न ही मरता है, जैसा कि शिव, विष्णु तथा देवी के संबंध में है, जिनके विषय में कहा गया है कि ये स्वनिर्मित (स्वयंभू) हैं तथा इनका जन्म गर्भ (अयोनिज) से नहीं हुआ है। अथवा वह जीवन एवं मृत्यु का अनुभव करता है, जैसा कि कोई भी गर्भ से जन्मा हुआ (योनिज) होता है,

जैसे कि राम और कृष्ण के संबंध में है।

हालांकि निराकार होते हुए भी, अब्राहमिक धर्मग्रंथों के ईश्वर को नर के रूप में सम्बोधित और चित्रित किया जाता है। हिन्दू धर्मग्रंथों के ईश्वर को कभी नर के रूप में, कभी नारी के रूप में, कभी दोनों रूपों में, कभी किसी भी रूप में नहीं चित्रित किया जाता है। कृष्ण गीता के अध्याय–7, श्लोक–6 में बताते हैं कि पदार्थ व मन का संसार ही उसके दो गर्भ (योनि) हैं। कृष्ण गीता के अध्याय–14, श्लोक–3 में स्वयं का वर्णन नारी के रूप में करते समय बताते हैं कि वे किस प्रकार ब्रह्म के गर्भ में अपना बीज डालते हैं। अध्याय–10 में वह स्वयं को गंगा नदी और सभी इच्छाओं की पूर्ति करने वाली कामधेनु गाय का रूप बताते हैं। महाराष्ट्र के संतकवियों को कृष्ण के स्थानीय स्वरूप विट्ठल का स्वाभाविक रूप से विट्ठा–आई अथवा विट्ठल माता के रूप में वर्णन करने में कोई समस्या नहीं थी।

अब्राहमिक धर्मग्रंथों के ईश्वर का कोई परिवार नहीं होता है और न ही उसके ऐसे कोई मानवीय संबंध होते हैं। ईसाई धर्मग्रंथों में ईश्वर का एक पुत्र होता है, परन्तु उसकी कोई पत्नी नहीं होती है। हिन्दुओं के ईश्वर को एक ऐसे गृहस्थ के रूप में चित्रित किया जाता है कि जो मानवीय सांसारिक संबंधों का हल मन्दिरों एवं कथाओं के माध्यम से करता है। हालांकि, सभी पदार्थों में दैवीय शक्ति का उल्लेख करने के लिए 'ब्रह्म' शब्द का प्रयोग समस्त हिन्दू धर्म में एक पवित्र शब्द के रूप में किया जाता है। पुराणों में भगवान ब्रह्मा की पूजा नहीं की जाती है, क्योंकि उन्हें एक ऐसे अप्रबुद्ध गृहस्थ के रूप में चित्रित किया जाता है, जो देवी के ऊपर नियंत्रण रखना चाहता है, उनकी इच्छा के विरुद्ध उनका पीछा करता है, इसलिए वह सीता के सामने अपना एक शीश गंवा देता है। शिव की पूजा एक ऐसे प्रबुद्ध संन्यासी के रूप में की जाती है जिसे देवी के द्वारा एक प्रबुद्ध गृहस्थ के रूप में परिवर्तित किया जाता है। विष्णु की पूजा एक ऐसे प्रबुद्ध गृहस्थ के रूप में की जाती है जो देवी का उत्तरदायित्व रखता है तथा उनकी सुरक्षा के लिए विभिन्न रूप धारण करता है, जिन्हें वह विभिन्न स्वरूप प्रदान करती है, जैसे राम का रूप, जब वह सीता थीं तथा कृष्ण का रूप, जब वह राधा, सत्यभामा और द्रौपदी थीं।

हिन्दू त्रिमूर्ति

गीता के अध्याय–7 से ही ईश्वर के बारे में विचार केन्द्रीभूत होते हैं।

> अर्जुन, तुम्हारी चेतना मेरे आठ प्रकट स्वरूपों का अनुभव करती है, जो इस प्रकार हैं, पाँच तत्व, चेतना, बुद्धि एवं पहचान। इसके ऊपर मेरा अप्रकट स्वरूप आता है, जो इन सभी को उसी प्रकार बाँधे रखता है, जैसे एक धागा मोतियों की माला को बाँधे रखता है। *–भगवद् गीता, अध्याय–7, श्लोक–4 से 7 (भावानुवाद)*

अध्याय–8 में कृष्ण अव्यक्तिगत कर्मों तथा व्यक्तिगत संबंध (आदियज्ञ) के द्वारा अव्यक्तिगत मन (ब्रह्म) एवं अव्यक्तिगत पदार्थ (आदिभूत) को व्यक्तिगत मन (अध्यात्म) और व्यक्तिगत शरीर (आदिदेव) के साथ जोड़ते हैं। यह देवत्व व्यक्तिगत, परमात्मा को जीवात्मा के साथ जोड़े रखता है। कृष्ण स्वयं को सभी पदार्थों के अंतिम स्रोत एवं लक्ष्य के रूप में घोषित करते हैं, जहाँ से सभी पदार्थ आते हैं और पुनः वापस लौट जाते हैं।

> अर्जुन, मृत्यु के समय जिसका मन निष्ठा, श्वास स्थिर, ध्यान केन्द्रण के अधिकार में होता है, वह मेरे विषय में सोचता हुआ मुझे प्राप्त करता है। *–भगवद् गीता, अध्याय–8, श्लोक–6 (भावानुवाद)*

अध्याय–9 में कृष्ण कहते हैं कि वह सभी को प्राप्त हो सकते हैं, यहाँ तक कि उन्हें भी जिन्हें बुरा अथवा घटिया समझा जाता है।

> अर्जुन, जिन्हें तुम खलनायक समझते हो, यदि तुम उन्हें मेरे मार्ग पर चलते हुए देखते हो, तो इसके लिए उनका भी सम्मान किया जाना चाहिए। इससे अन्ततः वे भी शांति एवं आनंद को प्राप्त कर लेंगे। मेरा कोई भी भक्त नष्ट नहीं होता है, यहाँ तक कि वे भी, जिन्हें राजकीय योद्धाओं द्वारा प्रायः घृणापूर्वक देखा जाता है, जिनमें स्त्री, व्यापारी, मजदूर तथा नौकर और अवैध समझे जाने वाले भी शामिल हैं। *–भगवद् गीता, अध्याय–9, श्लोक–30 से 32 (भावानुवाद)*

अध्याय–10 में कृष्ण कहते हैं कि वह सभी पदार्थों में विद्यमान हैं और विशिष्ट रूप में प्रकट होते हैं।

> अर्जुन, मैं सभी पदार्थों में विद्यमान जीवन हूँ। मैं आदि, मध्य एवं अंत हूँ। मैं आदि में विष्णु हूँ, प्रकाश में सूर्य हूँ, वायु में मरीचिका हूँ, तारामण्डल में चन्द्रमा हूँ, विद्याओं में संगीत हूँ, देवताओं में इन्द्र हूँ, चेतनाओं में मन हूँ, जीवों में ज्ञान हूँ, रुद्रों में शिव हूँ, यक्ष एवं राक्षसों में कुबेर हूँ, पदार्थों में अग्नि हूँ, पर्वतों में सुमेरु हूँ, गुरुओं में बृहस्पति हूँ, सेनापतियों में कार्तिकेय हूँ, जलाशयों में समुद्र हूँ, ऋषियों में भृगु हूँ, मंत्रों में ओम् हूँ, अनुष्ठानों में प्रवचन हूँ, स्थिरता में हिमालय हूँ, वृक्षों में पीपल हूँ, संदेशवाहकों में नारद हूँ, गन्धर्वों में चित्ररथ हूँ, योगियों में कपिल हूँ, अश्वों में उच्चौश्रवा हूँ, हाथियों में ऐरावत हूँ, मनुष्यों में राजा हूँ, अस्त्रों में वज्र हूँ, गायों में कामधेनु हूँ, प्रेमियों में कामदेव हूँ, नागों में वासुकी हूँ, रेंगने वाले सर्पों में अनन्त हूँ, जलचरों में वरुण हूँ, पूर्वजों में आर्यमन हूँ, नियामकों में यम हूँ, असुरों में प्रहलाद हूँ, गणनाओं में यम हूँ, हिंसपशुओं में सिंह हूँ, पक्षियों में गरुड़ हूँ, शुद्धता में वायु हूँ, योद्धाओं में राम हूँ, नदियों में गंगा

हूँ, छंदों में गायत्री छंद हूँ, ऋतुओं में बसंत ऋतु हूँ, छल में जुआ हूँ, मेरे लोगों में मैं हूँ, तुम्हारे लोगों में तुम हूँ, कथावाचकों में व्यास हूँ, कवियों में शुक्राचार्य हूँ, अभिभावकों में सेवक हूँ, महत्त्वाकांक्षाओं में रणनीति हूँ, रहस्यों की शांति हूँ, बुद्धिमानों की बुद्धि हूँ। मैं बीज हूँ, मेरे बिना कोई तत्व, कोई पेड़–पौधा, कोई पशु पैदा नहीं हो सकता, मेरी अभिव्यक्तियों का कोई अंत नहीं है। ये मेरी अनन्तता के उदाहरण मात्र हैं। –*भगवद् गीता, अध्याय–10, श्लोक–20 से 40 (भावानुवाद)*

अध्याय–11 में कृष्ण अर्जुन के अनुरोध करने पर उसे अपना विराटस्वरूप दिखाते हैं तथा अर्जुन को ईश्वर के अनन्त विराटरूप के दर्शन होते हैं, जो प्रत्येक समय पर और इसके अलावा भी सभी घटनाओं का कारण और परिणाम है।

अर्जुन, मेरे स्वरूपों का, सैकड़ों, हज़ारों एवं करोड़ों रंगों के आकार का दर्शन करो। तैंतीस वैदिक ईश्वरों, आठ वसुओं, बारह आदित्यों, ग्यारह मरुतों, बारह अश्विनों का तथा अनेक असंख्य पदार्थों का दर्शन करो जिनके विषय में तुम पहले से नहीं जानते हो। मेरे शरीर में सजीव और निर्जीव समस्त ब्रह्माण्ड का दर्शन करो। मैं तुम्हें दिव्य चक्षु प्रदान करता हूँ जिनसे तुम मेरे इस विराट स्वरूप का दर्शन कर सकोगे। –*भगवद् गीता, अध्याय–11, श्लोक–5 से 8 (भावानुवाद)*

कृष्ण द्वारा स्वयं का इस प्रकार वर्णन किए जाने के पश्चात संजय ने उस सबका वर्णन किया जो अर्जुन ने देखा।

राजन, इस प्रकार कहते हुए योग के महागुरु कृष्ण ने अर्जुन के समक्ष अपना दिव्य स्वरूप प्रकट किया जिसमें अनेक मुख, अनेक नेत्र थे, जो अनेक शृंगारों से, अनेक शस्त्रों से युक्त थे, जो सभी दिशाओं को भेद रहे थे और इतने चमकदार थे कि जैसे हज़ारों

सूर्यों का उदय हो रहा हो, अर्जुन ने एक शरीर में अनेक संसारों के दर्शन किए। इसे देख कर उसके शरीर के रोंगटे खड़े हो गए और वह श्रद्धापूर्वक नतमस्तक हो गया। *–भगवद् गीता, अध्याय–11, श्लोक–9 से 14 (भावानुवाद)*

अंततः, अर्जुन ने जो देखा उसका वर्णन इस प्रकार से किया–

हे कृष्ण, मैं आपको एवं आपके अन्दर सभी देवताओं, शैतानों, साधुओं को तथा कमल के आसन पर विराजमान ब्रह्मा को देखता हूँ। आप सर्वव्यापक, दीप्तिमान, एकमात्र मूल, लक्ष्य, स्थिरक, प्रतिरक्षक, आदि, मध्य व अंतविहीन, असंख्य भुजाओं एवं असंख्य बल वाले हो। सूर्य और चन्द्र आपके नेत्र हैं, आपके मुख में अग्नि प्रज्ज्वलित हो रही है, आपके असंख्य अंगों तथा असंख्य रुण्डों द्वारा पृथ्वी एवं आकाश के बीच के शून्य को भर रहे हैं। सभी प्राणी आपके अन्दर प्रवेश कर रहे हैं तथा श्रद्धापूर्वक आपकी प्रशंसा कर रहे हैं। आपके मुख में आपके दाँतों के बीच आप समस्त शब्दों को, समस्त योद्धाओं को, जो इस पक्ष के हैं तथा दूसरे पक्ष के हैं, सभी को चबा रहे हो। *–भगवद् गीता, अध्याय–11, श्लोक–15 से 30 (भावानुवाद)*

अध्याय–12 में जब कृष्ण अपने मूल स्वरूप में आ जाते हैं, तब वह बताते हैं कि उनकी विभिन्न रूपों में तथा बिना रूपों के भी किस प्रकार से अनुभूति की जा सकती है।

कुछ लोग मेरे साकार रूप की पूजा करते हुए अनुभूति करते हैं। कुछ लोग ध्यान के द्वारा मेरे निराकार रूप की अनुभूति करते हैं। अधिकांश लोगों के लिए मेरे निराकार रूप की तुलना में साकार रूप की पूजा करना आसान है। *–भगवद् गीता, अध्याय–12, श्लोक–2 से 5 (भावानुवाद)*

हिन्दू धर्म का यह ईश्वर जो वैदिक मंत्रों से आलोड़ित है, घोषणा करता है कि वह गीता में वेदों का एवं अन्य सभी चीज़ों का एकमात्र साधन एवं लक्ष्य है। दूसरे शब्दों में, भाषा से ही ईश्वर के विचारों का पता चलता है तथा उनसे ही पता चलता है कि ईश्वर ने ही भाषा को जन्म दिया है। आकार से ही निराकार का पता चलता है, जिससे साकार सार्थक हो जाता है। ईश्वर के विषय में हिन्दुओं के विचार, जिन्हें भाषा के माध्यम से तथा रूपकों के स्वच्छंद प्रयोग से व्यक्त किया जाता है, मनुष्य के बाहर नहीं, अन्दर ही स्थित होते हैं। यह वही है जिसकी मनुष्य लालसा करते हैं और अर्थ ढूँढ़ते हैं। यह वह है जिससे मनुष्य का भय और बढ़ जाता है तथा नश्वरता और अनन्त की खोज करने के लिए मन को विस्तार देता है। यह वही है जिससे मनुष्य दूसरों की चिन्ता करता है। यह वही है जो हर किसी में हो सकता है। ईश्वर के विषय में इस प्रकार की मनोवैज्ञानिक जानकारी का होना हिन्दू धर्म की विशेषता है और इससे ही वह पश्चिमी धर्मों से भिन्न हो जाता है।

मैं चाहता हूँ कि आप भगवान बनो–मेरी वास्तविकता, मेरी असुरक्षा, मेरी दोषपूर्णता के अंश को देखो तथा मुझे क्षुद्र समझे बिना मुझे सांत्वना दो। आप में यह क्षमता है। मुझ में भी है। यदि आप में और मुझ में ऐसी क्षमता नहीं है तो निश्चय ही किसी दूसरे में अवश्य होगी।

11
आप और मैं शामिल हो सकते हैं

ईश्वर को अपने भीतर खोजने के लिए हमें अपनी वास्तविकता के अंश से आगे जाना होगा तथा अपने आस-पास के लोगों की भूख एवं भय को दूर करना होगा। इसके लिए हमें अपने मन को खुला रखने के लिए उस ब्रह्म की खोज करनी होगी, जिसकी हनुमान के बंदर रुपी भगवान के उस चरित्र के माध्यम से बेहतर ढंग से अन्वेषणा की गई थी जिसने रामायण महाकाव्य में प्रमुख भूमिका निभाई थी और जिसका चित्र अर्जुन की ध्वजा में फड़फड़ाता था। गीता के लिखे जाने के बाद दसवीं शताब्दी में हनुमान एक लोकप्रिय देवता के रूप में स्थापित हो गए जब हिन्दू धर्म की मठवादी पद्धति फैलने लगीं और बौद्ध धर्म की मठवादी पद्धति घटने लगी थीं।

अर्जुन के ध्वज को कपि ध्वज के रूप में जाना जाता है, क्योंकि उसमें कपि (बंदर) का चित्र बना हुआ था। बंदर को मानव मन का प्रतिरूप माना जाता है, क्योंकि वह भी मानव मन के समान चंचल, अधिकार जमाने वाला, अपने क्षेत्र तक ही सीमित रहने वाला होता है। वह अपने आराम के स्रोत, अपनी माता से ही बड़े होने तक चिपका रहता है। बन्दर के लिए एक अन्य शब्द, वानर का भी प्रयोग किया जाता है, जिसका अर्थ है, मनुष्य से थोड़ा कम। इसे वन–नर से लिया गया है, जिसका अर्थ है जंगली (वन) मनुष्य (नर)।

अर्जुन के ध्वज के ऊपर बंदर का चित्र कोई सामान्य नहीं है। हनुमान, वानरों में अति बलशाली हैं, जिनकी कथा महाकाव्य रामायण में आती है। उन्हें चित्र में सदैव राम के चरणों में बैठा हुआ देखा जाता है, जो मानव (नर) रूप में दिखाई देते हैं, परन्तु वास्तव में वह भगवान हैं (नरा–यण, नर का आश्रयस्थल)। नर और नारायण का वैदिक ऋषियों (विष्णु के अवतार) की अभिन्न जोड़ी के रूप में उल्लेख किया जाता है। कृष्ण और अर्जुन की अभिन्न जोड़ी को नारायण और नर के पुनर्जन्म के रूप में माना जाता है।

वानर, नर तथा नारायण हमारे अस्तित्व के इन तीन पहलुओं का प्रतिनिधित्व करते हैं–पशु, मानव तथा देवता। वैज्ञानिक अब यह बताते हैं कि मनुष्य का मस्तिष्क वाला अंग हाल ही में किस प्रकार से विकसित हुआ तथा पुराने पशु के मस्तिष्क के ऊपर किस प्रकार से बैठा है। पशु के मस्तिष्क के मूल में भय है जो उसके अस्तित्व पर संकेन्द्रित है, जबकि मनुष्य के मस्तिष्क के मूल में कल्पना है और इसलिए उसकी जिज्ञासु प्रकृति होने के कारण वह प्रत्येक चीज़ को जानने को उत्सुक रहता है।

किसी व्यक्ति के अस्तित्व एवं जिज्ञासा के बीच एक ऐसी स्थिति आती है जब वह अपनी आस–पास की प्रत्येक चीज़ का एवं प्रत्येक व्यक्ति का मूल्यांकन करता है जो उसकी कल्पना पर आधारित होता है। पशु दूसरे की पहचान एक शिकारी एवं शिकार, शत्रु एवं साथी के रूप में करना चाहता है। निर्णय करने वाला अपनी मानसिकता के आधार पर इस संसार को अच्छे या बुरे, निर्दोष या दोषी, सही या ग़लत, शोषक या शोषित के रूप में वर्गीकृत करना चाहता है। पर्यवेक्षक यह देखना चाहता है कि

वास्तविक रूप में क्या हो रहा है।

पशु से निर्णय करने वाला एवं उससे पर्यवेक्षक तक की यात्रा ही वा—नर से नारायण तक की यात्रा है। इसमें उसका अहं, भयभीत मन तथा उसके बाद होने वाली आत्मा की खोज, संरक्षित मन शामिल है।

नारायण	ईश्वर	अन्य लोगों के द्वारा अनुभूति
नर	मनुष्य	स्वयं के द्वारा अनुभूति
वानर	पशु	स्वयं का संरक्षण
		स्वयं का फैलाव

मन का विस्तार

ब्राह्मण शब्द के यह दो मूल हैं, विस्तार (ब्रह) तथा मन (मानस)। ऋग्वेद में इस शब्द के प्रयोग के आधार पर भाषा, मन का विकास करने वाली भाषा की शक्ति तथा विस्तृत मन के विषय में विस्तार से बताया गया है। विद्यार्थी को एक ऐसे ब्रह्मचारी के रूप में बताया गया है जिससे इस प्रकार के व्यवहार की अपेक्षा की जाती है कि वह अपने मन का विकास करेगा। बाद में, धार्मिक—संहिताओं (ब्राह्मण ग्रंथों) का निर्माण हुआ और अंततः इन ग्रंथों के संरक्षक ब्राह्मण जाति के लोग आए। इसके बाद भी, यह पुराणों में ब्रह्मा के रूप में एक पात्र बना, जो इस सृष्टि का निर्माता कहलाया, जो अपनी सृष्टि में इस प्रकार खोया रहता है कि वह अपनी पहचान ही भूल जाता है जिससे वह पूजा के योग्य भी नहीं रह जाता है। विष्णु ने ब्रह्मा को अनेक पुत्र दिए जो अपने मन का विकास कर सकें। उनमें से कुछ सफल हुए, कुछ नहीं। रामायण में राम हनुमान का, सेवक रामदास से महाबलि, में परिवर्तन अपनी शक्तियों के देवता के रूप में करते हैं। महाभारत में कृष्ण पाण्डवबंधुओं का परिवर्तन करने में कुछ सीमा तक सफल होते हैं। यूनानी महाकाव्यों के समान न हो कर, जहाँ पर मनुष्य नायक किसी असाधारण व्यक्ति के रूप में परिवर्तित होता है, हिन्दुओं के महाकाव्यों में मनुष्य नायक ही भगवान होता है जो अपने आस—पास के लोगों को परिवर्तित करता है।

गीता में पवित्रता का उल्लेख करने के लिए 'ब्राह्मण' तथा 'ब्रह्म' का प्रयोग किया गया है यानी मन का विकास करने तथा देवत्व की खोज करने और हर जगह अर्थ ढूँढ़ने की मानवीय क्षमता, जैसा कि हिन्दुओं द्वारा भोजन से पूर्व बोले जाने वाले निम्न मंत्र में विस्तारपूर्वक प्रतिपादित किया गया है—

अर्जुन, जो भोजन अर्पित करता है, वह श्रेष्ठ होता है। वह भोजन जिसे अर्पित किया जाता है, वह भी श्रेष्ठ होता है। जो भोजन प्राप्त करता है वह श्रेष्ठ होता है। जो भोजन का उपभोग करता है, वह भी श्रेष्ठ होता है। यदि कोई व्यक्ति अपने मन का विकास करना चाहता है उसके लिए निश्चय ही सभी चीज़ें श्रेष्ठ हो जाएंगी। —*भगवद् गीता, अध्याय-4, श्लोक-24 (भावानुवाद)*

यह विचार पुराणों में एक ऐसी कथा का रूप लेता है, जिसमें अयोध्या के निवासी हनुमान को सीता के द्वारा दिए गए मोतियों को दाँतों से काटता देख आश्चर्यचकित हो जाते हैं। हनुमान कहते हैं कि "इन मोतियों का उपयोग है यदि इनमें सीता के राम अन्तर्विष्ट नहीं होते हैं?" तब हनुमान अपनी छाती चीरकर उसके अन्दर सीता के राम दिखाते हैं। इस प्रकार हनुमान देहि के संबंध में अपना गूढ़ ज्ञान प्रकट करते हैं। वे सब

हनुमान की देहि

जगह देहि देखना चाहते हैं और इस प्रकार अपने मन का विकास करते हुए ब्राह्मण को प्राप्त करते हैं।

ब्राह्मण उस अवस्था का प्रतिनिधित्व करता है जब मनुष्यों द्वारा पशुओं के मन को पूरी तरह से अभिभूत कर लिया जाता है, दूसरे शब्दों में कहें तो भय बहुत अधिक बढ़ जाता है। हम दूसरों को एक शिकारी, शिकार, साथी या विरोधी के रूप में नहीं देखते हैं। हम अपनी स्थिति को देखते हुए दूसरे की आलोचना नहीं करना चाहते हैं। हमारी पहचान दूसरे पर निर्भर नहीं होती है। यह स्वतंत्र है तथा इसे किसी के सहारे की आवश्यकता नहीं होती है। हम दूसरे को असुरक्षित करने के उद्देश्य से, जो संकुचित मन में फँस गया है, उसके साथ या तो शिव के जैसे निर्लिप्त रहते हैं या विष्णु के जैसे लिप्त रहते हैं।

> अर्जुन, अपने मन को विस्तार देने के लिए तथा अपनी विषयासक्ति से मन को विरक्त रखने के लिए अपनी बुद्धि का प्रयोग करो ताकि कोई आत्म–सनक, आक्रामकता, अहंकार, इच्छा, क्रोध, अधिकार, आकर्षण या प्रतिकर्षण न हो। आप एकाकीपन से सन्तुष्ट हैं, थोड़ा खाते हैं, अपनी भावनाओं को थोड़ा व्यक्त करते हैं, फिर भी संसार के साथ भी जुड़े हुए हैं और उसका ज्ञान रखते हैं। *–भगवद् गीता, अध्याय–18, श्लोक–51 से 53 (भावानुवाद)*

एक विस्तृत मन वाला व्यक्ति किस प्रकार से व्यवहार करता है? हमने यह बात रामायण से सीखी है, जो महाकाव्य राम की कथा सुनाता है जिसे राजशाही षड्यंत्र के बाद वनवास जाना पड़ा। वन में उसे राक्षसों तथा वानरों का सामना करना पड़ा जो ऐसे जंगली प्राणी थे जिनका मन विकसित नहीं हो पाया था। राक्षसों का राजा रावण राम की पत्नी का अपहरण कर लेता है तथा वानर उसे वापस प्राप्त करने में राम की सहायता करते हैं।

राक्षसों का राजा रावण ब्राह्मण का पुत्र था, जिसे वेदों का बहुत अच्छा

ज्ञान था। इसके बावजूद वह अपने प्रभुत्व तथा राज्य को कायम रखने जैसे अतिमानव के सभी लक्षण प्रदर्शित करता है। वह अपने भाई कुबेर को लंका से भगाकर स्वयं वहाँ का राजा बन जाता है। वह सीता को अपनी पटरानी बनाना चाहता है और जब वह उसके इन प्रयासों को अस्वीकार कर देती है तथा राम के प्रति एकनिष्ठ बनी रहती है तब रावण अत्यन्त क्रोधित और किंकर्तव्यविमूढ़ हो जाता है।

वानरों का राजा सुग्रीव, राम की सहायता करना स्वीकार करता है, जो बाली को पराजित करने में उसकी सहायता करता है, क्योंकि बाली ने अपने पिता की इस इच्छा के अनुसार राजगद्दी का बराबर बँटवारा करने के बजाए अपने भाई सुग्रीव को एक भ्रमवश किष्किंधा के राज्य से हटाकर भगा दिया था। राम बाली का वध करते हैं, परन्तु सुग्रीव अपनी प्रतिज्ञा तब तक भूल जाता है जब तक कि लक्ष्मण उसे इसका परिणाम भुगतने की धमकी नहीं देता है।

रावण के समान हनुमान को भी वेदों का अच्छा ज्ञान था। वे सुग्रीव के जैसे ही एक वानर भी थे। परन्तु वे उनसे भिन्न थे। वे अवलोकन करते और समझते थे। वे सुग्रीव की सहायता इसलिए करते हैं कि क्योंकि वह उनके गुरु सूर्यदेव का पुत्र था। वे बाली के आधिक्य से सुग्रीव की रक्षा करते हैं, परन्तु वे बाली के साथ युद्ध नहीं करते हैं क्योंकि वह उनका शत्रु नहीं था। वे अपने संकल्प से राम की सहायता करते हैं। वे रावण के विरुद्ध युद्ध में सम्मिलित हो जाते हैं, हालांकि रावण के साथ उनकी कोई व्यक्तिगत शत्रुता नहीं थी। साथ ही वे यह भी अनुभव करते हैं कि राम रावण को अपने शत्रु के रूप में नहीं देखते हैं। राम की दृष्टि में कोई शत्रु अथवा पीड़ित या कोई नायक नहीं है, वह केवल ऐसा मनुष्य है जो भय के कारण पशुओं के जैसे व्यवहार करने में लगा रहता है तथा धर्म का पालन करने के बजाए अधर्म के मार्ग पर चल रहा है। राम रावण के साथ इसलिए युद्ध करते हैं क्योंकि रावण पशुओं के समान व्यवहार करते हुए मनुष्यों पर घोर अत्याचार करता है। हनुमान पहचान जाते हैं कि राम एक साधारण नर न होकर नारायण हैं। अपनी इस खोज से वे अपने मन को विस्तार देते हैं तथा अपना विकल्प चुनने में सफल होते हैं और अपने

दायित्व का निर्वहन करते हुए पशु से परिवर्तित होकर भगवान बन जाते हैं। यही कारण है कि आज भी हनुमान का मन्दिर अलग से होता है।

> अर्जुन, बुद्धिमान व्यक्ति कर्मफल की इच्छा नहीं करते हैं, इसलिए वे पुनर्जन्म के चक्र से मुक्त हो जाते हैं। उनका ज्ञान उन्हें औपचारिक स्तोत्रों एवं शब्दों से काट देता है, क्योंकि योग उन्हें आत्मज्ञान से जोड़ देता है। *–भगवद् गीता, अध्याय–2, श्लोक–51 से 53 (भावानुवाद)*।

जब हनुमान राम के साथ अयोध्या वापस लौटकर आते हैं तो वे यह देखते हैं कि रावण के साथ सम्पर्क में आने के कारण सीता की छवि खराब हो जाने के विषय में अयोध्या की गलियों में चल रही अफवाहों को ध्यान में रखते हुए राम कैसे गर्भवती सीता का परित्याग कर देते हैं। परन्तु वे राम की आलोचना नहीं करते हैं। वह यह देखते हैं कि राम राजघराने के एक वंशज के रूप में राज्य के नियमों का उल्लंघन नहीं करते हैं तथा राजघराने की मर्यादा हर क़ीमत पर अवश्य बनाए रखते हैं। वे यह भी देखते हैं कि राम अपनी जनता का विश्वास नहीं तोड़ते हैं, इसके बावजूद, भले ही उन्हें क्षुद्र समझा जाता हो, वे अपनी पत्नी के निर्दोष होने के विषय में उन्हें मनाने का प्रयास नहीं करते हैं। राम अयोध्या का निर्णय करने वाला अथवा सीता का अधिवक्ता बनने से मना कर देते हैं। वह पुनर्विवाह करना स्वीकार नहीं करते हैं, भले ही उन्होंने अपनी रानी का परित्याग किया हो, परन्तु वे अपनी पत्नी का परित्याग कभी नहीं करेंगे।

> अर्जुन, जो सभी प्राणियों में समान रूप से उपस्थित देवत्व को देखता है, वह दूसरों को दुःख पहुँचाकर स्वयं को दुःखी नहीं करता है और इस प्रकार वह परम अवस्था को प्राप्त कर लेता है। *–भगवद् गीता, अध्याय–13, श्लोक–28 (भावानुवाद)*।

हनुमान यह भी देखते हैं कि सीता राम की अयोध्या में वापस लौटने से किस प्रकार मना कर देती हैं, हालांकि उनके प्रति अपने प्रेम में तथा

अपने प्रति उनके प्रेम में उन्हें एक क्षण के लिए भी किसी प्रकार का संदेह नहीं होता है। सिद्धान्तों के इस संसार में, हर कोई अपना विकल्प देता है तथा प्रत्येक विकल्प का कुछ न कुछ परिणाम होता है। कर्म राम और सीता को भी प्रभावित करते हैं। भले ही कोई भी परिस्थिति हो, न तो राम ने और न ही सीता ने धर्म का परित्याग किया। इस प्रकार हनुमान अनुभव करते हैं कि नारायण होने की क्या क़ीमत होती है—स्वतंत्र होना फिर भी विश्वसनीय रहना।

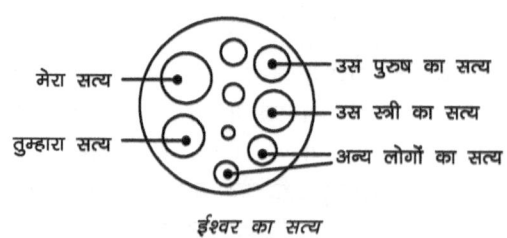

ईश्वर का सत्य

हनुमान राम की सेवा उन्हें बिना भगवान समझे करते हैं तथा बाद में उनमें ईश्वर का रूप देखते हैं। कृष्ण अर्जुन की सेवा करते हैं और उसे अपने विराटस्वरूप का दर्शन कराते हैं ताकि अर्जुन आंतरिक यात्रा करने के लिए पूर्णतः आश्वस्त एवं सुरक्षित अनुभव कर सके जिससे वह अपनी बाह्य यात्रा पूरी कर सके।

हनुमान महाभारत में तब प्रवेश करते हैं जब पाण्डव वनवास में होते हैं। राम कोई दोष न होते हुए भी वनवास करते हैं और वहाँ पर शांतिपूर्वक रहते हैं। इसके विपरीत पाण्डव पीड़ित जैसा अनुभव करते हैं, भले ही उन्होंने जुए में स्वयं अपना राज्य गंवा दिया था।

भीम जब जंगलों में जाता है तो वह ऐसे चलता है कि जैसे वहाँ उसका ही साम्राज्य हो, वहाँ उसकी मुठभेड़ हनुमान से होती है। उसके रास्ते में जो भी पेड़ एवं पर्वत आता वह उसे रौंदते हुए अपना सीधा मार्ग बनाते हुए चलता जाता है और वह यह सोचता है कि उसके मार्ग में कोई पशु बाधा उत्पन्न न करे। उसकी यह बात सबका ध्यान रखने वाले एवं मिलनसार राम से भिन्न होती है। हनुमान एक बूढ़े वानर के रूप में भीम

अन्य लोगों का सत्य उस पुरुष का सत्य मेरा सत्य उस स्त्री का सत्य तुम्हारा सत्य

विस्तृत मन

के मार्ग में लेटे रहते हैं तथा उसके मार्ग से हटने को मना करते हैं। वे कहते हैं कि मेरी पूँछ एक तरफ हटाकर आगे बढ़ जाओ क्योंकि मैं इतना बूढ़ा हूँ कि स्वयं अपनी पूँछ को हिला भी नहीं सकता। भीम ऐसा करने का प्रयास करता है, यहाँ तक कि वह अपनी सभी कल्पित शक्तियों का प्रयोग भी करता है, तब भी वह हनुमान की पूँछ को एक इंच हटा नहीं पाता है। इस प्रकार विनम्र होकर वह हनुमान को वानर रूप में पहचान लेता है, जो उसे सबक सिखा रहे हैं। हनुमान उसे अपने उस विराट रूप का दर्शन कराते हैं, जिसके द्वारा वे समुद्र को लांघकर लंका पहुँच गए थे। वे उसे यह भी स्मरण कराते हैं कि अपने आस–पास की किसी भी वस्तु को कभी तुच्छ न समझो।

हनुमान की अर्जुन के साथ मुठभेड़ महाभारत का युद्ध आरम्भ होने से थोड़ा पहले होती है जब अर्जुन को यह जानकर घोर आश्चर्य होता है कि राम ने लंका पहुँचने के लिए समुद्र के ऊपर से बाणों का पुल क्यों नहीं बनाया। हनुमान कहते हैं कि 'हो सकता है कि ऐसा पुल एक भी वानर

का भार नहीं सह सकता।' उन्हें ग़लत सिद्ध करने के लिए अर्जुन समुद्र के ऊपर बाणों का पुल बनाता है। जैसे ही हनुमान उसके ऊपर कदम रखते हैं वह गिर पड़ता है। ऐसा तब तक बार—बार होता है जब तक कि कृष्ण अर्जुन को बाण चलाते समय राम का नाम जपने के लिए नहीं कहते हैं। अर्जुन ऐसा ही करता है और अब पुल इतना सुदृढ़ बन जाता है कि हनुमान अपना विराट रूप धारण करके भी उसे तोड़ नहीं पाते हैं। इस प्रकार, इसके द्वारा कौशल एवं शक्ति के ऊपर ईश्वर में दृढ़ विश्वास की ताकत प्रदर्शित की गई है।

हनुमान कृष्ण से कहते हैं कि, 'जब आप राम थे तब मैं आपके चरणों में बैठता था, क्या अब मैं आपके सिर पर बैठ सकता हूँ?' कृष्ण इसे स्वीकार करते हैं। अर्जुन को आश्चर्य होता है कि क्या एक वानर कृष्ण के सिर पर बैठेगा? 'इसमें ग़लत क्या है, अर्जुन?' कृष्ण पूछते हैं, 'तुममें श्रेष्ठता का भाव कहाँ से पैदा हुआ? मैं तुम्हारे चरणों में बैठता हूँ तो क्या हनुमान तुम्हारे सिर पर नहीं बैठ सकता है?'

> अर्जुन, जो किसी से घृणा नहीं करता है और सदा मित्रता का भाव रखता है और सबकी सहायता करता है तथा वह स्वयं में स्वामित्व एवं आसक्ति का भाव नहीं रखता है, सुख—दुःख में स्थिर, क्षमावान, सीमित, नियंत्रित रहता है तथा हृदय एवं मन से मुझ में अपना घनिष्ठ प्रेम रखता है, वह मुझे अत्यन्त प्रिय है। —भगवद् गीता, अध्याय—12, श्लोक—13 एवं 14 (भावानुवाद)

इस प्रकार पाण्डवों में तथा राम में भिन्नता बार—बार प्रदर्शित होती है। राम इसलिए महान राजा नहीं हैं क्योंकि वे एक राजा अथवा एक महानायक हैं, बल्कि वे महान इसलिए हैं क्योंकि उनका मन विस्तृत है और वे किसी से भी घृणा नहीं करते हैं। दूसरी ओर पाण्डवों के पास पर्याप्त शक्ति एवं कौशल होने के बावजूद भी वे स्वयं को असुरक्षित समझते हैं और निरन्तर अनुसमर्थन की अपेक्षा करते हैं। अपने भय के कारण वे अपने चारों ओर उनके प्रति प्रदर्शित होने वाले प्रेम को नहीं देख

पाते हैं। हनुमान राम के अवलोकन द्वारा अहं के भय से हटकर आत्मा के प्रति प्रेम की खोज करते हैं। कृष्ण आशा करते हैं कि अर्जुन भी गीता के वचन सुनकर आत्मा की खोज करेगा।

जब तुम मेरे विश्वदर्शन को अस्वीकार करने के बजाए उसे स्वीकार करते हो और उसमें श्रद्धा रखते हुए उसका अनुपालन करते हो तब मैं ऐसा अनुभव करता हूँ कि तुम उसे मानते हो, उसकी प्रशंसा करते हो और उसकी सहायता करते हो। मैं जानता हूँ कि तुम अपने मन का विस्तार कर रहे हो तथा ब्राह्मण के मार्ग पर चल रहे हो।

12

आप और मैं सहायता कर सकते हैं

एक विस्तृत मन दूसरों के सीमित विचारों की सहायता करने के लिए अनुबन्धित हो सकता है। उदाहरण के लिए एक माता अपने बच्चे को प्रसन्न करने के लिए नक़ली क्रोध का प्रदर्शन कर सकती है। इससे बच्चे का सीमित विश्वदर्शन सन्तुष्ट होता है तथा उसका भावनात्मक रूप से विकास होता है। उसी समय माता में उसकी क्षमता के अर्थ का एवं उसकी अनुभूति का विकास होता है। यज्ञ के समान, मधुर संबंधों का होना सदैव दो तरफ़ा होता है न कि एक तरफ़ा। यही कारण है कि अवतार केवल एक गुरु अथवा संरक्षक ही नहीं होता, जैसा कि हमें राधा के चरित्र से ज्ञात होगा, जो हिन्दू मानसपटल में आठवीं शताब्दी पूर्व भागवत् रूपी पौधे के पुष्प रूप में प्रकट हुई थी, जिसके बीजों का रोपण गीता द्वारा किया गया था। राधा ने अपने प्रेम द्वारा निष्ठा को बदलकर रख दिया था, ईश्वर को प्रेमी एवं प्रेमिका बना दिया था और देवत्व को स्त्री रूप में सम्पूर्णता प्रदान की थी।

गीता में कृष्ण को चालीस से भी अधिक नामों से सम्बोधित किया गया है, परन्तु उनमें से एक ही नाम गोविंद से उनकी ग्रामीण पृष्ठभूमि के बारे में पता चलता है, जिसका अर्थ है ग्वाला।

कृष्ण के विशिष्ट नाम	*विष्णु के विशिष्ट नाम*	*देवताओं के वर्ग नाम*
गोविंदा (1–32)	अच्युत (1–21)	आदिदेव (11–38)
हरि (11–9)	अधियज्ञ (8–2)	अमितविक्रम (11–40)
हृषिकेश (1–15)	आदिकर्ता (11–37)	अप्रमेय (11–17)
जनार्दन (1–35)	अनन्त (11–37)	अप्रतिमाप्रभा (11–43)
केशव (1–30)	अनन्तरूप (11–38)	भूतभावना (9–5)
केशिनिशुदान (18–1)	अनन्तवीर्य (11–19)	भूतभ्रूण (9–5)
कृष्ण (1–28)	अरिसूदन (2–4)	भूतेश (10–15)
माधव (1–14)	भगवान (10–14)	देव (11–14)
मधुसूदन (1–34)	जगन्निवास (11–25)	देवदेव (10–15)
सखा (11–41)	जगत्पति (10–15)	देववर (11–31)
वार्ष्णेय (1–40)	कमलपत्रक्ष (11–2)	देवेश (11–25)
वासुदेव (7–19)	महाबाहु (6–38)	ईश (11–44)
यादव (11–41)	पुरुषोत्तम (8–1)	ईश्वर (4–6)
	सहस्रबाहु (11–46)	काल (11–32)
	विष्णु (10–21)	महात्मा (11–12)
	विश्वमूर्ति (11–46)	महायोगेश्वर (11–9)
	विश्वरूप (11–16)	परमेश्वर (11–3)
	यज्ञ (3–9, 4–23)	प्रजापति (3–10)

	प्रपितामह (11–39)
	उग्ररूप (11–31)
	योगेश्वर (11–4)
	योगी (10–17)

आज हम गायों, ग्वालों तथा गोपिकाओं के बिना कृष्ण की कल्पना नहीं कर सकते। परन्तु ग्रामवासियों में उनके बाल्यकाल की जनश्रुतियों का प्रचलन तथा उन्हें लिखित रूप में प्रकाश में लाया जाना महाभारत और गीता, चौथी शताब्दी में हरिवंशपुराण, पाँचवीं शताब्दी में विष्णु पुराण, दसवीं शताब्दी में भागवत् पुराण (जिसे श्रीमद्भागवत् अथवा केवल भागवत् के रूप में भी जाना जाता है) और अंत में बारहवीं शताब्दी में कवि जयदेव, जिन्होंने हमें राधा से परिचित कराया, द्वारा रचित गीतगोविंद के सम्पादन के पश्चात ही हो पाया।

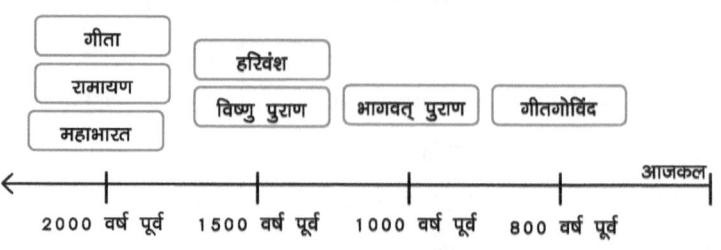

भागवत् के क्रमिक विकास का इतिहास

हरिवंशपुराण में कृष्ण के माता–पिता नन्द और यशोदा, जो ग्वाले थे तथा गोपियों के साथ उनकी गुप्त बाल–क्रीड़ाओं को अत्यधिक महत्त्व प्रदान किया गया। हमें रासमण्डल (गोल घेरा बनाकर किया जाने वाला एक प्रकार का नृत्य) से परिचित कराया गया। परन्तु यहाँ पर कृष्ण किसी विशेष गोपिका के साथ ही नहीं, बल्कि सभी के साथ नृत्य करते थे। गीतगोविंद में, जो कई शताब्दियों बाद लिखी गई थी, राधा प्रकट होती हैं

और विशेष रूप से ध्यानाकर्षण की अपेक्षा करती हैं। दोनों में, अंततः कृष्ण ग्वालपाल का जीवन त्यागकर मथुरा चले जाते हैं तथा इसके पश्चात महाभारत में वर्णित घटनाक्रमों से जुड़ जाते हैं। अनेक क्षेत्रीय कार्य, जो यशोदापुत्र एवं राधा के प्रेमी के रूप में ग्वाले कृष्ण का चित्रण किया है, आज भी हिन्दुओं के मन में विद्यमान हैं। हम इस भागवत् की जनश्रुतियों का सामूहिक रूप से स्मरण कर सकते हैं। कहानी के एवं मानसिक रूप के सन्दर्भ में ऐतिहासिक समयचक्र जो भी हो, भागवत् का समय रामायण और महाभारत के बीच में ही आता है।

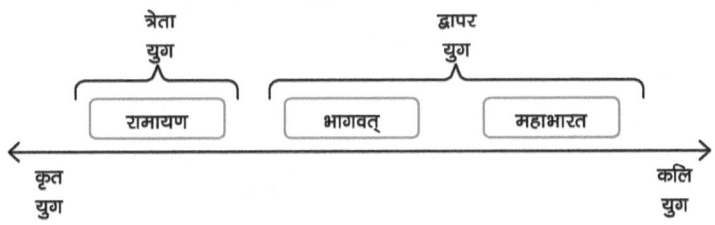

भागवत् की कथा का क्रमिक विकास

भागवत्, रामायण और महाभारत से अलग है। रामायण और महाभारत में शक्ति एवं सम्पत्ति के विषय में पुरुष सोच पर ध्यान केन्द्रित किया गया है। जबकि भागवत् में त्याग एवं प्रेम के विषय में नारी सोच पर ध्यान केन्द्रित किया गया है। हमारे जीवित रहने की इच्छा से हमारी सोच उत्पन्न होती है। प्रकृति में जीवित रहने की खोज से कामवासना एवं हिंसा को बढ़ावा मिलता है। हालांकि संन्यासी लोग हर प्रकार की सोच से बचने के लिए ब्रह्मचर्य एवं अहिंसा के अभ्यास से कामवासना एवं हिंसा का पूर्णरूप से त्याग करने की अपेक्षा करते हैं। गृहस्थ परम्पराएं कामवासना एवं हिंसा को वैवाहिक एवं सम्पत्ति के नियमों के माध्यम से विनियमित करके सोच को नियंत्रित करने की अपेक्षा करती हैं। रामायण में इस बात को विस्तार दिया गया है। महाभारत से हमें ज्ञात होता है कि किस प्रकार चतुराई से दिए जाने वाले तर्कों के द्वारा नियमों को बदलकर उनका लाभ

उठाया जा सकता है तथा यह हमें धर्म के मार्ग से किस प्रकार हटा सकता है। भागवत् में उन भावनाओं को विस्तार दिया गया है जो कामवासना एवं हिंसा के नियमों को रेखांकित करती हैं। यदि बौद्ध धर्म दुःखों से मुक्त होने की इच्छा से बचने के विषय में बताता है, यदि रामायण और महाभारत इच्छा एवं उत्तरदायित्व को विनियमित करने के विषय में बताते हैं तो भागवत् प्रेम के साथ इच्छा के योग्य बनाता है। भागवत् बौद्धिक एवं व्यावहारिक वैदिक संवादों (उपनिषदों) को भावप्रवण आराधना (उपासना) में परिवर्तित करके भक्त एवं भगवान के बीच भावनात्मक संबंध स्थापित करता है। यहाँ पर आत्मा (जीव) अन्य देवत्व (परम), जो कि शिशु है, का संरक्षक हो सकती है, जैसे यशोदा। यहाँ पर आत्मा प्रेमिका भी हो सकती है, जैसे एक गोपिका जो अन्य देवत्व के लिए लालायित हो सकती है। जब राधिका सामने आती है तो वह भी देवत्व से परिवर्तित होकर ऐसी प्रेमिका बन जाती है जो उसके लिए सदा लालायित रहती है। भागवत् परम्परा के बीज स्वयं गीता में भी देखे जा सकते हैं।

अर्जुन, जो कोई भक्त मुझे पुष्प, फल, जल, पत्ते प्रेमवश अर्पित करता है, मैं उसे स्वीकार करता हूँ। —*भगवद् गीता, अध्याय—9, श्लोक—26 (भावानुवाद)*

यहाँ पर भक्त को भक्ति में पूर्णरूप से समर्पित होना अपेक्षित है तथा उसे भगवान के साथ उसी प्रकार से चिपककर निष्ठा रखनी होगी जैसे कोई शिशु वानर अपनी माता के साथ चिपका रहता है। अन्य शब्दों में भक्त अपनी भक्ति में उसी प्रकार से आश्वस्त होता है जिस प्रकार से एक बिल्ली के बच्चे को पूरा विश्वास होता है कि उसकी माता उसका ध्यान अवश्य रखेगी।

अर्जुन, तुम जो कुछ भी करते रहे हो, उसका त्याग करो और मुझ में पूर्णरूप से विश्वास रखो। मैं तुम्हें सभी बन्धनों से मुक्त कर दूँगा। तुम चिन्ता मत करो। —*भगवद् गीता, अध्याय—18, श्लोक—66 (भावानुवाद)*

बिल्ली माता और वानर माता

दोनों मामलों में ईश्वर को आधार पर रखा गया है। ईश्वर माता–पिता तथा संरक्षक है। रामायण में सीता को इस विषय में कोई संदेह नहीं होता है कि राम उसे महाबली रावण के चंगुल से छुड़ाने का कोई न कोई मार्ग अवश्य ढूँढ़ लेंगे। महाभारत में जब द्रौपदी के पति उसकी सुरक्षा करने में असफल हो जाते हैं तो वह कृष्ण के पास जाती है, जो उसे कौरवों द्वारा सार्वजनिक निर्वस्त्र करने से बचाते हैं। भक्त और भगवान के बीच भावनात्मक संबंध होता है—भक्त भगवान पर निर्भर करता है, भगवान भक्त पर निर्भर नहीं करता है।

> अर्जुन, मैं जानता हूँ कि पूर्व में जिनका अस्तित्व था, उनका आज भी अस्तित्व है और भविष्य में उनका अस्तित्व रहेगा। कोई मुझे नहीं जानता है। –*भगवद् गीता, अध्याय–7, श्लोक–26* (भावानुवाद)

परन्तु रामायण और महाभारत में सड़ांधभरी अपूर्णता है। रामायण के अंत में राम सीता का परित्याग कर देते हैं। दोषरहित होने के बावजूद वह स्वयं को नगर में चर्चा का विषय पाती है, तथा उसे राजमहल से बहिष्कृत कर दिया जाता है, जिससे वह जंगल में रहने को विवश हो जाती है।

महाभारत के अंत में कृष्ण सभी कौरवों तथा उसके सेनापतियों का वध करके द्रौपदी को उसका बदला दिलाते हैं। परन्तु यह प्रतिशोध द्रौपदी के सभी पाँचों पुत्रों की भी हत्या की क़ीमत पर प्राप्त होता है। यदि संरक्षक अपने कार्य में असफल हो जाता तो जीवात्मा परित्यक्त अनुभव करती है।

भागवत् की परम्पराएं इस परिचर्चा को आगे बढ़ाती हैं। एकमार्गी भावात्मक राजपथ, न केवल लेन–देन को, अपितु रूपांतरण को सम्मिलित करके द्विमार्गीय हो जाता है। भागवत् शक्ति संतुलन में परिवर्तन करती है।

गीता के बाद के 1000 वर्षों में भक्ति के सिद्धान्तों का विस्तार हुआ। इसने दो भिन्न मार्ग अपनाए–हनुमान में अवतरित विनम्रता, ब्रह्मचर्य तथा संयम पर आधारित पुरुष मार्ग और यशोदा एवं राधा में समाविष्ट प्रेम, विषयासक्ति (कामुकता) तथा अनुरोध पर आधारित नारी मार्ग। पुरुष मार्ग का समर्थन हिन्दू तपस्वियों एवं मठ व्यवस्था के अनुसार किया जाता था। जबकि नारी मार्ग का समर्थन देवदासियों, मन्दिरों की नर्तकियों के द्वारा किया जाता था जो लोगों को ईश्वर से जुड़ने के लिए नृत्य करती थीं।

कोई यह कह सकता है कि पुरुष मार्ग, जो ब्रह्मचर्य पर आधारित था, वेदांत का ही मार्ग था जबकि नारी मार्ग, जो आनंद एवं सुख पर आधारित था, का मार्ग तंत्र था। ये दोनों विचारधाराएं सातवीं शताब्दी के बाद अलग–अलग शाखाओं के रूप में उभरकर आईं। ऐसा इसलिए हुआ क्योंकि बौद्ध धर्म के साधुओं और हिन्दू कुलपतियों के बीच पुराना विभाजन दूर हो रहा था। हिन्दू कुलपतियों ने संन्यासियों की शाकाहारी जैसी परम्पराएं अपनानी आरम्भ कर दीं, जबकि हिन्दू सन्यासियों ने गायन एवं नृत्य की परम्पराओं, जो पहले केवल गृहस्थों से जुड़ी हुई थीं, के माध्यम से लोगों के बीच पहुँचना आरम्भ कर दिया।

सबसे महत्त्वपूर्ण बात यह है कि ज्ञान का प्रसारण अब ऊपर से नीचे की ओर नहीं हो रहा था। यह न केवल उन पुजारियों की ओर से हो रहा था, जो धार्मिक अनुष्ठान करते थे, बल्कि उन राजाओं के द्वारा भी किया जा रहा था, जो रथों पर सवार होते थे और राज्य करते थे। इस प्रकार के विचार नीचे से ऊपर की ओर से भी प्राप्त हो रहे थे, यहाँ तक कि यह उन ग्वालों की ओर से भी प्राप्त हो रहा था, जो चारे की खोज में

अपने पशुओं को लेकर दूर–दूर तक घूमते रहते थे। नए प्रवचनों में ईश्वर एक सामंती अधिपति नहीं था जिसके आगे हर किसी को नतमस्तक होना पड़ता था। ईश्वर एक आम जनता के रूप में विद्यमान था, जो उनसे प्रेम की अपेक्षा करता था और बदले में स्वयं भी उन्हें प्रेम करता था। दुर्लभ राम को हनुमान ने अपनी सुलभता से निष्प्रभावित कर दिया था। कृष्ण को, जो यादवों के संरक्षक और पाण्डवों के मार्गदर्शक थे, गोपिकाओं के प्रेमी गोपाल के रूप में कृष्ण ने निष्प्रभावित कर दिया।

पुल्लिंग	उपलब्धि	परित्याग प्रेम
स्त्रीलिंग	समर्पण	उत्सुकता
	निष्ठा	सुख पहुँचाना

पुल्लिंग समर्पण तथा स्त्रीलिंग प्रेम

कृष्ण के बाल्यकाल की कथा एक यूनानी धर्मग्रंथ का तब तक अनुकरण करती है जब तक कि हम नारी की भूमिका के बारे में सोचना आरम्भ नहीं करते हैं। यह उस भविष्यवाणी से आरम्भ होती है जिसमें मथुरा के तानाशाह, कंस का वध उसके भांजे, देवकी के आठवें पुत्र द्वारा कर दिया जाएगा। कंस देवकी को कारागार में डाल देता है और उसके द्वारा जन्मे सभी पुत्रों का वध कर देता है। आठवें पुत्र को बचाने के लिए देवकी के पति वासुदेव नवजात शिशु को यमुना नदी पार करके ग्वालों के ग्राम गोकुल ले जाते हैं तथा वहाँ उसी रात जन्मी ग्वालों की कन्या को उठा कर वापस ले आते हैं। अनेक वर्षों के बाद जब कृष्ण वापस मथुरा लौटते हैं तथा कंस का वध करते हैं तो उनकी सही पहचान के विषय में पता चलता है। लेकिन कई लोग बजाए तिरस्कार के उन्हें एक ग्वाले के बेटे के रूप में देखते हैं जो सामाजिक पदानुक्रम का सूचक है। परन्तु पारिवारिक नाम एवं सम्मान जैसे राम के लिए महत्त्वपूर्ण था, कृष्ण के लिए वह कोई महत्त्व नहीं रखता था। उन्होंने कुछ अधिक घनिष्ठ प्रेम की खोज की, जो सभी उत्कण्ठाओं पर विजय प्राप्त करता है।

कृष्ण की इस खोज का श्रेय गोकुल एवं वृंदावन के ग्वालों को जाता
है। वे सब मिलकर कृष्ण का लालन–पालन अपने पुत्र के जैसा करते हैं,
उन पर प्रेम न्यौछावर करते हैं, उनकी बाल–क्रीड़ाओं का आनंद लेते हैं,
उनकी शरारतों से परेशान होते हैं, जब वह कुछ ज़्यादा ही परेशान करते
हैं तो उनके प्रति अपना रोष भी व्यक्त करते हैं और यशोदा ने एक माता
के रूप में भले ही उन्हें जन्म न दिया हो, उन्हें स्नेह अवश्य देती हैं। इसमें
यशोदा का वात्सल्य भाव प्रकट होता है।

कृष्ण एवं यशोदा

जब कृष्ण युवावस्था को प्राप्त करते हैं तो गोपिकाओं के साथ उनके
संबंधों में परिवर्तन होता है। उनमें बालक्रीड़ाओं के स्थान पर प्रेम लीलाएं
उत्पन्न हो जाती हैं। जैसे ही वह एक युवक बनने लगते हैं उनका बालपन
गायब हो जाता है। ग्रामीण स्त्रियाँ रात को जब उनके परिवार वाले सो
जाते तो बिना किसी भय के अपने घरों से चुपचाप भागकर वन में कृष्ण
की मुरली की धुन पर उसके साथ चारों ओर नाचने लग जाती हैं। उनमें
रूठना, मनाना, विछोह और पुनर्मिलन आदि होता है। वह कोई उनका
भाई, पिता, पुत्र अथवा पति नहीं होता है। उनके बीच कोई रीति–नीति
का संबंध नहीं होता है। फिर भी वे उसके साथ स्वयं को सजीव एवं
सुरक्षित अनुभव करती हैं। यह संबंध स्वयं उनके अन्दर से पैदा होता है
तथा इसमें किसी प्रकार का कोई बाहरी दबाव नहीं होता है। सभी कुछ

अधिकृत होता है परन्तु निजी भी होता है, क्योंकि यह आम जनता की समझ के बाहर की बात होती है। यह कृष्ण के प्रति राधा में प्रकट हुआ माधुर्यभाव, शृंगारभाव एवं विरहभाव द्वारा उत्पन्न प्रेम है।

जब कृष्ण वृंदावन ग्राम छोड़कर मथुरा नगरी चले जाते हैं तो वह वहाँ वापस लौटकर आने का वचन देते हैं। परन्तु वे अपना वचन नहीं निभाते हैं। वे इसके स्थान पर अपने मित्र उद्धव को इसलिए वृंदावन ग्राम भेजते हैं ताकि वह ग्रामवासियों को कृष्ण द्वारा नगर में ही रहने के निर्णय के विषय में जाकर बताए और उनके दुःखी होने पर उन्हें सांत्वना प्रदान करे। उद्धव की सलाह व्यवहार में बुद्धिजीवियों जैसी तथा भावनात्मक रूप से तपस्वियों जैसी होती है। वह उनसे चीज़ों को अस्थाई रूप में लेने तथा उन्हें भूल जाने के बारे में कहता है। राधा मुस्करा कर उत्तर देती हैं कि 'वह उत्पीड़न एवं विछोह के इस दुःख से भयभीत नहीं हैं। वास्तविकता यह है कि वह इसका आनंद लेती हैं, क्योंकि इससे उन्हें कृष्ण का स्मरण रहता है। वह एक काले भ्रमर के समान हैं जो एक पुष्प से दूसरे पुष्प पर मंडराते रहते हैं, परन्तु मैं वह पुष्प हूँ जो इस वृक्ष को छोड़कर नहीं जा सकती। उन्होंने मुझ में परिवर्तन किया है और मुझे ऐसा फल देने योग्य बना दिया है जिसमें प्रेम रूपी बीज होते हैं।'

कृष्ण एवं राधा

गोकुल एवं वृंदावन की परित्यक्त नारियाँ, भले ही वह माता यशोदा हों अथवा प्रेमिका राधा, रामायण और महाभारत की परित्यक्त नारियों की तरह क्रोध नहीं, प्रेम व्यक्त करती हैं। वे कृष्ण का मूल्यांकन नहीं करती हैं। वे उनकी विस्मृतियों का कारण नहीं पूछती हैं, क्योंकि विस्मृति का कोई कारण नहीं है। वे उनकी महत्त्वाकांक्षाओं, बाध्यताओं तथा साहसपूर्ण कार्यों के प्रति कोई ईर्ष्याभाव नहीं रखती हैं। वे उनके वापस लौट आने की अपेक्षा नहीं करती हैं। वह प्रकृति के इस रूप को स्वीकार करती हैं कि कुछ भी चिरस्थाई नहीं है, सभी चीज़ें परिवर्तनशील हैं। वे चाहती हैं कि उनका प्रेमी अपनी बाहरी यात्रा पूर्ण करे जैसे कि वह प्रेमवश उन्हें उनकी आंतरिक यात्रा पूर्ण करने के लिए सदैव उत्प्रेरित करते रहते हैं। वे उन पर और अधिक निर्भर नहीं रहना चाहती हैं, परन्तु वे उनके लिए सदैव विश्वसनीय रहेंगी।

ग्रामीण महिलाओं के इस व्यवहार का कृष्ण पर गहरा प्रभाव पड़ा। ईश्वर होने का अनन्त होने से सम्बन्ध नहीं, ईश्वर होना उनकी सभी गलतियों के बावजूद सीमाबद्धता और सीमाबद्धता में शामिल होने की अनुमति देने से सम्बन्धित है। जिस प्रकार से एक बुद्धिमान माता–पिता अपने शिशु का पालन करते हैं तथा उसे अपने लक्ष्य की ओर बढ़ने के लिए प्रेरित करते हैं। कृष्ण स्वयं को गोकुल की गोपियों का ऋणी मानते हैं जब वे पुरुष होते हुए भी सदैव नारी सुलभ, त्रिभग्न रूप में मोहित करते रहते हैं। इससे वे विष्णु के पूर्ण अवतार में अवतरित होकर सारे ब्रह्माण्ड का भ्रमण करते हैं।

भागवत् पुराण में हम उस कथा को पाते हैं जिसमें एक बार यशोदा को बालक कृष्ण मिट्टी खाते हुए देखती हैं। वह उन्हें डाँटती हैं और उन्हें अपना मुँह खोलने के लिए कहती हैं ताकि वह उनके मुँह से मिट्टी साफ कर सकें। परन्तु वह उनके मुँह में समस्त ब्रह्माण्ड के उस दृश्य को देखकर अचम्भित हो जाती हैं, जो गीता के ग्यारहवें अध्याय में अर्जुन देखता है। उससे वह भयभीत हो जाती हैं। एक क्षण के लिए उन्हें अपने बालक में अद्भुत गुणों का आभास हो उठता है। परन्तु तभी उन्हें अपने मातृत्व के कर्तव्यों का बोध होता है, वह उन्हें नहलाती हैं, उन्हें भोजन

कराती हैं, उन्हें शिक्षा देती हैं और जब कभी उनकी बालक्रीड़ाओं के बारे में कोई पड़ोसी शिकायत करता तो वह उन्हें डाँटती भी हैं और जब कभी वे कहना नहीं मानते तो दण्डित भी करती हैं। भले ही वह ईश्वर हों परन्तु वह उनकी माता थीं। उसके लिए भगवान एक बालक का रूप धारण करते हैं। भगवान के लिए उनकी भक्त माता के रूप में जन्म लेती हैं।

योग से हमारे मन का विस्तार हो सकता है, परन्तु प्रेम यह अपेक्षा करता है कि हम स्वयं को अनुबंधित करें ताकि हमारा प्रेमी अपूर्णता या हीनता का अनुभव न करे। देवत्व को छोटे में समेट लेने की यह चेतना इसलिए उत्पन्न होती है कि असीमित भगवान इस धरती पर सीमित अवतार के रूप में क्यों अवतरित होते हैं तथा अपने भक्तों के हितों के लिए राम और कृष्ण के रूप में मृत्यु का अनुभव क्यों करते हैं। गीता के ग्यारहवें अध्याय में अर्जुन कृष्ण को विराट स्वरूप में देखना चाहता है। एक उत्सुक बालक की तरह उसे यह विचार आकर्षित करता है।

हे कृष्ण, मैंने इस संसार की आश्चर्यजनक प्रकृति के विषय में आपसे विस्तारपूर्वक सुना है कि यह चीज़ों को किस प्रकार बाँधती है और खोलती है। मैं आपके उस विराट रूप को देखने के लिए उत्सुक हूँ जिसका आपने वर्णन किया है। यदि आप समझते हैं कि मैं उसका दर्शन कर सकता हूँ तो मुझे वह दिखलाइए। —भगवद् गीता, अध्याय—11, श्लोक—2 से 4 (भावानुवाद)

परन्तु जब कृष्ण अर्जुन को अपना वह विराट रूप प्रदर्शित करते हैं तो उसकी भयानकता अर्जुन को भयभीत कर देती है। यह विराटता उसे इस ब्रह्माण्ड की विराटता के सामने उसकी अपनी तुच्छता के प्रति सतर्क करती है।

हे कृष्ण, मैं आपके इस गुप्त रूप को देखकर अत्यन्त प्रसन्न हूँ, परन्तु यह मुझे भयभीत करता है। कृपा करके आप अपने वास्तविक रूप में वापस आ जाएँ। —भगवद् गीता, अध्याय—11, श्लोक—45 (भावानुवाद)

हज़ारों बाँहों वाला वह ईश्वरीय रूप पुनः दो बाँहों वाला उसका मित्र और सारथी बन जाता है। यदि राम के प्रति निष्ठा से हनुमान का विकास हो जाता है और वे भगवान बन जाते हैं तो अर्जुन के प्रति प्रेम से कृष्ण अवतार बन जाते हैं। वह उस माता के समान होते हैं जो अपने बालक को लुका–छिपी का खेल खेलते हुए यह नाटक करती है कि उसने उसे नहीं देखा है। हालांकि, स्वयं असीम होते हुए भी वह यह आभास देते हैं कि वह अपने आस–पास के लोगों की थोड़ी सी सच्चाई जानते हैं। यह ऐसी खेल लीला होती है जो देवतुल्य माता–पिता अपने भक्त रूपी बालक के साथ खेलते हैं। भगवान की इस मित्रता (अवतरण) का उद्देश्य भक्त का उद्धार करना होता है। क्योंकि भगवान ही वास्तविकता के सभी अंशों को देख सकता है और वह भक्त को ऐसा बना सकते हैं कि वह सत्य के एक से अधिक अंशों को देख सके।

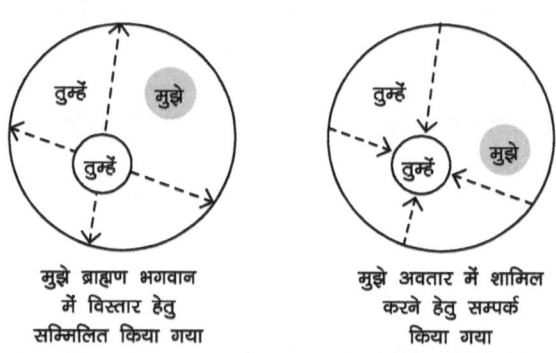

मुझे ब्राह्मण भगवान
में विस्तार हेतु
सम्मिलित किया गया

मुझे अवतार में शामिल
करने हेतु सम्पर्क
किया गया

विकास होना तथा मित्रता स्थापित होना

राम हनुमान का उद्धार करते हैं। परन्तु कृष्ण यह मानते हैं कि अर्जुन के पास हनुमान जैसी क्षमता एवं योग्यता नहीं है। फिर भी वह अर्जुन में हीन भावना नहीं देखना चाहते हैं। वह यशोदा एवं राधा के जैसे पाण्डवों का मूल्यांकन नहीं करते हैं और उन्हें स्वयं के दोषी होने का अनुभव नहीं करने देना चाहते हैं कि उन्होंने अपना राज्य जुए के दाँव में गँवा दिया। वह उन्हें उनके कर्मों का फल भोगने के लिए ही तत्पर करते हैं।

दूसरे का दर्शन हमें उनकी कमियों को मानने एवं स्वीकार करने की अनुमति देता है। ऐसा करना न ही उन्हें छोटा और न ही असहाय बनाता है। इससे वे अलग ही हो जाते हैं। एक विद्यार्थी तब तक नहीं सीख सकता जब तक वह सोचता है कि उसके पास क्षमता नहीं है या उसके पास इच्छाशक्ति नहीं है, अथवा उसके पास वे संसाधन नहीं हैं। इन सभी कारणों से कोई भी अध्यापक अप्रसन्न नहीं होगा क्योंकि वह जानता है कि वह केवल विद्यार्थी के हित के लिए पढ़ा रहा है न कि अपने हित के लिए। वह विद्यार्थी के कर्मों पर नियंत्रण नहीं रख सकता है, वह केवल उसके यज्ञ में स्वाहा पर ध्यान दे सकता है, वह उसके कर्मबीज का केवल रोपण कर सकता है, उसके कर्मफल पर नियंत्रण नहीं रख सकता।

इसी प्रकार, एक समझदार आदमी तब कोई तर्क–वितर्क नहीं करता जब कोई कम समझदार आदमी उससे तर्क–वितर्क करे। वह जानता है कि कब क्रोध व्यक्त करना है और कब मित्र बनना है, यानी कब देना है और कब लेना है। दूसरे का दर्शन सीमित होने से मानवीय परिस्थितियों में स्वयं को झाँकने में सफलता प्राप्त होती है और इससे मन का अधिक विकास होता है। इस सच्चाई को ध्यान में रखते हुए यजमान ब्राह्मण के साथ व्यवहार करता है।

संन्यासी कभी यज्ञ नहीं करना चाहता है। एक उद्धारक ही हितकारी (यजमान) होता है। परन्तु एक प्रेमी हितकारी (यजमान) और लाभार्थी (देवता) दोनों हो सकता है। गीता में कृष्ण स्वयं का परिचय यज्ञ के महत्त्व के रूप में कराते हैं।

अर्जुन, मैं एक बालक के लिए भोजन हूँ, एक युवक के लिए धन हूँ, मृतक के लिए अर्पण हूँ, अस्वस्थ के लिए औषधि हूँ, मैं यज्ञ में प्रयुक्त होने वाला मंत्र, मक्खन, अग्नि तथा तर्पण हूँ। –*भगवद् गीता, अध्याय–9, श्लोक–16 (भावानुवाद)*

तब, एक अन्य श्लोक में कृष्ण उत्पादों को ग्रहण करने वाला बन जाते हैं।

हे अर्जुन, दूसरे देवताओं को प्रेमपूर्वक किया गया अर्पण अंततः मुझे ही प्राप्त होता है। मैं सभी तर्पणों को ग्रहण करने वाला हूँ। अधिकांश लोग मुझे नहीं जानते हैं इसीलिए वे ग़लती करते हैं। *–भगवद् गीता, अध्याय–9, श्लोक–23 व 24 (भावानुवाद)*

राम निर्लिप्त भाव से राज्य के दायित्वों का भार वहन करने वाले तथा अपनी व्यक्तिगत त्रासदियों के होते हुए भी दबे–कुचले लोगों के उद्धारक (पतित–पावन) हो सकते हैं, परन्तु कृष्ण इस सबके अलावा एक प्रेमी भी हैं। वे देते और लेते भी हैं। वे राधा के बिना अधूरे हैं। राधा–भक्ति में जीवात्मा परमात्मा से मिलने जाती है और उसके चारों ओर नृत्य करती है। परन्तु कृष्ण को राधा की लालसा भी होती है, जिसमें वे सारे वन को एक अतृप्त प्रेमी के 'राधे! राधे!' के राग से गुँजायमान कर देते हैं। परन्तु जब राम और सीता सामाजिक नियमों के होते हुए अलग हो जाते हैं, तब विछोह में उनका मन व्यथित हो उठता है। राधा और कृष्ण दोनों अपना–अपना जीवन व्यतीत करने लगते हैं। कृष्ण सदैव अपने मन में राधा को बसाए हुए हैं तथा राधा भी सदैव अपने मन में कृष्ण को संजोए हुए रखती हैं। कृष्ण के लिए गोकुल में बिताया हुआ उनका समय सीमित हो सकता है, परन्तु राधा के लिए उनका प्रेम असीमित होता है।

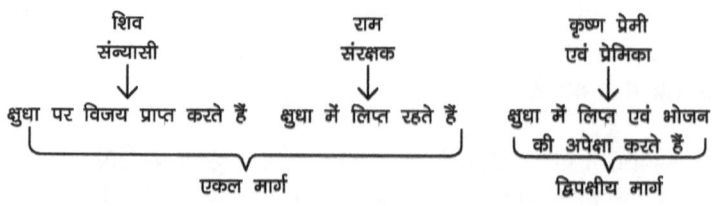

संन्यासी, संरक्षक एवं प्रेमी

हालांकि, असम में शंकरदेव तथा महाराष्ट्र में चक्रधरस्वामी के महानुभावपंथ जैसी अनेक कृष्ण–भक्ति परम्पराओं में राधा को शामिल नहीं किया जाता। पुरी, पंढरपुर, उडुपि, गुरुवायुर अथवा नाथद्वारा जैसे इतर

गंगा तटीय स्थानों के कृष्ण मन्दिरों में राधा की मूर्ति नहीं होती है। राधा के निर्लज्ज श्रृंगार तथा अपेक्षाकृत परस्पर तांत्रिक व्यवहार को सार्वजनिक रूप से विशेषकर यह कहते हुए स्वीकार नहीं किया जाता था कि राधा कृष्ण से आयु में बड़ी थीं और रिश्ते में उनकी बुआ (या तो नन्द की छोटी बहन होने अथवा यशोदा के भाई से विवाहित होने के कारण) लगती थीं। इस प्रकार, इसमें यह अन्योक्ति सामाजिक अनुपयुक्तता को और भी बल प्रदान करती थी जिससे उनके बीच भावनात्मक संबंधों की उपयुक्तता को बढ़ावा दिया जा सके। भागवत् पुराण के उन अनेक अनाम ग्वालों को वरीयता दी गई थी जिनके प्रेम को शुद्ध समझा जाता है जो कामवासना से दूषित नहीं है। भागवत् के संबंध में समस्त जनश्रुतियाँ अधिकांशतः यशोदा से संबंधित होती हैं जिसका मातृत्व प्रेम राधा के प्रेम जैसा व्यथित नहीं होता है।

अनेक शताब्दियों से हिन्दू मन्दिरों की देवदासियाँ ग्वालों के वे गीत (गीतगोविंद) गाती थीं, जो रात में गांव से बाहर जंगल में कृष्ण और राधा के असीम आवेग का गोपनीय रूप से उद्घाटन करती हैं। देवदासियों की आवाज़ को बीसवीं शताब्दी के आरम्भ में चुप करा दिया गया था क्योंकि उन्हें वेश्या समझा जाता था। हिन्दू मठ व्यवस्था को ज़्यादा महत्त्व दिया गया था जो ब्रह्मचारी हनुमान और ईश्वर के गीतों (भगवद् गीता) को ज़्यादा पसंद करता था।

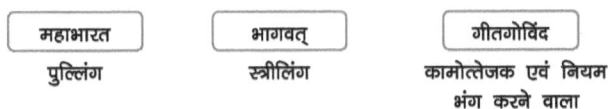

महाभारत	भागवत्	गीतगोविंद
पुल्लिंग	स्त्रीलिंग	कामोत्तेजक एवं नियम भंग करने वाला

भक्ति साहित्य में परिवर्तन

गीता भक्ति को समर्पण के रूप में व्यक्त करती है जिसमें ईश्वर की स्थिति ऊँची है और भक्त उसके सामने समर्पण करता है। फिर भी, गीता के अठारहवें अध्याय, श्लोक–65 में वे अर्जुन के विषय में कहते हैं कि वह मुझे सर्वप्रिय है, जो प्रेम का सूचक है। गीतगोविंद वर्गीकरण को समाप्त

करता है तथा भक्ति को प्रेम में बदलता है। इसमें कृष्ण राधा से विनती करते हैं कि वह अपने चरणों को उनके सिर पर रख दें ताकि तृष्णा के विष से उनका उपचार हो सके, ये वे पंक्तियाँ हैं, जिन्हें स्वयं जयदेव जैसे प्रसिद्ध व्यक्ति ने लिखने में संकोच किया था। परन्तु कृष्ण ने उनके लिए लिखा जो प्रेम की शक्ति का सूचक है।

कभी-कभी तुम मुझसे अधिक देख सकते हो, परन्तु तुम कम जानने का दावा करते हो ताकि मैं तुम्हारे द्वारा धमकाया गया न लगूँ। जब दूसरे असुरक्षित या हीन होते हैं तब हम श्रेष्ठता का अनुभव नहीं करते हैं, हम असहाय अनुभव करते हैं। इसी से हमारे संबंध बने हुए हैं।

13

आपका और मेरा कोई नियंत्रण नहीं है

जैसे ही मन का विस्तार होता है आप और मैं यह स्वीकार करेंगे कि हम कितने असहाय हैं, हमारा इस संसार पर कितना सीमित नियंत्रण है। हमें यह पता चलेगा कि प्रत्येक जीवधारी का उसकी अपनी उन क्षमताओं एवं योग्यताओं पर थोड़ा नियंत्रण होता है जो उनकी अपनी प्राकृतिक भौतिक प्रवृत्तियों अथवा गुणों पर निर्भर करते हैं जो बाद में कर्मों के द्वारा स्वरूप लेते हैं। यह हमें स्पष्ट हो जाएगा कि हम वह कारक नहीं हैं जो इस संसार को बदल सकें, हम इस संसार के साधन मात्र हैं, जो निरन्तर बदलते रहते हैं। इस अध्याय में हम अपने अन्दर के तीन गुणों के विषय में जाँच-पड़ताल करेंगे। यहाँ से आगे अब हमारी बातचीत भावनात्मक रूप से कम और बौद्धिक रूप से अधिक हो जाएगी। हम भक्ति योग से ज्ञान योग की ओर जाने का उपक्रम करेंगे, क्योंकि हम जानते हैं कि हमारे कर्मों के चयन को सार्थक करने में असुरक्षा एवं पहचान की भूमिका होती है। कृष्ण गीता के अध्याय–14, 17 एवं 18 में गुणों के विषय में विस्तार से चर्चा करते हैं।

अध्याय–3 में अर्जुन मन को नियंत्रित करने में असमर्थ होने के विषय में बात करते हैं।

हे कृष्ण, मनुष्य न चाहते हुए भी बुरे कर्म क्यों करता है?
—भगवद् गीता, अध्याय–3, श्लोक–36 (भावानुवाद)

वह सम्भवतः सीधे अपने बड़े भाई युधिष्ठिर के विषय में सोच रहा था, जो अपने राज्य, अपने भाइयों, अपनी पत्नी तथा स्वयं अपने को भी जुए में दाँव पर लगाने में खुद को नहीं रोक पाता है। या वह अपने बड़े भाई महाबली भीम के विषय में सोच रहा था। जब वे विराट के महल में नौकर के छद्मवेश में छुपे हुए थे तब बड़े भाई युधिष्ठिर द्वारा उन्हें कड़े निर्देश दिए गए थे कि वे अपनी पहचान को गुप्त रखने के लिए यथासंभव प्रयास करें, क्योंकि यदि वनवास की निर्धारित अवधि की समाप्ति से पूर्व किसी पाण्डव की पहचान हो जाती है तो उन्हें पुनः तेरह वर्षों के लिए वनवास करना पड़ जाएगा। इसके बावजूद भी भीम स्वयं को उस मूर्ख कीचक का वध करने से नहीं रोक पाता जो द्रौपदी को गाली देने की कोशिश करता है। या संभवतः वह इस बात पर आश्चर्य प्रकट कर रहा था कि उसके पितामह चाचा भीष्म और गुरु द्रोण कौरवों के पक्ष में क्यों युद्ध कर रहे हैं। कृष्ण इसका कारण गुणों की अयोग्यता, तत्व की प्रवृत्ति को बताते हैं।

हे अर्जुन, तुम अपने मिथ्याभिमान में घोषणा करते हो कि तुम युद्ध नहीं करना चाहते हो, परन्तु यह तुम्हारा स्वभाव है जो तुम्हारे सभी संकल्पों को ध्वस्त करके तुम्हें ऐसा करने के लिए बाधित करेगा। —भगवद् गीता, अध्याय–18, श्लोक–59 एवं 60 (भावानुवाद)

गीता के अध्याय–2 में कृष्ण गुणों के विषय में पहले ही चर्चा कर चुके हैं। परन्तु अध्याय–14, 17 एवं 18 में वह इस विषय में विस्तार से बताते हैं। इसी बीच, वह अर्जुन को देहि की देवत्व प्रकृति की खोज करने के लिए आंतरिक यात्रा पर घुमाने ले जाते हैं। गीता के तृतीय खण्ड के मध्य

में भगवान और भक्त के विषय में की गई यह खोज अनुभूति में पूरी की गई मनोभावों की भूमिका की स्वीकृति को चिन्हित करती है। जब तक कि हृदय में असुरक्षा की भावना न हो, तब तक मन दर्शन के द्वारा ज्ञात इस वास्तविकता को स्वीकार नहीं करेगा कि प्रकृति के बल के आगे मनुष्य विवश हो जाता है, कि कर्म हमारे जीवन की समस्त परिस्थितियों का निर्धारण करते हैं तथा गुण हमारे आस–पास के लोगों के व्यक्तित्व का निर्धारण करते हैं। हम इन्हें बहुत अच्छे से समझ सकते हैं, परन्तु हम इन्हें नियंत्रित नहीं कर सकते। इन्हें नियंत्रित करने के प्रयास अपरिहार्य को ही बढ़ा सकते हैं और इसके परिणाम प्रायः घातक हो सकते हैं जो एक जीवन से दूसरे जीवन में, एक पीढ़ी से दूसरी पीढ़ी में हमारा पीछा करते रहते हैं।

हे अर्जुन, मन और तत्व सदैव विद्यमान होते हैं और तत्व की प्रवृत्ति के चलते जो कुछ भी साकार होता है वह प्राणी बन जाता है। –*भगवद् गीता, अध्याय–13, श्लोक–19 (भावानुवाद)*

दर्शन से यह प्रकट होता है कि मनुष्य इच्छाओं से, पशु भय से, पेड़–पौधे भूख से उत्प्रेरित होते हैं, परन्तु अंततः जो प्रकट होता है वह उन गुणों पर निर्भर करता है जिनसे प्रत्येक व्यक्ति का गठन होता है। पदार्थ एवं खनिज भी जिनके पास कोई आंतरिक अथवा बाह्य सहज प्रवृत्ति नहीं होती, जिन्हें कोई भय या भूख नहीं लगती, वे भी अपने गुणों के कारण निरंतर परिवर्तित होते रहते हैं। गुणों के कारण से ही बादल विस्तृत होते हैं, तापमान बदलता है, नदियों में जल–प्रपात होता है, ज्वालामुखियों में विस्फोट होता है, सूर्य उदित एवं अस्त होता है, ज्वार–भाटा आता और बहता है तथा जहाँ पर आस–पास कोई प्राणी नहीं होता है वहाँ भी हवा चलती है। गुण प्रकृति का नियम है, उसकी विभिन्नता का कारण एवं गतिशीलता है। हमारे अन्दर की आत्मा गुणों के नृत्य का अवलोकन करती है।

हे अर्जुन, जो सच में बुद्धिमान है वह देख सकता है कि चंचल प्रकृति ही अभिकारक है न कि हमारे अन्दर की अनश्वर आत्मा, परन्तु सभी भिन्न–भिन्न रूप उस पर निर्भर करते हैं तथा

एकमात्र उसी से उत्पन्न होते हैं। *–भगवद् गीता, अध्याय–13, श्लोक– 29 व 30 (भावानुवाद)*

पदार्थ	पौधे	पशु	मनुष्य
↓	↓	↓	↓
त्रिगुण	त्रिगुण	त्रिगुण	त्रिगुण
	+	+	+
	क्षुधा	क्षुधा	क्षुधा
		+	+
		भय	भय
			+
			कामना

गुण सभी कर्मों का आधार होते हैं

गुण तीन प्रकार के (त्रिगुण) होते हैं–तमस, रजस और सत्व। निष्क्रियता की प्रवृत्ति तमस गुण के कारण आती है, सक्रियता की प्रवृत्ति रजस गुण के कारण आती है और सन्तुलन की ओर की प्रवृत्ति सत्व गुण के कारण आती है। इन तीनों गुणों का एक दूसरे के बिना अस्तित्व नहीं है। ये तीनों लहरों के तीन चरणों के समान हैं, तमस अधोगति की ओर नीचे जाने का सूचक है, रजस शिखर की ओर ऊपर जाने का सूचक है तथा सत्व सन्तुलित होता है, जो वह बिन्दु है जहाँ पर एक ठहराव आता है।

त्रिगुण एक तरंग के भाग के रूप में

पदार्थों में तमस गुण की प्रधानता होती है जिसके चलते उनमें स्थिरता की प्रवृत्ति तब तक होती है जब तक कि कोई बाहरी शक्ति उस पर बल न दे (गति का प्रथम नियम)। पौधों और पशुओं में रजस गुण की

प्रधानता होती है, जिसके चलते वे बढ़ते हैं तथा भूख मिटाने का प्रयास करते हैं तथा जीवित रहने के लिए भय दूर करने का प्रयास करते हैं। मनुष्यों में सत्व गुण की प्रधानता होती है, जिस वजह से मनुष्य दूसरे पर विश्वास कर सकता है, अनजान की देखभाल कर सकता है, उसके साथ सहानुभूति रख सकता है और उसके साथ व्यवहार कर सकता है। परन्तु इसका यह अर्थ नहीं कि सभी मनुष्य सात्विक होते हैं। मनुष्यों में पशुओं, पौधों और खनिजों की तुलना में अधिक सात्विक गुण होते हैं। जबकि मनुष्यों में भी ये सभी तीनों गुण भिन्न–भिन्न रूप से विद्यमान होते हैं।

हे अर्जुन, जब सत्व शरीर के सभी द्वारों में प्रकाशमय होता है तो व्यक्ति में प्रसन्नता और ज्ञान आता है, जब उसमें रजस प्रकाशमय होता है तो व्यक्ति में लालच, चंचलता और लोभ बढ़ता है तथा जब तमस प्रकाशमय होता है तो व्यक्ति में भ्रम और आलस आता है। मृत्यु के समय यदि व्यक्ति में सात्विक गुण प्रबल होता है तो उसका आनन्दमय और सुशिक्षित क्षेत्र में पुनर्जन्म होता है। यदि व्यक्ति में रजस गुण प्रबल होता है तो उसका कार्यशील क्षेत्र में पुनर्जन्म होता है। यदि व्यक्ति में तमस गुण प्रबल होता है तो उसका पुनर्जन्म विलुप्त एवं नष्ट होने वाले क्षेत्र में होता है। सत्व से ज्ञान की प्राप्ति होती है, रजस से इच्छा और तमस से अज्ञानता प्राप्त होती है।
—*भगवद् गीता, अध्याय—14, श्लोक—11 से 17 (भावानुवाद)*

गुण न केवल पदार्थ पर बल्कि मन पर भी प्रभाव डालते हैं। इस प्रकार, विचार और भावनाएँ भी इन तीनों प्रवृत्तियों का प्रदर्शन करती हैं। इसलिए कुछ लोग आलसी स्वभाव के पीछे–पीछे चलने वाले होते हैं, कुछ में नेतृत्व के गुण होते हैं जो संसार को बदलना चाहते हैं तथा कुछ लोग यह निर्णय करते हैं कि कब उन्हें किसी का अनुसरण करना है और नेतृत्व देना है। तथा वे यह जानते हैं कि तकनीक के साथ संसार कृत्रिम रूप से परिवर्तित हो सकता है, परन्तु मनोवैज्ञानिक स्तर पर सार रूप में यह बदल नहीं सकता। तमस गुण हमें विचार करने से रोकता है, इसलिए हम

उस प्रवृत्ति का अनुसरण करते हैं। रजस गुण हमें अपने अलावा किसी दूसरे पर विश्वास करने से रोकता है। सत्व गुण हमें ऐसे लोगों का, जो भयभीत होते हैं तथा संसार की असमान एवं गतिशील सच्चाई से भयभीत रहते हैं, ध्यान रखने देता है।

अलग—अलग गुण अलग—अलग समय पर प्रबल होते हैं। तमस गुण एक ऐसे बालक में प्रबल होता है जो वयस्क माता—पिताओं का अनुसरण करता है। रजस गुण ऐसे संदेहशील, अत्यन्त स्वतंत्रतावादी एवं साहसी युवक में प्रबल होते हैं जो स्वयं अपना मार्ग चुनता है। सत्व गुण ऐसे व्यक्ति में प्रबल होते हैं जो यह जानता है कि कब चुप रहना चाहिए और कब बोलना चाहिए, कब अनुसरण करना चाहिए और कब नेतृत्व करना चाहिए।

गुणों को शाब्दिक अथवा लाक्षणिक रूप से देखा जा सकता है। ये प्रकृति की भिन्नता और पारिस्थितिकी तंत्र, पेड़—पौधों, पशुओं तथा मनुष्यों की भिन्नता, प्रत्येक जीवधारी में उसके जीवन के विभिन्न स्तरों पर प्रदर्शित भिन्नता के विषय में स्पष्ट करते हैं। जब हम अनजाने में, अनिच्छा से, अकस्मात प्रतिक्रिया करते हैं अथवा अपनी उत्तेजना को नियंत्रित करने में असमर्थ होते हैं तो हम अपने गुणों से प्रभावित होते हैं। गुणों के परिणामस्वरूप कर्म बनते हैं तथा कर्म से गुणों का निर्माण होता है। यह एक तरल विश्व का निर्माण करता है यानी हमारे अस्तित्व का एक जटिल चित्रफलक है।

> हे अर्जुन, न तो इस धरती पर और न ही स्वर्ग में ऐसा कोई व्यक्ति जन्मा है जो गुणों की इन तीनों प्रवृत्तियों के प्रभाव से मुक्त हो। —भगवद् गीता, अध्याय—18, श्लोक—40 (भावानुवाद)

अध्याय—17 हमें बताता है कि ये तीनों गुण स्वयं को बाह्य गतिविधियों जैसे श्रद्धा, आहार, यज्ञ, तपस्या तथा दान में किस प्रकार से अभिव्यक्त कर सकते हैं। तमस में आलस एवं भ्रम की प्रवृत्ति होती है इसलिए इसमें एक—दूसरे का अन्धानुकरण होता है। रजस में कुछ प्राप्त करने, शासित करने तथा दूसरे को प्रभावित करने की प्रवृत्ति होती है और इसलिए इसमें

पहल करने तथा दूसरे के प्रति आक्रामकता की भावना होती है। सत्व में ज्ञान प्राप्त करने एवं प्रसन्न रहने की प्रवृत्ति होती है, इसलिए इसमें सज्जनता एवं दूसरों के प्रति प्रेम की भावना होती है।

हे अर्जुन, हर किसी की श्रद्धा उसकी प्रकृति के अनुसार ही होती है वह जिस पर यकीन करते हैं वे वैसे ही होते हैं। सात्विक उन्हीं की पूजा करते हैं जो पाने के लिए देते हैं, राजसिक जमाखोरों और झपटमारों की पूजा करते हैं, तामसिक भूतों की पूजा करते हैं। पूजा को शास्त्रों पर आधारित होने की ज़रूरत नहीं होती, इसमें स्व–उन्नति पाखण्ड, और जुनून के लिए शोकजनक तपस्या और प्रताड़ना को भी शामिल किया जा सकता है। भिन्न तो वह भोजन है जिसे हम पसन्द करते हैं। आदान–प्रदान के कारण में भी भिन्नता है यानी वह कट्टर होने के लिए होता है या दानशील होने के लिए। —*भगवद् गीता, अध्याय–17, श्लोक–4 से 7 (भावानुवाद)*

अध्याय–18 में सभी चीज़ों को और हम जीवधारियों के आंतरिक पहलुओं को भी तीनों गुणों के आधार पर इस प्रकार से और अधिक वर्गीकृत किया गया है, ज्ञान से कर्म, कर्म से व्यक्तित्व, व्यक्तित्व से बुद्धि, बुद्धि से इच्छाशक्ति, इच्छाशक्ति से आनंद की प्राप्ति। तमस हमेशा पिछली बातों पर ही ध्यान देता है आगे की नहीं सोचता है, रजस आत्म–लीन सोच के साथ हमेशा आगे की सोचता है और सत्व अन्य बातों को ध्यान में रखते हुए, आगे और पीछे दोनों बातों को सोचता है।

हे अर्जुन, तामसिक दूसरों के बहकावे पर ही कर्मों का त्याग करता है, राजसिक भय के कारण कर्मों का त्याग करता है, जबकि सात्विक कभी कर्म का त्याग नहीं करता है, वह कर्मफलों का त्याग करता है।' वह कोई काम इसलिए नहीं करता कि वह अच्छा है और किसी काम को इसलिए नहीं छोड़ता क्योंकि वह बुरा है। —*भगवद् गीता, अध्याय–18, श्लोक–7 से 10 (भावानुवाद)*

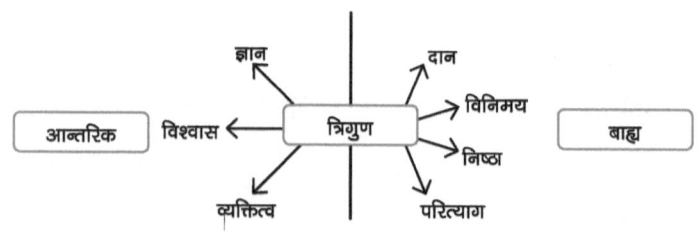

त्रिगुण मनुष्य के अन्दर और बाहर

अध्याय—18 में कृष्ण गुणों को मनुष्य की योग्यता एवं कौशल (वर्ण) का कारण बताते हैं।

हे अर्जुन, यही वे प्रवृत्तियां हैं जिनके कारण मनुष्य में चार प्रकार के कौशल का विकास होता है, जो इस प्रकार हैं—विद्वत्ता, नेतृत्व, उद्यमिता और सेवाभाव। —*भगवद् गीता, अध्याय—18, श्लोक—41 से 44 (भावानुवाद)*

हमारी योग्यता हमारे गुणों से प्राप्त होती है। इसका यह अर्थ नहीं कि प्रत्येक योग्यता का मूल्यांकन एक विशिष्ट गुण के द्वारा किया जा सकता है। इसका यह अर्थ नहीं होता है कि विद्वता सात्विक गुण से प्राप्त होती है, अथवा रजस गुण से नेतृत्व एवं उद्यमिता की योग्यता प्राप्त होती है, या

	प्रवृत्तियाँ (गुण)		
	तामसिक	राजसिक	सात्विक
बुद्धिजीवी	✓	✓	✓
प्रबंधकीय	✓	✓	✓
उद्यमी	✓	✓	✓
सेवा प्रदाता	✓	✓	✓

योग्यता (वर्ण)

वर्ण का गुणों में मानचित्रण करना

सात्विक गुण से सेवाभाव आता है। इसका आशय यह है कि तीनों गुणों में भिन्न–भिन्न अनुपात में विद्वता, नेतृत्व, उद्यमिता एवं सेवाभाव होता है। हम ऐसे विद्वान देखते हैं जो राजसिक, सात्विक और तामसिक होते हैं। हम ऐसे नेता देखते हैं जो राजसिक, सात्विक और तामसिक होते हैं। हम ऐसे उद्यमी देखते हैं, जो राजसिक, सात्विक और तामसिक होते हैं। हम ऐसे सेवक देखते हैं, जो राजसिक, सात्विक और तामसिक होते हैं।

लगभग 2000 वर्ष पूर्व, हम भारतीय समाज में अस्थिरता के साथ असुविधा और सभी चीज़ों को नियमों द्वारा निर्धारित करने की प्रबल इच्छा का होना पाते हैं। अनुवांशिकी विषयक अध्ययनों से हमें यह ज्ञात हुआ है कि भारत की कुख्यात जाति व्यवस्था, जो व्यावसायिक संघ के रूप में आरम्भ हुई थी, इस समय के पश्चात अत्यन्त कठोर होती चली गई। यह वह समय था जब मनुस्मृति एवं इस प्रकार की अन्य पुस्तकें, जिनके कारण धर्म रीति–नीति के नियम–समूहों तक घटकर रह गया, लिखी जाने लगीं। भविष्यवाणी करना ही नियमों का लक्ष्य बन गया और इसलिए योग्यता की तुलना में लिंग और वंश को अधिक महत्त्व दिया जाने लगा। जातियाँ एक विशेष प्रकार के व्यवसाय का अनुपालन करने लगीं, जिससे उनकी निष्ठा इस बात पर ज़ोर देते हुए बनी कि पुत्रों को अपने पिता के व्यवसाय का ही अनुसरण करना चाहिए तथा पुत्रियों को अपने समाज से बाहर जाकर विवाह नहीं करना चाहिए। मनुस्मृति में जातियों का मूल्यांकन वर्णों के आधार पर किया गया है। इस प्रकार यह मान लिया गया कि पण्डितों के पुत्र विद्वान होंगे, राजा के पुत्र शासक ही बनेंगे, व्यापारियों के पुत्र उद्यमी होंगे तथा सेवकों के पुत्र दास ही बनेंगे। इसके अलावा इन वर्णों का मूल्यांकन गुणों के द्वारा किया गया था। ब्राह्मण जाति का मूल्यांकन सत्व गुण द्वारा, क्षत्रिय एवं वैश्य जाति का मूल्यांकन रजस गुण द्वारा तथा शूद्र जाति का मूल्यांकन तमस गुण द्वारा किया गया था।

मनुस्मृति तथा इस जैसी अन्य पुस्तकें यथार्थ होने के बावजूद अधिक राजनीतिक एवं पूर्वाग्रह से ग्रस्त हैं, क्योंकि प्रत्येक समुदाय में तीनों गुणों के लोग होते हैं और प्रत्येक समुदाय में ऐसे लोग भी होते हैं जो सोच–विचार करके ही चीज़ों को करवाते हैं और जो आकलन करते हैं

तथा उनका अनुसरण करते हैं। मनुस्मृति से संसार को नियंत्रित करने में मनुष्य द्वारा किए गए प्रयासों तथा लोगों को उनके पूर्वजों के व्यवसाय का ही अनुसरण करने हेतु बाध्य करके प्रकृति को पूर्वानुमान योग्य बनाए जाने के विषय में पता चलता है। ऐसा सब कुछ गीता के अनुसार एक अस्थिर संसार को नियंत्रित करने के व्यर्थ प्रयास मात्र के बारे में है।

उदाहरण के लिए महाभारत में कर्ण के विषय में बताया गया है कि धनुर्धारी के रूप में उसकी योग्यता उस सामाजिक माँग का उल्लंघन करती है कि उसे अपने पिता के व्यवसाय का अनुसरण करते हुए सारथी ही रहना चाहिए। ऐसी कोई बात नहीं कि हम चीज़ों को ठीक करने के लिए नियमों का पालन कितनी भी कठोरता से करें, प्रकृति अपनी सभी सीमाओं एवं नियमों को तोड़ देगी। वर्ण सदैव जाति को निष्प्रभावी कर देगा। दुर्योधन कर्ण की योग्यता की प्रशंसा करता है, जबकि द्रौपदी, पाण्डव, भीष्म तथा द्रोणाचार्य उसे अस्वीकार करते हैं और कर्ण का उपहास करते हैं। दुर्योधन उसमें एक सम्भावना देखता है और शेष उसमें एक चुनौती देखते हैं। कोई भी योगी नहीं होता है। वे उससे या तो राग (आकर्षण) रखते हैं या द्वेष (घृणा) रखते हैं। कोई भी कर्ण को उसकी जाति एवं वर्ण को देखते हुए पसन्द नहीं करता। इसे देखते हुए वह धनुर्विद्या के प्रति अपने लगाव को तार्किक विवाद के बावजूद भी बनाए रखने से स्वयं को नहीं रोक पाता। इससे व्यक्ति के गुणों की शक्ति का पता चलता है।

		प्रवृत्तियाँ (गुण)		
		तामसिक	राजसिक	सात्विक
जाति का पारम्परिक वर्गीकरण	ब्राह्मण	✓	✓	✓
	क्षत्रिय	✓	✓	✓
	वैश्य	✓	✓	✓
	शूद्र	✓	✓	✓

जाति का गुणों में मानचित्रण करना

इसी प्रकार, मानवता की इच्छाओं को नियंत्रित करने के लिए ही वैवाहिक नियम बनाए गए। परन्तु हमारे गुण इन नियमों को चुनौती देने के लिए हमें मजबूर करते हैं। इस प्रकार, रामायण में विवाहित होते हुए भी परशुराम की माता रेणुका कार्तवीर्य अर्जुन को चाहती है। गौतम ऋषि की पत्नी अहिल्या इन्द्र को चाहती है और रावण की बहन शूर्पणखा राम को चाहती है। रेणुका का सिर काट दिया जाता है, अहिल्या को पत्थर बना दिया जाता है तथा शूर्पणखा की नाक काट दी जाती है। ये क्रूर कार्य भी प्रकृति को अपनी दिशा बदलने के लिए विवश नहीं कर पाते हैं। गुणों के कारण मनुष्य अपना निर्णय लेते रहेंगे, भले ही उनका मन इसका विरोध क्यों न करता हो।

एक किसी निर्णय करने वाला यह देखता है कि सत्व गुण श्रेष्ठ है और तमस गुण निकृष्ट है, परन्तु एक पर्यवेक्षक यह जानता है कि सत्व गुण केवल इसलिए अत्यधिक वांछनीय है कि यह सबसे कम खतरनाक है, जबकि तमस गुण न्यूनतम वांछनीय होता है, क्योंकि इसे धरती पर एक बोझ समझा जाता है। रजस गुण आकर्षक एवं सम्मोहक होता है, क्योंकि यह अभिलाषा एवं संकल्प से सम्बद्ध होता है और इसे प्रतिक्रियात्मक सत्व गुण की तुलना में अधिक सक्रिय माना जाता है।

एक पर्यवेक्षक सात्विक को योगी से भिन्न मानता है—क्योंकि सात्विक में प्रशांति अनायास एवं जन्मजात पाई जाती है, योगी की प्रशांति उसकी शिक्षा एवं प्रयासों का परिणाम होती है। योगी में यह गुण होता है कि वह दूसरों का भी ध्यान रखता है, उसका यही गुण उसे सात्विक से भिन्न बनाता है।

हे अर्जुन, एक बुद्धिमान पर्यवेक्षक इस बात से घृणा नहीं करता है कि वहाँ क्या है। वह यह देखता है कि वहाँ प्रकाश अथवा क्रिया या भ्रम के बीच क्या नहीं है। वह जानता है कि यह तो कार्यकारी तत्व की प्रवृत्ति है और इसलिए अपने चारों ओर घटित होने वाली चीज़ों, सुख और दुःख के बीच, सोना और मिट्टी के बीच, जब कोई उसे प्यार करे या न करे, जब उसके

साथ मित्र की तरह या शत्रु की तरह बरताव किया जाए, सम्मान और असम्मान में, या फिर उसकी प्रशंसा हो या उस पर आ. रोप लगाए जाएं, से तटस्थ और सदैव शान्त चित्त रहता है।
—भगवद् गीता, अध्याय—14, श्लोक—22 से 25 (भावानुवाद)

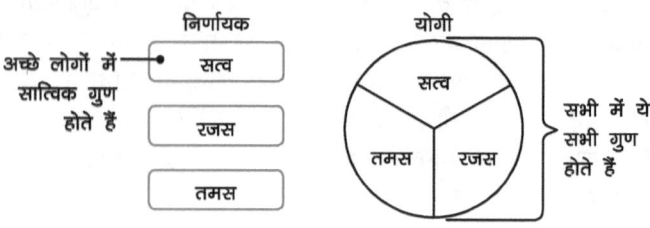

निर्णायक   योगी

अच्छे लोगों में — सत्व

सात्विक गुण   रजस   सभी में ये

होते हैं   तमस   सभी गुण

            होते हैं

त्रिगुण के संबंध में विचार

कृष्ण सभी इच्छाओं (काम) तथा क्रोध का कारण रजस गुण को मानते हैं, सभी प्रकार के आलस तथा भ्रम के लिए तमस गुण को उत्तरदायी मानते हैं, जबकि एक संतुलित एवं उत्तरदायी दृष्टिकोण का कारण सत्व गुण होता है। जैसे ही हम यह कहते हैं कि गुण सहायक है तो हम उसका श्रेय नहीं लेते और न ही उसका दोष लेते हैं तथा न ही हम श्रेय देते हैं और न ही दोष देते हैं। दूसरे शब्दों में हम समीक्षा नहीं करते हैं। हम आत्मा से जुड़ने में समर्थ हैं। जैसे ही हम सौभाग्य अथवा दुर्भाग्य के लिए अन्य लोगों को या स्वयं को श्रेय देने वाली संस्था की समीक्षा करते हैं हम आत्मा से विलग हो जाते हैं और अपने अहं को बढ़ा देते हैं। अहं में हम गुणों की शक्ति को स्वीकार नहीं करते हैं तथा समस्याओं के विषय में दूसरे लोगों पर आरोप लगा देते हैं। यदि हम तामसिक हैं तो हमें नेता की कोई आवश्यकता नहीं होती, यदि हम राजसिक हैं तो हमें अनुयायियों की कोई आवश्यकता नहीं होती है और यदि हम सात्विक हैं तो हम उनसे बिलकुल अलग हो जाते हैं।

हे अर्जुन, ईश्वर सबके हृदय में निवास करता है और उन्हें किसी पहिए के दांते की तरह एक चक्र से दूसरे चक्र में घुमाते हुए

उन्हें नियंत्रण की भावना से भ्रमित करता है। *–भगवद् गीता, अध्याय–18, श्लोक–61 (भावानुवाद)*

एक योगी यह मानता है कि रामायण में रावण की, भागवत् पुराण में कंस की तथा महाभारत में दुर्योधन की हठधर्मिता उनके गुणों का ही परिणाम है, जो उनके नियंत्रण से बाहर हैं। एक भक्त के रूप में वे उनके इस व्यवहार का श्रेय ईश्वर की लीला को देते हैं। इससे यज्ञ के अवांछनीय भाग को उन्हें छोड़ने के बजाए उसे पूरा करना सरल हो जाता है।

धमकी

तमस	–	'मैं वैसा ही करूँगा जैसा दूसरा करेगा।'
रजस	–	'मैं उसे नष्ट कर दूँगा।'
सत्व	–	'मैं उसका परित्याग कर दूँगा।'
योगी	–	'मैं उसके भय और क्षुधा पर रोक लगाऊँगा।'

खलनायक के प्रति विभिन्न लोगों की प्रतिक्रिया

हम सभी गुणों के मसाला बॉक्स हैं, जिनमें विभिन्न समय पर एक ही गुण प्रबल होता है। हम सब आलसी, हठधर्मी, निर्लिप्त या लिप्त हो सकते हैं। योग हमें अपना कार्य करते समय सजग रखता है।

14

आप और मैं सम्पत्ति का मूल्य समझते हैं

गुण हमारे शरीर एवं हमारे व्यक्तित्व का निर्धारण करते हैं। कर्म हमारे जीवन की परिस्थितियों का निर्धारण कर सकते हैं। परन्तु मनुष्य में वह शक्ति है जिससे वह अपनी सम्पत्ति अथवा क्षेत्र का निर्माण करके उसे अधिकृत करते हुए स्वयं की पहचान बना सकता है। समाज सम्पत्ति के स्वामी के रूप में लोगों का सम्मान करता है न कि किसी संस्था के निवासी सदस्य के रूप में क्योंकि सम्पत्ति प्रत्यक्ष दिखाई देती है और मूल्यांकन योग्य होती है। इसके फलस्वरूप 'मुझे' की तुलना में 'मेरा' अधिक महत्त्वपूर्ण हो जाता है। टकटकी अन्दर से बाहर की ओर चली जाती है। गीता के अध्याय–13 में कृष्ण त्रिगुणों के विषय में बोलने से पूर्व क्षेत्र के विषय में चर्चा करते हैं। परन्तु 'मेरी गीता' में गुणों के विषय में चर्चा करने के बाद क्षेत्र पर चर्चा की गई है, क्योंकि आने वाले अध्यायों में सामाजिक संस्था, मानव समाज में ही पाई जाने वाली संस्था कृत्रिम प्रसार के विषय में हमारा परिचय कराते हुए यह बेहतर ढंग से आगे प्रवाहित होती है।

उनके चारों ओर जो पशु है क्या वह हिंसक है (क्या वह मुझे खा सकता है?) या फिर शिकार है (मैं उसे खा सकता हूँ?) क्या वह संसर्ग का साथी है (क्या हम बच्चे पैदा कर सकते हैं?) या हम शत्रु हैं (क्या यह मुझसे मेरा भोजन और संसर्ग का साथी छीन सकता है?) उन्हें दूसरों के लिए और उसी तरह स्वयं के लिए भी निश्चित रूप से खाद्य शृंखला और पदानुक्रम को पहचानने की जरूरत होती है।

मनुष्य खाद्य शृंखला और पदानुक्रम को लेकर परेशान नहीं होता। परन्तु हमें आश्चर्य होता है कि हम कौन हैं और हमारे आस-पास रहने वाले लोगों के साथ हमारे क्या संबंध हैं? हमारा क्या उद्देश्य है? हमारा मूल्य क्या है?

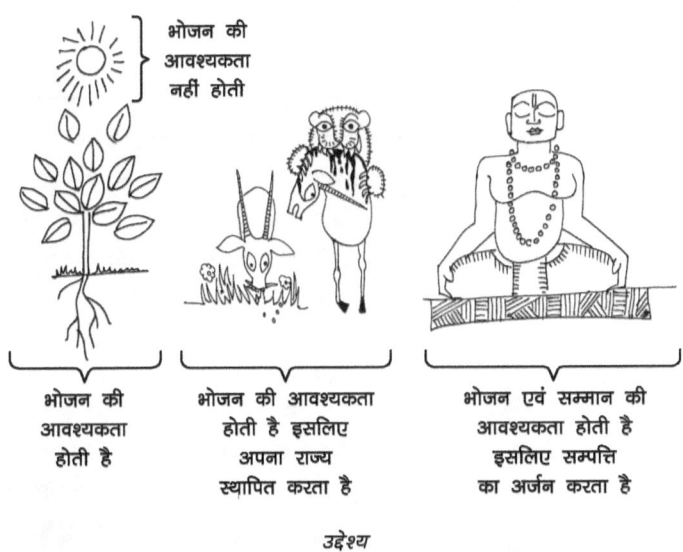

भोजन की आवश्यकता नहीं होती

भोजन की आवश्यकता होती है

भोजन की आवश्यकता होती है इसलिए अपना राज्य स्थापित करता है

भोजन एवं सम्मान की आवश्यकता होती है इसलिए सम्पत्ति का अर्जन करता है

उद्देश्य

प्रकृति में किसी चीज़ का महत्त्व तभी होता है कि जब उसे भोजन के रूप में खाया जा सकता है। सूर्य, वर्षा तथा पृथ्वी का तब तक कोई महत्त्व नहीं है जब तक कि उनमें पेड़ नहीं उगते हैं तथा बाद में उन्हें सूर्य

के प्रकाश, जल तथा भोजन के रूप में मिट्टी की आवश्यकता नहीं होती है। ऐसे पशुओं का तब तक कोई महत्त्व नहीं है जब तक कि दूसरे पशु उन्हें भोजन के रूप में नहीं देखते हों। मनुष्यों को भोजन के रूप में कौन देखता है? क्या मनुष्य का बिना उपभोग के कोई महत्त्व है?

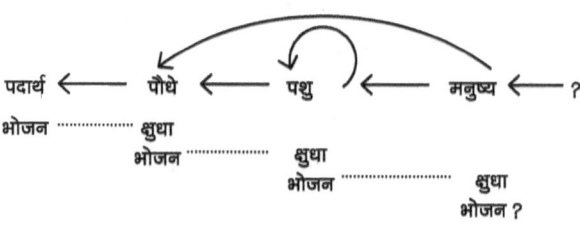

मूल्य शृंखला-भोजन शृंखला

इन पंक्तियों पर अटकलें लगाने के कारण ही मनुष्यता के ऋग्वैदिक स्रोतों (पुरुष सूक्त) की रचना हुई जो मनुष्य के उपभोग के बारे में बताते हैं। तथा मानव–पशु (पुरुष–मेधा) के बहिष्कार को यर्जुवैदिक अनुष्ठानों में बताया गया है। स्रोतों और अनुष्ठानों दोनों की रचना गीता की रचना के हज़ारों वर्ष पूर्व हुई थी। दोनों को शाब्दिक और लाक्षणिक रूप से देखा जा सकता है। यह शाब्दिक दृष्टिकोण उन्हें मनुष्य के त्याग के साथ जोड़ता है। इस विचार ने उन्नीसवीं शताब्दी के यूरोपीय प्रच्यवादियों के विदेशी भारत को लेकर उनकी 'आदर्श बर्बर' सोच को प्रभावित किया। यह लाक्षणिक धारणा मनुष्य के एक दूसरे को अर्थ प्रदान करने की दृष्टि से देखने और एक दूसरे को भावनात्मक रूप से एवं बौद्धिक रूप से विकसित करने पर ध्यान आकर्षित करती है। उपनिषदों में भोजन को उद्देश्य और व्यष्टित्व (आत्मा) के समान मानना सामान्य बात है, भोजन ही वह चीज़ है जिसे सभी प्राणी प्राप्त करना चाहते हैं, उद्देश्य ही वह है जिसे मनुष्य प्राप्त करना चाहता है। इस विचार की कल्पना गीता के अध्याय–11 में की गई है जहाँ अर्जुन कृष्ण के सर्वव्यापी रूप को मनुष्यों का भक्षण करते हुए देखता है।

हे कृष्ण, मैं हमारे पक्ष और उनके पक्ष के योद्धाओं को आपके मुख में जाते हुए देख सकता हूँ जो आपके दाँतों के बीच पिस रहे हैं, वे आपके मुख में इस प्रकार से प्रवाहित हो रहे हैं जैसे अनेक नदियाँ सागर में जाकर मिलती हैं। समस्त संसार आपके मुख में शीघ्रता से प्रविष्ट होकर नष्ट होने को आतुर है जैसे पतंगे नष्ट होने के लिए अग्नि ज्वाला में प्रविष्ट होने के लिए करते हैं। आप अपने अनेक प्रज्वलित मुखों से सभी संसारों का चाव से भक्षण कर रहे हो। *–भगवद् गीता, अध्याय–11, श्लोक–26 से 30 तक (भावानुवाद)*

इस दृश्य का शाब्दिक वर्णन अत्यन्त भयानक हो सकता है, जैसे कृष्ण एक शिकारी एवं खलनायक के रूप में दिखाई देते हैं, परन्तु जब आँखों पर लगी निर्णय की पट्टी हटा दी जाती है तब अर्जुन इस लाक्षणिक रूप को समझते हैं, पाण्डवों और कौरवों के इस भक्षण से ही कृष्ण द्वारा उन्हें महत्त्व दिया जा रहा है। वे जब यह घोषणा करते हैं कि इससे उन्हें पोषण मिलता है तो इससे उस तर्क को बल मिलता है। अर्जुन यह मानता है कि जो लोग उसके आस–पास हैं वह उन्हें भोजन के रूप में तैयार कर रहा है। उसके इस कार्य से वह अपने भाइयों, चचेरे भाइयों और संसार को पर्याप्त रूप से महत्त्व दिला रहा है। ये कृष्ण के लिए भोजन का रूप हैं। इनसे उन्हें पोषण प्राप्त होता है, जिससे उन्हें महत्त्व और उद्देश्य की प्राप्ति हो रही है। यह उपभोग तात्विक एवं मानसिक दोनों है। युद्ध से हटने का अर्थ होगा दूसरे लोगों को उनके उद्देश्यों की प्राप्ति से मना करना।

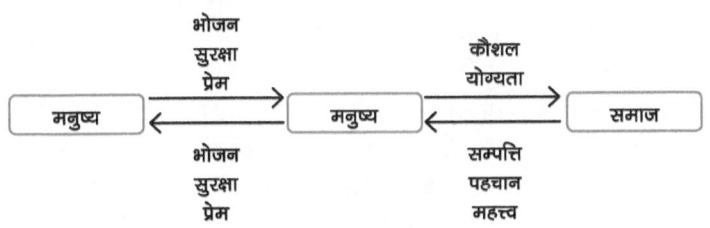

मनुष्य भोजन के रूप में

जब कृष्ण भक्षण करते हैं तो इसका अर्थ यह नहीं कि वे भूखे होते हैं। वह घोषित करते हैं कि चूँकि वे अनश्वर हैं इसलिए उन्हें मृत्यु का कोई भय नहीं होता है और न ही उन्हें भोजन की आवश्यकता होती है। वह घोषित करते हैं कि वे अनन्त हैं इसलिए उन्हें दूसरों से कोई अलग नहीं कर सकता। वह शिकारी एवं शिकार दोनों हैं। वह भक्षण करते हैं इसलिए नहीं कि वे भूखे हैं, बल्कि इसलिए ताकि वे लोग स्वयं को भाग्यशाली अनुभव करें। इसलिए वे स्वयं को भक्षण करने देते हैं ताकि इससे दूसरे लोगों का विकास हो सके। दूसरे शब्दों में, वह योगी हैं जो बाहर से कोई अर्थ नहीं चाहता है, वह अपने अन्तःकरण से यानी आत्मा से पहचान प्राप्त करता है।

हे अर्जुन, मैं परम्परा हूँ, मैं आदान–प्रदान, अर्पण, औषधि, मंत्र, मक्खन, अग्नि आदि जो कुछ भी अर्पित किया जाता है, वह मैं हूँ। –भगवद् गीता, अध्याय–4, श्लोक–24 (भावानुवाद)

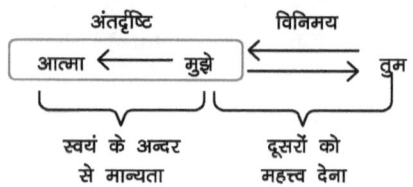

उद्देश्य स्वयं के अन्दर एवं बाहर

कुरुक्षेत्र का युद्ध आरम्भ होने से पूर्व पाण्डव और कौरव कृष्ण के पास उनकी सहायता माँगने के लिए आए। कृष्ण ने जो कुछ भी उनके पास था वह देने का प्रस्ताव किया। कोई भी उनकी नारायणी सेना, जो सभी प्रकार के अस्त्रों से सुसज्जित थी, को प्राप्त कर सकता था। दूसरी ओर वे स्वयं नारायण थे, अकेले निरस्त्र। कौरवों ने नारायणी सेना को चुना और पाण्डवों ने नारायण, यानी कृष्ण को चुना। नारायणी सेना, जो कुछ साधन कृष्ण के पास थे वह थी। नारायण का अर्थ वह स्वयं। पूर्ववर्ती मूर्तरूप

में और परिमेय थी और लम्बे समय तक जीवित रह सकती थी, इसलिए कौरवों ने नारायण की तुलना में उसे प्राथमिकता दी।

कौरव पुराणों में असुरों द्वारा किए गए व्यवहार की नकल करते हैं, जो ब्रह्मा की तुलना में ब्रह्मा के वरदान को प्राथमिकता देते हैं। कौरव और असुर भावनात्मक अथवा बौद्धिक पोषण की तुलना में भौतिक पोषण प्राप्त करना चाहते हैं। वे 'उसका' चाहते हैं न कि 'उसे।'

यज्ञ के दौरान नारायणी का आदान–प्रदान हो जाता है–'मेरा' 'आपका' बन जाता है। यदि देवताओं की भूख और भय को ध्यान में रख कर ऐसा किया जाता है तो यजमान का देवता के साथ संबंध स्थापित हो जाता है। यदि यजमान का ध्यान उसकी अपनी भूख एवं भय पर ही केन्द्रित होता है तो यह देवताओं के साथ एक प्रकार का व्यापार होगा जहाँ 'आप कौन हैं' के बजाए 'आपके पास क्या है' को महत्त्व दिया जाता है।

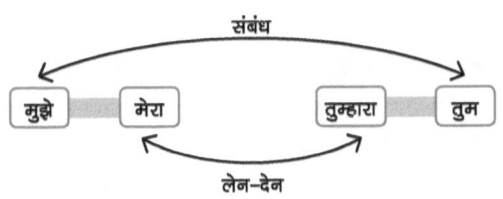

संबंध एवं लेन–देन

अर्थशास्त्री नारायणी, को महत्त्व देते हैं जिसे वे सम्पत्ति कहते हैं। शिक्षाशास्त्री नारायणी, को महत्त्व देता है जिसे वे शिक्षा कहते हैं। राजनेता नारायणी, को महत्त्व देता है जिसे वे शक्ति कहते हैं। नारीवादी नारायणी, को महत्त्व देता है जिसे वे लैंगिक चेतना कहते हैं। नियोक्ता नारायणी, को महत्त्व देता है जिसे वे कौशल कहते हैं। चिकित्सक और सर्जन नारायणी, को महत्त्व देता है जिसे वे शरीर कहते हैं। समाज को नारायण में कोई रुचि नहीं है। वह कौन व्यक्ति है। उसे उसकी भूख और भय अथवा उसकी क्षमता में कोई रुचि नहीं होती। विचारों की तुलना में चीज़ों का अधिक महत्त्व होता है। धन–सम्पत्ति भावनाओं का स्थान ले लेती है। इसलिए

अधिक से अधिक नारायणी प्राप्त कर लेना ही जीवन का एकमात्र उद्देश्य बन गया है। गीता के अध्याय—13 में नारायणी की अवधारणा को क्षेत्र के रूप में प्रस्तुत किया गया है।

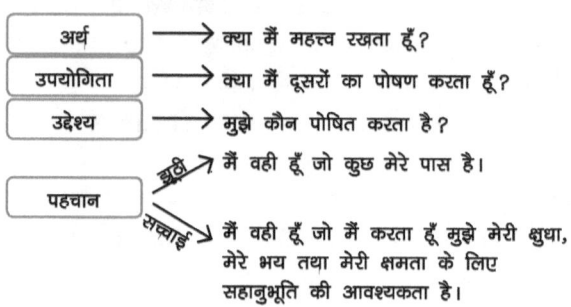

अर्थ

क्षेत्र का शाब्दिक अर्थ खेत यानी मनुष्य द्वारा निर्मित एक ऐसा स्थल होता है, जो प्रकृति को काट—छांटकर अपनी इच्छानुसार बनाया गया हो। प्रकृति में कोई खेत नहीं होते हैं। मनुष्य वनों को काटकर खेत में बदल देते हैं जिसमें वे अन्न पैदा करते हैं। वे खेतों की सीमाएं बनाते हैं, वृक्षों को उखाड़ते हैं, भूमि साफ करते हैं, मिट्टी खोदते हैं, बीज बोते हैं, फसलें उगाते हैं तथा खर—पतवार साफ कर देते हैं। किसान खेत एवं पैदावार की कड़ी सुरक्षा करते हैं। अपने प्रयासों से तैयार किए गए खेत का स्वयं को स्वामी बताते हुए वह कहता है कि यह मेरा है। दूसरे लोग भी इसकी

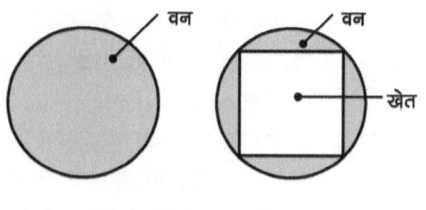

भूमि बनाम खेत

पुष्टि करते हुए कहते हैं कि यह तुम्हारा है। इस प्रकार वह खेत उसकी सम्पत्ति हो जाती है। वह सम्पत्ति उसका शारीरिक एवं मनोवैज्ञानिक रूप से पोषण करती है। शारीरिक रूप से वह उसे भोजन देती है। मनोवैज्ञानिक रूप से वह उसे किसान के रूप में एक पहचान दिलाती है। वह अधिकारी होने का अनुभव करता है। चूँकि वह उस सम्पत्ति को अपने परिवार को उत्तरदान में दे सकता है, क्योंकि वे भी उसके अपने हैं।

प्रकृति में कोई सम्पत्ति नहीं होती। यह सीमा ही होती है जिसके लिए पशु यह सुनिश्चित करने के लिए आपस में लड़ते हैं ताकि उन्हें पर्याप्त भोजन प्राप्त होता रहे। सीमाएँ कभी भी वंशानुगत नहीं हो सकती, क्योंकि यह शक्तिशाली के पास जाती हैं। पुत्र अपने पिता से रियासत, पदवी तथा उसके साथ की समस्त सम्पदा, शक्ति और प्रतिष्ठा प्राप्त करता है।

रामायण में वनवास के दौरान जब लक्ष्मण सीता की कुटिया के आगे रेखा खींचता है तो वह सार्वजनिक रूप से राम के क्षेत्र के विषय में घोषणा करता है। लक्ष्मण रेखा के अन्दर सीता राम की पत्नी हैं और उसके बाहर वह केवल एक स्त्री ही समझी जाती हैं। इस प्रकार क्षेत्र एक कृत्रिम निर्माण है न कि एक प्राकृतिक तथ्य।

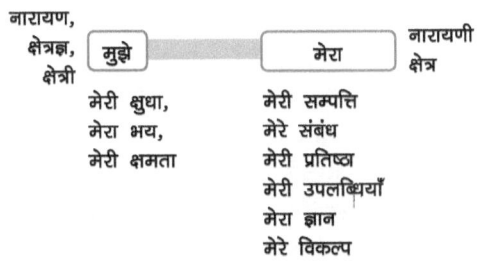

मुझे और मेरा

गीता के अध्याय–2 में कृष्ण देह और देहि, शरीर और शरीर के निवासी के विषय में चर्चा करते हैं। अध्याय–13 में वे क्षेत्र और क्षेत्रज्ञ, सम्पत्ति तथा स्वामित्व के विषय में चर्चा करते हैं। क्षेत्रज्ञ के लिए एक अन्य

शब्द क्षेत्री का प्रयोग किया गया है। जैसे संस्था पदवी और रियासत को शामिल करने से बढ़ती है उसी प्रकार निवासी स्वामी के रूप में परिवर्तित हो जाता है।

> हे अर्जुन, ज्ञानी पुरुष शरीर को एक खेत के समान तथा मन को किसान के रूप में मानता है। यह शरीर, जो आपका खेत है, उन पाँच तत्वों से बना है जिनसे आपका मांस, आपकी यह धारणा कि आप कौन हैं, आपकी बुद्धि, आपकी भावनाएँ, आपके संवेदी अंग, आपके अनुक्रिया अंग तथा वह चारा जिसे आपके संवेदी अंग चरते हैं और वह सभी कुछ बनता है जिससे दुःख और प्रसन्नता, आकर्षण और घृणा पैदा होती है। –*भगवद् गीता, अध्याय–13, श्लोक–1 से 6 तक (भावानुवाद)*

उपनिषदों में क्षेत्र को देह की तीसरी परत के रूप में देखा गया है। यह सबसे बाहर की परत है, जिसे सामाजिक परत (कर्ण शरीर) के रूप में जाना जाता है। इसके पश्चात शारीरिक परत (स्थूल शरीर) होती है और अंत में मानसिक परत (सूक्ष्म शरीर) होती है। सामाजिक तत्व सम्पत्ति को कहा जाता है जो जन्म के समय वंशानुगत प्राप्त हुई है अथवा अपने प्रयासों से अर्जित की गई है। शारीरिक तत्व, जो सुन्दरता, कौशल तथा योग्यता का पात्र होता है, मांस से बना होता है जिसे जन्म होने पर अर्जित किया जाता है। मानसिक तत्व में हमारी संवेदनाएँ और हमारी भावनाएँ, हमारे विचार तथा सबसे महत्त्वपूर्ण कि हम स्वयं की कल्पना किस प्रकार से करते हैं, समाविष्ट होते हैं। मानसिक तत्व देहि–क्षेत्रज्ञ की निवासी स्वामी होती है। जब मन क्षेत्र और देह पर अपनी निर्भरता को पीछे छोड़ देता है तब वह आत्मा की खोज करता है। जब हम मर जाते हैं तो देह को जला दिया जाता है। हम क्षेत्र के पीछे रहते हैं। देहि / क्षेत्रज्ञ / आत्मा अगले जीवन में भी जाते हैं यदि वे तब भी देह और क्षेत्र पर निर्भर करते हैं अन्यथा वे पुनर्जन्म और पुनर्मृत्यु के अंतहीन चक्रों से मुक्त हो जाता है।

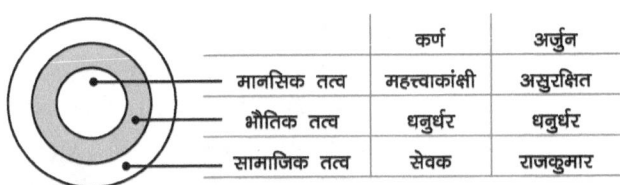

	कर्ण	अर्जुन
मानसिक तत्व	महत्त्वाकांक्षी	असुरक्षित
भौतिक तत्व	धनुर्धर	धनुर्धर
सामाजिक तत्व	सेवक	राजकुमार

तीन तत्व

महाभारत में अर्जुन और कर्ण दोनों योग्य धनुर्धर हैं। वास्तव में कर्ण को जन्म से ही दिव्य कवच और कुण्डलों का एक विशेष लाभ प्राप्त था, जो उसके शरीर पर मांस की तरह चिपके हुए रहते थे। परन्तु समाज में अर्जुन को कर्ण से अधिक सम्मान प्राप्त था क्योंकि अर्जुन को कुरु वंश के राजकुमार के रूप में तथा हस्तिनापुर के सिंहासन के वैध उत्तराधिकारी के रूप में देखा जाता था। जबकि कर्ण को दुर्योधन द्वारा, जो उसकी धनुर्विद्या का प्रशंसक है, एक योद्धा और राजा बनाए जाने के बावजूद एक सूतपुत्र के रूप में देखा जाता है। समाज के लिए क्षेत्र देह से अधिक महत्त्वपूर्ण है। देहि के विषय में कोई चिन्ता नहीं करता।

बाह्य को इतना अधिक महत्त्व दिया जाता है कि न तो अर्जुन और न ही कर्ण पहचान के लिए अपने अन्दर देखता है। अर्जुन अपनी पहचान धनुर्विद्या की अपनी योग्यता से, अपनी वंशानुगत पदवी (पाण्डु का पुत्र) से उसके द्वारा स्थापित राज्य (इन्द्रप्रस्थ) से प्राप्त करता है। कर्ण भी अपनी पहचान धनुर्विद्या की अपनी योग्यता से प्राप्त करता है, परन्तु वह स्वयं को अपनी वंशानुगत प्राप्त पदवी (सूतपुत्र) से दूर रखता है और नए पद (दुर्योधन का मित्र) और नए राज्य (अंग) को अर्जित करने का प्रयास करता है। पदवी, जो कुछ हमारे पास है, अहं पर आधारित होती है, न कि आत्मा पर।

कर्ण—शरीर कर्मों का ही परिणाम है—पिछले कर्म और वर्तमान कर्म। स्वयं के प्रति हम जो कुछ भी स्वाभाविक रूप से आकर्षित करते हैं वह हमारे पिछले कर्मों पर आधारित होता है। स्वयं के प्रति हम जो कुछ भी बलपूर्वक लाते हैं वह हमारे वर्तमान कर्मों पर आधारित होता है। अर्जुन

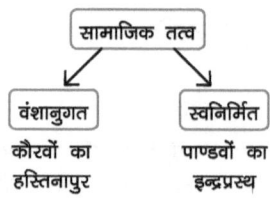

की राजसी प्रतिष्ठा उसके पिछले कर्मों पर उसी प्रकार आधारित है जैसे कर्ण के पिछले कर्म उसके सारथी होने से जुड़े हैं। दोनों में से कोई भी इसे नहीं चुनता है। यह एक जन्म की दुर्घटना है। धनुर्विद्या उन दोनों का जन्मजात गुण है जो उन्हें वंशानुगत प्राप्त हुआ है और अपने प्रयासों से सान चढ़ा है। अर्जुन का इन्द्रप्रस्थ के साथ संबंध और कर्ण का अंग के साथ संबंध उनके प्रयासों के ही परिणाम हैं। अथवा क्या वे ऐसे हैं? क्या ऐसा मान लिया जाएगा कि ये सम्पत्तियाँ संघर्षों के पश्चात ही उनके जीवन में आई हैं? इन प्रश्नों का उत्तर देना सरल नहीं है। कर्ण–शरीर रहस्यमय रहता है। यह हमारे साथ पिछले जन्म से कर्मों का प्रभाव प्राप्त करते हुए तथा हमारे उन ऋणों का हिसाब–किताब रखते हुए जिनका भुगतान करने के लिए हम मजबूर हैं, हमारे अगले जन्म में जाता है।

सामाजिक तत्वों के दो प्रकार

सम्पत्ति और स्वामित्व केवल संस्कृति में ही अस्तित्ववान हैं न कि प्रकृति में। हिन्दू धर्म में प्रकृति और संस्कृति, जंगल और खेत के बीच भेद एक सुसंगत विषय है। सामवेद में जहाँ ऋग्वेद के मंत्रों को संगीतमय बनाया गया है, गीतों का वर्गीकरण दो प्रकार से किया गया है–जंगलगीत (अरण्यगान) तथा आवासगीत (ग्रामगान)। जो बात जंगल पर लागू होती है वह आवास पर लागू नहीं होती। जंगल में मनुष्य के नियम अर्थहीन होते हैं, परन्तु आवास के लिए ऐसा नहीं होता। अपने वनवास के दौरान पाण्डवों ने इस बात को जाना।

अर्जुन निर्जन वन में एक जंगली सुअर पर तीर मारता है तथा उसे पता चलता है कि उसे एक अन्य तीर भी लगा हुआ है, जो आदिवासी

का अथवा किरात का होता है। एक अधिकृत राजकुमार के रूप में वह दावा करता है कि सुअर उसका है। परन्तु किरात उसे राजकुमार के रूप में नहीं पहचानता तथा दोनों के बीच उसी प्रकार से मल्लयुद्ध की इच्छा करता है जैसे दो बलवान पुरुषों के बीच किसी राज्य या स्त्री के लिए होता है, उनमें जो भी विजयी होगा वह पुरस्कार का पात्र होगा। जंगल में अर्जुन को आभास हो जाता है कि यहाँ उसके सामाजिक अस्तित्व का कोई मूल्य नहीं है। केवल उसका बल और कौशल ही काम आएगा।

वनवास के अंतिम वर्ष में पाण्डवों को अपनी पहचान गुप्त रखने के लिए छुपना पड़ता है। कौरवों के साथ हुए समझौते के अनुसार यदि उस वर्ष उन्हें पहचान लिया जाता है तो उन्हें पुनः बारह वर्षों के लिए वनवास करने के लिए वापस जाना होता। इस अवधि में वे मत्स्यराज विराट के राजमहल में सेवक के रूप में नौकरी करते हैं। उन्हें पहली बार मालूम होता है कि एक सेवक होने का क्या अर्थ है, जहाँ पर उन्हें अपने कौशल के प्रदर्शन के अलावा कुछ नहीं दिखाना होता है और इस प्रकार उन्हें निरन्तर गालियाँ दी जाती हैं तथा उनका उत्पीड़न होता है।

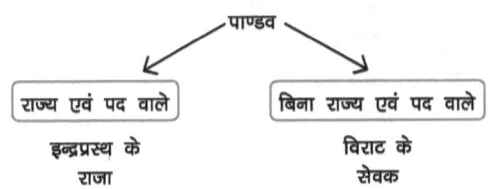

राजकुमारों एवं सेवकों के रूप में पाण्डव

अपने पद और राज्य के बिना पाण्डवों का कोई मूल्य नहीं होता है। कौरवों से अपना क्षेत्र वापस प्राप्त करना ही स्वाभाविक रूप से उनके जीवन का उद्देश्य हो जाता है। हालांकि कृष्ण के साथ अर्जुन की बातचीत होने पर भी ऐसा सम्भव नहीं हो पाता। अर्जुन को यह पढ़ाया जाना चाहिए कि जब समाज उनके क्षेत्र के लिए उन्हें महत्त्व दे सकता है तो अपने परिवार के लिए उस क्षेत्र का अधिग्रहण करना उसका उद्देश्य होना

चाहिए क्योंकि सम्पत्ति उसके परिवार के अस्तित्व के लिए महत्त्वपूर्ण है। फिर भी उसे सम्पत्ति से अपनी पहचान नहीं बनानी चाहिए। व्यक्ति की पहचान स्वयं के अन्दर से ही आती है न कि बाहर से, क्षेत्री से आती है न कि क्षेत्र से, देहि से आती है न कि देह से।

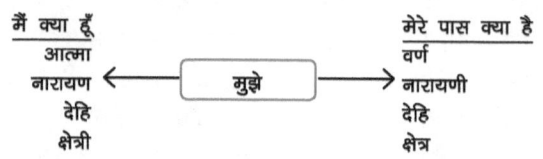

मानवीय अर्थ के स्रोत

मेरे पास क्या है और मैं क्या करता हूँ इसके लिए आप मेरा मूल्यांकन कर सकते हैं। परन्तु मैं वैसा नहीं हूँ कि मेरे पास क्या है या मैं क्या करता हूँ। यदि आप मुझसे प्रेम करते हैं तो इस बात पर ध्यान दें कि मैं कौन हूँ, मेरा भय तथा मेरी भूख और मेरी क्षमता क्या है ताकि इस बात पर ध्यान दिया जा सके कि आप कौन हैं!

15

आप और मैं तुलना करते हैं

पशु और पेड़-पौधे माप और तुलना नहीं करते हैं। वे अपने अस्तित्व हेतु अधिकतम आवश्यक क्षेत्र के लिए लड़ते हैं। परन्तु मनुष्य अपनी सम्पत्ति की मात्रा का माप कर सकता है और इसलिए वह तुलना करता है। मापने की और वास्तविकता को सीमित करने की इस योग्यता को माया कहा जाता है। माया समाज की उन संरचनाओं, विभागों और अनुक्रमों की स्थापना करती है जिनमें हम अपनी और उन लोगों की पहचान ढूँढ़ते हैं जिनकी तुलना हम स्वयं के साथ करते हैं। हम इन मापदण्डों को अवांछित माया अथवा आवश्यक भ्रांति के रूप में इस प्रकार सुधार कर सकते हैं ताकि कल्पना को सरलता से बदला जा सके। वेदों और गीता में माया शब्द का प्रयोग मनुष्य के मन की जादुई शक्ति के अर्थ में अनेक बार हुआ है। मानवीय अनुभूति को मापने और संरचना में इसकी भूमिका को उस वैदिक परम्परा के काफी बाद विकसित किया गया जो लगभग हज़ारों वर्ष पूर्व से फलती-फूलती रही है।

क्षेत्र इसमें स्पष्ट अंतर की माँग करता है कि क्या मेरा है और क्या तुम्हारा। महाभारत में कौरव पाण्डवों को अपना नहीं समझते हैं जिसके कारण धृतराष्ट्र अपने पुत्रों को 'मेरे' कहता है तथा अपने भतीजों को भाई के पुत्र न कहते हुए केवल 'पाण्डु के पुत्र' के रूप में सम्बोधित करता है। वह हस्तिनापुर और इन्द्रप्रस्थ दोनों को कुरुक्षेत्र मानता है, जो कौरवों का अपना है तथा पाण्डवों को घुसपैठिए के रूप में देखता है।

पाण्डव बंधुओं में पाण्डु की दो पत्नियों से पैदा हुए दो जोड़े भाई हैं–कुंती से तीन पुत्र और माद्री से दो पुत्र। जुए के खेल के दौरान युधिष्ठिर सबसे पहले माद्री के पुत्र नकुल को दाँव पर लगाता है, जो इस बात का सूचक है कि वह अपने सौतेले भाई को अपने सगे भाइयों अर्जुन तथा भीम से थोड़ा कम समझता है। इसके बाद वन में जब उसके चार भाई तालाब के विषैले जल को पीने के बाद मर जाते हैं और उसे केवल एक ही भाई को वापस जीवित पाने का विकल्प दिया जाता है तो वह कुंती के पुत्रों के बजाए नकुल का चुनाव करता है, जो उसकी इस मानसिकता में परिवर्तन का सूचक है–वह सोचता है कि एक अच्छा राजा वह होता है जो अपने मन की सीमाओं को थोड़ा बढ़ाता है और अपने सौतेले भाइयों, भतीजों तथा अपरिचितों को अपना संबंधी मानता है।

भागवत् में कृष्ण, बलराम को कभी अपना सौतेला भाई नहीं मानते हैं। उनमें परस्पर कोई भेद नहीं है। वह अपने नैसर्गिक माता–पिता देवकी और वासुदेव को अपने पालक माता–पिता यशोदा और नन्द से भिन्न नहीं मानते हैं। फिर भी, महाभारत में ही कर्ण अपने पालक माता–पिता के साथ अपनी पहचान नहीं रखता है क्योंकि वे सारथी होते हैं और वह एक धनुर्धारी बनना चाहता है।

सीमाओं के निर्माण की तथा मैं किसे अपना समझता हूँ और किसे नहीं के बीच सीमाएं तय करने की यह योग्यता मनुष्य में माया से आती है जो किसी चीज़ को मापने, सीमाबद्ध करने और अलग करने की एक विशेष मानवीय योग्यता है। सामान्य रूप से माया का अनुवाद मिथ्या अथवा भ्रांति के रूप में किया जाता है, परन्तु उसके मूल 'मा' का अर्थ है मापना। जब हम इस संसार को मापने की वास्तविकता रूपी छलनी के

माध्यम से देखते हैं तो हमें लगता है कि माया एक भ्रांति है।

मापन इस संसार को समझने के उद्देश्य से अपने चारों ओर की सभी चीज़ों को चिह्नित और वर्गीकृत करने में हमारी सहायता करता है। हम संसार को एक जानने योग्य इकाई के रूप में उसी प्रकार से लेते हैं जिस प्रकार रसायनशास्त्र में सभी तत्वों की आवर्तिक सूची का अथवा जीवविज्ञान में पेड़–पौधों तथा रोगों में विभिन्न प्रकार का वर्गीकरण करते हैं। माप प्रकृति को समझने के लिए विज्ञान का एक मंत्र है। हालांकि, मापन से ही निर्णय किया जाता है–हम न केवल वर्गीकरण करते हैं, बल्कि हम तुलना करते हैं और अनुक्रम भी तैयार करते हैं, इसीलिए हम प्रतियोगिता में भाग लेते हैं। यह विवाद को बढ़ने देता है।

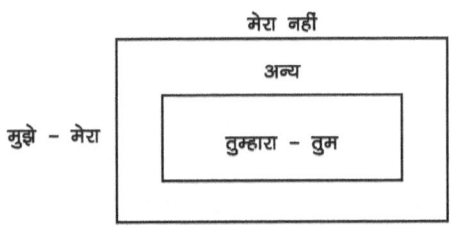

मेरा एवं मेरा नहीं

क्षेत्रज्ञ की तुलना किसी और से नहीं की जा सकती क्योंकि यह अनन्त और अमर है। आपके अन्दर की आत्मा वही है जो मेरे अन्दर है। परन्तु आप और मैं अपनी आत्मा के साथ नहीं जुड़े हैं तथा हम एक–दूसरे की भूख, भय और गुणों के प्रति सहानुभूति नहीं रखते हैं। हम पदानुक्रम में स्वयं को ढूँढ़ने के लिए अपने–अपने क्षेत्रों की तुलना करेंगे तथा स्वयं को एक पहचान देंगे।

मेरे पास क्या है जब मेरा मूल्य यहाँ से आता है तब जितना मेरे पास होता है, मैं उतना अधिक मूल्यवान बन जाता हूँ। और इस प्रकार मैं यह सुनिश्चित करना चाहता हूँ कि मेरे पास आप से अधिक हो। इसीलिए रामायण में परस्पर तुलना होने के कारण ही विवाद पैदा हो जाते हैं। कैकेयी कनिष्ठ रानी होने से घृणा करती है। इसीलिए वह चाहती है कि

उसका पति अयोध्या के राजा दशरथ, उसके पुत्र भरत को उत्तराधिकारी घोषित कर दे ताकि वह रानी माँ बनकर अपने से वरिष्ठ रानी कौशल्या के ऊपर अधिकार जमा सके।

महाभारत में भी इसी प्रकार की तुलना से विवाद पैदा होने का वर्णन है। हस्तिनापुर के राजा पाण्डु को एक अभिशाप मिलता है, फलस्वरूप वह अपनी पत्नियों से सम्भोग करने और उनसे बच्चे पैदा करने में असमर्थ हो जाता है। इसके बाद वह वन में रहने के लिए चला जाता है। उसकी दोनों पत्नियाँ कुंती और माद्री भी उसके साथ वन चली जाती हैं। तब कुंती उन्हें इस अभिशाप से बचने का उपाय बताते हुए कहती है कि 'मेरे पास एक ऐसा मंत्र है जिससे मैं किसी देवता का आह्वान करके उसे मुझे एक पुत्र देने के लिए बाध्य कर सकती हूँ।' पाण्डु इस उपाय का प्रयोग तब तक नहीं करता जब तक कि वह यह नहीं सुनता कि उसका बड़ा भ्राता अंधा धृतराष्ट्र, जो अब हस्तिनापुर का शासक बन गया है, की पत्नी गांधारी गर्भवती है। उसके मन में प्रतियोगी भाव जागृत हो उठता है। वह कुंती से उस मंत्र का लाभ उठाने के लिए आग्रह करता है। वह यम, वायु और इन्द्र का आह्वान करती है तथा उनसे युधिष्ठिर, भीम और अर्जुन को पैदा करती है। पाण्डु उससे और पुत्र पैदा करने के लिए कहता है, परन्तु कुंती कहती है कि वह इस मंत्र का प्रयोग तीन बार से अधिक नहीं कर सकती। इसलिए पाण्डु उससे इस मंत्र के विषय में अपनी दूसरी पत्नी माद्री को बताने के लिए कहता है। कुंती अपने पति का कहना मानती है। परन्तु वह तब उससे कुढ़ जाती है जब एक मंत्र का प्रयोग करते हुए माद्री दो पुत्र पैदा करने के लिए अश्विनीकुमारों का आह्वान करती है, जो सदैव जोड़ी में ही आते हैं। कुंती उसे पुनः मंत्र देने से मना कर देती है क्योंकि वह माद्री से अधिक पुत्रों की माता बनी रहना चाहती है। पाण्डु के पुत्रों के जन्म के विषय में जानकर गांधारी इतना घबरा जाती है कि वह अपनी सेविका को गर्भधारी पेट को लोहे की छड़ से मारने का आदेश देती है ताकि उसका बच्चा बाहर निकल जाए। इसके बावजूद वह एक मांस के गोले को जन्म देती है जो लोहे के समान ठंडा होता है। वह ऋषि व्यास की सहायता से उसके टुकड़े कर के उन्हें सौ पुत्रों में बदल

देती है, जो माद्री से अठानवे तथा कुंती से सत्तानवे अधिक हैं ताकि वह अपनी और अंततः अपने पति की श्रेष्ठता स्थापित कर सके।

मनुष्य अपनी सहज बुद्धि से मूल्यांकन और तुलना करता है। गीता में जब कृष्ण देवताओं और असुरों में भेद करते हैं तो हम देवताओं को असुरों से अच्छी स्थिति में पाते हैं। जब कृष्ण तीन प्रकार के योग के विषय में चर्चा करते हैं तो हमें यह आश्चर्य होता है कि इनमें से कौन श्रेष्ठ है–कर्मयोग, भक्तियोग और ज्ञानयोग। जब कृष्ण तीन गुणों के विषय में चर्चा करते हैं तो हम यह पाते हैं कि सत्व गुण रजस गुण से अच्छा है और रजस गुण तमस गुण से अच्छा है। जब कृष्ण चार वर्णों के विषय में बात करते हैं तो हम यह पाते हैं कि ब्राह्मण, क्षत्रिय से श्रेष्ठ होता है, क्षत्रिय, वैश्य से श्रेष्ठ होता है और वैश्य, शूद्र से श्रेष्ठ होता है। यह सब माया के कारण होता है।

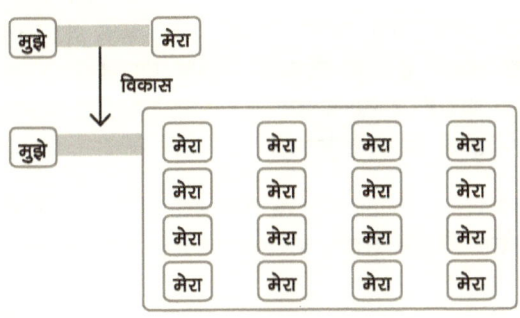

भौतिकवाद

प्रकृति में पदानुक्रम होता है। परन्तु पशु में वर्चस्व की आकांक्षा नहीं होती है, यह जीवित रहने के लिए आवश्यक है। वर्चस्व से यह सुनिश्चित होता है कि उन्हें और अधिक भोजन मिलेगा। मनुष्य का वर्चस्व स्वयं को मूल्य प्रदान करने तथा अपने बारे में अच्छा महसूस करने के लिए होता है। मनुष्यों को पहचान दिलाने के लिए सामाजिक संरचना तैयार की जाती है। वे निरपवाद से सामाजिक तत्वों जैसे सम्पत्ति, ज्ञान, सम्पर्क और कौशल,

की तुलना पर आधारित हैं। कैकेयी, गांधारी, कुंती, पाण्डु सभी अपने पुत्रों के आधार पर होड़ करते हैं। किसके पास अधिक पुत्र हैं? किसके पुत्र अधिक शक्तिशाली या बुद्धिमान हैं? किसका पुत्र राजा है? मैं तुमसे अधिक अच्छा हूँ क्योंकि जो मेरे पास है वह तुम्हारे से अधिक बड़ा है अथवा अधिक अच्छा या अधिक तेज़ या अधिक धनवान या अधिक सुन्दर अथवा अधिक सस्ता या अधिक ख़तरनाक है। हम अपनी पदवी और राज्य से स्वयं का मूल्यांकन करते हैं, जिससे हम स्वयं को विशिष्ट एवं संगत होने का अनुभव करते हैं।

हे अर्जुन, परिमाप और पदक्रम का आवरण उन सभी को भ्रमित करते हैं जो इस भौतिक संसार को उसकी तीन सहज प्रवृत्तियों का अभिप्राय ढूँढ़ने का प्रयास तब तक करते हैं जब तक कि वे मेरी वास्तविकता को स्वीकार नहीं करते हैं जिसे कभी मापा नहीं जा सकता और न ही उसकी कभी किसी से तुलना ही की जा सकती है। जो सीमाओं के इस काल्पनिक मायाजाल में फँस जाते हैं वे राक्षस होते हैं। *—भगवद् गीता, अध्याय—7, श्लोक—13 से 15 (भावानुवाद)*

माया हमें अनन्तता और अमरत्व तथा इस भावना से दूर ले जाती है कि हमारे बिना भी यह संसार चल सकता है। माया हमें महत्त्वपूर्ण होने का अनुभव कराती है।

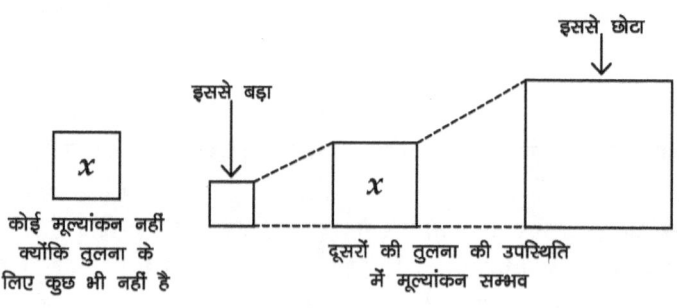

परिमाप

पुराणों में एक नारद नामक संन्यासी है, जो एक घर से दूसरे घर लोगों की योग्यता, पद और सम्पत्ति की तुलना करते हुए घूमते रहते हैं। यानी उसकी पत्नी अधिक सुन्दर है, उसका पुत्र अधिक योग्य है, उसकी पुत्री का विवाह एक धनी व्यक्ति के साथ हुआ है, उसके बहुत अनुयायी हैं, उसका राज्य बहुत बड़ा है, उसके पास बहुत अधिक आभूषण हैं। इस तुलना से लोगों में परस्पर अपर्याप्तता एवं ईर्ष्या की भावना जागृत होती है। वे लोगों में आकांक्षाओं की आग पैदा करते हैं तथा उनमें विवाद पैदा कराते हैं। उनमें परस्पर तनाव पैदा करके नारद नारायण! नारायण! का मंत्र जपते हुए वहाँ से निकल जाते हैं। परन्तु कोई उनकी बातों पर ध्यान नहीं देता है। वे नारायणी (क्षेत्र) में इतने मस्त होते हैं कि उन्हें नारायण (क्षेत्रज्ञ) के विषय में चिन्ता करने की कोई सुध नहीं होती।

नारद न ही विवाह करना चाहते थे और न ही बच्चे पैदा करना। वे संन्यासी बनना चाहते थे। इससे उनके पिता ब्रह्मा नाराज़ हो गए और उन्होंने उन्हें यह श्राप दिया कि वह भौतिक संसार में सदैव भ्रमण करता रहेगा। इसी कारण नारद अपना समय उन गृहस्थियों का उपहास करने में व्यतीत करते हैं जो स्वयं के अन्दर विराजमान नारायण (क्षेत्रज्ञ) पर ध्यान केन्द्रित करने के बजाए नारायणी (क्षेत्र) के आधार पर स्वयं को महत्त्व देते हैं।

एक समय नारद द्वारिका आते हैं और कृष्ण के घर में झगड़ा करवा देते हैं। कृष्ण की पत्नियाँ उनसे पूछती हैं कि वे क्या चाहते हैं। तो उस शरारती और झगड़ा लगाने वाले नारद ने उनसे कहा कि 'मैं तुमसे तुम्हारा पति चाहता हूँ।' रानियों ने उनसे कहा कि वे उन्हें अपना पति नहीं दे सकतीं। इस पर नारद ने उनसे कहा कि 'मुझे कुछ ऐसी चीज़ दो जिसे तुम उनके समान या उनसे भी अधिक प्रेम करती हो।' रानियों ने उनकी बात मान ली। तब कृष्ण को तराजू के एक पलड़े में बैठाया गया और रानियों से कहा गया कि वे दूसरे पलड़े में कुछ ऐसी चीज़ रखें जो उनके लिए कृष्ण के समान या उनसे अधिक प्रिय हों। सत्यभामा ने उस पलड़े में अपने समस्त आभूषण रख दिए। लेकिन इससे कोई फ़र्क नहीं पड़ा। क्योंकि कृष्ण उससे अधिक भारी थे। तब रुक्मिणी ने तुलसी की एक छोटी टहनी उस

पलड़े पर रखी और कहा कि यह कृष्ण के प्रति उसके प्रेम का प्रतीक है। तुरंत वह पलड़ा उसके पक्ष में झुक जाता है और नारद को सत्यभामा के स्वर्ण आभूषणों से नहीं अपितु रुक्मिणी के प्रेम का प्रतीक, तुलसी की उस छोटी–सी टहनी से संतुष्ट होना पड़ता है।

इस कहानी का कोई तार्किक भाव नहीं है। तुलसी की एक छोटी–सी टहनी का भार कृष्ण से अधिक कैसे हो सकता है? परन्तु इससे एक लाक्षणिक भाव पैदा होता है। जब तुलसी की एक छोटी टहनी को मानवीय कल्पना द्वारा भाव दिया जाता है तो वह किसी भी चीज़ से अधिक भारी हो जाती है। एक कुत्ता स्वर्ण और पत्थर के बीच भेद नहीं कर सकता। परन्तु मनुष्य स्वर्ण को धन के रूप में देखता है और पत्थर को एक सुन्दर मूर्ति में बदल सकता है। यह कल्पना की शक्ति है। हम अनन्त को माप नहीं सकते हैं जैसे कि सत्यभामा ने अनुभव किया जब वह कृष्ण को स्वर्ण से तौलना चाहती थी। परन्तु हम अनन्त को बाँध सकते हैं, जैसे रुक्मिणी ने किया था।

कृष्ण को तौलना

मेरी गीता

हे अर्जुन, मैं अनन्त और अनश्वर होते हुए भी प्रकृति के नियमों का सम्मान करता हूँ। मैं स्वयं को नियत, नश्वर और परिमेय अस्तित्व में बाँधता हूँ। *–भगवद् गीता, अध्याय–4, श्लोक–6 (भावानुवाद)*

इस प्रकार मन्दिरों में एक पत्थर (पिण्ड, लिंग) अथवा एक जीवाश्म (शालिग्राम) को निराकार देवता का स्वरूप माना जाता है। यह हमारी कल्पना होती है जो चीज़ों को महत्त्व देती है, किसी क्रिया का उद्देश्य पूरा करती है तथा किसी चीज़ को पहचान देती है। हम उसे अर्थ दे सकते हैं अथवा उसे नष्ट कर सकते हैं। यह माया की शक्ति है। यह हम मनुष्यों को ईश्वर द्वारा प्रदान की गई शक्ति है। माया को प्रायः एक जादू समझा जाता है, क्योंकि उसमें इस संसार को अर्थपूर्ण बनाने की, प्रत्येक शब्द को रूपक में बदलने की तथा प्रत्येक प्रतिमा को एक चिन्ह के रूप में बदलने की शक्ति है।

महत्त्व देने की मानवीय योग्यता

माया तुलना के द्वारा विवाद के कारण किसी भी चीज़ को विभाजित और पृथक कर सकती है। यह हमारे आस–पास की चीज़ों को हमारे लिए वास्तविकता में बदल सकती है, क्योंकि हमारा मन किसी भी चीज़ का अर्थ निकाल सकता है। उदाहरण के लिए एक संन्यासी कामवासना और हिंसा को भयानक रूप में देखता है जबकि एक गृहस्थ कामवासना और हिंसा को एक आवश्यकता और यहाँ तक कि आनंद के रूप में भी देखता

है। माया इस संसार का विभाजन कर सकती है। यह संसार को एक सूत्र में भी बाँध सकती है तथा जैसे ही हम जिसे भी चाहें उसे शामिल करने के लिए अपनी सीमाओं को विस्तार देते हैं वह संबंधों को गोंद की तरह जोड़कर रख सकती है। दुर्योधन का सूतपुत्र कर्ण को अपने साथ सम्मिलित किया जाना परन्तु अपने चचेरे भाई अर्जुन का बहिष्कार किया जाना एक चर्चा का विषय है। ऐसा इसलिए है क्योंकि आम बोलचाल की भाषा में माया का अर्थ 'लगाव' भी होता है जो संबंधों को साथ में बाँधता है।

जब लोग हिन्दी में कहते हैं कि 'सब माया हैं' तो इसका सामान्य रूप में अनुवाद होता है कि 'यह संसार एक मायाजाल अथवा श्रमजाल हैं,' इसका अर्थ है कि दुनिया की हम जो कल्पना करते हैं वह वैसी ही होगी—यानी मूल्यवान या मूल्यहीन, अभिलाषा से परिपूर्ण या कटुतापूर्ण।

वेदांत में एक संस्कृत की उक्ति है 'जगत मिथ्या, ब्रह्म सत्य।' इसका अर्थ है कि 'यह संसार एक धोखा है तथा देवत्व ही वास्तविकता है।' मिथ्या का अर्थ है माया के द्वारा सीमित रूप से निर्मित परिमित सत्य। ऐसे में इस उक्ति का अनुवाद इस प्रकार से भी किया जा सकता है—'भौतिक संसार एक अधूरी वास्तविकता है, जिसे कल्पना एवं भाषा द्वारा पूरा किया जा सकता है।' हम जिस प्रकार से संसार को मापते हैं, सीमांकन करते हैं तथा बाँटते हैं वैसे ही हम अपने जीवन में निराशा एवं आनंद का सृजन कर सकते हैं। संसार में स्वयं कोई अंतर्भूत परिमाप नहीं है।

> हे अर्जुन, ज्ञानी जन एक विद्वान, चंडाल, गाय, हाथी या कुत्ते की ओर समान दृष्टि से देखते हैं। एक व्यक्ति जो सभी को समान दृष्टि से देखता है तथा सभी सुखद एवं दुःखद परिस्थितियों में समबुद्धि रहता है, उसने यह मान लिया है कि दिव्य शक्ति भी देवता के लिए निष्पक्ष रहती है। —*भगवद् गीता, अध्याय—5, श्लोक—18 से 20 (भावानुवाद)*

क्या तुम स्वयं की तुलना मेरे साथ करके अपनी पहचान बनाना चाहते हो? यह माया है, एक आवश्यक भ्रमजाल जिसके बिना समाज कोई कार्य नहीं कर सकता। इससे इस प्रेरणा द्वारा आपका उत्थान हो सकता है, आपको ईर्ष्यावश घोर निराशा होती है अथवा इस बात का पता चलते ही कि आप मुझ से किस प्रकार भिन्न हो, आपको शान्ति प्राप्त होती है।

16
आप और मैं दृढ़ रहते हैं

यदि मैं वही हूँ जिसे मैं स्वीकार करता हूँ, तब मैं संसार में अपने मूल्यों को अर्जित करने के लिए दृढ़ रहता हूँ। और जब आप इसे मुझ से प्राप्त करने का प्रयास करते हैं तो मैं उपेक्षित अनुभव करता हूँ, क्योंकि मेरी सम्पत्ति से मेरी पहचान जुड़ी हुई है। इस अध्याय में हम मोह के विषय में अन्वेषण करेंगे जिसमें उन सीमाओं से अनुराग होता है जो मुझे 'मेरा' और 'मेरा नहीं' से अलग करता है तथा हिंसा को उल्लंघन में परिवर्तित कर देता है। उल्लंघन एक मनोवैज्ञानिक हिंसा है जो शारीरिक हिंसा से सम्बद्ध हो सकती है अथवा नहीं हो सकती तथा यह अत्यन्त पीड़ाजनक होती है क्योंकि यह हमारी पहचान के अमान्यकरण में निहित होती है। यह उन सबके साथ जिन्हें हम 'मेरा' समझते हैं, प्रत्यक्ष रूप से हमारे संबंधों के अनुरूप होता है। गीता के एक पृथक अध्याय के माध्यम से अनुराग का यह विचार प्रवाहित होता है और यह हिन्दू संन्यासियों तथा गृहस्थों की परम्पराओं में एक महत्त्वपूर्ण भूमिका निर्वाह करता है।

बुद्ध ने जीवनपर्यंत चीज़ों के नश्वर (पाली में अनिक्का) होने तथा स्व–रहित (पाली में अनत्ता) के विषय में चर्चा की। फिर भी, उनकी मृत्यु तथा उनके शरीर के अंतिम संस्कार के बाद उनके शरीर के अवशेषों (दांत, केश, अस्थियों) को उनके शिष्यों द्वारा इकट्ठा किया गया तथा निशानी के रूप में पूजने के लिए उन्हें स्तूपों में रख दिया। स्तूपों को प्रतिष्ठापित करने के लिए चैत्यों का निर्माण किया गया तथा चैत्यों के चारों ओर विहार बनाए गए, जहाँ बौद्ध भिक्षु रहते थे। बौद्ध भिक्षुओं ने बुद्ध को विस्मृत नहीं होने दिया। वे उनके शारीरिक अवशेषों के साथ लिपटे रहते जिससे कि वे अपने गुरु के शरीर के भौतिक अवशेषों को चिरस्थाई रख सकें जिसने जीवन की नश्वरता की शिक्षा दी थी, बावजूद इसके कि उन्हें बुद्ध ने ऐसा न करने के आदेश दिए थे। इस कहानी में यह बताया गया है कि जब बुद्ध मृत्यु शय्या पर थे तो उनके शिष्य रोने लगे और चिन्ता करने लगे कि वे अपने गुरु के बिना कैसे जीवित रहेंगे। बुद्ध ने तब सोचा कि वह लोगों के लिए उस लट्ठे के समान बनेंगे जिससे वे इस दुःख के सागर को पार कर सकेंगे। परन्तु लोग उन्हें पालकी की तरह बनाना चाहते थे जिसे वे अपने साथ इधर–उधर ले जा सकें ताकि वह उनका बोझ हमेशा की तरह उठा सकें। बुद्ध उनको मुक्ति दिलाना चाहते थे, जबकि शिष्य स्वयं को बेड़ियों में बाँधना चाहते थे।

यह बौद्ध धर्म की विडम्बनाओं में से एक है। यह विडम्बना हिन्दू मठवादी परम्पराओं में भी पाई जाती है, जहाँ पर साधु अपने गुरु के शव का अंतिम संस्कार करने के बजाए उनके शरीर के अवशेषों के साथ चिपके रहते हैं। वे नमक की सहायता से उसकी ममी तैयार करते हैं, उसे भूमि में गाड़ देते हैं तथा उसके ऊपर स्मारक बना देते हैं ताकि उनका गुरु सदैव पूजनीय बना रह सके। यह स्मारक समाधि कहलाता है, जो उस संन्यासी के नश्वर अवशेषों का अनुचित लाभ उठाने के दृष्टिकोण से बनाया जाता है, जो आरम्भ में अपनी सम्पत्ति (क्षेत्र) को तथा अंततः अपने शरीर (देह) को स्वेच्छापूर्वक त्याग देता है।

प्रकृति में और यहाँ तक कि दो पदार्थों के बीच भी आकर्षण एवं प्रतिकर्षण की प्राकृतिक शक्तियाँ होती हैं। पेड़–पौधों तथा पशु भोजन प्राप्त

करने तथा खतरों से बचते हैं। इसके अतिरिक्त मनुष्य की धन–सम्पत्ति (क्षेत्र) की अनुरक्ति (राग) ही है जो उसे समाज में मान दिलाती है। हम स्वयं को समझा लेते हैं कि हमारी सामाजिक प्रणाली हमारी पहचान का निर्धारण करती है। ऐसा कहा जा सकता है कि हमारी सही पहचान अमूर्त एवं अपरिमेय (क्षेत्रज्ञ) है, जो अति अविश्वसनीय लगती है, क्योंकि इसे कभी सिद्ध नहीं किया जा सकता, इस पर केवल विश्वास किया जा सकता है। इस प्रकार हम अपने लक्ष्यों अथवा नियमों के साथ, अपनी सम्पत्ति या संबंधियों के साथ, अपनी पदवी या विचारों के साथ चिपके रहते हैं और उनके लिए ऐसे लड़ते हैं जैसे कि पशु अपनी सीमा के लिए एक–दूसरे के साथ लड़ते हैं। पशु आपस में इसलिए लड़ते हैं क्योंकि इस पर उनके शरीर की उत्तरजीविता निर्भर होती है। अपनी पहचान की उत्तरजीविता (अहं) के रूप में मनुष्य की लड़ाई इस पर निर्भर होती है। जुड़ाव सुविधाजनक होता है। असुरक्षा का भाव अधिक पाने की इच्छा (काम) को और भड़काता है, इसलिए अधिक से अधिक अर्जित करना ही जीवन का उद्देश्य बन जाता है। जब वह हमें प्राप्त नहीं होता है तो हम क्रोधित हो जाते हैं और एक बार जब वह हमें प्राप्त हो जाता है तो हम

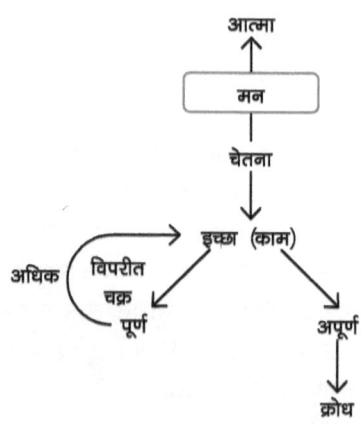

काम और क्रोध

लालची बन जाते हैं और हमें उसके प्रति अनुराग (मोह) हो जाता है तथा हम गर्व से मदमस्त हो जाते हैं, क्योंकि हमने वह चीज़ प्राप्त कर ली है तथा जिनके पास वह हम से अधिक है हमें उसके प्रति ईर्ष्या हो जाती है तथा जिनके पास वह कम होता है स्वयं को उनसे असुरक्षित मानने लगते हैं। इस प्रकार भौतिक वास्तविकता हमें मोहित कर देती है तथा हमारे मन को कई बार सिकोड़ लेती है। इन्हें छह बाधाएँ (अरिषद–वर्ग) कहा जाता है जो मन को उन्मुक्त रखने से, अहं को आत्मा के रूप में परिवर्तित होने से तथा ईश्वर को खोजने से रोकती हैं।

> हे अर्जुन, आक्रामक भौतिक प्रवृत्तियों के कारण व्यक्ति के विवेक में, हृदय में तथा मन में इच्छाएं उत्पन्न होती हैं। इच्छाएं अति लोभी होती हैं, यदि उन्हें संतुष्ट न किया जाए तो इससे क्रोध उत्पन्न होता है। इच्छाएं और क्रोध बुद्धि को उसी प्रकार ढक लेते हैं जिस प्रकार अग्नि को धुआं, दर्पण को धूल तथा शिशु को गर्भ ढक देता है। —*भगवद् गीता, अध्याय–3, श्लोक–37 से 40 (भावानुवाद)*

हम भय के कारण चीज़ों से विरक्त (द्वेष) रहते हैं। हम भय के कारण प्रभुत्व, उत्तरदायित्व तथा स्वामित्व लेने से डरते हैं। हम दिल टूटने से भयभीत होते हैं, इसलिए प्रेम करने से मना कर देते हैं। हम गिरने से भयभीत होते हैं, इसलिए संघर्ष करने से बचते हैं। हम परिणाम से भयभीत होते हैं, इसलिए किसी कार्रवाई को करने से मना कर देते हैं। हम स्पष्ट रूप से अपने मन में एक रेखा खींच लेते हैं कि कौन मेरा है तथा कौन मेरा नहीं है। यदि वस्तुओं के प्रति अनुराग रखने से हम गृहस्थ बन जाते हैं तथा उनके प्रति विरक्त होने से हम संन्यासी हो जाते हैं तो वास्तव में इनमें से कोई भी ज्ञानी नहीं है और न वास्तविकता को स्वीकार करते हैं। एक गृहस्थ के रूप में हम चाहते हैं कि जो मेरा है वह और बढ़े, कभी–कभी तो यह दूसरे की क़ीमत पर भी होता है, एक संन्यासी के रूप में हम उससे भी बचना चाहते हैं जो मेरा है और जो तुम्हारा है उसे ख़ारिज करते हैं।

वास्तविकता, स्वाभाविक रूप से चीज़ों को हम तक पहुँचने देती है तथा ऐसी चीज़ों को नहीं तलाशती जो स्वाभाविक रूप से हम तक नहीं पहुँचती हैं। ज्ञान उन परिणामों को लाता है जिन्हें हम समझते हैं कि हम वहन कर सकते हैं तथा उन परिणामों की प्रतीक्षा नहीं करता जिन्हें हम वहन नहीं कर सकते। अपने गुणों के आधार पर एक वृक्ष आम का फल देता है, यह उसका उद्देश्य अथवा उसकी इच्छा नहीं होती, यह क्षमताओं की अनुभूति मात्र है। यदि हम आम के पेड़ से सेब का फल पाने की अपेक्षा करेंगे तो इससे समस्या होगी। हम गुणों का सम्मान नहीं करते। मनुष्य एक राजा, एक योद्धा, एक व्यापारी, एक सेवक या एक कवि बन सकता है, जो उसकी योग्यताओं एवं क्षमताओं पर निर्भर करता है। यदि हम किसी योद्धा को एक कवि के रूप में बदलने का प्रयास करते हैं, क्योंकि हम युद्ध के द्वारा विरोध प्रकट करते हैं अथवा कविता के प्रति आकर्षित होते हैं, तो इससे हमें तनाव होगा एवं हम दुःखी हो जाएंगे। इसलिए हिन्दू धर्म परिवर्तन की बात नहीं कहता बल्कि केवल क्षमताओं

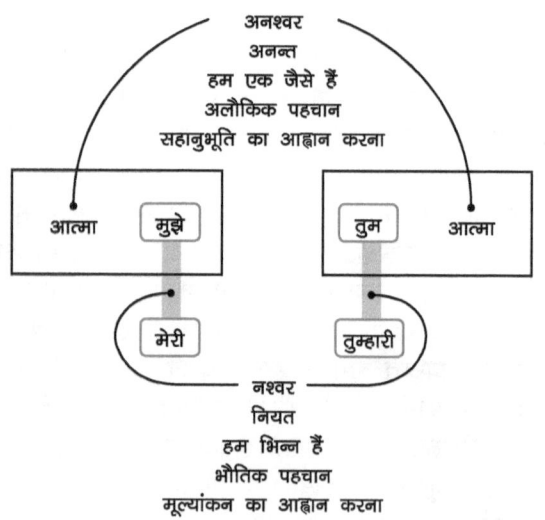

समान अथवा भिन्न

को पहचानने की बात करता है। अपनी योग्यताओं की पहचान होने देना बिना अपनी पहचान को इससे निर्देशित होने या बिना इसके अस्तित्व को खारिज किए यही ज्ञान की पहचान है।

हे अर्जुन, सभी प्राणी अपनी प्रकृति के अनुसार व्यवहार करते हैं। ज्ञानी जन भी अपनी प्रकृति के अनुसार कार्य करते हैं। तब निग्रह का क्या महत्त्व है? तुम्हारी चेतना स्वाभाविक रूप से तुम्हारे शरीर के आस—पास की चीज़ों से प्रभावित होगी अथवा उनका प्रतिरोध करेगी। तुम उनसे स्वयं को मोहित न होने देना और स्वयं को जानने से अपना ध्यान भंग न होने देना। —*भगवद् गीता, अध्याय—3, श्लोक—33 एवं 34 (भावानुवाद)*

कुछ नहीं (शून्य) को चाहना भी उतना ही भ्रांतिमूलक है जितना सब कुछ (अनन्त) को चाहना। ज्ञानी पुरुष को कुछ नहीं चाहिए परन्तु उसके सामने जो कुछ भी आता है वह उसे स्वीकार कर लेता है और जब उससे अलग होने का समय आता है तो वह उसे जाने देता है। राम इसलिए राम नहीं हैं कि उनका जन्म उस कुल (राज घराने) में हुआ है या उस कारण से जो उन्होंने प्राप्त (रावण का वध) किया। यदि उनकी ये उपलब्धियाँ अथवा प्राप्तियाँ न होतीं तो तब भी वे राम ही होते।

हे अर्जुन, जो अनुरक्त अथवा विरक्त हुए बिना भौतिक सुखों में लिप्त होते हुए आत्मा के साथ स्वयं को पहचानता है वह सदा सुखी रहता है। —*भगवद् गीता, अध्याय—2, श्लोक—64 (भावानुवाद)*

प्रकृति में शक्ति होती है। संस्कृति में भी अतिक्रमण होता है क्योंकि वस्तुएं मात्र वस्तुएं नहीं होतीं, वे पहचान की प्रतीक होती हैं। पशु हिंसक तब होते हैं जब उनके क्षेत्र में अतिक्रमण होता है अथवा उन पर कोई आक्रमण होता है। वे अपनी उत्तरजीविता की सुरक्षा की दृष्टि से लड़ते हैं, परन्तु उनकी हिंसा में कोई नैतिकता नहीं होती। मनुष्यों में, क्योंकि

हम वस्तुओं के माध्यम से स्वयं को पहचानते हैं, कोई भी आक्रमण जिसे हम स्वयं पर होते हुए देखते हैं, हमारी पहचान पर अतिक्रमण बन जाता है। यह मानव जाति के लिए अनूठा है।

मनुष्य दूसरे मनुष्य के भौतिक तत्व (देह) को छुए बिना उसके सामाजिक तत्व (क्षेत्र) का उल्लंघन कर सकता है। इस दर्द का अनुभव मन में होता है। यह क्षति उस मानसिक शरीर (अहं) को पहुँचती है, जिसे बाहरी शरीर से महत्त्व प्राप्त होता है। इस प्रकार जब कोई पथिक हमारी कार को क्षति पहुँचाता है तो हमें दुःख होता है। कार को हुई क्षति से हमें किसी प्रकार का शारीरिक दुःख नहीं होता है, परन्तु हम मानसिक रूप से दुःखी हो जाते हैं। इसमें किसी प्रकार की हिंसा न होते हुए भी हम हिंसक हो जाते हैं, क्योंकि हमारी कार हमारी सम्पत्ति होने से हमारे सामाजिक अस्तित्व का अंग होती है, जो हमारी पहचान को महत्त्व दिलाता है। मानव समाज हमारे आस—पास की चीज़ों को हमारे साथ जुड़े रखने की शर्तें निर्धारित करता है, संबंधों, पदों एवं सम्पत्ति से महत्त्व प्राप्त करता है। दूसरे शब्दों में समाज मोह एवं मद का आनंद लेता है।

मद का आशय उस द्रव्य से है जो कामवासना से उन्मुक्त नर हाथी की कनपटी से रिसता है। जब पशु पूर्ण रूप से कामोत्तेजित और मदहोश दिखाई देता है तथा जो भी उसके सामने आता है उस पर आक्रमण कर सकता है इस अवस्था को 'मस्त' कहा जाता है। वह अपनी इच्छा को पूरा करना चाहता है। मद से ही मदिरा बनती है, जिसका अर्थ है शराब। मद से ही मदन शब्द बना, जिसका आशय कामुकता के देव, कामदेव से है।

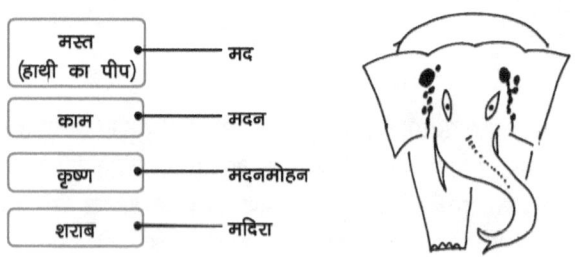

मस्त (हाथी का पीप)	→ मद
काम	→ मदन
कृष्ण	→ मदनमोहन
शराब	→ मदिरा

मद शाब्दिक एवं रूपक

परन्तु कृष्ण को मदनमोहन भी कहा जाता है। वह मनमोहिनी भी बन जाते हैं। विष्णु एवं उनके सभी अवतार उनकी कामवासना एवं हिंसक व्यवहार से सम्बद्ध हैं। परन्तु वे अनुराग एवं द्वेष से परे हैं क्योंकि विष्णु के सभी कार्य उनके आस—पास के लोगों को, न कि स्वयं को महत्त्व दिए जाने के दृष्टिकोण से ही किए गए हैं।

रामायण में रावण तब भी सीता को लौटाने से मना कर इस मद का प्रदर्शन करता है जबकि राम द्वारा उसके पुत्र इन्द्रजीत एवं भाई कुम्भकरण का वध कर दिया जाता है तथा राम की वानर सेना द्वारा लंका को जला दिया जाता है। वह सीता के साथ जुड़े रहना चाहता है और उन्हें राम को लौटाने से मना कर देता है। वह सीता का महत्त्व जानता है क्योंकि वह उन्हें राम की सम्पत्ति मानता है। वह सीता को प्राप्त करके राम को क्रोधित करना चाहता है। हालांकि राम सीता को अपनी सम्पत्ति नहीं मानते हैं, परन्तु वे उन्हें अपना दायित्व मानते हैं। राम रावण को क्रोधित नहीं करना चाहते हैं, वे केवल सीता को सुरक्षित वापस प्राप्त करना चाहते हैं क्योंकि उनकी सुरक्षा करना रघुवंश का दायित्व है, जो उन्हें सीता के साथ विवाह करने पर प्राप्त हुआ था। उन्होंने युद्ध इसलिए नहीं किया कि रावण सीता को वापस नहीं कर रहा था, बल्कि इसलिए किया कि उसने सीता का अपमान किया था। वास्तव में, जब युद्ध समाप्त हो जाता है, उन्हें यह अपेक्षा नहीं थी कि सीता उनके साथ वापस लौट आएंगी। राम उन्हें अपना मार्ग चुनने का आमंत्रण देते हैं कि वे जहाँ भी जाना चाहती हैं जा सकती हैं। परन्तु वह उनके साथ अयोध्या वापस लौटना चाहती हैं।

महाभारत में जब कृष्ण कंस का वध करते हैं, तो सामान्यतः वे एक ऐसे आदमी का वध करते हैं जो उनके जीवन के लिए खतरा बना हुआ था। यह सुरक्षात्मक कार्रवाई थी न कि आक्रामक। यह हिंसा है न कि उल्लंघन। यहाँ कंस को पराजित करने की, उसे दुःख पहुँचाने की तथा उसे अपमानित करने की इच्छा नहीं थी। हालांकि जरासंध अनादर अनुभव करता है क्योंकि कंस उसके लिए एक सामाजिक अंग, उसकी सम्पत्ति था, जिस पर उसका आत्मसम्मान निर्भर करता था। वह कृष्ण का वध करने के लिए तथा नगर को जलाकर भस्म करने के लिए मथुरा पर आक्रमण

करता है। उसका यह कार्य धर्म का उल्लंघन है। बाद में कृष्ण भीम की सहायता से जरासंध का वध करते हैं। एक बार पुनः वे जरासंध को दुःख पहुँचाना और अपमानित करना नहीं चाहते हैं, परन्तु वे ऐसा चाहते हैं जिससे युधिष्ठिर राजगद्दी प्राप्त कर सके और सम्राट बन सके जिसकी अनुमति जरासंध कभी नहीं देता।

दुर्योधन का द्रौपदी का चीरहरण करने तथा पाण्डवों की भूमि कभी न लौटाने का निर्णय पाण्डवों को क्रोधित करने की उसकी इच्छा से ही हुआ। उन्हें क्रोधित करने से उसे अपने अहं की संतुष्टि प्राप्त होती है। कृष्ण नहीं चाहते हैं कि अर्जुन भी वैसा ही करे। वह चाहते हैं कि अर्जुन अपने शत्रुओं को क्रोधित किए बिना उनके साथ युद्ध करे। वह भीम के समान रक्तपिपासा की इच्छा नहीं रखता। संसार में हिंसा अवश्यम्भावी है क्योंकि इससे प्राणी स्वयं का पोषण करते हैं। परन्तु हिंसा कुछ नहीं बल्कि अपने आत्मोत्थान के लिए अहं की असभ्य तुष्टि है।

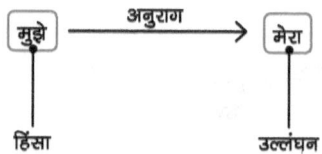

हिंसा और उल्लंघन

भागवत् पुराण में हाथियों के राजा गजेन्द्र के विषय में एक कथा है, जो मदमस्त होकर अपनी हथिनियों के साथ कामक्रीड़ा के उद्देश्य से कमल पुष्पों के तालाब में प्रवेश करता है। तभी एक मगरमच्छ उसका पाँव जकड़कर उसे जल के अन्दर खींच लेता है। गजेन्द्र बचने का प्रयास करता है, परन्तु सब बेकार, क्योंकि उसकी सहायता के लिए कोई नहीं आता। लाचार एवं असहाय होकर वह भगवान विष्णु की प्रार्थना करता है, जो वहाँ प्रकट हो कर मगरमच्छ का वध करके उसे बचा लेते हैं।

यह कथा किसी मन के लिए एक रूपक है, जो उत्साह से भरपूर है और इस भौतिक संसार में संतुष्टि चाहता है तथा अकस्मात संसार को

मेरी गीता

अपने विपरीत पाता है, जिससे वह और अधिक प्रतिरोधी हो जाता है। इसका समाधान घोर युद्ध करना नहीं है, क्योंकि इससे वह मगरमच्छ अपनी जकड़ को और मजबूत कर सकता था। इसका समाधान है कि वह युद्ध करना बन्द कर दे और इस बात पर विश्वास रखे कि एक दूसरी शक्ति वहाँ आकर उसकी रक्षा करेगी।

मैं पीड़ित हूँ।
वह खलनायक है।

यह भोजन है

गजेन्द्र मोक्ष

इस कथा में गजेन्द्र स्वयं को पीड़ित की तथा मगरमच्छ को खलनायक की स्थिति में देखना चाहता है। यदि वह विजयी होता है तो उसे नायक के रूप में प्रशंसा प्राप्त होगी और यदि वह पराजित होता है तो तब भी उसे एक ऐसे शहीद के रूप में प्रशंसा प्राप्त होगी जो संघर्ष करते हुए मृत्यु को प्राप्त हुआ। परन्तु एक समीक्षक यह देख सकता है कि मगरमच्छ कोई खलनायक नहीं है वह गजेन्द्र को स्वयं के लिए खतरे अथवा भोजन के रूप में देखता है। मगरमच्छ की हिंसा उल्लंघन नहीं है। परन्तु गजेन्द्र इसे एक उल्लंघन के रूप में देखता है, क्योंकि वह मदमस्त की स्थिति में होता है तथा स्वयं को हाथियों के राजा के रूप में और हथिनियों के स्वामी के रूप में देखता है, जो सभी से प्रेम करता है और सब उससे एक पशु के रूप में नहीं बल्कि एक शिकारी के लिए शिकार के रूप में

भय करते हैं। अपराध की कल्पना करके नायक बनने के तथा एक शहीद के रूप में दिखने के बजाए वैदिक ज्ञान यह बताता है कि हम अपने कर्म करते हुए माया, मोह और मद को पहचानें तथा काल्पनिक सीमाओं के विषय में संघर्ष करना बंद कर दें तथा इस बात पर विश्वास रखें कि यह जीवन अनेक शक्तियों द्वारा नियंत्रित होता है न कि उस एक से जिसका हम पर नियंत्रण होता है।

जब तक हमें ऐसा विश्वास नहीं होगा तब तक हम सभी समस्याओं के समाधान का बोझ ढोते रहेंगे। हम क्षुब्ध होकर लड़ते रहेंगे और एक दूसरे में लिप्त रहेंगे। ज्ञान उन चीज़ों का आनंद उठाने के लिए होता है जो इन बातों को दूर करते हुए उन्हें उसी तरह से जाने देता है जैसे तट पर लहरों का आना-जाना दिखाई देता है।

हे अर्जुन, जो लोग सदा धन दौलत के विषय में ही सोचते हुए उसमें लिप्त रहना चाहते हैं तथा निरन्तर लालसा करते रहते हैं, जिससे उनमें निराशा पैदा होती है और उससे क्रोध होता है, उसके बाद भ्रांति पैदा होती है, उसके बाद धन की हानि, ज्ञान की हानि होती है और अन्ततः उसका विनाश हो जाता है। –भगवद् गीता, अध्याय–2, श्लोक–62 एवं 63 (भावानुवाद)

प्रकृति में कोई अपराध नहीं होता है। हिंसा के बाद अपराध केवल तभी होते हैं जब हम चीज़ों को महत्त्व देना आरम्भ करते हैं और उनमें अपनी पहचान ढूँढ़ते हैं। जब तक हम आत्मा से विरक्त रहेंगे तब तक हम धन-सम्पत्ति में लिप्त होते रहेंगे।

17

आप और मैं दयालु हो सकते हैं

मोक्ष उस भय से मुक्ति देता है, जो हमें निष्ठावान बनाता है। जब हम त्याग करते हैं तो हम उससे भौतिक, भावनात्मक तथा बौद्धिक रूप से उदार बन जाते हैं। गीता के अध्याय-8 में कृष्ण द्वारा पुनर्जन्म के मायाजाल से बचने का विकल्प बताया गया है। गीता के अध्याय-15 में आंतरिक संसार की मुक्ति और बाहरी संसार के बीच वर्चस्व की लड़ाई का विस्तार से वर्णन किया गया है। गीता के अध्याय-18 में कृष्ण स्पष्ट करते हैं कि स्वयं कर्म का त्याग करने में अथवा किसी विशेष प्रतिक्रिया की अपेक्षा करने में त्याग लिप्त होता है।

अध्याय–15, जिस संसार में हम रहते हैं उसके भव्य चित्रण से आरम्भ होता है।

> हे अर्जुन, वटवृक्ष सदा ऊपर से नीचे की ओर बढ़ता है, उसकी जड़ें आकाश की ओर होती हैं तथा शाखाएं नीचे की ओर बढ़ती हैं। ज्ञानीजन जानते हैं कि वेद अपनी इच्छा से संघठित होता है। प्रकृति की प्रवृत्ति के परिणामस्वरूप शाखाएं ऊपर–नीचे बढ़ती हैं और अनुभव के द्वारा पोषित होती हैं। आकाश में ऊँची जड़ें जो नीचे की ओर उगती हैं वे उन इच्छाओं से उत्पन्न हुए कर्म हैं जो उन्हें मनुष्यों के अधिकार से बाँधती हैं। चेतनाओं का सम्मोहन आरम्भ होने तथा दृष्टि के धुंधली पड़ने से पूर्व ज्ञान ही नीचे की ओर जाने वाली इन जड़ों को काट सकता है जिससे उसकी मूल जड़ों से एक नया वटवृक्ष विपरीत दिशा में उग जाता है।
> *–भगवद् गीता, अध्याय–15, श्लोक–1 से 4 तक (भावानुवाद)*

वटवृक्ष हिन्दुओं के लिए एक पवित्र वृक्ष है। यह अमरता (अक्षय) का प्रतीक है। इसमें यह विशेषता है कि इसकी मुख्य जड़ें और सहायक जड़ें होती हैं। बाद वाली जड़ें उसकी शाखाओं में उगती हैं और अंततः इतनी मोटी हो जाती हैं कि इन्हें वृक्ष के मुख्य तने से भिन्न करना असम्भव हो जाता है।

इस श्लोक में कृष्ण वटवृक्ष का चित्रण करते हैं जो आकाश की ओर से बढ़ता है तथा उसकी मूल जड़ें आकाश में ऊपर की ओर बढ़ती हैं और उसकी सहायक जड़ें नीचे की ओर धरती में उगती हैं। इस प्रकार, इसका पोषण ऊपर से नीचे की ओर होता है। आकाश से नीचे की ओर बढ़ने वाली इसकी मूल जड़ें इसकी आंतरिक मानसिक वास्तविकता द्वारा पोषित होती हैं। धरती की ओर नीचे जाने वाली इसकी सहायक जड़ें इसकी बाह्य भौतिक वास्तविकता द्वारा पोषित होती हैं।

यह वृक्ष भी हमारे जैसा होता है। हमारा पोषण उसके अन्दर और

बिना उसके भी होता है। उसके अन्दर आत्मा है, जो अनश्वर एवं अनन्त होती है तथा इस प्रकार वह नश्वर एवं सीमित की उत्कण्ठा से पीड़ित नहीं होती है। उसे न तो भूख लगती है और वह न ही भयभीत होती है तथा न ही उसे अभिपोषण की अभिलाषा होती है। यह सांसारिक वस्तुओं, लोगों, हमारे संबंधों, हमारी इच्छाओं तथा हमारी निराशाओं से रहित है। जब हम बाहर से महत्त्व प्राप्त करते हैं तो हम यह मानते हैं कि हमारा उत्कण्ठित अहं हमारी पहचान है। इस प्रकार, कृष्ण अर्जुन को यह बताते हैं कि सभी सहायक जड़ों को काटने के लिए ज्ञान रूपी कुल्हाड़ी का प्रयोग करो, आत्मा की मूल जड़ों की शरण में जाओ और स्वयं को मुक्त करो। यही मोक्ष, मुक्ति है, जिसमें हमें बाहर से किसी प्रकार का अभिपोषण प्राप्त करने की इच्छा नहीं रह जाती है, परन्तु हम अन्दर से चिरकाल तक अभिपोषित अनुभव करते हैं। भय से मुक्ति ही मोक्ष है।

ऊपर से नीचे की ओर बढ़ता वटवृक्ष

हे अर्जुन, जो मन, तत्व की सत्यता को सही रूप में जान जाता है, उसकी भौतिक प्रवृत्तियाँ पुनर्जन्म से मुक्त हो जाती हैं, भले ही उसकी जीवनशैली कैसी भी हो। –*भगवद् गीता, अध्याय–13, श्लोक–23 (भावानुवाद)*

बुद्ध इच्छाओं (तन्हा, पाली में) को सभी दुःखों का कारण बताते हैं। इसलिए वे लोगों को सलाह देते हैं कि जीवन के इस सत्य को स्वीकार कर इच्छाओं का त्याग करो कि जीवन में कुछ भी निश्चित और स्थाई नहीं यहाँ तक कि पहचान भी।

हालांकि, गीता में दो प्रकार की पहचान के विषय में बताया गया है, धन–सम्पत्ति पर आधारित बाह्य पहचान अथवा अहं तथा ज्ञान पर आधारित आंतरिक पहचान अथवा आत्मा। अहं भय का परिणाम है। आत्मा ज्ञान का परिणाम है। अहं, काम, क्रोध, लोभ, मोह, मद और मात्सर्य का बीज है। आत्मा के परिणामस्वरूप मोक्ष प्राप्त होता है। आत्मा के कारण हम आसक्ति नहीं रखते हैं। हमें नियंत्रण की आवश्यकता नहीं होती। हम केवल उसे त्याग देते हैं। हम दयालु बन जाते हैं। हम ऐसा होने देते हैं।

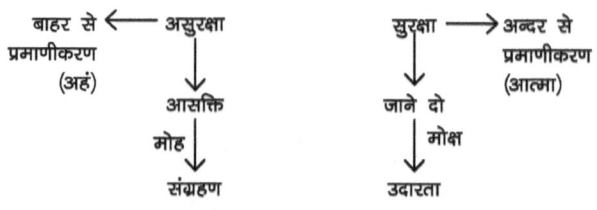

मद से मोक्ष

हे अर्जुन, जो मनुष्य अहंकार, स्वत्व, तृष्णा, दूसरे शब्दों में 'मैं' 'मेरा' और 'मुझे', का त्याग कर देता है, उसे सदैव शांति प्राप्त होती है। –*भगवद् गीता, अध्याय–2, श्लोक–71 (भावानुवाद)*

हम दूसरों के लिए चीज़ों का त्याग किस प्रकार करते हैं, यह मोक्ष का सूचक है। यज्ञ में स्वाहा या तो दक्षिणा, भिक्षा अथवा दान हो सकती है। दक्षिणा, हमें प्राप्त सेवाओं का भुगतान होती है। दूसरे शब्दों में, हम दक्षिणा से ऋण का भुगतान, एक लेन–देन पूरा करते हैं और हम सभी आभारों से मुक्त हो जाते हैं। भिक्षा एक दान है, एक पुण्य है, जिसके बदले में हम कुछ न कुछ, सम्मान, प्रशंसा, प्रतिदान और अनुग्रह प्राप्त करना चाहते हैं। दान वह होता है जिसके बदले में हम किसी प्रकार की अपेक्षा नहीं रखते हैं। देवता से हम किसी प्रकार की अपेक्षा नहीं रखते हैं। हम उस पर किसी प्रकार का आभार नहीं लादते हैं। उसमें किसी प्रकार के ऋण अथवा कर्मफल की चर्चा नहीं होती। गीता में दान को सात्विक, राजसिक अथवा तामसिक कहा गया है। दक्षिणा और भिक्षा को राजसिक दान के समकक्ष माना गया है।

हे अर्जुन, ऐसा दान, जो उपयुक्त व्यक्ति को उपयुक्त समय और उपयुक्त स्थान पर बिना इस अपेक्षा के दिया जाता है कि वह उसके बदले में कुछ देगा, सात्विक कहलाता है। ऐसा दान, जो अनिच्छा से दिया जाता है अथवा इस इच्छा से दिया जाता है कि उसके बदले में कुछ प्राप्त होगा, राजसिक कहलाता है। ऐसा दान, जो बिना सोचे, ग़लत समय अथवा स्थान पर अनुपयुक्त व्यक्ति को अवज्ञापूर्वक तथा असम्मानपूर्वक दिया जाता है, तामसिक कहलाता है। —*भगवद् गीता, अध्याय–17, श्लोक–20 से 22 तक (भावानुवाद)*

इसकी व्याख्या इन दो कथाओं द्वारा की गई है, एक महाभारत से और दूसरी भागवत् से। दोनों कथाओं में आरम्भ तो एक जैसा है, परन्तु अंत अत्यन्त भिन्न है।

बचपन के दो मित्र, एक–दूसरे के प्रति स्नेहवश जो कुछ भी उनके पास है, यहाँ तक कि जब वे बड़े होकर युवा बन जाते हैं, तब तक उसे बाँटने का वचन एक–दूसरे को देते हैं। उनमें से एक धनवान का पुत्र है

तथा दूसरा एक पुजारी का पुत्र है। भाग्य धनवान के पुत्र का साथ देता है न कि पुजारी के पुत्र का। घोर निर्धनता को प्राप्त करने वाला, निराश एवं संकोची पुजारी का पुत्र अपने धनी मित्र के पास जाने का निर्णय लेता है।

महाभारत में पांचाल का राजा द्रुपद, बचपन में की गई प्रतिज्ञा के पालन का युवावस्था तक निर्वहन करने वाले निर्धन द्रोण का अपमान करता है। वह द्रोण को मित्रता के नाम पर राजपरिवार के भाग्य को बाँटने, पहले जो उसका अधिकार था, की माँग करने के बजाए सेवा शुल्क अर्जित करने को तथा एक पुजारी के लिए उपयुक्त भिक्षा माँगने का कार्य करने के लिए कहता है। वह उससे कहता है कि, मित्रता दो समकक्षों के बीच ही होती है। द्रोण यह सुनकर अत्यन्त क्रोधित हो जाता है और राजदरबार से चला जाता है तथा द्रुपद के समकक्ष बनने का दृढ़–निश्चय करता है। उसका यह निर्णय प्रतिशोध की तीव्र भावना से कुरुक्षेत्र के नरसंहार के रक्तपात की पराकाष्ठा पर पहुँच जाता है, जिसमें द्रोण कौरवों का और द्रुपद पाण्डवों का पक्ष लेता है।

हालांकि, भागवत् में सुदामा निर्धन होता है और कृष्ण राजा होते हैं। उसका धनी मित्र उसे बहुमूल्य उपहार देकर उसका हार्दिक स्वागत करता है।

द्रुपद वैसा ही करता है, जैसा एक राजा को करना चाहिए। नियम निर्धारित करता है, वह द्रोण से कहता है कि वह व्यक्तिगत संबंधों का लाभ न उठाए तथा उससे आग्रह करता है कि वह इसके बजाए समाज में अपनी भूमिका को ध्यान में रखते हुए उचित व्यवहार करे। एक पुजारी के रूप में द्रोण ने यदि अपनी सेवाएं अर्पित की हैं तब वह या तो शुल्क (दक्षिणा) माँग सकता है और यदि उसने अपनी सेवाएं अर्पित नहीं की हैं तो वह दान (भिक्षा) माँग सकता है। दुर्भाग्यवश, द्रुपद को दर्शन का ज्ञान नहीं है, वह यह नहीं देखता कि द्रोण सहायता माँगने के लिए स्वयं को लज्जित होने का अनुभव करता है। वह द्रुपद को बचपन की प्रतिज्ञा और अपने हिस्से की माँग का स्मरण कराकर अपने फूहड़पन को छिपाता है। द्रोण को भी दर्शन का ज्ञान नहीं होता है। वह अपनी निर्धनता से अत्यधिक रूप से ग्रसित होता है वह इस बात पर ध्यान नहीं देता कि द्रुपद एक

मेरी गीता

बदला हुआ मनुष्य है, न कि एक मित्र, जिसे वह कभी जानता था।

दूसरी ओर सुदामा, निर्धन होने के बावजूद कई वर्षों से अपनी स्थिति में आए परिवर्तन से भावुक हो जाता है। वह कृष्ण का दर्शन करता है और सोचता है कि यह देखते हुए कि उस बात को बीते कई वर्ष हो गए हैं और उसका भाग्य बदल गया है उसका बचपन का मित्र उसे नहीं पहचानेगा। अपनी निर्धनता के बावजूद वह कृष्ण के लिए स्वयं को भूखा रखकर बचाए गए चावलों के मुरमुरे की एक पोटली भेंटस्वरूप ले जाता है। कृष्ण भी सुदामा का दर्शन करते हैं। वह सुदामा की निर्धनता को कुदृष्टि से नहीं देखते हैं, बल्कि उससे स्नेह रखते हुए भेंट की माँग करते हैं, जिससे सुदामा को आभास होता है कि कृष्ण अब भी उसे स्मरण करते हैं और उससे प्रेम करते हैं। सुदामा कृष्ण की दयालुता पर अभिभूत हो जाता है और उनसे कुछ नहीं माँगता है और उसे बाद में पता चलता है कि उन्होंने उसे सब कुछ दे दिया है।

दान से न तो आभार बनता है और न ही अपेक्षा। यह मोक्ष का एक सूचक है। मोक्ष तब प्राप्त होता है जब हम यह अनुभव नहीं करते हैं कि हमें अपनी सम्पत्ति से आसक्ति है तथा हम अपने आस–पास के लोगों पर अधिकार जमाना चाहते हैं क्योंकि हम अपनी पहचान को या तो अपनी सम्पत्ति अथवा अपनी शक्ति के द्वारा बनाए रखना चाहते हैं। सम्पत्ति और शक्ति ही दो ऐसे साधन हैं जो हमारे जीवन और हमारे आस–पास के लोगों के जीवन को आरामदायक बनाते हैं।

परोपकार के विभिन्न रूप

मोक्ष का एक अन्य सूचक है स्वीकार करना, जो कि आवश्यक रूप से एक भावात्मक उदारता है। हम देखते हैं कि रामायण का अंत सीता के

निर्वासन की दुःखद घटना से होता है। भागवत् भी दुःखद घटना से समाप्त होता है, जिसमें कृष्ण राधा, गोपिकाओं और अपनी माता यशोदा को वापस गोकुल लौटकर आने का वचन देते हैं, परन्तु मथुरा में अपनी बाध्यताओं के कारण वह वापस नहीं लौटते हैं। महाभारत का समापन भी गांधारी द्वारा कृष्ण को उसके पुत्रों की और द्रौपदी के पुत्रों की मृत्यु को न रोक पाने के कारण दिए गए अभिशाप की अनुभूति से होता है।

हालांकि, दुःखी सीता राम पर क्रोधित नहीं होती हैं। वह उन्हें जानती हैं, वह उनके ज्ञान, उनके प्रेम तथा राजधर्म के प्रति उनके दायित्वों को अच्छी प्रकार से समझती हैं। अत्यन्त दुःखी राधा भी कृष्ण पर क्रोधित नहीं होती हैं। वह भी यह समझती हैं कृष्ण को अपने मार्ग पर चलना है, तथा वे उसका साथी नहीं बन सकते हैं, क्योंकि उनकी भी पारिवारिक बाध्यताएँ हैं। विचारशील कृष्ण गांधारी से क्रोधित नहीं होते हैं। वे उसके गुस्से को समझते हैं। अपने अंधेपन के उस दायित्व को संभालने में उसकी अयोग्यता को समझते हैं, जो उसके बच्चों में असुरक्षा को बढ़ावा देता है। सीता राम से अपना अभिज्ञान प्राप्त नहीं करती हैं। राधा कृष्ण से अपनी पहचान प्राप्त नहीं करती हैं। कृष्ण गांधारी से अपनी पहचान प्राप्त नहीं करते हैं। सभी तीनों देहि, आत्मा, क्षेत्री, ब्राह्मण तथा भगवान में डूबे हुए हैं। हर कोई एक डूबा हुआ वटवृक्ष है, जो सदा आकाश द्वारा पोषित होता है और सदैव पृथ्वी का पोषण करता है।

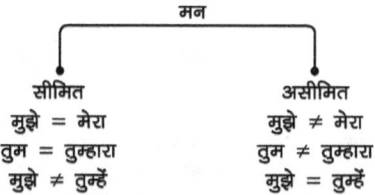

मन

सीमित	**असीमित**
मुझे = मेरा	**मुझे ≠ मेरा**
तुम = तुम्हारा	**तुम ≠ तुम्हारा**
मुझे ≠ तुम्हें	**मुझे = तुम्हें**

सीमित से असीमितता

क्या मैं अपने भय को जानता हूँ जो मुझे लालची, कृपण तथा निरोधक बनाता है? मुझे भौतिक, भावात्मक तथा बौद्धिक रूप से उदार बनने से कौन रोक सकता है? मुक्ति, अनिवार्य रूप से हमारी उस असुरक्षा को जाने देती है जो दूसरों के साथ हमारे संबंधों को तोड़ती है।

18

आप और मैं एक-दूसरे के लिए महत्त्व रखते हैं

सज्जनता दूसरों का पूर्वानुमान करती है। मठवादी परम्पराएं स्वयं को दूसरों से तटस्थ रखने पर ध्यान देती हैं। तथापि, गीता उस गृहस्थ के लिए, न कि संन्यासी के लिए, शिक्षाप्रद है, जो स्वयं को युद्ध भूमि से नहीं हटाता है, अपितु बिना किसी अनुराग एवं द्वेष के युद्ध करता है, इसलिए वह न तो हठधर्मी होता है और न ही उल्लंघन करता है। अतः बौद्ध धर्म अनत्ता (आत्मा रहित) तथा निर्वाण (स्वयं का विस्मरण) के विषय में बताता है, जबकि गीता आत्मरति (अपने भीतर के अनश्वर का आनन्द) तथा ब्रह्म-निर्वाण (दूसरों को जानना) के विषय में बताती है। स्वयं (जीवात्मा) तथा अन्य (परमात्मा) के बीच सम्बन्ध ही हमारे इस अंतिम अध्याय की विषय-वस्तु है। कृष्ण गीता में समाधि के रूप में इस विचार के विषय में आरम्भ में ही अध्याय-2 मे चर्चा करते हैं।

गीता दो बार समाप्त होती है। पहली बार जब कृष्ण अपना उपदेश समाप्त करते हैं।

हे अर्जुन, इस प्रकार मैंने तुम्हें गोपनीय से भी अधिक गोपनीय ज्ञान दिया है। इस पर चिन्तन करना और जैसा तुम चाहो वैसा करना। यदि तुम मुझ पर पूर्णरूप से विश्वास करते हो तो अन्य सभी मार्गों को त्याग दो तथा यह जान लो कि मैं तुम्हें मुक्ति दूँगा। इस ज्ञान के विषय में किसी स्वार्थी, घमण्डी तथा उदासीन व्यक्ति को मत बताना। जो मेरे इन वचनों को एक–दूसरे को बताते हैं, मैं उनसे प्रेम करता हूँ। जो मेरे वचनों को बिना कुछ समझे सुनते हैं, उन्हें आनंद की प्राप्ति होती है। मैं आशा करता हूँ कि मैंने जो कुछ भी तुमसे कहा है तुमने उस पर ध्यान दिया है। मैं आशा करता हूँ कि इस ज्ञान ने तुम्हारे सभी भ्रमों का अंत कर दिया है।
—भगवद् गीता, अध्याय–18, श्लोक–63 से 72 तक (भावानुवाद)

अर्जुन इस बात की पुष्टि करता है कि उसका भ्रम नष्ट हो गया है तथा उन पर ध्यान देने से उसके दृष्टिकोण में परिवर्तन आ गया है। वह स्पष्ट निश्चय द्वारा स्थिर हो गया है और अब उसके मन में किसी प्रकार का कोई संदेह नहीं रह गया है तथा जैसा उसे कहा गया है वह वैसा ही करने को तैयार है।

तब संजय स्वयं को प्राप्त वह दूरदृष्टि प्रदान करने के लिए व्यास के प्रति अपनी कृतज्ञता व्यक्त करते हुए गीता को पुनः समाप्त करता है, जिसके द्वारा वह कृष्ण के ज्ञानपूर्ण वचनों को सुन पाया तथा कृष्ण के दिव्य स्वरूप का दर्शन कर पाया। अंत में गीता के अंतिम अनुच्छेद में वह कृष्ण के उपदेशों के विषय में अपने विचार इस प्रकार से प्रकट करता है:–

जहाँ पर कृष्ण मन को जुए में जोतते हैं और अर्जुन धनुष धारण करता है, वहाँ पर सदा सौभाग्य, सफलता, प्रभुत्व, स्थायित्व तथा सिद्धान्त होते हैं। ऐसा मेरा विचार है। —भगवद् गीता, अध्याय–18, श्लोक–78 (भावानुवाद)

दोनों समापनों में अन्तर एकदम भिन्न है। कृष्ण का समापन अत्यन्त मनोवैज्ञानिक है। जबकि संजय का समापन अत्यन्त भौतिक है। यदि अर्जुन किसी प्रकार के पुरस्कार की अपेक्षा किए बिना दूसरों के हित में एक योद्धा की भूमिका का निर्वहन करते हुए कृष्ण में विश्वास रखता है तो वे अर्जुन को सांसारिक बंधनों से मुक्ति (मोक्ष) प्रदान करते हैं। संजय का मत है कि कृष्ण के उपदेशों में पाँच प्रकार के वचन अंतर्निहित हैं–सौभाग्य (श्री), सफलता (विजय), प्रभुत्व (भू), स्थायित्व (ध्रुव) तथा नियम (नीति)।

अर्जुन की समस्या केवल स्वयं से संबंधित है, परन्तु कृष्ण के समाधान से वह दूसरों के प्रति सोचने वाला बन गया है। संजय एक अन्य व्यक्ति है, वह हस्तिनापुर के उन निवासियों की अभिव्यक्ति है जो पाण्डवों और कौरवों के बीच युद्ध में अत्यन्त उपेक्षित रहे हैं। संजय की दृष्टि में गीता उन राजाओं के लिए एक स्पष्ट उपदेश जैसी है, जो राज करने की अपेक्षा करते हैं, अपने राज्य के निवासियों के प्रति दायित्वों का निर्वहन करते हैं तथा आत्म–आसक्ति में युद्ध लड़ने के बजाए शांति एवं समृद्धि में विश्वास रखते हैं। संजय धृतराष्ट्र से आग्रह करता है कि वह गीता के उपदेशों को सुने तथा स्वयं के उस उत्पीड़न को पीछे छोड़ दे, जिससे वह दूसरों की दुर्दशा के प्रति अंधा बना हुआ है।

> हे अर्जुन, एक महापुरुष जो कुछ भी करता है, संसार उसका
> अनुसरण करता है। –*भगवद् गीता, अध्याय–3, श्लोक–21*
> *(भावानुवाद)*

संजय का समापन गीता को वैष्णव धर्म से जोड़ता है क्योंकि श्री एवं भू सर्वनाम हैं, जो विष्णु की दो पत्नियों के विषय में बताते हैं। उन्हें विजया, एक विजेता के नाम से जाना जाता है। विष्णु का चित्रण ब्रह्माण्ड के राजा के रूप में किया जाता है, जो राजसी वेशभूषा पहने होते हैं और उनकी सेवा इन रानियों द्वारा की जाती है–श्री, जो प्रभुसत्ता, प्रतिष्ठा, प्रसिद्धि तथा प्रतिभा जैसे अमूर्त सौभाग्यों को साकार करती है और भू, जो पृथ्वी और उसके भंडार जैसे मूर्त सौभाग्यों को साकार करती है। ध्रुव और

मेरी गीता

नीति विष्णु के दो भक्त हैं। ध्रुव, ध्रुव तारे का अवतार होता है। वह एक बालक होता है, जो विष्णु की गोद में बैठना चाहता है, जो एक ऐसी गद्दी है जिससे उसे कोई भी नीचे नहीं उतार सकता, ताकि वह अपने दिव्य पिता के स्नेह का आनंद सदैव प्राप्त करता रहे। नीति का अर्थ है नियम जिसका महत्त्व तभी होता है जब वह विष्णु के विचारों, धर्म को प्रस्तुत कर सके। धर्म के नियम से असहायों की सहायता की जाएगी और यह सभी को न्याय प्रदान करेगा। धर्म के बिना नियम प्रतिबंध, अत्याचार और तोड़–फोड़ करने का यंत्र बन जाएगा।

हमें स्वयं को उस समय के बारे में स्मरण कराना होगा जब रामायण और महाभारत लिखित रूप में हमारे सामने आए थे। यह वह समय था जब रक्तसंबंध रक्तसंबंधों के लिए स्थान खाली कर रहे थे। इसका अर्थ है कि समुदाय में न केवल उसी विस्तृत परिवार या कबीले के सदस्यों को शामिल किया जाता था, बल्कि अन्य परिवारों, कबीलों एवं गोत्र के सदस्यों को भी शामिल किया जाता था। इस प्रकार रामायण इक्ष्वाकु वंश की गाथा है जिनका संबंध वानरों एवं राक्षसों जैसी बाहरी जातियों से था, जो वन के मार्ग का अनुसरण करते थे। महाभारत स्वयं कुरु वंश में व्याप्त एक ही परिवार की दो धाराओं के बीच तनाव की कथा है। दोनों ग्रंथों का मुख्य विषय सम्पत्ति है–रामायण में अयोध्या, किष्किंधा तथा लंका की राजगद्दी और महाभारत में हस्तिनापुर की राजगद्दी। एक अच्छा राजा उसे ही समझा जाता था जो उन लोगों के हितों का ध्यान रखता था जो उसके अपने (मम) थे और इसके साथ–साथ दूसरे लोगों (परा) का भी ध्यान रखता था। राम को एक महान राजा समझा जाता था, क्योंकि उन्हें अपनी निजी प्रसन्नता से अधिक अपने राज्य के लोगों की और अपने परिवार की प्रतिष्ठा की अधिक चिन्ता रहती थी। कृष्ण को एक महान राजसंस्थापक समझा जाता है क्योंकि वह पाण्डवों को यह बताते हैं कि युद्ध केवल प्रतिशोध और महत्त्वाकांक्षा के लिए नहीं होता अपितु यह शासन–प्रणाली के लिए होता है।

हे अर्जुन, इन तीन संसारों में कुछ ऐसा नहीं है जो मुझे करना है अथवा इससे मुझे लाभ होगा। तब भी मैं कर्म करता हूँ क्योंकि यदि मैं कर्म न करूँ तो दूसरे लोग भी कर्म नहीं करेंगे और मैं इससे भ्रम का कारण बन जाऊँगा तथा जो कुछ भी सृजन किया गया है वह सब नष्ट हो जाएगा। *—भगवद् गीता, अध्याय—3, श्लोक—22 से 24 तक (भावानुवाद)*

विष्णु नाग की कुण्डली में लेटकर विश्राम करते हैं। किसी व्यक्ति की ऐसी छवि जो एक नाग के फन के नीचे बैठा हो विशेष रूप से यह दिखाने के लिए बनाई जाती है कि वह व्यक्ति मठवादी आन्दोलन का नेता है। उदाहरण के लिए जिस प्रकार बुद्ध को और जैन तीर्थंकर पार्श्वनाथ को दिखाया जाता है, विष्णु को भी उस प्रकार से नाग की कुण्डली पर बैठे हुए दिखाए जाने से पुराण यह संदेश देना चाहते थे कि किसी महान व्यक्ति को साधु होने की आवश्यकता नहीं है, वह राजा भी हो सकता है। गीता एक वैदिक ज्ञान है जो राजा और उसके राज्य की आवश्यकताओं के लिए विशेष रूप से निर्मित है। राज्य को राजा की आवश्यकता होती है और राजा को भी राज्य की आवश्यकता है।

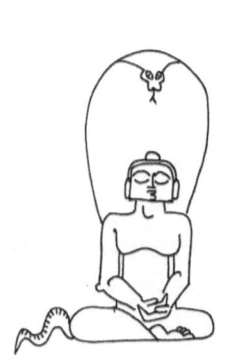 

सर्प के फन के नीचे

गीता धर्म एवं मोक्ष की विचारधारा के बीच क्षीण तनाव को व्यवहार में लाती है। धर्म में सामाजिक वचनबद्धताओं की आवश्यकता होती है जबकि मोक्ष में सामाजिक वचनबद्धताओं से मुक्ति होती है। मोक्ष में संबंधों का परित्याग होता है। धर्म लोगों को समाज से जोड़ता है। मोक्ष उन्हें बंधनों को तोड़ने की अनुमति देता है। वैदिक काल में धर्म को युवाओं के लिए उपयुक्त समझा जाता था जबकि मोक्ष को वृद्धों के लिए उपयुक्त माना जाता था। परन्तु 2000 वर्ष पूर्व जब बौद्ध धर्म एवं जैन धर्म आए तो उनके अनुयायियों ने संन्यासी संस्कृति को लोकप्रिय बना कर उसे मुख्यधारा का एक अंग बना दिया था। वैदिक हिन्दू विचारों में धर्म को मोक्ष की तुलना में अधिक महत्त्व दिया गया है। परन्तु पौराणिक हिन्दू विचारों में मोक्ष को धर्म की तुलना में अधिक महत्त्व दिया जाने लगा जो पिछले 1000 वर्षों में हिन्दू मठवादी संदेशों के बढ़ते प्रभाव का सूचक है।

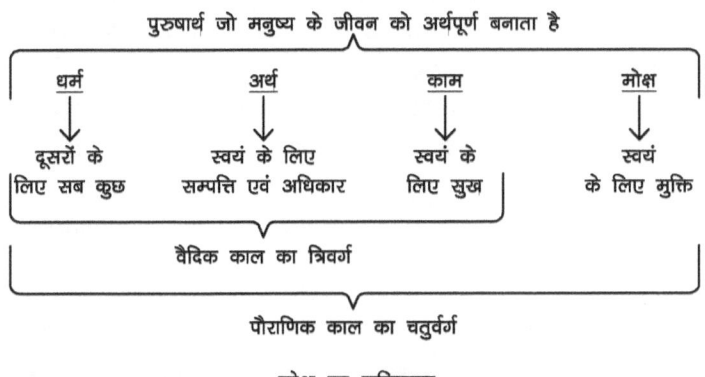

पुरुषार्थ जो मनुष्य के जीवन को अर्थपूर्ण बनाता है

मोक्ष का सम्मिलन

आज हम मोक्ष को आकांक्षापूर्ण रूप में देखने के लिए प्रवृत्त होते हैं, जो हिन्दू जीवन पद्धति का अंतिम लक्ष्य है। परन्तु इस लक्ष्य की अवधारणा का आशय केवल एकल जीवन की संस्कृति से है, जिसमें अस्तित्व की तिथि का समापन होता है। पुनर्जन्म संस्कृति में ऐसा कोई तिथि समापन नहीं होता, इसलिए इसमें ऐसा कोई लक्ष्य निर्धारित नहीं किया जाता।

इसमें केवल उद्देश्य ही होता है जो हमारे अंतहीन जीवन को अर्थवान (पुरुषार्थ) बनाता है। इसमें मुख्यतः उद्देश्य की तीन कोटियों (त्रिवर्ग) के विषय में जानकारी दी गई है, धर्म, अर्थ और काम अथवा सामाजिक वचनबद्धताएं, शक्ति एवं आनन्द। कालान्तर में इसमें मोक्ष को एक चौथी कोटि (चतुर्वर्ग) के रूप में शामिल किया गया। एक निर्णायक के दृष्टिकोण से मोक्ष को सर्वोत्तम माना गया है, जबकि एक पर्यवेक्षक इसमें प्रत्येक वर्ग की प्रासंगिक उपयुक्तता का अवलोकन कर सकता है। अर्थ, काम एवं मोक्ष में मुख्य रूप से स्वयं पर ध्यान दिया जाता है, जबकि धर्म ही एकमात्र है जो दूसरों के लिए होता है। यही कारण है कि कृष्ण कर्म के विषय में संदेश देते हैं, न कि अकर्म के विषय में, संबंध बनाने के विषय में संदेश देते हैं, न कि संबंध–विच्छेद करने के विषय में।

हे अर्जुन, अपने कर्तव्यों का पालन करते समय, तुम्हारे द्वारा किए जाने वाले सभी कर्मों के लिए स्वयं को मुझ में समर्पित कर दो तथा समभाव प्रदर्शित करो भले ही इसकी प्रतिक्रिया कुछ भी हो—तुम्हें शांतिमय मुक्ति प्राप्त होगी। अपना ध्यान मुझ में लगाओ और तुम सभी बाधाओं को पार कर सकोगे। यदि तुम अपने अहंकार पर भरोसा करोगे तो तुम नष्ट हो जाओगे।
—*भगवद् गीता, अध्याय–18, श्लोक–56 से 58 तक (भावानुवाद)*

बौद्ध धर्म की पौराणिक कथाओं में सिद्धार्थ अपनी पत्नी, पुत्र, पिता और अपने राज्य को छोड़कर दुःख के कारण होने वाली समस्याओं का समाधान करने वन चले जाते हैं। वन में उन्हें वासनाओं के देवता मार का सामना करना पड़ता है, जिसे वे परास्त कर देते हैं और तब वे बुद्ध बन जाते हैं। हिन्दू धर्म की पौराणिक कथाओं में मार ही वासनाओं का देवता काम है, जो देवताओं के राजा इन्द्र का मित्र होता है। इन्द्र के निवास स्थान अमरावती में सभी प्रकार की वासनाओं की व्यवस्था होती है, इसीलिए उसे स्वर्ग कहा जाता है, जिसका अर्थ है 'आनन्दलोक।'

परन्तु इन्द्र असुरक्षित एवं अशान्त रहता है, क्योंकि उसे भय है कि

उसके सुखों के भण्डार को कोई लूटकर ले जाएगा। उसे किसी पर विश्वास नहीं होता। इन्द्र का कोई मन्दिर नहीं बनाता है। दूसरी ओर शिव के मन्दिर बनाए जाते हैं। वे अपना तीसरा नेत्र खोलते हैं तथा कामदेव को भस्म करके राख के ढेर में बदल देते हैं। शिव का निवास स्थान कैलाश पर्वत सदैव बर्फ से ढका रहता है। जहाँ पर कोई भी चीज़ नहीं उगती है तथा जहाँ कोई भी जीवित नहीं रह सकता है। परन्तु इससे कोई अन्तर नहीं पड़ता है, क्योंकि शिव के निवास में किसी प्रकार की कोई कामना, किसी प्रकार की कोई क्षुधा नहीं होती इसलिए वहाँ पर भोजन की आवश्यकता नहीं होती।

शिव मन्दिरों में शिव के साथ सदैव देवी के रूप में शक्ति विराजमान होती है। वह योनि के रूप में प्रकट होती है जिसके अन्दर एक पत्थर का विशेष खम्भा (लिंग) खड़ा किया जाता है, जो शिव का प्रतीक है। शिव संन्यासी के रूप में संसार से पलायन कर जाते हैं, परन्तु शक्ति उन्हें बाँधकर भूमि पर ले आती है और उन्हें एक गृहस्थ के रूप में बदल देती है तथा कैलाश पर्वत की असह्य ऊँची बर्फीली चोटियों से नीचे उतारकर गंगा नदी के तट पर बसी काशी नगरी में ले आती है, जो बाज़ारों एवं घाटों से भरी हुई है। यहाँ पर देवी शक्ति उन्हें कामना, क्षुधा और उन लोगों के भय की जानकारी देती है जो उनके समान सम्पन्न, सक्षम तथा गुणवान नहीं हैं। स्वयं का निर्माण इस तरह से किया गया कि दूसरों की अपर्याप्तता के साथ सहानुभूति रखे, दूसरों के प्रति प्रेम हो न कि घृणा। वह कामाक्षी देवी है, जिसके नेत्र कामना को आकर्षित करते हैं। उनकी इसी कामना से उनका अन्य स्थान पर पुनर्जन्म हुआ। वह परमिता है, जो दूसरों के माध्यम से स्वयं को पूर्ण (परा/परम) बनाती है। वह अन्नपूर्णा है जो सब के लिए भोजन उपलब्ध कराती है तथा वे भिक्षाटन बनते हैं यानी, एक भिखारी, जो दूसरों के लिए भीख माँगते हैं। वे दो बच्चे पैदा करते हैं, जिसमें से एक स्थूलकाय हाथी के सिर वाला गणेश होता है तथा दूसरा शक्तिशाली शूलधारी कार्तिकेय होता है। ये दोनों शिव के प्रति आकर्षण के प्रतीक हैं क्योंकि वे मनुष्यों के ऐसे संघर्ष को स्वीकार करते हैं जिसमें उद्देश्य और प्रमाण हो।

जब सिद्धार्थ अंत में वन से वापस लौटते हैं, तो वे एक प्रबुद्ध गुरु बन जाते हैं न कि एक ज्ञानी पति, पिता, पुत्र और राजा। उनके ज्ञान से विरक्ति पैदा होती है। दूसरे शब्दों में वे वापसी तो करते हैं, परन्तु पुनर्मिलन नहीं करते हैं। परन्तु हिन्दू धर्मग्रंथों में वन से वापसी से सदैव पुनर्मिलन होता है। रामायण में राजमहल में राम को वन में भेजने के लिए षड्यंत्र होता है, जहाँ पर वे वन के नियम खोजते हैं और उन्हें अस्वीकार करते हैं तथा एक महान राजा बनने के लिए वापस लौटते हैं। महाभारत में पाण्डवों का जन्म वनों में हुआ था और कौरवों द्वारा उनके जीवन को संकट में डाल दिए जाने पर उन्हें पहली बार वन जाना पड़ा। दूसरी बार जब वे अपने भाग्य को जुए में दाँव पर लगाते हैं तथा तीसरी बार जब वे हस्तिनापुर पर बहुत लम्बे समय तक सफलतापूर्वक राज्य करने के बाद वन जाते हैं। उनकी प्रत्येक वापसी के कारण वे समाज के नियमों के ज्ञानी बन जाते हैं। जबकि वन में बुद्ध को सभी संबंधों से विरक्त होने की शिक्षा प्राप्त होती है। इससे रामायण और महाभारत के समर्थकों को समाज के साथ जोड़ने एवं परस्पर अच्छे संबंध बनाने में सफलता प्राप्त हुई।

पतंजलि के योग-सूत्र में आठ चरण हैं, जिसमें शरीर, श्वास, चेतना एवं मन के द्वारा समाज से आत्मा की ओर धीरे-धीरे प्रत्याहार होता है। अंतिम चरण समाधि कहलाता है जिसमें अनन्त के साथ संयोजन होता है। एक संन्यासी के लिए समाधि वह होती है जिसमें वह अपने शरीर का त्याग स्वेच्छा से करता है और अनन्त में विलीन होने की योग्यता रखता है। एक गृहस्थ के लिए इसका आशय कुछ अलग होता है और इसका संकेत स्वयं संसार की संरचना में ही निहित है।

समाधि शब्द दो शब्दों पर आधारित है– 'समा' का आशय हिन्दुस्तानी शास्त्रीय संगीत में संगीत चक्र की प्रथम ताल है और 'आदि' का आशय आरम्भिक मूल से है। संन्यासी की जीवन यात्रा दूसरे से विरक्ति प्राप्त होने पर आरम्भ होती है। गृहस्थी की जीवन यात्रा दूसरे में वापसी होने पर समाप्त होती है। यह प्रथम ताल में वापसी है। यह आरम्भिक मूल में वापसी है। यह वन मुक्ति (मोक्ष) से संयोजन (योग) के साथ उनकी वापसी

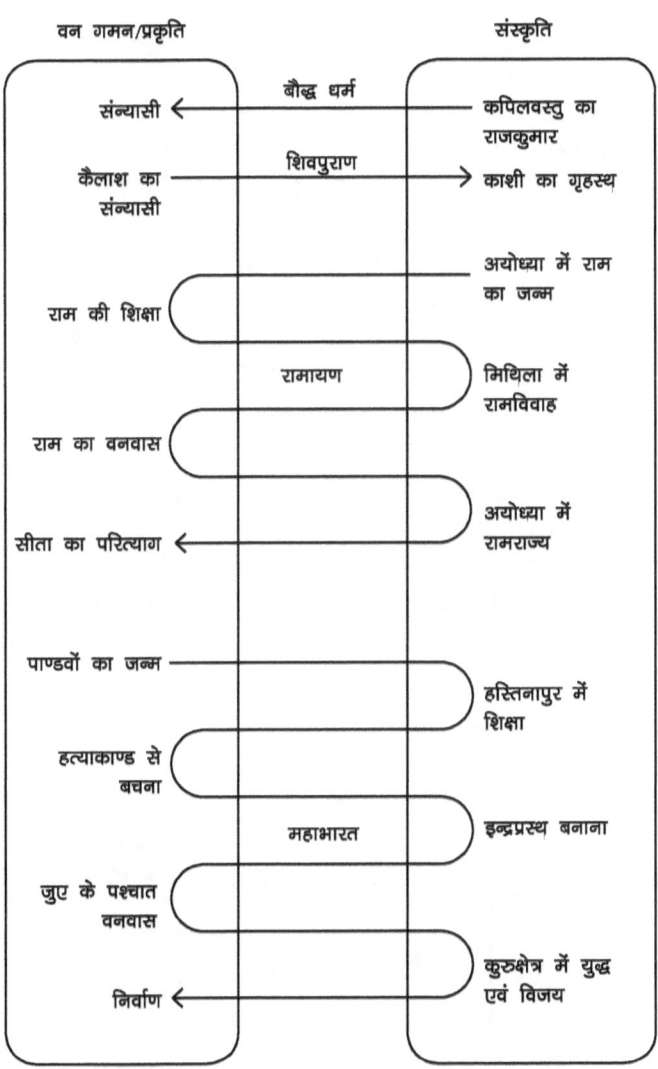

वन गमन/प्रकृति		संस्कृति
संन्यासी ←	बौद्ध धर्म	कपिलवस्तु का राजकुमार
कैलाश का संन्यासी →	शिवपुराण	काशी का गृहस्थ
राम की शिक्षा		अयोध्या में राम का जन्म
राम का वनवास	रामायण	मिथिला में रामविवाह
सीता का परित्याग ←		अयोध्या में रामराज्य
पाण्डवों का जन्म		हस्तिनापुर में शिक्षा
हत्याकाण्ड से बचना	महाभारत	इन्द्रप्रस्थ बनाना
जुए के पश्चात वनवास		
निर्वाण ←		कुरुक्षेत्र में युद्ध एवं विजय

वन से वापस लौटने के पश्चात बुद्ध, राम और पाण्डव

आप और मैं एक-दूसरे के लिए महत्त्व रखते हैं

के विषय में है, जिन्हें हम पीछे छोड़ चुके हैं तथा जो हम से अत्यधिक भिन्न (ब्रह्म–निर्वाण) हैं।

संन्यासी शून्य की माँग करता है, इसलिए वह विरक्ति तथा निर्वाण की इच्छा करता है। परन्तु गृहस्थ अनन्त की माँग करता है, इसलिए वह सहभागिता की इच्छा करता है जिससे आस–पास के लोगों (ब्रह्म–निर्वाण) के अनन्त सत्य को स्थान देने के लिए मन का विस्तार होता है। इस प्रकार, कृष्ण मोक्ष को धर्म का ही परिणाम बताते हैं।

> हे अर्जुन, जो मनुष्य स्वयं में शांति से रहता है, स्वयं से प्रसन्न रहता है, सभी जीवधारियों के अन्दर रहने वाले निवासी (आत्मा) के विषय में ज्ञान होने से प्रकाशित रहता है, वह सर्वत्र उच्चतम परमानन्द को प्राप्त करता है। वह स्वयं को उनसे भिन्न नहीं समझता है तथा सभी प्राणियों की खुशियों में खुशी प्राप्त करता है। जीवन की यह स्थिति उन ज्ञानी पुरुषों के लिए प्रत्येक जगह विद्यमान होती है, जिन्होंने कामना एवं क्रोध को पीछे छोड़ दिया है। *–भगवद् गीता, अध्याय–5, श्लोक–24 से 26 तक (भावानुवाद)*

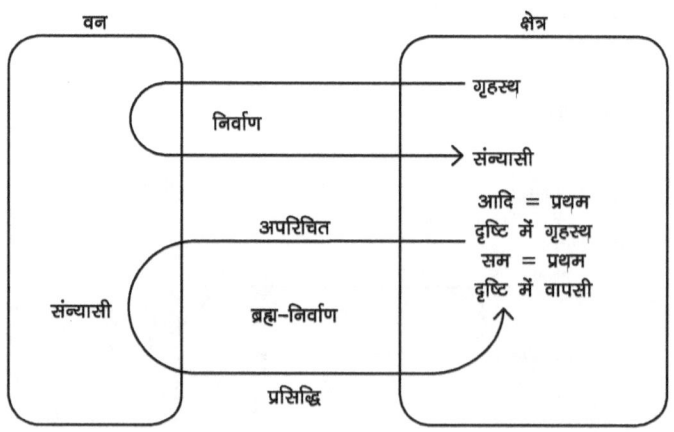

अपनी मूल स्थिति में वापस लौटना

यदि इन्द्र का परमधाम, स्वर्ग, कामनाओं, क्षुधा एवं भय से लिप्त रहने वाला है, तो शिव का परमधाम, कैलाश कामनाओं, क्रोध एवं भय को पीछे छोड़ने वाला है, तब विष्णु का परमधाम, वैकुण्ठ दूसरों की कामनाओं, क्रोध एवं भय को ध्यान में रखते हुए स्वयं की कामनाओं, क्रोध एवं भय को पीछे छोड़ने वाला है।

वैकुण्ठ तटरहित क्षीरसागर में स्थित है। यह क्षीरसागर प्रकृति का ही रूप है। इसकी तटरहित स्थिति यह बताती है कि उसका कोई उद्देश्य एवं लक्ष्य नहीं है, जबकि उसका क्षीर यह बताता है कि सभी प्रकार की धन–सम्पत्ति अंततः प्रकृति के मंथन से प्राप्त होती है। यहाँ पर विष्णु पृथ्वी देवी के जगाने तक गहरी नींद में सोए रहते हैं। वह उन्हें मानव समाज के उत्थान एवं पतन, देवताओं की जय एवं पराजय तथा असुरों के द्वारा संसार पर विजय प्राप्त करने की इच्छा को देखने के लिए बाध्य करती है। विष्णु सभी के द्वारा प्रकृति की वास्तविकता और मानवता (पुरुष) की क्षमता में वृद्धि करने हेतु सहायता के लिए विभिन्न प्रकार के चरित्रों (अवतार) में अवतरित होते हैं। विष्णु रक्षक होने के अलावा प्रकृति के विभिन्न रसों के एक रसिक भी हैं। उनके मन्दिरों में नृत्य–मण्डप, भोग–मण्डप, सम्मेलन–कक्ष (जगमोहन) तथा विवाह–मण्डप (कल्याण–मण्डप) होते हैं। वे आकर्षक संगीत, सुगंधों एवं वस्त्रों से सुशोभित होते हैं।

मनमौजी शिव, जिन्हें शक्ति द्वारा बन्धन में डाल दिया गया था, की तरह न होकर विष्णु असुरक्षित एवं दूसरों पर निर्भरता का प्रदर्शन करते हैं जब वे राम एवं कृष्ण के रूप में अवतार लेते हैं, क्योंकि दूसरे लोग भी शक्तिशाली एवं महत्त्वपूर्ण होने का अनुभव करना चाहते हैं और यह तभी हो सकता है जब अहं अन्य का भक्षण करता है। मैं चाहता हूँ कि तुम्हें मेरी आवश्यकता हो। यदि तुम्हें मेरी आवश्यकता नहीं है और मुझसे कुछ प्राप्त किए बिना केवल मुझे ही देते हो तो मैं अपर्याप्त, निरर्थक, महत्त्वहीन तथा निरुद्देश्य अनुभव करता हूँ। मुझे चाहने पर तुम मुझे प्रकाशमय करते हो तथा मेरी पूर्णता में सहयोग करते हो। इसी प्रकार, तुम चाहते हो कि तुम्हें मेरी आवश्यकता हो। यदि मुझे तुम्हारी आवश्यकता न हो, यदि मैं निर्भर रहता हूँ, परन्तु अलग रहता हूँ तो मुझे लज्जा, दुःख एवं अवांछित

होने का अनुभव होगा और मैं कृपा करते हुए विनीत लगूँगा।

उन दोनों के लिए ज्ञान
जो कभी प्राप्त नहीं करते

असुरों को
वरदान

देवताओं के
लिए सुरक्षा

ब्रह्मा

रामायण, भागवत् और महाभारत में विष्णु की कथाओं से यह पता चलता है कि किस प्रकार उन्हें जन्म, मृत्यु एवं दुःख का अनुभव होता है। राम एवं कृष्ण मानवीय चेतनाओं का प्रदर्शन करते हैं, जिन्हें अपनी प्रेमिका की लालसा होती है। हालांकि भगवान राम सीता के साथ नहीं रह सकते हैं, कृष्ण भी राधा के साथ नहीं रह सकते हैं, तब भी वे कठोर, क्रोधित एवं प्रतिशोधी नहीं बन जाते हैं। वे हर हाल में प्रेम करते हैं।

निरीह ईश्वर का विचार, जिसे उतना ही प्रेम प्राप्त होता है, जितना कि वह देता है, हिन्दू धर्म में अनूठा है। प्राचीन बौद्ध धर्म में ज्ञानी बुद्ध का बाद वाले बुद्ध के करुणामय बोधिसत्व में परिवर्तन होने में, संन्यासी शिव का गृहस्थ शंकर के रूप में हुए परिवर्तन का प्रतिबिम्ब दिखाई देता है। विष्णु का यह विचार, जो एक समय पर राजा, संन्यासी एवं प्रेमी हैं, जो न केवल दूसरों का ध्यान रखते हैं अपितु दूसरों से भी यही अपेक्षा रखते हैं, वैष्णव धर्म में अनूठा है।

संन्यासी से गृहस्थ

न तो सीता ने, जिन्हें राम के रूप में विष्णु ने निर्वासित किया और न ही राधा ने, जिन्हें कृष्ण के रूप में उन्होंने निर्वासित किया, उन्हें कभी संकट में डाला। वे भी उन्हें हर हाल में प्रेम करती हैं। दोनों मामलों में प्रेम प्रसन्नता की गांरटी नहीं देता है। दोनों मामलों में प्रेम नियंत्रण के रूप में प्रकट नहीं होता है। प्रेम का अपना ही पुरस्कार होता है जो चरम मानवीय सम्भावना है। यह आत्म–रति होती है, जिसमें किसी पुरस्कार की प्रत्याशा किए बिना कार्य करते हुए संतुष्टि का अनुभव होता है, इसके संबंध में भगवद् गीता के अध्याय–3, श्लोक–7 में उल्लेख किया गया है। यह ब्रह्म स्थिति यानी मानवीय कल्पना की समझदारी में दृढ़ होने का परिणाम है जिसकी चर्चा गीता के अध्याय–2 श्लोक 72 में की गई है। यह खुद को निमित्त–मात्र स्वीकारने, एक बड़े वृतान्त का साधन समझने की ओर बढ़ता है अध्याय–11 श्लोक 33 में इसकी चर्चा की गई है।

बौद्ध धर्म ने संन्यासियों द्वारा बंद नेत्रों से ध्यान लगाने के अभ्यास को लोकप्रिय बनाया, जबकि पौराणिक हिन्दू धर्म ने गृहस्थों द्वारा खुले नेत्रों से देवताओं को निहारने के अभ्यास को लोकप्रिय बनाया। एक में आंतरिक यात्रा पर बल दिया गया है, जबकि दूसरे में बाह्य यात्रा की सुविधा को देखते हुए आंतरिक यात्रा की जाती है।

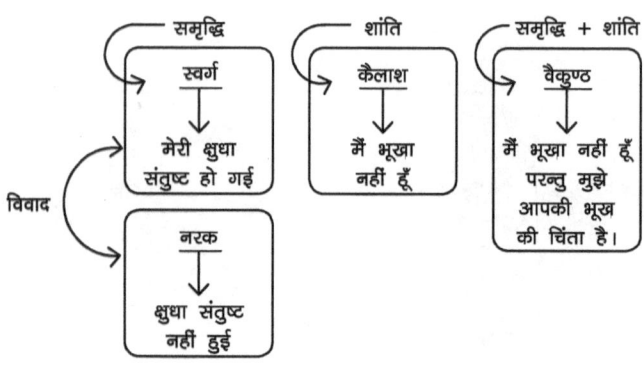

स्वर्ग, कैलाश तथा वैकुण्ठ

बौद्ध धर्म की निर्वाण की विचारधारा इस अनुभूति के द्वारा दुःखों से मुक्ति प्रदान करती है कि अहं का विचार भी मन के द्वारा निर्मित है। गीता की ब्रह्म–निर्वाण की अवधारणा दूसरों की कृत्रिम तकलीफ, उनकी नियंत्रण, वर्चस्व और संलिप्तता की आवश्यकता, त्याग करने की उनकी अक्षमता के बावजूद ऐसा करने में उन्हें समर्थ व सक्षम बनाने के लिए जाग्रत करना तथा संवेदी बनाने में है। जितना अधिक हम दूसरों की समीक्षा बिना किसी न्याय के करेंगे उतना अधिक हम स्वयं को उनमें प्रतिबिम्बित करेंगे। हम अपनी कृत्रिम उत्सुकताओं के कृत्रिम प्रतिबिम्ब में संलिप्त होने का अनुभव करते हैं।

हे अर्जुन, जो सदैव ईश्वर का ज्ञान रखता है, तथा ईश्वर के साथ स्वयं को उसके साथ और उसके बिना जोड़ता है, उसे सदैव शांति एवं सुख की प्राप्त होगी। –*भगवद् गीता, अध्याय–6, श्लोक–15 (भावानुवाद)*

हम जटिल रूप से ऐसे संसार में फँस गए हैं जहाँ मेरे क्षेत्र एवं तुम्हारे क्षेत्र के बीच विवाद होता है। मैं, जो मेरे पास है उसकी तुलना जो तुम्हारे पास है, के साथ करता हूँ और इससे आगे विवाद और होड़ उसी प्रकार

से पैदा होती है जैसे पाण्डवों और कौरवों के बीच हुई थी। दर्शन तब आरम्भ होता है जब मैं तुम्हारे उस अहं, क्षुधा एवं भय को देखता हूँ जिससे तुम्हारी काल्पनिक पहचान बनती है तथा मेरे उस अहं, क्षुधा एवं भय की खोज करता हूँ जिससे मेरी काल्पनिक पहचान बनती है। यही वह चीज़ है जिसे कृष्ण अर्जुन को करने के लिए कहते हैं। केवल तभी हम उस आत्मा की खोज कर सकते हैं जो सभी प्राणियों एवं सभी तत्वों में व्याप्त है, जो अनन्त, अनश्वर एवं शांति में है।

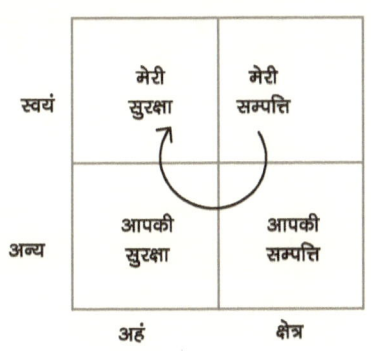

गीता की यात्रा

दूसरे शब्दों में, दूसरों के दर्शन से स्वयं का दर्शन का रास्ता बनता है। दर्शनविहीन से आगे जाकर दर्शनयुक्त बनता है। यही आत्म ज्ञान, आत्मबोध है, जो हमें स्वीकार कराता है। सम्भव है कि इससे हम अपनी उत्सुकता को पीछे छोड़ दें तथा लड़ाई में भी हम स्वयं के प्रति एवं दूसरों के प्रति दयालु बन जाएं।

यह गीता के वचन हैं, जो मेरे द्वारा तुम्हें प्राप्त हुए हैं।

क्या तुम और मैं दूसरों के व्यवहार को नियंत्रित किए बिना सम्बन्धों में प्रतिभागी बन सकते हैं? क्या हम अपनी क्षुधा एवं भय को पीछे छोड़ने में एक-दूसरे की सहायता कर सकते हैं? तब हम ब्रह्म-निर्वाण के मार्ग पर चलते हैं। जब हम स्वयं के भीतर से, न कि बाहरी उपलब्धि से आनंद की खोज करते हैं, तब हम आत्मरति के मार्ग पर चलते हैं।

मेरी गीता के पश्चात :
कृष्ण द्वारा दिया गया अन्य संदेश

गीता के पश्चात, काम—गीता आई, जो इच्छा के देवता का गान है, और तब गीता के बाद 'अनुगीता' आई। इन दोनों में कृष्ण के आख्यान हैं, ये इस प्रकार से प्रकाश में आए:—

काम—गीता

जैसे ही कृष्ण गीता का समापन करते हैं वे अर्जुन से पूछते हैं कि उन्होंने उससे जो कुछ भी कहा है, क्या उसने उसे सुना है तथा क्या वह सभी भ्रांतियों से मुक्त हो गया है। अर्जुन इसका उत्तर हाँ में देता है।

हे कृष्ण, आपकी अनुकम्पा से अब मैं मोहित अथवा उलझा हुआ नहीं रह गया हूँ। मुझे स्मरण है कि मेरे लिए क्या करना अपेक्षित है। मैं उसके प्रति दृढ़ हूँ। मेरे मन में कोई संदेह नहीं है। जैसा आप कहेंगे मैं वैसा ही करूँगा। —*भगवद् गीता, अध्याय—18, श्लोक—73 (भावानुवाद)*

इसके पश्चात अर्जुन अपना शंख बजाता है और युद्ध की घोषणा करता है तथा कृष्ण से कहता है कि वह उसे युद्धस्थल पर ले चलें। कृष्ण का नज़रिया अर्जुन का ध्यान वापस लाता है, उसका संशय स्पष्टता में और उसकी कर्महीनता सकर्म में परिवर्तित हो जाती है। अंत भला तो सब भला।

कम से कम हम भी ऐसा ही सोचते हैं।

परन्तु जैसे—जैसे युद्ध आगे बढ़ता है, अर्जुन में संशय, निराशा एवं दुविधा के क्षण पुनः परिलक्षित हो जाते हैं। वह कृष्ण के बार—बार उकसाने के बावजूद भी भीष्म, जो उसके पिता समान हैं, द्रोण, जो उसके गुरु हैं, तथा कर्ण जो उसके आगे निहत्था खड़ा है, का वध करने के लिए आगे नहीं आ पाता है।

युद्ध आरम्भ होने के बाद भी उसका संशय बना रहता है। महाभारत के खंड—14, अश्वमेदिका पर्व में अर्जुन, कृष्ण द्वारा उसके बड़े भाई युधिष्ठिर को कामगीता के विषय में इस प्रकार ज्ञान देते हुए सुनता है।

हे युधिष्ठिर, यह सुनो कि तृष्णा का देवता काम स्वयं के लिए क्या कहता है। वह जो अस्त्रों से तृष्णा को नष्ट करना चाहता है वह उन अस्त्रों की कामना करते हुए समाप्त करता है। वह जो परोपकार द्वारा तृष्णा को नष्ट करना चाहता है, परोपकार की कामना करते हुए समाप्त करता है। वह जो धर्मग्रंथों द्वारा तृष्णा को नष्ट करना चाहता है, धर्मग्रंथों

की कामना करते हुए समाप्त करता है। वह जो सच्चाई द्वारा तृष्णा को नष्ट करना चाहता है, सच्चाई की कामना करते हुए समाप्त करता है। वह जो तपस्या द्वारा तृष्णा को नष्ट करना चाहता है, तपस्या की कामना करते हुए समाप्त करता है। वह जो निवृत्ति द्वारा तृष्णा को नष्ट करना चाहता है, निवृत्ति की कामना करते हुए समाप्त करता है। तृष्णा को कभी नष्ट नहीं किया जा सकता, परन्तु उसे धर्म में स्थापित करते हुए उसका अच्छा प्रयोग किया जा सकता है। इस प्रकार, धर्म का अनुसरण करते हुए तृष्णा को नष्ट करना चाहिए। तुम धर्म की कामना करते हुए तृष्णा को समाप्त करना चाहते हो, तो यह समस्त संसार के लिए अच्छा होगा, क्योंकि तब तुम अधिकाधिक लेन–देन करते हुए संसार को आनन्दमय बना दोगे और स्वयं को समस्त बन्धनों से मुक्त कर दोगे, जिससे दूसरे लोग बिना किसी प्रत्याशा के लौट सकेंगे।

जब कृष्ण द्वारिका जाने ही वाले होते हैं तब अर्जुन उनके पास जाता है और उनसे युद्ध के आरम्भ में उसे दिए गए उपदेशों को पुनः दोहराने का अनुरोध करता है। कृष्ण कहते हैं, 'वास्तव में!' वे आश्चर्यचकित हो जाते हैं और उसके अनुरोध पर थोड़ा कुपित हो जाते हैं। 'तुम चाहते हो कि मैंने तब जो तुम से कहा था उसे याद करूँ? वे तनाव एवं उत्प्रेरणा के क्षण थे। तब मैं पूर्णतः ज्ञान की स्थिति में था, संसार एवं अपनी योग्यताओं के साथ पूर्णतः जुड़ा हुआ था। वे क्षण अब बीत चुके हैं।'

परन्तु कृष्ण तब भी अनुगीता अथवा अनुवर्ती गीता को प्रस्तुत करते हैं, जो महाभारत के खंड–14 के अश्वमेदिका पर्व में संस्थापित की गई है। अनुगीता में दिया गया ज्ञान अनुषंगी है। कृष्ण इन तीन वार्तालापों का पुनः स्मरण करते हैं, पहला एक कश्यप नामक ऋषि और ज्ञानी ब्राह्मण के मध्य, दूसरा ब्राह्मण एवं उसकी पत्नी के मध्य तथा तीसरा ब्राह्मण एवं उसके शिष्य के मध्य। ये वार्तालाप बहुत लम्बे हैं जिसमें 36 अध्याय हैं और भगवद् गीता के दोगुने हैं तथा कम सुबोधगम्य हैं। यहाँ ज्ञान की खोज का वर्णन रूपकों को एक जंगल से दूसरे जंगल की यात्रा करने के रूप में किया गया है। व्याध–गीता और भगवद् गीता में जनक के ज्ञानी राजा, जो रामायण में सीता के पिता थे, के विषय में उल्लेख किया

गया है, जिन्हें उपनिषदों के एक महान ज्ञाता के रूप में देखा गया है। जब ये उपदेश समाप्त हो जाते हैं तो कृष्ण अर्जुन से यह अपेक्षा करते हैं कि पुरातन ऋषियों के इन तीनों वार्तालापों के विषय में जानकारी साझा करने से उसे भगवद् गीता के ज्ञान का पुनः स्मरण हो गया होगा। तब वे प्रस्थान कर जाते हैं।

अधिकांशतः अन्य गीताओं के समान अनुगीता कर्म तथा ज्ञान के विषय में विस्तारपूर्वक बताती है, न कि भक्ति के विषय में। सम्भवतः युद्ध भूमि में अर्जुन के भावनात्मक रूप से अभिभूत होने से इस नव पद्धति की आवश्यकता अनुभव की गई— एक भावुक धनुर्धर का, जिसे किसी बाहरी व्यक्ति पर, किसी ऐसी चीज़ पर, जो आस—पास की प्रत्येक चीज़ से बड़ी हो, किसी ऐसे व्यक्ति पर, जो स्पष्ट रूप से देखभाल करता है, विश्वास है। दूसरे शब्दों में भगवान कृष्ण अनुगीता में स्वयं को भगवान के रूप में प्रस्तुत नहीं करते हैं, हालांकि, अनुगीता के अन्तिम अध्याय में जब दोनों द्वारिका के लिए प्रस्थान करते हैं तो अर्जुन कृष्ण को भगवान के रूप में पहचान जाता है तथा उनकी पूजा करता है।

जैसे ही महाभारत समाप्त होने वाली होती है, हमें यह ज्ञात होता है कि अर्जुन को, जिसे स्वयं कृष्ण के द्वारा ज्ञान के विविध उपदेश प्राप्त हुए, उसके असुरक्षित एवं अहंकारी होने पर संचित दुर्गुणों के कारण मृत्यु के पश्चात नरक प्राप्त होता है। उसे तब तक वहाँ रहना पड़ता है जब तक कि वह निर्मल नहीं हो जाता है, तभी वह अपने पिता के आनन्दलोक, स्वर्ग तक ऊँचा उठ सकता है! यहाँ पर भी, उसका ठहराव तब तक अस्थाई है, जब तक कि उसके गुण समाप्त नहीं हो जाते। उसके लिए विष्णु का वैकुण्ठ दुष्प्राप्य रहेगा।

अर्जुन महाभारत का नायक, कृष्ण का मित्र और गीता के ज्ञान का प्राप्तकर्ता हो सकता है। वह कृष्ण के नारायण स्वरूप का नर हो सकता है। परन्तु इन सब बातों से वह सम्पूर्ण नहीं बन जाता। यहाँ तक कि कुरुक्षेत्र के युद्ध के पश्चात संसार की स्थिति सम्पूर्णता से बहुत अलग हो जाती है। वास्तव में, पारम्परिक रूप से यह सृष्टि के विनाश से पूर्व संस्कृति के अंतिम युग, कलियुग के आरम्भ का संकेत होता है। कृष्ण के

हस्तक्षेप के बावजूद इतना सब कुछ हुआ।

सम्पूर्णता की लालसा संसार को अपनी रुचि के अनुसार नियंत्रित एवं सुव्यवस्थित करने एवं ऐसा सुरक्षा कवच तैयार करने की आकांक्षा से उत्पन्न होती है, जहाँ पर सभी चीज़ों का हमारे लिए होने का आशय होता है। यह ऐसी माँग करता है कि हम संसार को एक ऐसी समस्या के रूप में देखते हैं जिसके निदान की आवश्यकता है, एक दूषित वातावरण जिसके शुद्धिकरण की आवश्यकता है। ऐसा माना जाता है कि संसार को एक चरमोत्कर्ष की, एक सुखद समापन की आवश्यकता है, अन्यथा जीवन एक त्रासदी बन जाएगा। ये एक विशेष प्रकार की वर्णनात्मक नियति है जहाँ पर आगे बढ़ने के लिए केवल एक ही जीवन होता है।

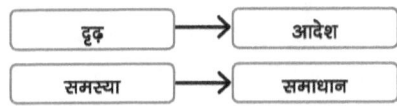

सीमित कथा का चरमोत्कर्ष

'परफेक्ट' शब्द का संस्कृत में अथवा किसी अन्य भारतीय भाषा में अनुवाद नहीं किया जा सकता। जो इसके सबसे निकटतम है वह है उत्तम, सम्पूर्ण अथवा पूर्णत्व, जो यह याद दिलाता है कि ईडन हिन्दुओं की विचारधारा नहीं है। सम्पूर्णता से न तो नीचे जाया जा सकता, जैसा कि अब्राहमिक धर्मपुराणों में कहा गया है और न ही अराजकता के कारण व्यवस्था में सांस्कृतिक यात्रा हो सकती है, जैसी यूनानी धर्मपुराणों में कही गई है। हम अधिक से अधिक अपने मन को विस्तृत कर सकते हैं, और अधिक से अधिक ज्ञान प्राप्ति का प्रयास कर सकते हैं, क्योंकि हम सीमित मिथ्या से असीमित अनन्त सत्य की ओर यात्रा करते हैं। इस अनुभूति के साथ ज्ञान प्राप्त होता है कि दूसरे लोगों के वे कर्म जो हमारे जीवन को प्रभावित करते हैं, उनकी निरन्तर कामना नहीं की जा सकती। यह रामराज्य की अवधारणा में अत्यधिक रूप से प्रकट होता है, रामायण में जिसका राम के 'सम्पूर्ण' राज्य के रूप में वर्णन है।

रामराज्य में प्रत्येक घटना पूर्वानुमेय है, प्रत्येक चीज़ शुद्ध है, सभी इच्छाएं परिपूर्ण होती हैं तथा सब का ध्यान रखा जाता है। परन्तु एक ब्राह्मण पुत्र की असामयिक मृत्यु हो जाती है, क्योंकि एक शम्बूक नामक 'नीच जाति' का व्यक्ति संन्यासी बनना चाहता है और इसलिए वह अपनी वृत्ति का परित्याग करता है। नगरवासी सीता के रावण के महल में निवास करने पर चुगली करते हैं तथा एक धोबी इसे रघुकुल की प्रतिष्ठा पर कलंक कहता है। दूसरों की इच्छाएं और अधमता राम के नियंत्रण से बाहर हो जाती हैं। सम्पूर्णता को बनाए रखने के लिए राम को कुछ कठोर कार्य करने पड़ते हैं, जैसे एक निरपराध तपस्वी का वध करना तथा एक निरपराध पत्नी को निर्वासित करना। शेष बातों के लिए पूर्वानुमेयता एवं निर्दोषता स्थापित करने के उद्देश्य से लोगों की अभिलाषाएं समाप्त हो जाती हैं तथा वे उन्मुक्त हो जाते हैं। इस प्रकार सम्पूर्णता को भयानक मूल्य चुकाना पड़ता है। शारीरिक एवं मनोवैज्ञानिक हिंसा से ऐसी कार्मिक तरंगें उत्पन्न होती हैं जो सम्पूर्णता के विरुद्ध उत्पन्न हुई उपद्रवी लहरों की प्रचुरता में बदल जाती हैं। शम्बुक की चीख तथा सीता का परिताप रामराज्य को उनके बिना बार–बार तंग करता है। निर्वासित लोगों द्वारा घेराबंदी के अंतर्गत रामराज्य एक रणभूमि में परिवर्तित हो जाता है, जैसे इन्द्र का स्वर्ग क्रोधित असुरों द्वारा घेर लिया गया था।

अंततः त्रेता युग द्वापर युग के लिए मार्ग प्रशस्त करता है, जहाँ भीष्म और कर्ण जैसे न्यायप्रिय व्यक्ति धूर्त कौरवों को फलने–फूलने देते हैं, जबकि युधिष्ठिर जैसा सत्यवादी व्यक्ति अपने राज्य को तथा अपनी पत्नी को कृष्ण द्वारा मना करने के बावजूद जुए में दाँव पर लगा देता है।

क्या इनसे रामायण और महाभारत एक दुखांत बन जाते हैं, क्योंकि उनका कोई सुखांत नहीं होता? इन धर्मग्रंथों के वर्गीकरण के लिए किए गए प्रयास स्वयं इसके निर्णायक हैं। ये उन भावनाओं के विपरीत हैं जिनमें इनका सृजन हुआ था। ये धर्मग्रंथ उनके महानायकों की मृत्यु के पश्चात ही समाप्त हो जाते हैं। रामायण के सातवें खण्ड में राम की मृत्यु हो जाती है, जबकि कृष्ण की मृत्यु महाभारत के सोलहवें खण्ड मौसुल पर्व में होती है, अर्जुन की मृत्यु सत्रहवें खण्ड में होती है। राम सरयू नदी में

समा जाते हैं तथा कृष्ण की मृत्यु एक शिकारी के तीर से होती है। मृत्यु के समय दोनों के होंठों पर प्रसन्नता का भाव था, क्योंकि वे जानते थे कि मृत्यु का अर्थ अंत नहीं है और एक अन्य जीवन उनकी प्रतीक्षा कर रहा है। दूसरी ओर अर्जुन जब एक पर्वत पर चढ़ रहा होता है तो उसका पाँव फिसल जाता है और स्वर्ग तक पहुँचने के इस प्रयास में असफल होने पर उसकी मृत्यु हो जाती है।

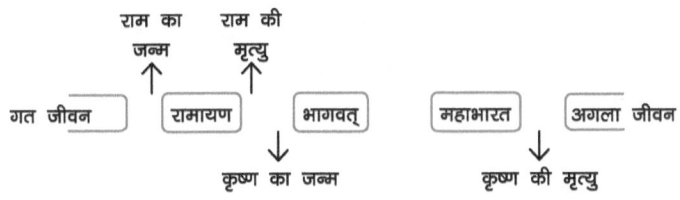

हिन्दू धर्मग्रंथों का आरम्भ व अंत

गीता सम्पूर्णता की अभिलाषा नहीं रखती है। इस प्रकार गीता में संबंधों की स्थापना हेतु इन तीन मार्गों के अलावा अन्य कोई नियम नहीं हैं—कर्मयोग, भक्तियोग और ज्ञानयोग, जो मानवीय आचरणों, मानवीय भावनाओं तथा मानवीय पहचान का व्यवहार करते हैं। ये तीनों मार्ग स्वतंत्र हैं। एक के बिना किसी दूसरे का अस्तित्व नहीं होता। कर्मयोग के बिना हमें किसी से कुछ लेना–देना नहीं पड़ता है। भक्तियोग के बिना हम एक यंत्र की भाँति हो जाते हैं जो दूसरों के लिए कोई भावना नहीं रखता है। ज्ञानयोग के बिना हमारा कोई मूल्य, उद्देश्य अथवा अर्थ नहीं होता। ऐसा कोई भक्त नहीं है जो न तो कुछ करता है और न ही कुछ जानता है। ऐसा कोई ज्ञानी नहीं है जो न तो कुछ करता है और न ही कुछ सोचता है। ऐसा कोई कर्मी नहीं है जो सोचता और समझता नहीं है। हस्थों (कर्मों) की सर्वोत्कृष्ट क्रिया शीर्ष (ज्ञान) एवं हृदय (भक्ति) पर निर्भर करती है। योगी पुरुष एक साथ कार्य करता है, विचार करता है और समझता है।

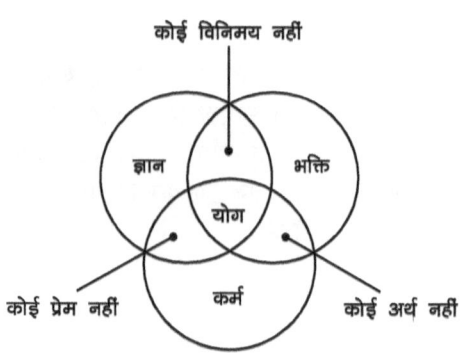

कोई विनिमय नहीं

ज्ञान   भक्ति

योग

कोई प्रेम नहीं   कर्म   कोई अर्थ नहीं

तीनों योगों में परस्पर निर्भरता

कृष्ण अर्जुन के लिए इन तीनों मार्गों की प्रशस्ति उसी प्रकार से करते हैं जिस प्रकार एक माता अपने पुत्र के लिए भोजन तैयार करती है। अर्जुन के पास, जो कुछ वह चाहता है, जिसके लिए उसका शरीर अपेक्षा करता है, आदि का विकल्प होता है। इसका कोई अर्थ नहीं कि वह क्या खाता है और अंततः उसका शरीर क्या पचाएगा, उसका अपने पाचन तंत्र पर कोई नियंत्रण नहीं होता है। अंतिम परिणाम केवल उसके संकल्प पर ही नहीं बल्कि उसके स्वाभाविक गुणों तथा निश्चय ही इस बात पर भी निर्भर करता है कि उसे क्या अनुभव (कर्म) करना चाहिए। कृष्ण तब निराश नहीं होते जब अर्जुन की दुविधा बार–बार प्रकट होती है। यह वैसा ही होता है जैसे उसे होना चाहिए।

हे अर्जुन, कुछ लोग ध्यान और अंतर्दर्शन के माध्यम से देवत्व की खोज करते हैं तथा कुछ लोग इसकी व्याख्या तर्क एवं विश्लेषण द्वारा करते हैं, दूसरे लोग इसका अनुभव क्रियाशील होकर करते हैं तथा कुछ लोग ऐसे भी होते हैं जिन्हें इसका परिचय दूसरों की बात सुनकर होता है। सभी नश्वरता के भय पर विजय प्राप्त करने के योग्य होते हैं। *—भगवद् गीता, अध्याय–13, श्लोक–24 एवं 25 (भावानुवाद)*

कृष्ण यह जानते हैं कि सीमाविहीन संसार में सदैव एक दूसरा अवसर प्राप्त होगा और इसके बाद एक और अवसर प्राप्त होगा।

अनुशंसित साहित्य

गीता के टिप्पणी रहित शाब्दिक एवं पठनीय अनुवाद के लिए:
- बिबेक देबरॉय, *द भगवद्गीता*, पेंग्विन बुक्स इण्डिया, नई दिल्ली, 2005
- वृंदा, नबार एवं शांता तुमकुर, *द भगवद्गीता*, हर्टफ़ोर्डशायर, यूके, वर्ड्सवर्थ क्लासिक्स, 1997
- रमेश मेनन, *श्रीमद्भगवद्गीता*, रूपा पब्लिकेशंस, दिल्ली, 2004
- बारबारा मिलर, *द भगवद्गीता*, बेंटम प्रेस, न्यूयार्क, 1986

पठनीय अनुवाद के लिए, जिसमें गीता की काव्यात्मक भावना को भी अभिग्रहित किया गया है:
- मणि राव, *भगवद्गीता*, फ़िंगर प्रिंट, नई दिल्ली, 2014
- स्टीफन मिशेल, *भगवद्गीता*, रैण्डमहाउस, लंदन, 2000

गीता की टिप्पणी सहित श्लोक–दर–श्लोक अनुवाद के लिए:
- एकनाथ ईश्वरन, *द भगवद्गीता*, जैको पब्लिकेशंस, मुम्बई, 1997
- स्वामी शिवानंद *भगवद्गीता*, डिवाइन लाइफ़ सोसायटी ट्रस्ट, 2008
- एस. राधाकृष्णन, *द भगवद्गीता*, हार्परकॉलिन्स इण्डिया, दिल्ली, 2008

गीता के इतिहास का मूल्यांकन करने के लिए:
- रिचर्ड डेविस, *द भगवद्गीता : ए बायोग्राफी*, प्रिंसटन यूएसए, प्रिंसटन यूनिवर्सिटी प्रेस, 2016

- मेघनाद देसाई, *हू रोट द भगवद्गीता, ए सेक्युलर इन्क्वायरी इनटु ए सेक्रेड टेक्स्ट*, हार्परकॉलिन्स इण्डिया, दिल्ली, 2014

वेद, पुराण तथा हिन्दू धर्म के अन्य साहित्य का मूल्यांकन करने के लिएः
- सत्य पी. अग्रवाल, *सिलेक्शन फ्रॉम द महाभारत, रिअफ़र्मिंग गीता'ज कॉल फ़ॉर गुड ऑफ़ ऑल*, मोतीलाल बनारसीदास, नई दिल्ली, 2002
- सदाशिव अम्बादास डांगे, *एनसाइक्लोपीडिया ऑफ़ पौराणिक बिलीफ़्स एंड प्रैक्टिस, वॉल्यूम 1–5*, नवरन, नई दिल्ली, 1990
- गेविन फ़्लड, *एन इंट्रोडक्शन टु हिंदुइज्म*, कैम्ब्रिज यूनिवर्सिटी प्रेस, नई दिल्ली, 1998
- डेविड फ़्रॉले, *फ्रॉम द रिवर ऑफ़ हैवेन*, मोतीलाल बनारसीदास, नई दिल्ली, 1992
- पद्मनाभ एस. जैनी, *द जैना पाथ ऑफ़ प्यूरिफ़िकेशन*, मोतीलाल बनारसीदास, नई दिल्ली, 1979
- वेट्टम मणि, *पौराणिक एनसाइक्लोपीडिया*, मोतीलाल बनारसीदास, नई दिल्ली, 1996
- फ़्रीट्स स्टॉल, *डिस्कवरी ऑफ़ वेदाज*, पेंग्विन बुक्स इण्डिया, नई दिल्ली, 2008
- हैनरिक ज़िम्मर, *मिथ्स एंड सिम्बल्स इन इण्डियन आर्ट एंड सिविलाइजेशन*, मोतीलाल बनारसीदास, नई दिल्ली, 1990

कल्पना एवं भाषा (ब्राह्मण) मानवीय विकास में एक मुख्य भूमिका का निर्वाह किस प्रकार से करते हैं, इसका मूल्यांकन करने के लिएः
- लॉरेंस कूप, *मिथ (द न्यू क्रिटिकल इडियम सीरीज)* रूटलेज, लंदन, 1997
- युवल नोआ हरारी, *सेपियंस, अ ब्रीफ़ हिस्ट्री ऑफ़ ह्यूमनकाइंड* हार्विल सेकर, लंदन, 2014
- मार्क पेजिल, *वायर्ड फ़ॉर कल्चर*, पेंग्विन बुक्स, यूके, लंदन, 2012

मेरी हनुमान चालीसा

–देवदत्त पट्टनायक

यह पुस्तक हिंदू धर्म की सबसे लोकप्रिय प्रार्थनाओं में से एक 'हनुमान चालीसा' के बारे में है। जब भी मैं अपनेआप में एवं इस दुनिया में नकारात्मकता का अनुभव करता हूँ, एवं जब भी सामाजिक नियमों के उल्लंघन और हिंसा के रूप में प्रकट होने वाले ईर्ष्या, क्रोध, और निराशा जैसे भावों से मेरा सामना होता है, तब मैं हनुमान चालीसा सुनता या पढ़ता हूँ। इसकी रचना लगभग चार सौ वर्ष पूर्व तुलसीदास द्वारा सरल भाषा (हिंदी भाषा की एक बोली 'अवधी' में) और सरल बहर (दोहा और चौपाई) में की गयी थी। इसके दोहे और चौपाईयों की संगीतमय प्रस्तुति मिथकों, इतिहास, लोकप्रिय हिंदू देवता हनुमान के रहस्यों और वैदिक ज्ञान को जन–जन तक ले जाती है। 'जैसे ही हनुमान चालीसा के एक के बाद एक पद सामने आते हैं, मेरे भयाक्रांत और विकल मन में ज्ञान और अंतर्दृष्टि के साथ विस्तार होने लगता है और मानवता में मेरा विश्वास आंतरिक और बाह्य रूप से बहाल होने लगता है।'

'मुझे लगता है कि पट्टनायक ने इस बात की नब्ज पकड़ ली है कि 21वीं सदी में हिंदुत्व किस तरह स्वयं को व्यक्त करना चाहता है। अपनी अनुपम बुद्धिमत्ता के साथ, जहां वे धर्म के बारे में उदारवादियों के पक्ष को प्रस्तुत करने का हुनर रखते हैं, वहीं वे स्वयं को धर्मरक्षक मानने वाले पुरातनपंथियों के पक्ष को भी सामने लाते हैं।'

–अर्शिया सत्तार, आउटलुक

'पौराणिक जानकारियों का खजाना, एक ऐसा अद्वितीय पाठ जिसकी रचना के पीछे चमत्कारिक अनुसंधान है,............ज्ञानवर्धक, सूचनाप्रद, कई विमर्शों को विषय प्रदान करने वाली, तात्विक ज्ञान को समाहित किए यह एक अनमोल पुस्तक है।'

–कंकना बासू, डेक्कन क्रॉनिकल